U0927456

颜山漫记

我的母亲

自古逢秋悲寂寥

过年

有好都能累此生

宋光辉 著

最后的博山

文章千古事
得失寸心知

中国纺织出版社有限公司
国家一级出版社
全国百佳图书出版单位

内 容 提 要

山东省淄博市系老工业城市，近年来积极打造旅游大市、文化名城。隶属淄博市的博山区，是作者的家乡，享有千年陶琉古镇的美誉，又是鲁菜发源地，对于地方文化名人、旅游景点、美食文化等的宣传推介尤为重要。正如著名作家刘培国在本书序中所言，光辉的《颜山漫记》一定是一个标志性的存在，其所蕴含的如此宽泛的艺术涉猎，如此耿直率真的内在表达，如此一以贯之的语言风格无不显露出一种成熟的姿态。全书近30万字，题材涉及亲情、美食、民俗、美术、书法、音乐、摄影、艺术漫谈。阅读这些随笔，大有文如其人的感慨：为人耿直，憨厚里蕴涵桀骜，为文洒脱，委婉着直抒胸臆，这就是光辉了。碰触作者的笔墨，一起进入那个温馨又新奇的世界。

图书在版编目（CIP）数据

颜山漫记／宋光辉著. --北京：中国纺织出版社有限公司，2021.11

ISBN 978-7-5180-8686-3

Ⅰ. ①颜… Ⅱ. ①宋… Ⅲ. ①随笔—作品集—中国—当代 Ⅳ. ①I267.1

中国版本图书馆CIP数据核字（2021）第136657号

责任编辑：闫 星　　责任校对：高 涵　　责任印制：储志伟

中国纺织出版社有限公司出版发行

地址：北京市朝阳区百子湾东里A407号楼　邮政编码：100124

销售电话：010—67004422　传真：010—87155801

http://www.c-textilep.com

中国纺织出版社天猫旗舰店

官方微博 http://weibo.com/2119887771

三河市延风印装有限公司印刷　各地新华书店经销

2021年11月第1版第1次印刷

开本：710×1000　1/16　印张：27

字数：296千字　定价：68.00元

序

光辉约我为《颜山漫记》写序，我就噗嗤一笑，光辉为我的书作过序，写过万言长篇评论，是研读我文章最多、最全、最深的，如今光辉的随笔结集出版，要我写序，而且“万勿推辞”，是否有曲从拍马彼此奉承之嫌？光辉论我，多聚焦排场遮丑的一面，我被光辉感动，也多见他意味之深切、表达之真率，若为序，怕是美言胜于微词，写还是不写？好在，古有“三夜频梦君，情亲见君意”，近有王世襄、朱家溍“一时瑜亮”相互为序。我与光辉不能自比李杜、王朱，然文人间笔墨往来，不亦枝干相持、枝叶相衬，相互勉励扶助总是件美好的事情，需要避讳吗？况且读者时间不从容时，可从序中洞其一二；读者意欲通读，亦可以此序为索引；如果此序尚得光辉随笔精神的走向脉络，读者看了，也算是一种有益的推介引领。

我与光辉年纪相差十几岁，不算“总角之交”，到底还是同一代人，生活在同一座城镇，蹚过同一条小河，爬过同一棵柳树，在同一个早饭摊子上卷过煎饼猪头肉，就是不曾见面。文化的气息是相通的，五年前，我在网上看到一篇《有好都能累此生——毕玉奇先生艺术面面观》的文章，不是一篇泛泛之作，文采被平铺直叙所抑制，文化底蕴的弥漫却掩盖不住，字句间传导着撼动人心的力量，遂大为惊诧，询问毕玉奇先生，知道观云楼就是光辉，地道博山人，淄博技师学院教师。接着便是见面、结识、茶叙，这一来，便君恨我生早，我恨君生迟；此遇堪所幸，把臂一见欢！

之后，我与光辉时有见面、攀谈，各自文章发表也互有评判，我衡量，这些评判基本上实事求是，望闻锱铢必较，问切必达实质，巧舌如簧的恭维是没有的，赢得了彼此尊重也赢得了圈内朋友的尊重，说到底，我们都过了那个需要哗众取宠的年纪了。文章自有高下，任由世人评说，用作品说话，以良心臧否，是一个写作者的基本道德。

《颜山漫记》全书近30万字，题材涉及亲情、美食、民俗、美术、书法、音乐、摄影、艺术漫谈，阅读这些随笔，大有文如其人的感慨，为人耿直，憨厚里蕴涵桀骜，为文洒脱，委婉着直抒胸臆，这就是光辉了，没有一点儿遮掩粉饰，既形成了光辉随笔的风骨，又彰显着光辉为人的做派，是汉子中的文人，文人中的汉子。

亲情是所有作家感触最深、表达最切的主题，没有例外。感情是文学的先声。杜甫有“感时花溅泪，恨别鸟惊心”，刘勰亦有“目既往还，心亦吐纳”。对一个写作者来说，最先撼其心旌的不是世界风云、国家大事，也不是“春日迟迟，秋风飒飒”，而是家庭和家族成员留给自己的最初印象，这个印象可能是较长时期形成，也可能因一个动作、一句言语定型，写作者对这个印象的感受，或强化或转移或颠覆，折射着写作者的心路历程和成长。这几乎是所有作家、写作者文字作品的共性，也是其所有文字中最富质感的部分。

《背影》写了朱自清与父亲因新旧思想的冲突、排斥父亲的掌控导致不睦失和，这种状态始终折磨着朱自清，某一日突然收到两年多不曾见面的父亲的来信：“我身体平安，惟膀子疼痛厉害，举箸提笔，诸多不便，大约大去之期不远矣。”这是封建伦理下一个父亲所能做到的最委婉的“求和”了，一种骨肉相连的父子情感让朱自清悲从中来，不禁联想起八年前一次在站台上与父亲离别的情景，挥笔写下《背影》，至今仍是感人至深的散文名篇。光辉有一篇《自古逢秋悲寂寥》，写爸爸的，给过我不亚于《背影》的震撼。在光辉的心目中，爸爸是个才子更是个孝子，晚年得了阿尔茨海默病，“在爸爸去世后的几天，我脑子里奇怪地反复出现爷爷去世时清晰的场景，那时我三岁。帮忙出殡的人忙里忙外，爸爸蹲在地上抱着头呜呜地哭，这是我见过他唯一一次哭过。我无法想象他会哭，那时仿佛感觉到他的哭声里充满了委屈和绝望。时隔四十二年，在他就要被推进火化炉的时候，我紧紧抱着他，贴着他的脸颊再也控制不住地痛哭，天塌了，我再也没有爸爸了”。读到这里，任你是铁石心肠也不能抑制涌上的眼泪，因为，爸爸得了那个病以后，性情大变，由和善而暴戾，由慷慨而自私，光辉竟然不知病之所致，“我和他大吵了一架……就在他奄奄一息的那几天里，争吵的画面总是浮上脑海，懊悔不已。在安葬了爸爸以后，许多亲属朋友都说我是个孝子的时候，那个画面更清晰，那种懊悔演变成罪恶。有一次我甚至失去理智地冲着夸赞我的人大吼，不要说了，不要说了，我是个逆子啊！”这一声呐喊，让我们感受了一个儿子对父亲的忏悔。亘古不变的父子挚爱在父亲再也听不见的懊悔声里表现得淋漓尽致。

“下班回家，车进生活区习惯地打了左方向灯，那是母亲住处所在，倏然泪眼蒙眬，人去楼空，母亲已经远走”，这是《我的母亲》开头第一段，这样的叙述立即把读者带入“现场”，接下来的阅读便始终被框定在作者规定的“情境”中。父亲临终，饱受了六年阿尔茨海默病折磨，父亲去世两年多，母亲也离开了这个世界。“在经历了父亲离世的悲痛后，我经常不自主生出一个念头，倘若母亲离世，我会怎样”，现在，这个时刻还是来了。“只觉积在胸口凝结的如铁的郁气伴着恐惧和绝望，喷涌而出，随着渐渐远去的母亲的魂灵，在漆黑的天幕与苍凉的大地之间哀鸣”。年逾九秩，身体每况愈下的母亲，会跟光辉回忆过往，“你三岁那年冬天，我背着你去上班，天还没放亮。你哥哥在前面跑，大雪纷飞下了半夜了，新雪落在陈冰上有大半尺厚。我怎么就滑倒了，把你压在身子底下，我怎么就滑倒了呀！母亲说的时候并没有多么不堪回首的表情，她的心是很

硬的。母亲说那是过的什么日子啊，母亲说你打小没捞着点好，母亲说了很多很多。我早已淡然，没想到母亲还清楚记得自己以为的愧疚”。有一次母亲问起光辉的哥哥，“你哥又出差了？我说电话方便，我拨通了您跟他通话吧。母亲在电话里说，你上小学时把同学的牙碰坏了，我打你啊，打得太狠了！我现在向你道歉，不该那样打啊。哥在电话里哭着说妈我都忘了啊，不提这些事了，就是打也是应该啊。母亲放下电话，还是说不该那样打啊”。文章里那些精彩的陈述是真挚的，但母亲在生命尽头的不远处，不是对儿女的惦记嘱咐，而是细数一生里那些“自己以为的愧疚”，施翻出来，不能不叫像我这样父母双故的读者万箭穿心。

《过年》是写住在一个大院的宋氏家族的故事，中国不同家庭在过年时的不同境况，折射着作者不同年龄阶段的认知，表现了中国民族文化里特有的血浓于水的情感连接。宋家世居东门里一个大杂院里，七十年代初，祖辈们都已过世，“南屋一排住着二爷、四爷，西屋住着五爷，北屋一排住着六爷和我们家……大爷一家住在前院，到现在也没搞清他跟我父亲是不是一个爷爷的堂兄弟。父亲对家族的事讳莫如深，据说当年大爷的爷爷带着一家子走到这，都是一个姓，父亲的爷爷是名中医，家里开着药铺，家境较为殷实，就赁了房子给他，大爷按年龄就行大了。我始终怀疑这种说法，赁房子是真，后来动迁是能顶楼房的，租赁期已过了，大爷不认账了，父辈们从道义上把他逐出了五服。二爷四爷是一个爹，五爷六爷，还有当了兵后来转业定居南方的三爷跟我父亲是一个爹。父亲有些特殊，他的四叔没孩子，他爹就在他七岁时把他过继给了四叔，也就是我的爷爷”。因为是随笔的缘故，家族间的故事没有大面积展开，光辉把有限的篇幅留给了五爷。

在那个生活窘紧的年代，一挂鞭炮对于要过年的小男孩来说，甭提有多敏感了，对此我有更甚于他人的体验，我小时候父母只能象征性地提供一丁点零钱让买鞭炮，大白鞭、满地红想都别想，买一小串麦秸梃就很奢侈，看着有钱人家的小孩济着放，那种羡慕！就在天一放亮的时候到大街上去捡“哑巴”，信子点着了又灭，这种“哑巴”捡回来，留着很短的信子，在燃放的时候没等扔出去就响在手里，手刚举起来在耳朵附近，一个炸响，摧毁了我的右耳听觉神经，从此耳鸣伴随了我一生。光辉的五爷可能是因为没有男孩的缘故，对男孩心理失察。年关将近，五爷突然把光辉喊进了屋里，五爷的大女儿在床上铺了案板擀饺子皮，笑眯眯仰头示意光辉看墙上，墙上挂着一百头的“满地红”，红得醉人。二百头的“啄木鸟”，青花亮眼。再就是五支二百头的“麦秸梃”结成大串，红黄绿三色。在光辉的印象中，“五爷都是在除夕夜后的五更头放这一挂鞭，那么好看的一挂鞭，分分钟化作电光，烟消云散，这于我来说太奢侈了。五爷放这挂鞭是颇有架势的，我总觉得他得等全院的孩子们穿了新衣，燃上火绳，聚在院子里，小心翼翼有些不舍从口袋里摸出一个鞭炮，开始迎接真正的年时，他站在他的屋门前，用一根一米多长的杆子，将那挂鞭缠绕在杆子上，平挑着，用香头点燃，不紧不慢地转动杆子，移动着他的小方步，将鞭炮炸飞的碎纸尽收在他屋前的‘一亩三分地’，绝不至于散落在其他住户的门前，好似肥水不外流一般。眨眼工夫，响声过后硝烟散尽，五爷气定神闲地看着满地的收获，回屋吃饺子了”。在光辉对墙上的鞭炮垂涎欲滴的时候，五爷千不该万不该说了那句话：“买鞭炮了吗？”光辉分明感到了巨大的羞辱。除夕，父亲回到家，光辉鬼使神差地冒出一句五爷家买火鞭了，他说让你爸给你买！“父亲怔了怔，有些浮肿的眼袋好像更肿了，眼睛看着窗外降临的夜色，许久许久，叹了口气说，唉，俺这个哥哥啊！那晚，父亲没有吃年夜饭，推上车子走了，很晚才回来”。年幼的光辉不知道这一句话让父亲有多么尴尬和伤心。但从那天到八十年代初，整个老院子拆迁近十年时间，他没再踏进过五爷的屋里一回，当然也没再叫过一声五爷。按血统，五爷是光辉的亲五爷。五爷去世，光辉坚决不去送终。勉强去了，又坚决不跪，哥哥瞪着他，他终于跪了，这一跪，郁结已久的心结得以松动。后来，光辉和自己孩子说起小时候与鞭炮的时候，顺便说起了与五爷的“过节”，孩子说，五爷爷这不就是三毛、哪吒、金刚葫芦娃吗！光辉说啥意思啊？孩子说啥意思，他就是个老顽童啊！光辉倏然感喟道：“我的天，我跟一老顽童置了四十多年气，我岂不也是三毛、哪吒、金刚葫芦娃。”与父辈间的一桩“恩怨”，竟然随风而逝！是另一代人，成为称职的调解者，使一度的愤慨变幻为喜剧，五爷故事的背后，光辉让我们看到了时间、阅历和亲情的力量。

叙写民俗和手工艺的文章有《打锡壶》，算起来，《肉火烧》《快三秒》也应该包括在内。我是写过《锡壶》的，我的《锡壶》属于主观性的散文作品，抒情主人公的情绪起着主导作用，而光辉的《打锡壶》则要客观得多，文章里对锡匠制作锡壶场景、动作、气氛的描写，俨然成了一幅地域特色显著的民俗画：“放进一个海碗大的铁锅里，把锅坐在脚前的小炉子上，拉动风箱，火焰绕着锅底渐渐蹿上来。手里一把火钳子，不时拨一下逐渐融化成液体的锡，顺手夹出炉灰。待达到一定温度，锡液像镜子一样发出银亮的光。这时把早已备好的两块脸盆大小蒙了黄裱纸的陶砖（博山话叫窑墼）搬到脚跟前，两块砖是摞在一起的，以四十五度角坡面朝他自己放好。前面垫一木块，然后拉风箱催火，锡液重新放出银亮的光芒。这时手要快，左手用火钳子夹住锅沿，将锅沿对准两块砖之间的缝隙，右手拿另一火钳轻拨锡液上因冷却产生的一层氧化膜，缓缓倒进砖缝隙中。说来也怪，不但锡液不剩，还没有从其他缝隙流出，这让我很纳闷……一张不太规则的锡板，拿了一块纸板做的模板，放在锡板上，用一个锥子模样的工具沿着纸板边沿划了一圈，锡质地软，锡板上留下明显的印痕。然后拿把大铁剪刀沿线剪掉多余的料，围着一个锥筒模样的模型熟练地团起锡板，壶的主体就出现了。再用烧红的烙铁融化锡块蘸着黄香，一点一点把接缝焊接起来。待短时间冷却后，把这成型的锥筒套在一个尖脚伶仃的铁砧上，边转动边用右手的方木棒击打，圆筒不但更规则了，外表面还会打出一些规则排列的花来，这见功夫的工序就是第二道了……再拿稍小些的一块锡板，把打好的锥筒放在上面。用一个铁制的圆规，凭经验打量一下，在锡板上画一个圆圈，沿线剪下废料。在一块带圆弧边角的大木块上，还是用那根方木棒捶打，渐渐就出现带圆弧的壶的底座了。这道工序凭感觉和经验要多一些，因为打好的底座边沿要和锥筒的大头边沿正好对接。过于小了，势必要把锡板捶打薄才能延展，壶就不耐用了，大了则无法对接。同样用蘸了黄香和锡的通红的大烙铁把接缝焊严实了。三道工序过后，壶基本成型了。剩下的是壶嘴和壶盖还有提系。壶嘴就是壶身的缩影，焊接也是同样的方法。但如何掏出壶身和壶嘴之间的圆孔，我没见过，估计使用錾子剔除，然后用烙铁找匀。壶盖做法大同小异，只是如何能让水开时蒸汽蹿出发生鸣响，那是仅仅看到制作过程如我那般年龄无论如何也搞不懂的。”这般教科书似的描写，让我恍入《考工记》和《天工开物》。

有人说，一个对吃喝没研究的作家，不是典型的北京作家。同理，一个对吃喝无动于衷的人，也不是典型的博山人。博山人、博山作家热爱生活的独特标志就是酷爱美食。这个标志生动体现在光辉身上。《颜山漫记》里吃的篇什就有《老高的油饼》《快三秒》《把子肉》等十数篇，细读这些文章能让我们了解和理解博山人。没错，文学就是人学，光辉写美食，不止于美食，透过美食写人，形成了光辉美食文章的突出特点。

《老高的油饼》写的是技校食堂面食厨师老高的手艺，老高和老六每天都是星夜起床赶路，天不明就赶到学校为教工们做早餐，烙油饼，炸油条，钳工出身的老高从父亲那里沿袭了厨艺，烙得一手好油饼，“老高爱琢磨，凡事求个理，他认准的理你犟不过他，但他有一个好处，不是轻易跟人论理的，也就让人感觉不缺世故”。应光辉所好，老高时常给光辉开个小灶，烙一张解馋的酥油饼，“跟他讨教烙油饼的法门，他嘿嘿地笑笑说哪有法门，不过是细心加耐心，一张油饼有两面，一面酥一面暄，很像人的一生呢，酥，就是要张扬适度，暄，就是要含蓄沉稳”。文章到此戛然而止，水到渠成，没有杨朔散文的“画龙点睛”，留给读者的是蕴藉与隽永。

《剔骨肉》则是对做剔骨肉的李婶的描写，叙述了底层普通百姓生活的悲欢。李叔是光辉父亲的至交，李婶是李叔的续弦妻子，当初李叔妻子病故，带着两个不懂事的孩子，开始了既当爹又当娘的日子，原本暴躁的他更暴躁了。过年真是过年关，清锅冷灶的。除夕夜，光辉父亲和几个弟兄总是带些吃的，在李叔家陪他爷仨，直到大年初一的五更前才回家。后来李叔的两个儿子长大成家，李婶也带着女儿走进这个家庭，“有次父亲跟母亲说，李婶太牙硬了，煮骨头卖剔骨肉，两手指甲缝让碎骨头刺得肿得像红萝卜”。家里有了女人，多了一份温暖，多了一份生活的奔头，一家人过着平凡却温馨的日子。一次李婶生病住院，“我立刻驱车赶到医院，李叔布满血丝的眼睛第一眼没认出我。少顷才说你咋来了，我说叔啊，您得保重啊，让我弟弟妹妹护理就好，李叔说我能行我能行，不放心不放心……我去到重症监护室玻璃窗外，李婶还在麻醉期，瘦弱的身形蜷缩在被子里几乎看不到人了。看到我流泪，李叔说放心吧，你婶命硬。是啊，李婶命是够硬的，一个原本简单的手术因为缝合不当还遗留在腹中一角纱布，致使她三四年的时间辗转于几个医院多次手术，瘦得皮包骨。李婶的命够硬的，用她的勤劳和毫不吝惜自己硬生生托起了一个家。我想，李婶的付出有盼头，她剔骨头刺肿的双手迎来了全家的感恩，迎来了一个近五十岁的儿子那声发自内心的‘妈妈’”。读到这里，不能不对这普通人的命运多舛感同身受。文章最后，作者无法掩饰自己的一声叹息：“生活，生活，人一生下来，剩下的就是活了，活仅仅是一种状态。有朴实的、有富贵的、有自然的、有扭捏的、有豪爽的、有猥琐的，大千世界，不一而足。”面对、接纳、自强不息，这个华夏民族不屈不挠的血性清晰可见。

《梁姨的大酥锅》写了技校食堂善于做酥锅的梁姨，干净麻利快，酥锅做得可口，炸肉、炒肉片也做得拿手，眼看着儿子、女儿要成家，梁姨辞掉工作干起了菜肴生意，正是日进斗金的时候，停下生意看孙子。“梁姨很普通，但是识大体，这是难能可贵的。她能赚钱的时候不张扬，照顾家庭任劳任怨，她做人做事的准则和态度默默影响着她的子女甚至第三代。”作者发出这样的感慨是自然而然的，笔锋一转，作者用第三代的成长佐证了梁姨的普通而又卓越，“家教是什么？就是家长的言传身教，就在一颦一笑一言一行之间。”作者没有说破的是，言传身教与酥锅之间的关联，做酥锅，烦琐的就是前期准备，一旦材料入锅，剩下的就是漫长的等待，在孩子教育问题上，导向确定以后，信任、祝福和等待是一种智慧。

艺术评论是光辉的擅长，我更相信是他的天赋。《论语·述而》有“举一隅不以三隅反，则不复也”，《论语·公冶长》有“赐也何敢望回？回也闻一以知十，赐也闻一以知二”。在音乐、书法、绘画诸多领域，光辉堪称是一位“闻一知十”的人。在书法、绘画创作上，他敢下口，更敢下手，他与许多著名书法家、画家、音乐家亦师亦友，对多位书法家、画家行过弟子礼，绝不是一般的附庸风雅。

让我们先看《有好都能累此生——毕玉奇先生艺术面面观》对玉奇先生音乐艺术的描述：“每次去他府上拜望，总能听到从屋里传来的琴声。板胡、椰胡的幽咽悲凉、二胡的低回惆怅、小提琴的悠扬斩截。他会多种乐器的演奏，不是票友，是专业水平。我曾在他的书房听他演奏过京剧曲牌《夜深沉》，那种刚劲斩截的潇洒让人为之一振，尤其是后半段急促的演奏，左手在二胡弦上飞快地触摸琴弦的画面弥久难忘。《乡籁》里就有他亲自操琴的曲子，椰胡独奏和中提琴拨奏，这对真正以乐器演奏为主业的人也不是容易事。据说年轻时曾以高胡第一名的成绩被市里歌舞团录取，因为爷爷的阻拦而没能履职……椰胡的音色与埙和箫有相同特质，幽咽悲凉如泣如诉。贾平凹在其《废都》里不厌其烦、千里伏线、神龙见首不见尾地铺设城墙上传来的埙声，将整个小说置于埙所能表达的凄冷与泣不成声中，与‘废’形成点与面的交相呼应。老贾写完《废都》已是腊月底，他的极富传奇色彩的婚姻也走到了尽头，想来是那低回的埙声早已注定了他的心绪。在玉奇先生的椰胡声中，当时我没有想到更多。听完了，我说有急有缓似乎缺些高亢的东西。现在反复听才真正感觉到自己的无知和轻狂，至少这几首曲子是他在失去母亲后心境的真实流露。暮雨潇潇、大雁徘徊、枯木摇曳、白云踌躇、山谷清寂、诗人怆然，要什么高亢啊！难道真的要把音乐家的心撕碎了不成？《秋谷高风》绝不是只对赵执信（字秋谷）身世浮萍的慨叹，亦非仅仅是玉奇先生自况，而是对博山地区古圣今贤的集体精神写照。”

对音乐人物的论谈，还涉及谢天笑、王磊、赵锦峰、阿峰等，同样彰显着光辉不凡的音乐素养，即便得益于《音乐为邻》中揭示的生活环境，也不能不承认光辉之于音乐的天赋异禀。

光辉评介玉奇先生书法时一水专业语言：“他的书法是最为人称道的，他的学书之路很耐人寻味。我曾偶然透过一个装裱作坊窗户看到一副对联，不禁驻足。四尺对开七言对联，其气象宏大森然有庙堂之气，得刘石庵神韵，一看是玉奇先生写的。有次聊天我就问起他是不是近来刻意学刘墉，他说也怪了我基本没学啊。这只能用神会来解释了。他遍临古帖，现在来看他无论是楷书还是行草，北碑的影子很少，只有一些笔画煞笔时可见方笔的功力，而他曾经在翻检书箧时找到几十年前临写的北碑，一尺见方的元书纸，一笔不苟，有北魏墓志的方刚劲挺，似乎也有些于右任的俏皮。真正给予他书法风格阶段性定型的是王羲之的《姨母帖》，其取法直追二王，下及唐楷，于颜褚用功甚深。尤其是褚，他在与我谈到褚遂良《雁塔圣教序》时眼睛是放光的。他说在西安大雁塔下看到那块碑时，久久凝视，流连忘返。其书法线条瘦劲处多得于此，肥硕不妖则得于《姨母帖》。我临习褚圣教三年，虽然不得要领，但其中魅力还是能体会一二的。形取《姨母帖》，意参二王诸帖兼及唐楷法度、宋元意趣旁涉清代诸家楹联高手，可以看作其习书有成之脉络，至于无意于石庵而以石庵面目出之，就是意与古会了。颜真卿法乳二王自成面目，刘石庵胎息颜真卿而能自出机杼，在历代学颜的士人中是翘楚。大约路数正确了，风格就是才情和禀赋的事儿了。”

写书法家的随笔还有《山城旮旯里的文化人——记书法家钱蕴声先生》《暂借荆山栖彩凤　聊将紫水活蛟龙——我了解的书法家赵玉臣先生》《忽忆赏心何处是　望海楼畔知鱼堂——记书法家、太极拳师张林业先生》等多篇，行文中清晰可见作者的辨识力甚至腕下功夫。《山城旮旯里的文化人——记书法家钱蕴声先生》说一位老人的字在省城受到盛赞，这位老人叫钱蕴声，药材公司的退休职员，可谓山城文化人中的“大隐”。这位老先生的字，早在近三十年前就已经被光辉“看中”，谓之“形神俱佳的何绍基体式”，后来参观一个书展，又见先生的对联，雍容华贵、气压群芳，惊呼“先生之书，能及古人”，接下来，光辉从专业出发，阐述了自己心目中的何绍基，“被曾国藩称‘字必传千古无疑’的何绍基，系历清代嘉庆、道光、咸丰、同治四朝的著名书法家。何氏四体皆攻，尤以隶书、行草书成就突出。何氏初宗颜、欧，欧是欧阳询、欧阳通父子，爷俩均以楷书名世。询为圭臬，后世千年奉为楷模；通则不然，其字并非规矩森严，结体险峻多有隶势，横向开张，纵向紧凑，中宫紧收。通相较乃父，有‘返祖’之相。当代已故书法大家魏启后先生主张临通不临询，盖询成楷则，难越雷池；通富变化，以变求变，路径自然开阔。如此，何氏架势多得通之险峭，筋脉神情则由颜出，颇得《祭侄稿》乱头粗服妙理，其行草牵丝映带又得篆籀风神，变化万端，神龙见首知尾。纵观何氏行草，于放浪形骸之末复求待字闺中之娴，可谓欹中求正”。作者笔锋一转，由何绍基论及钱蕴声，“钱先生则是先求待字闺中之娴淑，复加放浪形骸之快意，可谓正中求欹。这是冒险之举，也是参透何氏法门，胸有城府之举。《书谱》谓：‘初学分布，但求平正。既知平正，务追险绝。既能险绝，复归平正。’孙过庭之论，几成学书章法之定律。由此可见，此可谓钱先生学何氏而自出机杼之其一。也可想见，钱先生晚年书风还会一变。事有凑巧，聚乐村王鹏先生欲开发鲁宴，携余复造访钱先生，求题字。我则有幸第一次目睹先生提笔挥毫，果然，诚如孙过庭所言：‘通会之际，人书俱老。’”读至此，不禁心向往之，寓险绝于平正，那是一种什么境界！

《暂借荆山栖彩凤 聊将紫水活蛟龙——我了解的书法家赵玉臣先生》是写与博山书法家协会原主席赵玉臣相识及过往，兼及书法名家路长存、王颜山、蒋正和、吴建柱、赵增儒、胡立效、蒋则良、牛盛海诸位，在激赏赵玉臣“由隶入篆”如同蛟龙入海、风行水上之际，隶书也比过去宽博遒劲，且浓淡枯湿、挥运自如之时，点评了路长存之四体皆攻，王颜山之端庄丰腴、笔墨秀润，胡立效之硬笔行走，赵增儒得曹全碑之妙，蒋正和之杂糅百家，吴建柱之独得潘天寿旨趣，把一个小城书坛描摹得渔歌互答、浮光跃金。

《忽忆赏心何处是 望海楼畔知鱼堂——记书法家、太极拳师张林业先生》写的是拳师兼书家张林业，张林业得精研米芾的书法大家魏启后先生指授，日有所得，艺事精进，其书法多以米字形神出之，借故近读张林业书艺，作者借机阐发了一次学习米芾书法的两个要点，“一是以险取势、摇曳多姿。纵观米芾大量传世作品，侧倾飞扬的体势、跌宕跳跃的风姿，在正侧、偃仰、向背、转折、顿挫中尽显飘逸豪迈的气势和淋漓痛快的风格，成就其古来弄险第一人……二是八面出锋、力道十足。米芾言众人勒字、排字、描字、画字，有他的理由。米芾的字不避侧锋，中侧并用而归于中锋；笔笔力道足，这种力道不是抓笔用力的力，而是线条所表现出来的力学上的依附关系。四体开张，收放有致，全盘皆活，因险而活，因活而生姿”。仔细品味这两点，有种令人心旌摇曳的冲动，然后又从张林业的拳艺中窥见到“掤、捋、挤、按、採、挒、肘、靠、进、退、顾、盼、定，八法十三式贯通一气，俨如其书法左右逢源复险象环生，气韵通畅又履险如夷”。读到此处，跟随光辉发表一通感慨是再正常不过的了：“万物同理，林业先生于书法、太极拳相辅相成而又相得益彰，可叹复可羡啊。”

许久以来，中国书坛“丑书”横行，世人多有诟病，光辉借这篇文章直言不讳地阐述了自己的观点，不做“假道学”，也不惯着“小混混”：“说到这里，不得不说玉奇先生于书法的艺术主张。他和我曾一度就书坛‘流行书风’做过深入批判评析，他是兼容并蓄的，我俩意见出奇一致，所谓‘传统风格’里混迹着一大批‘假道学’，所谓‘流行书风’里更多的是欺世盗名的‘小混混’。‘流行书风’是流行书风者给自己扣的一顶屎盆子，其实只是因为当下对‘流行’二字赋予更多的是贬抑。冠以‘流行’至少有两种心态，一则无奈，一则凑趣。其实‘流行书风’与‘传统风格’之顶尖高手是无需区分的，也没必要区分。所谓‘流行书风’‘流行印风’个中高手如王镛、石开、沃兴华、于明诠等，都是在极具传统功力和学养的基础上寻求变法的，那些东施效颦的‘小混混’直接取法他们，忸怩作态自以为是，恐怕学到的都是他们要丢弃的东西。齐白石‘学我者生，似我者死’是讲学习他的治学之道者是行得通的，而只是学习描摹他的形的，肯定是死路一条。”这种实事求是的态度和力求专业的精神是我们这个时代特别需要的。

王羲之，东晋伟大的书法家，但王羲之书法代表作《兰亭序》则是千百年来的一大“谜团”，对王羲之与《兰亭序》的好奇我相信光辉不会缺席。果然，围绕这个棘手的选题，光辉一连写出数篇文章，分别是《聊聊王羲之的生卒年》《王羲之曾任官职及性格特点》《尴尬的兰亭序》《也谈〈兰亭序〉的文章问题》《〈包世臣十七帖疏证〉笺注》等。

光辉对《兰亭序》为王羲之原创是置疑的，“从它流传、被历朝历代重视、被称作‘天下第一行书’、被奉为圭臬所带来的审美影响，它在中国书法审美史上所起的作用简直无法估量，但这种审美影响是进步的还是导致后退的抑或停滞的，实在不是三言两语能说明白的……据学界各路专家论证及历史上的传闻、臆测，《兰亭序》底本（如果有的话），则在王羲之死后200年才被李世民找到。说是当时王羲之写完后酒醒，自觉无与伦比，又反复写了若干遍，还是第一次写得最好，就让儿子王徽之秘藏，秘传至第七世孙僧智永云云，这完全是文学化的编故事，信口雌黄跟唐代何延之《兰亭记》如出一辙。别的不说吧，单是从审美角度，一个人对自己整天拿毛笔写的无数纸片，竟然一眼认定它能成为家传之宝，这也太离谱了吧！……笔者是倾向于智永所为的，他并非造假，他没有向世人宣称此为王羲之所作。智永系王羲之七世孙，是王羲之第五子王徽之六世嫡孙。他生卒年不详，大略生活在陈隋时代，与李世民同期或略早，李世民看到《兰亭序》，从时间上不违。这个和尚很勤奋的，从流传下来的传为他书写的《千字文》，完全可以断定无论形质、气息，颇近《兰亭序》”。围绕《兰亭序》的学术争议还在进行，《兰亭序》的尴尬仍将继续，在万千争鸣的书坛上，我们庆幸能够听到一个坚定的来自光辉的声音。

对于书法，光辉探究极深，而对于绘画，他更不是门外之人。他与画家李波有师生之谊，对李波画意的描述格外通透，而且不忘在文章末尾来一介“调侃”，透出一份童真稚趣，“画室只有一幅画，是山艺王力克教授为其造像，油画，咋看都有点像希特勒。呵呵，李波是谁？李波就是李波，不是希特勒”，令人忍俊。“而我偏爱的是先生对画面的最后收拾，几根草，几个苔点，画龙点睛，全盘皆活。我曾大不敬地和先生开玩笑说，最喜欢的是‘几根烂草，一只呆鸟’。殊不知那几根看似随意的草，凝聚着画家一生的功力和审美情趣。”我以为这寥寥几句，恰是神来之笔。

光辉的《颜山漫记》一定是一个标志性的存在，至今为止我还没有看到一位写作者有如此宽泛的艺术涉猎，如此耿直率真的内在表达，其一以贯之的语言风格也是一种成熟的姿态，如果像宏森先生提醒我的注意文章的“文体感”，在叙事的逻辑上再多加一点梳理、多加一点约束的话，文章表达的力量还要更大更强更集中。这类问题在我的写作中是“常见病”，个别描写、叙述、议论自我感觉得意的时候，往往不自觉地在此处逗留盘桓，耽搁了通篇布局上的节奏，严重了容易岔出新枝，陡添挽救之苦，这个感受不知光辉同不同意？

拉拉杂杂说了一通，序没写成，倒收获一篇读后，宣泄的是先睹为快的心绪，真的为《颜山漫记》付梓高兴！

刘培国

（2021年4月30日于太阳湖）

财富运
运石
转来

目录

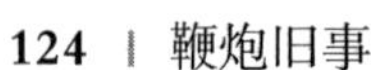

我的母亲

下班回家，车进生活区习惯地打了左方向灯，那是母亲住处所在，倏然泪眼蒙胧，人去楼空，母亲已经远走。

母亲走了，在父亲离开我两年多后，也安详地离开了这个世界。我在被颈椎病疼痛折磨着却四处求医无果的灰暗心情中，在医院急救室握着母亲的手，窗外一片漆黑，苍穹了无星辰，眼睁睁，眼睁睁看着母亲，离我而去，无可奈何，万石捶心。

一切凝固了，灯光，声音，周边亲人的脸庞。我轻轻松开母亲的手，慢慢放进被子下面，脚步凌乱地去找来温水，浸湿餐巾纸，擦掉老人嘴角刚刚吸痰的残留，老人家一辈子爱干净。

望着母亲安详的面庞，木然无泪。就在几个小时前，母亲还嘱咐我一定要治好颈椎病。那时，母亲其实已在弥留之际。

呜呼！我从此再无母亲。

母亲去世前三天，我在与哥哥商量医疗救治方案时，我那颗壮过所有牙齿的虎牙，突然齐根断掉。一丝不祥的但不敢说出口的预感缠绕着我，胸闷，恐惧。

无法入睡，过往岁月的影像纷乱叠加。

在经历了父亲离世的悲痛后，我经常不自主生出一个念头，倘若母亲离世，我会怎样。

如今，母亲在我眼睁睁回天无术的无奈与悲凉中离去，只觉积在胸口凝结的如铁的郁气伴着恐惧和绝望，喷涌而出，随着渐渐远去的母亲的魂灵，在漆黑的天幕与苍凉的大地之间哀鸣。

妈妈，儿心好痛，万般不舍。

父亲去世时，母亲八十八岁了。第二年的春节前后总是生病，母亲说看来过不去这个坎了。母亲是轻易不说丧气话的，别人如果说不吉利的话，母亲会毫无掩饰地制止。我不知说什么好，劝别人的话放在母亲这里觉得没底气，这才知道一切对他人的劝慰，其实都很苍白，只是被劝慰者不好违逆了这份好心。

然而母亲身体每况愈下，行动大不如前。

2017年入冬那天，母亲说你三岁那年冬天，我背着你去上班，天还没放亮。你哥哥在前面跑，大雪纷飞下了半夜了，新雪落在陈冰上有大半尺厚。我怎么就滑倒了，把你压在身子底下，我怎么就滑倒了呀！母亲说的时候并没有多么不堪回首的表情，她的心是很硬的。母亲说那是过的什么日子啊，母亲说你打小没捞着点好，母亲说了很多很多。我早已淡然，没想到母亲还清楚记得自己以为的愧疚。

有一次母亲问我，你哥又出差了？我说电话方便，我拨通了您跟他通话吧。母亲在电话里说，你上小学时把同学的牙碰坏了，我打你啊，打得太狠了！我现在向你道歉，不该那样打啊。哥在电话里哭着说妈我都忘了啊，不提这些事了，就是打也是应该啊。母亲放下电话，还是说不该那样打啊。

我竟没想到母亲这是以特殊的方式向我们道别！现在想想，痛煞我也！

母亲出身的家庭权且算作没落乡绅吧，这是我从关于母亲的爷爷的传说里隐约断定的。一大家子的人，做着点小买卖，穷没到流落街头，富没到花天酒地。他是“两边都做过”镇长的，他唯一的儿子，也就是我的姥爷写了一手颇近刘石庵的颜楷，我见过残留的对联和片纸的诗词，字里行间透出的静穆的书卷气是当下难寻的，因此我更愿称其为没落乡绅或书香门第。

母亲的爷爷在某个时期并未受到太大冲击，多次危难之际，总有“刀下留人”的断喝，据说是源于他有一个“善人”的称号。

母亲的父亲还有两个姊妹，也就是母亲的姑姑。母亲的母亲一生生养了十三个孩子，活下来十个，这十个里面有我三个姨六个舅，母亲排行老大。母亲的两个姑姑也就是我的姑姥姥，受她们善人父亲的影响吧，吃斋念佛都是三四十岁了才出阁给人做了填房。母亲像极了她的姑姑，三十四五岁才嫁给我的父亲，母亲说她在出嫁前根本不知道钱中用，因为家里有个铺子，生活资料基本不需要出外购买。

我父亲也是一个大家族，多数的兄弟、堂兄弟都聚居在一个大院子里，他七岁时被过继给了他的四叔。他的父亲尽管跟他住在同一个院子里，但再没待他如已出，他的亲兄弟们也正经八百地跟他做起了堂兄弟。他的继父，也就是他的四叔，有份薪水不薄的差事，待他尚好，但撒手人寰时给他留下了一屁股债务。

嫁给我父亲，等待母亲的不仅是贫穷，还有父亲病逝的前妻留下的两个女儿，还有更多。这个大家族也有革命党人，也有工人骨干，也有市井小民。一个没落乡绅抑或书香门第出身的大龄女子，置身于那样一个纷乱的大家族，几乎毫无生活经验的母亲，难以招架更多世俗的压力，更何况面对生活的贫困窘迫和家族内部的种种矛盾。

我懂事很早，亲历了许多许多，不说也罢。但有一事，对我做人影响巨大，不得不说。我从能独立去给先人上坟起，母亲在备好食馔、酒茶、碗筷、烧纸后一一对我清点，总是郑重其事地说，这一份是给你那个妈妈的。“那个妈妈”是父亲病逝的前妻，这么多年我始终想不明白，母亲的心胸为何如此大度。多年后我问到这事，母亲叹了口气说，她是个苦命人。

尽管生活困苦，家族矛盾纷乱，父亲和母亲的结合还算是幸福的。我常见二老沏茶聊天，父亲很幽默，渲染气氛营造快乐，信手拈来，母亲很是配合，总在关键节点发出会心的笑声。父亲临终经受了六年的阿尔茨海默病折磨，发病之初，整天怀疑母亲偷了他这个那个，往日的欢笑尽无，取而代之的是毫不留情的谩骂指责，直到父亲不再认识母亲。

现在想来，父亲可怜，神志清醒、耳聪目明的母亲更可怜。

母亲是乐观的，年节寿庆时令交替，妻子和嫂子都会给她买一大堆色彩鲜艳价格不菲的时髦衣物，她总是稍作推辞随即欣然接受。我很欣赏她的做法，子女孝敬父母，父母千万不要推辞，这也是给子女养成孝心孝行的机会。母亲对好日子充满着向往，总是说好日子还在后头呢。

随着母亲身体渐渐衰退，我心里总是惴惴的。

母亲是坚强的，八十岁那年得了带状疱疹，满满一大腿根都是，疼痛难忍，持续近俩月。这病几乎没有好办法治疗，只能辅助治疗强忍自愈。母亲生日那天，亲朋满座，我非常感慨地说，母亲三十九岁才有了我，身体又多病，父亲身体也出现了问题，从不敢想我四十岁时还有父母，也从母亲战胜疾病的坚强中学到人活着的真谛。

我郑重其事地跪在地上给母亲行三拜九叩礼，我说往后母亲每个生日，我要学习老莱娱亲，磕头打滚。感谢坚强的母亲，又给了我九次机会。仰望苍天，儿长跪不起，妈妈，您在天国，让我凑足这十全十美的一跪吧。

母亲说的雪地摔倒的事我记得，就在马行街的粮店门口，尽管那时我才三岁，却记得母亲当时心疼的样子。母亲说的去上班，是到西寺水站，就在炉神庙的西北边。那时自来水不到户，居民都是到片区的水站挑水喝，一分钱两担。这是份临时工作，是亲戚帮母亲找的。

为了贴补家用，母亲是很珍惜这份工作的。自来水公司跟母亲按水表的字数收钱，而许多居民吝惜自己的水钱，找白铁匠把买来的水桶接上一截，这样多出来的水，其实都是母亲该得的工资。有些人很讲卫生，要先接上一些水涮水桶，这些水的钱也是母亲该得的工资。有些人得把水桶接满，宁愿在回家的途中咣叽到路上。母亲总是说都是乡里乡亲的，不去计较。没有休息日，每天早去晚归。有些居民勤快，要在早晨上班之前把水缸灌满，母亲就得早去；有些居民习惯下班后挑水，母亲就得等着很长时间没人去了，昏暗的路灯亮起很久了才回家。

母亲的不计较也赢得了尊重，水站周边的乡亲，在她离开那里多年后见到她都是非常亲切地打招呼，驻足说上一会儿话。在这些极细微的事情上，我幼小的心灵既沐浴了人性的光辉也遭遇了人性的龌龊，世态炎凉，人情冷暖，过早地明晰了我嫉恶如仇的性格。

生活拮据是那个时代的集体窘境，在一分钱恨不得掰成两半花的情况下，母亲买来白纸裁成演草本那么大，订起来，打上格子，亲自写上一排字做示范，我就蹲在地上，就着水站旁马扎高的那块石台学习写字。记不得那些挑水吃的乡亲有没有夸我，我是很认真的。也许日后对文化稍感兴趣，因缘全来自对汉字一笔一画地摹写。

怪不得熊秉明先生说“书法是中国文化核心的核心”，这种他觉的文化基因一旦植入身体，看待这个世界的眼睛里便会泛着光芒，这种光芒稍稍感觉到便油然而生一种幸福，只是幸福的背后往往是苦苦求索的激愤和独持偏见的执拗，这终究无法让我将写字与安身立命混为一谈。

母亲的心硬体现在对我的教育上，就是决不允许我做讨人嫌的事。不讨人嫌的范围确实有些宽泛，一个儿童殊难把握。我算不得不省心，但我确实是不求上进，整日恍恍惚惚，用浑浑噩噩形容一点也不过分，还时常出些幺蛾子，为此没少挨揍。父亲从未动手打过我，他的教育理念概言之就是“树大自直”。动手的都是母亲，有一次打累了，就让我哥把我摁在地上打，打得不疼，我也不反抗，我不反抗，母亲就命令我哥使劲打，我哥趴我背上哽咽着说你告饶不行啊，你告饶咱妈就消气了。我真不知她老人家为啥要打我，我又没惹祸，也许是触犯了“讨人嫌”的底线，谁知道呢，自然不会告饶。母亲心硬，我的命也硬，我头上有三个“旋子”，民间有个说法：“一个旋子硬，两个旋子愣，三个旋子打起仗来不要命。”

我倒是很少跟人打架，但心硬是随了母亲的，大概就是不服输吧，所以从来就没告饶过。如今年到半百，也没啥出息，有次孩子自感没大出息，就责怪我和他妈妈从小没打过他。我心里想，孩子，我可是挨过不少打啊，棍棒之下出孝子，可不见得出才子啊。

母亲是有文化的，集中体现在处世的通达、浪漫的内心情怀和非同寻常的文化价值观。

母亲在七十岁时，好静不动的老人家突然加入了太极拳队伍，而且坚持了十几年，也正是这坚韧的锻炼使得老人家陈病很少复发。

2017年春节那天，我跟孩子陪着母亲，不久前母亲因轻微脑梗住了一段时间医院，在家还用着无创呼吸机和氧气。孩子在喂奶奶吃水果，母亲笑眯眯地看着孙子突然背起了韵文："人生天地间，庄农最为先。要记日用账，先把杂字观。"我从来没听过，就问这是什么，母亲说是小时候背的蒲松龄写的《庄农日用杂字》。背了一大段之后有些卡壳，正好孩子带着平板电脑查了查，是乾隆年间临朐人马益著编写的，五言体，474句，2730字。经孩子几次提示，母亲竟然背诵下来全文。

我们都很兴奋，老人家也很高兴，这年过的，在多日担心之余倍感幸福，我觉得母亲身体无大碍了。

八七版《红楼梦》首播时，只要我在旁边，她几乎是指导着我在看。某个人物出场说什么话，她说的不离大谱，前因后果甚至导演编排的次序不同，她基本都说得上来。后来我看启功先生谈到《红楼梦》六十五回尤三姐一句话："清水下杂面，你吃我看着。"有人不解，求教于他，他说白面金贵，穷人能吃和着豆渣的杂面就不错了，但是太涩，刺嗓子。我以这个问题来试探母亲读《红楼梦》的精细程度，母亲说是有这句话，意思就是"你光看着我吃咧，你不知道拉巴湿"。"拉巴湿"博山话里就是"涩"。

母亲的爷爷是一方善人，就不提名讳了。善举我只知其一，现在新泰山上的庙始建时，是捐资者之一。据母亲说当时爷爷买了六合彩中了大奖，悉数捐出，还联合了一些煤矿主都捐了钱。我当时感兴趣的是"悉数捐出"，我至少问过母亲两次，全部捐出来了？母亲回答很肯定。那好像是个大数目，况且母亲家一大家子人，并不富裕。始建捐款一事，有朋友从县志上抄录让我看，据说碑文上都有，我从来没看过碑文。就是那座庙，我也从来没进去过，我对这些不感兴趣。

一段时间，新泰山庙修建前后出现过一些说法，我是道听途说不足为据。但有话传到母亲这里，母亲说我爷爷他们当时就是为了人们上香有个近点的去处，算是做了一件积德的事，这是他的事，再者说了，我爷爷那钱也建不了整个这座庙。在拉呱中我还知道了当时因为后续工程费用，家庭也出现了矛盾。

在母亲的表述和表情中，我看到不堪回首。有几个朋友曾多次劝我整理母亲家族的往事叙写成文，我都婉拒，没啥可写啊，就拿建庙这事，按照母亲的观点就是一句话的事。不久前文采颇高的小舅嫁女，我跟他聊起家族的事，他借了酒跟我聊了半宿，最后说：那些拉杂事，不写也罢。母亲这个家族称得上旷达，我的六个舅舅在书画、文艺方面都颇有才气，兹不赘述，来日另文。

大概我四五岁的时候，博山电影院放映《桃花扇》，母亲带着我和长我两岁的哥哥去看。看得出母亲很兴奋，说话和抱着我的动作都显快，有些神采飞扬。

电影开演前，灯还亮着，母亲从兜里掏出两个像如今一次性打火机一样的东西，瞬间就圈成两把团扇，像所有母亲给孩子玩具时的喜悦神情。多年后在母亲出嫁娘家打发的座柜里看到藏掖着的上下两册《红楼梦》时，我笃信母亲内心的浪漫和对美好生活的向往。

不得不说母亲是很挑剔的。我曾想试着写写博山人，题目早就拟好了，《挑剔的博山人》。这个题目的拟订源于我对母亲的观察，老人家可以说是十足的博山人的代表。

母亲看人看事，一眼望穿，一语中的，并且毫不留情，极富睿智和清高，这一点我毫无浪费地承继下来。母亲没有在社会上正式做事，但是我可是正儿八经在做事啊，于是，碰得头破血流，慷慨激昂里夹棒带刺，挑剔得朋友越来越远，命途也可谓多舛，我曾为之迷茫，如今想来，感恩母亲赐予我的个性，使我在迷茫中依稀看到人性自由的曙光。

母亲的坚韧顽强、超乎寻常的文化价值观以及浪漫的情怀，使得我的两个姐姐待她们的继母一贯地顺从和尊敬，照顾母亲直到离世；使得我与我的姐姐和哥哥，和睦相亲，相濡以沫，在父母先后离世后，我们倍感亲情的珍贵。我始终秉承古训，父母在，我敬畏我的姐姐哥哥；父母不在了，长兄如父，长嫂如母。

有人说："父母在，人生尚有来处；父母去，人生只剩归途。"

我没那么悲观，人间正道，归途还远，渴望自由，珍惜当下。

诗人余光中《乡愁》曾使我感动，然而乡愁确如他说的那样？

在我的父母相继离世后，我恍然大悟，所谓乡愁，不是天不是地，不是山川河流；所谓乡愁，不在父亲这头，就在母亲那头。

如今我再无乡愁，可以远游，可以流落街头。

（2018年8月11日于观云楼南窗）

后记

今天是我五十岁生日，感恩双亲赐予生命，谨以此文给在天堂的父母大人请安，给亲爱的妈妈过个苦日！

自古逢秋悲寂寥

明天是“秋分”，真正意义上的秋天就要开始了，我们要去给爸爸上“五七坟”。

爸爸走的那天是“处暑”，他终于没能熬过酷热潮湿的三伏天，在“处暑”的早上永远地离开了我们。

莽莽撞撞一个多月了，仿佛一切还在，担心、哀叹、爱和怜悯，都还在。

按照民间风俗推算，“五七”恰是秋分，自古逢秋悲寂寥，这初来乍到的秋天让我痛彻心扉。

下班回来的路上，反复播放笛曲《扬鞭催马运粮忙》。这原本欢快的曲子，在我却更添一份悲凉，比悲壮的哀乐更凄凉。

视线一次次被泪水打湿模糊，耳畔反复的是爸爸的口哨声，就是这首曲子，留存在我四十多年前的记忆中，那时感觉真好听，真美。

今天一路听着，低音迂回如哽咽，高音切切裂心扉。

爸爸是极有艺术天赋的，他能用口哨完整且惟妙惟肖地吟唱《二泉映月》《江河水》《草原晨曲》《扬鞭催马运粮忙》等曲子。那时的我静静地端坐在他那辆老旧的自行车的横梁上，在优美的口哨声里充满无限遐想。

老家北屋里的西墙上挂着一把用旧的二胡，妈妈说爸爸年轻时喜欢拉二胡，但我没见过。

在他七十多岁有些忧郁的征兆时，我跟一位亦师亦友的大哥不无担忧地谈起爸爸。没过几天他拿着一杆自己亲手蒙皮上弦的二胡去看望爸爸，我第一次也是唯一一次看到、听到爸爸拉二胡。

他很熟练地操琴定弦，拉了一段京剧曲牌，我非常感激感动，我怎么没想到给爸爸买杆二胡呢！

就那一次，二胡又挂到墙上了，在爸爸被医生证明患了阿尔茨海默病后，我才明白爸爸那时需要的不是二胡，而是亲情的慰藉。

爸爸写了一手好字，架子是颜真卿，势侧欹、韵华滋，颇近苏东坡。他工作期间手制的表格，堪称精美。我很小的时候，他就给我讲过“军内一支笔，马上书法家”舒同的故事。

记得童年时家里有一盆珊瑚珠，冬天只剩下铁灰色遒劲的枝干。有那么三四年，每年除夕晚上爸爸下班后，把红黄蓝绿彩纸裁成一指多宽、一拃多长的纸条，磨墨舔笔写上一些吉祥的语句。我和哥哥则张罗着打浆糊圈贴到珊瑚珠的枝杈上，顿觉整个房间熠熠生辉，顿觉整个年景熠熠生辉。

我常对着这株彩带飘飘的珊瑚珠充满憧憬，爸爸则又匆匆赶去李叔家陪他爷仨过年了。

二胡挂在墙上不复声响，我也给他伺候了笔墨毡纸，希望他晚年能重拾旧好聊拒抑郁迫近。然而他终究没拿起笔来，唯一热衷的是将孙女中学期间发表文章的报纸整理得板板正正，给每一位看望他的亲友不厌其烦地介绍。

其时他已经被悄悄袭来的孤独症折磨着，在担忧和恐惧中无心写字了。

爸爸有四个子女，我行末，有我的时候他已经三十五岁。他在偶尔糊涂多数清醒的时候，记忆最清楚的多是三十年前的人和事。在他的絮叨中，我才确切地知道他在七岁那年过继给了他的叔叔也就是我的爷爷，我奶奶一生没有生育孩子。他的亲爹同在一个大院子里住，在我模糊的记忆里，丝毫没有留下他的亲爹待他如亲的影子。在他已经懂得一些人世间的愁苦的时候，在他还是个孩子眷恋母亲的怀抱的时候，他被过继了。他的亲爹也许是要极力维护这种过继关系，硬生生斩断亲情，让他毫无念想地去到他的叔叔的屋里，从此待他如他出了。

我能记事的时候，他的亲爹还在，还是住在同一个院子里。我没有任何印象他抱过我，直到我上中学了才知道那个人是我的亲爷爷。这种看似正统地维护过继关系的“忍痛割爱”，在爸爸的心里无疑打下了一个大大的结，他在越来越糊涂的时候偶尔会心焦地带着哭声地埋怨：奶奶啊奶奶，不要俺了。

阿尔茨海默病患者时常语无伦次，言语间很容易差辈，他说的奶奶应该是他的亲娘。他是个孝子，在我记忆里他是逆来顺受地承担一切，直到意志无法控制言行的时候，他才吐露幼年的心结。在爸爸去世后的几天，我脑子里奇怪地反复出现爷爷去世时清晰的场景，那时我三岁。帮忙出殡的人忙里忙外，爸爸蹲在地上抱着头呜呜地哭，这是我见过他唯一一次哭过。我无法想象他会哭，那时仿佛感觉到他的哭声里充满了委屈和绝望。

时隔四十二年，在他就要被推进火化炉的时候，我紧紧抱着他，贴着他的脸颊再也控制不住地痛哭，天塌了，我再也没有爸爸了。

爸爸是个幽默的人，喜欢开玩笑。就是这样一个乐观的人，怎么得了这样的病!

他明显病症的出现大概在四年前，一向与人为善的他变得自私，脾气暴戾，他的改变是当时对于这种病一无所知的我接受不了的。我和他大吵了一架，尽管如此，他也没有丝毫改变。我是晚生子，但他从来不娇惯我，也从来没有打过我甚至没有训斥过我。我跟他的那次争吵，是在我多次劝说已经没有耐心的情况下发生的。当知道这是病症时，我就再也不和他计较了，顺着他哄着他。就在他奄奄一息的那几天里，争吵的画面总是浮上脑海，懊悔不已。

在安葬了爸爸以后，许多亲属朋友都说我是个孝子的时候，那个画面更清晰，那种懊悔演变成罪恶。有一次我甚至失去理智地冲着夸赞我的人大吼，不要说了，不要说了，我是个逆子啊！

我悔悟晚了，就在父亲已经都经常分不清卧室和卫生间的门的时候，我开始给他洗澡、洗脚、刮脸，脸贴着脸亲他，握着他的手听他絮絮叨叨，幸好他偶尔还能认识我。

我这样做，不是孝顺，是来补救多年来欠下他的亲情，是自私地试图抚平内心的自责与不安。我很少陪他说说话，散散步，那些时候我去干什么了？是去昏天黑地地喝酒聊天以维系所谓的关系，以单位为家干所谓的事业，稍得空闲就梦想成为书法家彻夜不眠地写那些劳什子的字。如果时光能够倒流，我一定会淡化处理这些事，会拿出更多时间安静地心无二事地陪陪父母，真正做一回孝子，才不枉一个站立着书写的人字。

已过凌晨，“秋分”了。还有几个小时就要去到爸爸的坟前，老人家在那已经孤单地待了一个月了，爸爸，我想您，很想您。

按照迷信的说法，爸爸的灵魂今天才去到天堂，他的尸骨今天才真正入土为安了。

爸爸，走吧，天堂有金色的大厅，无边际的鲜花，没有病痛没有忧伤，咱再也不受罪了！

爸爸，我好想再坐在您那辆老旧的自行车的横梁上听您为我吹奏欢快的乐曲。那是您给予我的无私的大爱，让我不同于您儿时能享受的父亲的亲情！

爸爸，我没能给予您的，就等来世吧，来世我们还做父子，我将弥补亏欠您的一切，说好了，爸爸。

（2015年阴历七月初十凌晨于观云楼南窗。2018年阴历七月初九修改，窗外大雨倾盆）

过年

老宅在东门里，深胡同大杂院。东门里是个地方，顾名思义。也是条街道的名字，某段时间曾叫东风街，也没到俗不可耐。这条东西走向的街道现在还有，充其量三五十米。老宅在街北一条不知道名字的胡同深处，也许有名，我不知道而已。

胡同深是七曲八拐的缘故，小时候晚上在胡同口听“不怀好意”的大人添油加醋、绘声绘色地讲《绿色尸体》之类的惊悚故事，听了头皮就毛楂楂发紧，穿行幽深的胡同独自回家成了大难题。故事里可怕的场景挤满了胡同所有的空间，壮着胆子疾步走，或嗷嗷大叫以壮胆两耳生风拼命跑，黑灯瞎火惊觉了猫，黑暗中绿光忽闪忽闪一溜烟地窜，心能从嗓子眼蹦出来。二十世纪八十年代初大拆迁，才发现从胡同口到家直线距离短得很，短得没有烟火气，短得没有了世世代代的爱恨情仇。

老宅是个四合院，没有杂姓。七十年代初，祖辈的几位老人都过世了，南屋一排住着二爷、四爷，西屋住着五爷，北屋一排住着六爷和我们家。父亲行七，是叔伯兄弟大排行。大爷一家住在前院，到现在也没搞清他跟我父亲是不是一个爷爷的堂兄弟。父亲对家族的事讳莫如深，据说当年大爷的爷爷带着一家子走到这，都是一个姓，父亲的爷爷是名中医，家里开着药铺，家境较为殷实，就赁了房子给他，大爷按年龄就行大了。我始终怀疑这种说法，赁房子是真，后来动迁是能顶楼房的，租赁期已过了，大爷不认账了，父辈们从道义上把他逐出了五服。二爷四爷是一个爹，五爷六爷，还有当了兵后来转业定居南方的三爷跟我父亲是一个爹。父亲有些特殊，他的四叔没孩子，他爹就在他七岁时把他过继给了四叔，也就是我的爷爷。

父亲的生身父亲，我是有印象的。在世时住北屋，我姊妹兄弟四个被父辈指称他为“西屋爷爷”，住在北屋而称“西屋爷爷”，不明就里，估计他们老兄弟们也都挪过窝。我大概得上了中学才知道他是我的亲爷爷，按说其余的爷爷辈的都按他们的兄弟排行称呼，唯独他这里冠以屋子的坐向，觉得蹊跷该问问的，小时候哪管这些闲事。

南屋的二爷是博山美术琉璃厂的，他不是炉匠，好像是做采购之类的工作，不会做琉璃行行。博山人都知道美琉的人不是吃家就是顽主，二爷的确是位顽主，我见过的会玩的，少有他的品位和规模。二爷就一个孩子，二娘是工陶的职工，双职工独生子，在二十世纪六七十年代生活不是一般的富裕和轻松。二爷话不多挺幽默，喜欢调侃小孩子，但毫无恶意，孩子们蛮乐意跟他亲近。大人们说我小时候还是挺聪明的，二爷稀罕孩子，有点好吃的，总唤我们去他屋，博山人称这种行为是会甜唤人。

二爷善于养观赏鱼和促蛰，他的住屋里外两间，条山几上、锁地书桌上、窗台上到处是自制的玻璃鱼缸，一个鱼缸里能有十几二十种不同身形、花纹的鱼儿。窗台上、土暖气旁边、床底下到处是促蛰罐，他的促蛰罐品种多，不杂乱，每种样式得有十几个。陶质的豆腐乳坛子、陶质的拔罐、瓷质笔筒模样的罐子，瓷质的糖罐等，罐里微黑色的泥土及腰，抹得非常平整。

这是个耐心的活儿，二爷总是叼着他的烟斗，烟雾燎得眯着一只眼，咳嗽着捯饬他的促蛰罐。他养的促蛰有配着老三（促蛰夫人）的，打开盖子，大约是在斗促蛰前，把老三搁进罐里，看它们在罐子里追逐，兴奋的雄虫振翅鸣叫，雌虫老三却低调得不出声响。近读刘培国先生的《促蛰》，才知道"过蛋有力"。有条件的在斗促蛰之前，先要让促蛰行房，雄虫便越发能斗。有的罐里有促蛰打的通洞，洞口堆着"六神丸"一般的黑土粒，倒像是特别的景致，忘记二爷是怎么处理的了。听孙启新先生聊促蛰，他说打洞、上墙的促蛰不是好促蛰。我小时候也逮过玩过，只是比起这些顽主，道业太过浅显了。

那个专供斗促蛰用的口大近一尺的大坛子和促蛰棒，更见出二爷玩得精致。坛里的黑泥抹得愣平，跟油漆家具的自流平一样，细腻的黑泥透着温馨雅致。促蛰棒是用来挑逗激发促蛰斗志的，一般玩家会因陋就简扯根狗尾巴草，从顶头劈成几条翻折下来捏住，轻托草杆子，就成了带须的促蛰棒。二爷的促蛰棒是用滚圆的竹筷子，用细线齐截截地捆扎着十几根猫的胡须，这工具一看就专业，不是草台班子糊弄人。

二爷促蛰多，但不逞强，都是悄无声地玩，街坊邻里好此道者提了罐子来切磋是最有趣的时刻。二爷必定搬了他吃饭用的小方桌，正南正北地摆在院子里，虔诚地将那只大坛了置于方桌正中央，跟给天地上供一般。二爷也有条件，先看对方的货色，再决定拿他哪只罐子，他的眼就是法眼，没一次失过手，来者心服口服。

有时回忆，便觉二爷是位高人。然而，常让我念想二爷的却是压岁钱。

住大杂院那会儿，大年初一串门拜年是必须的礼仪。天放大亮，街道上便都是热热闹闹拜年的人了，那种过年的气氛已经很难找寻。我学前的几年，都是在大年初一五更头给二爷拜年的。跑进二爷屋里，喊着“二爷二娘过年好”，就势在二娘新换的床单上打个滚，还没下来床，二爷就拿着一张崭新的一元的钞票递到眼前了。二娘是个爽快人，总说些让孩子欢气的话。我照例是有些不好意思，但终究还是收下，二爷二娘也绝口不提回家跟你爸妈说之类的。要知道对于一个五六岁、六七岁的孩子，一元钱是很大的数目，“中饱私囊”了又不跟大人汇报，便会违逆了这份人情。要知道那个年代五元钱就够一个人一月的生活开支，父亲不足五十元的工资要养活七口人呢。要知道在我上学后有的同学为了一元五角的学费缴不起要到村上开特困证明，贫穷与无奈哪还顾得了脸面。要知道一元钱能买一百头的“满地红”鞭炮呢。要知道二爷只是我的堂伯。

我从小是会看眉眼高低的，因为母亲对我的教育整体上说就是不能做讨人嫌的事。但我从未觉得二爷给我压岁钱是因为他有钱显摆，更深的东西还不在那个七八岁孩子的脑子里盘旋，我隐隐觉得他是个重感情的人。我并不贪恋二爷的压岁钱，这钱要是除夕前给我，也许会派上大用场，至少可以买不少最爱的鞭炮。

让我感念至今的是，这种颇具仪式感的赠予，让一个孩子懵懂中感受到的尊重和关爱是多么重要。每次拿二爷给的压岁钱，总有不拿不舍，拿了不坦然，心里有些惴惴的。要给父母汇报的，父亲一般是无话，描述不出他的神情，母亲会说拿着吧，以后要记着你二爷。

我还没参加工作，二爷就离世了，我记着他，他却没有借着我的力沾着我的光。报答二爷的唯一方式，是每年到祖茔上坟时，点一颗香烟敬于二爷的坟前，跟他老人家絮叨几句。我相信二爷在地下有知，知道他没白疼我，知道他在那个年代的这个小小举动给予我内心的温暖有多么大。

过年的意义，对于孩子就是玩，我是极不喜欢大年初一天明后的时光的，盼望了那么长时间，年很快就走了。我对春节的定义就是过除夕夜，积攒了许久的那点鞭炮，只有在除夕夜燃放，才是十足的过年。

大人们少有心思顾及孩子的梦想，通常的家庭，总得想办法给孩子置办点新衣。爱美之心人皆有之，我却没有穿新衣的渴望与期盼，甚至随着年龄增长反而越来越不乐意穿新衣服。我过年的心思差不多都在鞭炮上，可没有多少家庭能充分满足嗜好鞭炮的孩子的愿望的，食物都不能遂人愿，岂能把钱点了听阵响声。

除夕夜还没来临，我便在院子里偶尔单崩个鞭炮了，这时是绝不舍得放开燃放的，街坊四邻的小朋友们还没凑齐。得等夜色降临，鞭炮燃放的光亮能给夜色增添妩媚时，好戏才开始正式上演。

住在西屋的五爷突然喊我，我去到他的屋里。五娘在我出生前就去世了，五爷家没有男孩。他的大女儿在床上铺了案板擀饺子皮，见了我就笑眯眯的，仰头示意我看墙上的同时问我买鞭炮了没。

墙上挂着一支鞭炮，打头的是“满地红”（现在叫全红鞭炮），是百头支的。“满地红”单个比一般铅笔略粗，百头支的“满地红”卷起来也就两拃合围，摊开来长不过尺。那个红，红得纯粹，红得深沉，红得醉人。紧接上的是二百头的“啄木鸟”，单个“啄木鸟”比铅笔苗条些，二百头的长短比百头“满地红”长不了多少。白底蓝碎花，钻心得好看。最下面的是“麦秸梃”，跟圆珠笔笔芯一般粗的“麦秸梃”是出口日本的盒装电光炮。大约“麦秸梃”的制作原则就是为了适应儿童不至于被炸伤，一般的产品多用火药，而这种出口日本的是用了电光药，燃放响声更大更脆，忽闪的光芒更耀眼。没有标注日文的多是纸质外包装，出口的那种是硬纸盒外加防潮玻璃纸，比香烟盒子略大，精妙绝伦。打开来有五支叠装，每支四十个，两面辫结，红黄绿三色，鲜艳无比，煞是好看。想来五爷是费了劲的，“麦秸梃”得有近两尺长，得沉住气接起来。

那样一挂鞭，要形貌有形貌，要色彩有色彩，对一个痴迷鞭炮的孩子，诱惑可想而知。

五爷都是在除夕夜后的五更头放这一挂鞭，那么好看的一挂鞭，分分钟化作电光，烟消云散，这于我来说太奢侈了。

五爷放这挂鞭是颇有架势的，我总觉得他得等全院的孩子们穿了新衣，燃上火绳，聚在院子里，小心翼翼有些不舍从口袋里摸出一个鞭炮，开始迎接真正的年时，他站在他的屋门前，用一根一米多长的杆子，将那挂鞭缠绕在杆子上，平挑着，用香头点燃，不紧不慢地转动杆子，移动着他的小方步，将鞭炮炸飞的碎纸尽收在他屋前的“一亩三分地”，绝不至于散落在其他住户的门前，好似肥水不外流一般。眨眼工夫，响声过后硝烟散尽，五爷气定神闲地看着满地的收获，回屋吃饺子了。

五爷的话也跟上了，买鞭炮了吗。我已经感觉到什么，心里很不舒服，可是一个孩子家，也便无话打捞话。五爷，满地红哪里买的啊。大堂姐接上了话茬，我们单位买的，一支一块一。五爷话也赶趟，让你爸给你买，让你爸给你买。我忘记我说没说什么，我记不得怎么离开他的屋的，只记得接受了他爷俩一唱一和的羞辱。

天慢慢黑下来，父亲骑着他那辆简陋的自行车回到家。我和哥哥端上那盆枝条干枯但遒劲的珊瑚珠，哥哥早就裁好了一指多宽，一拃多长的粉红、大红、浅绿的纸条。父亲在一块普通的学生写大仿用的砚台上，用一块干涸得裂了口子的墨块磨了一池墨汁，泡好了毛笔，开始写那些四字吉语，不外是“春满乾坤”“恭贺新禧”之类。这是我家除夕有那么几年的重头戏，每当这盆飘满彩带的珊瑚珠被庄重地摆放在母亲陪嫁的方帐桌上，满屋就升腾起希望的除夕气氛，总觉得日子越来越好，我将之喻为神树开花。

看着神树开花，父亲脸上有些笑容也有一丝倦意，毕竟工作一天了。大姐、二姐在厨房炸绿豆丸子，妈妈在包水饺，我鬼使神差说了一句，爸爸，五爷买“满地红”了，一百头的一块一，他说让你爸给你买。父亲怔了怔，有些浮肿的眼袋好像更肿了，眼睛看着窗外降临的夜色，许久许久，叹了口气说，唉，俺这个哥哥啊！那晚，父亲没有吃年夜饭，推上车子走了，很晚才回来。

大年初一五更头我从二爷家拜年出来，没有去五爷家。我明确地感觉心焦，不该传五爷那句话，尽管我没有一丝想法想让父亲给我买“满地红”，也没有一丝想法感觉受到羞辱在父亲面前寻求安慰。我没去多想那句话让父亲有多么尴尬、伤心，我也不明白父亲没有吃年夜饭是因为五爷的这句话还是因为我传话本身。但我知道好歹，我执拗的个性受到头上三个“旋子”的支配，从那天到八十年代初整个院子拆迁近十年时间，我没再踏进过他的屋里一回，当然也没再叫过一声五爷。

按血统，他是我的亲大爷。

搬离那个大杂院，我也极少见过他，偶然在路上遇见，也是路人了。有一年，他已垂垂老矣，不知何故突然去看望我的父母。我正巧回家，到了门口知道他在，我掉头走了。父母知道后叹了口气，他们知道我是不待见这位大爷的，也许并不知道我所以如此的根源。

五爷也算高寿，活了八十多岁。临去世前病重，父亲给我打电话，说让我和哥哥一块陪他去看望五爷。我直截了当地回复父亲，恕我不孝，驳您一回，我不会去的，我没这样的亲戚，建议您也不要去。父亲有些生气，他说那是我亲哥哥啊，他纵有再多的不是，也是我亲哥哥啊。我不好再坚持什么，去是去了，我没进屋，五爷是知道的。

五爷去世时，哥给我打电话，我说我发过誓，我不会给他送终，他赚不出我给他送终。哥说你必须来，多大的事啊，真就记一辈子。我去了，起灵出殡的时候，晚辈亲属都要下跪的，我坚持不跪，哥瞪着我，我跪了，但没有眼泪，哪怕假装。

也许哥是对的，这一跪，心结去了一半。五爷走了有十年了吧，当我把这些往事以文字记录下来时，突然觉得那一半心结也随风飘远。有次我跟孩子说起小时候多么喜欢鞭炮，也讲了五爷说的那话，不料孩子说，爸爸，五爷爷这不就是三毛、哪吒、金刚葫芦娃吗，我说啥意思啊，孩子说啥意思，他就是个老顽童啊。

我的天，我跟一老顽童置了四十多年气，我岂不也是三毛、哪吒、金刚葫芦娃。

今日腊月二十七，除夕已经不远，又是一年。二爷也走了三十年了。

（2019年2月1日于观云楼北窗）

春醪生浮蚁　清明但可尝

小引

陶元亮《拟挽歌辞》有云："春醪生浮蚁，何时更能尝。"寒食不觉倏至，疫霾尚未释然。早春国临此难，同胞殒命数千。忆及往生亲友，泪飞顿染青衫。春醪旋生浮蚁，清明但可品尝。小文聊作薄酒，奠于逝者灵前。

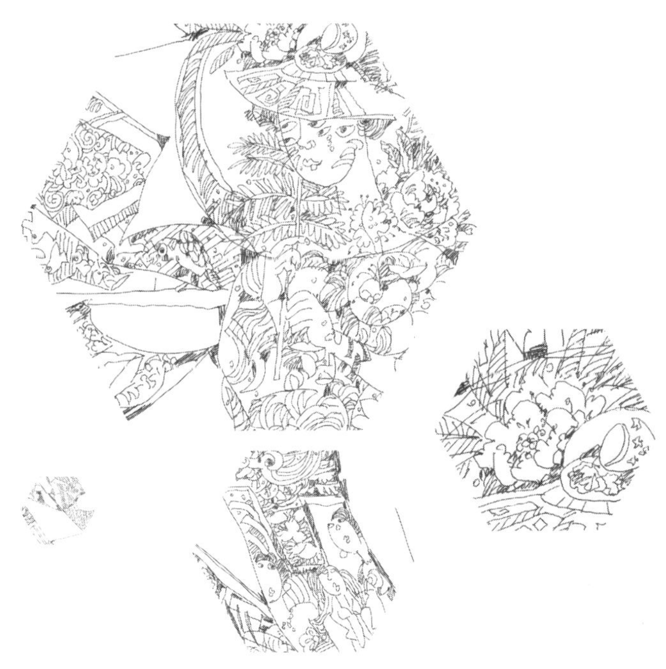

我去探望他时，病房里病员只有他自己，他儿子H在床前凳上坐着。他想坐起来，我示意他不要动。有个把月没见，人瘦了很多，脸颊刀削了似的，原本就黑，黑得发青了。

他是我二十多年的忘年交，也是我乐意毫无仪式感去看望的亲友之一。或者说会儿话，赶在饭时点儿就弄几样小菜，喝他储藏的烈酒。他嗜酒，呛嗓子的烈酒一斤不醉。我也就是陪着，但我觉得很放松。跟他在一块，我话不多，不知为什么，大抵是片刻找到了自己的社会角色。他话也不多，时光慢于时间的感觉，嚼碎的花生米里听得出老酒走过咽喉的香甜。

他长我两旬，是我长辈。履历简单，游历丰富。年轻时开山的炸药让他一生拖着一条残腿。

有一次，我在酒精的缓释下问了他关于情感的问题。黝黑的脸上酒晕涨红，轻轻笑过陡然严肃。他跟我谈到年轻，还有性。我有些诧异，他却极为平静。那次谈话让我思考很久，至今。在心生浮躁时，往往是复归平静的良药。

他是感到身体不适很久才去医院的，大夫告诉家属任何治疗或手术已毫无意义。

看到我，他脸上掠过一丝惨惨的笑。如无性命之忧，以他的乐观和旷达是无论如何也不会流露这样的表情的。他已知道病情，家属没有隐瞒。我是知道病情才来看他的，不知如何安慰，立着，手足无措。

他躺着，仰望天花板，仿佛自言自语，说挺遗憾没坐过飞机。似乎找到了话题，我说这容易啊，病好了，让H带你去趟普陀山散散心，从青岛有航线，一个多小时就到。他又惨惨地笑了笑，眼睛还是盯着天花板。

空气有些凝结，窗外已见秋光。我勉强找话打破沉寂，快点好了出院，我还存着好酒呢。他脸上舒坦了些，笑容也如窗外的秋光。

告别出来，我很久不愿说话，想到天堂，脑子里固执认为，天堂如人间的初秋景象，繁花依旧，秋风送爽。

没过多久，H电话告诉我，他走了，寻了短见。我说不出话，心被攥着的紧。知道他会的，便没有悲哀。沉默良久，我对H说，我很敬佩他。

他算不得英年早逝。烈酒涨红的脸在我眼前晃来晃去。他说有个姑娘对我好来着，可腿残了。他有很多照片，游历全国各地。他说倘若不是腿残了，说不定懒得出门。

他是向所有他觉得有必要道别的亲友道过别的，而他联系我时我正在出差，后来H告诉我的。我埋怨H为什么不早告诉我，说不定我能留住他啊。H哭了，说留住他让他受罪吗？长痛不如短痛。我无言以对。是啊，让他在绝望中承受身体和心灵的剧痛直到不期而至的死亡，于他更为残酷。他一生都在追求快乐，尽管他也许并未真正得到过渴望的快乐。

是否，这最后的决绝是快乐的，但愿。

耳边弥漫着谭盾的《天下》，有些雄壮，多是哀婉。

突然想到他，走了快四年了。他是英雄，他为英雄的全部体现，在于生时对快乐的渴望和慨然赴死的勇气。我不知他清醒地离开这个世界时，是雄壮还是哀婉。

希望都不是，是一无挂碍的平静。

（2020年清明雨歇）

三舅

上班路上接到哥电话，三舅昨晚去世。他出差在外，尽快赶回，嘱我先去看看。话音有尽放轻缓的沉重。

父母离世前多病，无数次病危通知，兄弟间因不堪听到坏消息，无紧要事不打电话，彼此心照不宣。打电话则开门见山，以免给心力交瘁的对方，再有片刻的提心吊胆。

那几年我老得快，心事重重，脸上愁云密布。哥的头发几乎全白。相由心生罢。

三舅身体一向很好，我有近半年没有见到他了，突然就没了。

我在经历了父母离世的大悲痛后，对于老辈人自然规律的过世，反应显得有些迟钝和麻木。生老病死在劫难逃，宿命的阴霾笼罩我多时。

先给三舅家表哥打了电话，他还算平静，告诉我正在辗转办理各种手续，让我得空直接去家里。

简易的灵堂接就客厅设置，三妗见到我，哭成泪人。嘴里不停念叨，你三舅走了你三舅走了。我跪在三舅的遗像前木然磕头。

表嫂断续述说三舅临终病情、救治情况。间或劝慰她的婆婆，我爸走了是去享福去了，唉，他临走受的那罪啊，不受罪了，去享福了。

三舅是两个月前感到面部麻痹，就医检查，才知道肺癌转移到脑子了。三姨家表哥是中心医院外科专家，急急咨询了北京专家，已经没有救治可能。

三舅临终前二十多天是在ICU度过的。人慌无智，亲情不舍，但凡条件允许，亲属一般都同意进ICU抢救。

这是个亲情伦理问题，大家心知肚明，知道生还无望，无论从伦理、道德、舆论、心理都还难以理性正视，也就不会放弃最后的救治。哪怕是眼睁睁看着亲人在最后的时间，既不体面，也无尊严，更要无助地补足降生时那声啼哭背后的所有内容。

事不关己，慷慨陈词，落到自己头上拿主意，往往两难。十年前我与朋友聊天就取得共识，决不过度治疗且逝后捐献遗体以供医学研究。人生在世不足百年，哪有一言以蔽之的事。从法律角度，也没有对过度治疗以及安乐死做个了断，恐怕也是两难。

新冠病毒肺炎疫情，少数病亡者家属同意捐献亲人遗体以供病理分析，其勇气和背后的伦理挣扎，不亚于生者慷慨赴死的决心。老龄化带来的社会和家庭负担，可想而知。尤其对于无救治可能，而病人已然处在痛苦不堪的境地，采取立法形式还病人以安宁和尊严，疫情过后，也许会引发社会大讨论的。

三舅出殡那天，聪慧而理智的小姨沉重地跟我说，看到三舅插满管子的样子，不如让他早点离开这个世界。

如今城里人家的丧仪，简单得不能再简单了。病人死在医院，直接转殡仪馆保存。家里设个简易灵堂，以供亲朋吊唁，生前友好也多是在出殡时赶到殡仪馆参加仪式了。

三妗一直在哭，念叨的话，倒三不着两。人说夫妻本是冤家，一辈子爱恨情仇，到末了，只剩下不舍。她接受不了，来得人越多，她越收不住，这样的暑天，我只能机械地劝慰她，无奈这种痛任何劝慰都无济于事。

三舅享年七十九岁，在我心里也算得上高寿了。只是劝慰三妗保重身体，待三妗稍稍平静，悲凉的气氛压抑得喘不过气来，我匆匆离开。

我姥姥生了十三个孩子，活下来十个，其中有我六个舅舅。我这六个舅舅，很平凡，却都满富才情极具个性。惟其如此，我觉得有写写的必要。原本想利用暑期短休从大舅写起，三舅离世，回忆围绕着他，与其记录世间常有的悲痛，不如记下他人生的快意和并非惊世的与众不同。

失去亲人的悲痛，多源于朝夕相处耳鬓厮磨，间或起于对斯人一生不易而偶生的怜悯。

三舅是无论如何也不会让人产生怜悯的人。

三舅一生鄙夷世俗，审世倨傲，凡事从简。他的简，是简约，不是单纯的简单，我总喜欢以知白守黑来打量他的简约。简约源自他的个性与眼光，更源自他超乎寻常的取舍观念。他年轻时因工作缘故经常出差去上海，那时上海就是时尚的代名词，我觉得他如鱼得水，他一生的审美处处表现出时尚而不落俗套。

我在过了不惑之年后，偶尔会拿自己跟某个舅舅做比较。外甥随舅，我没遗传他的简约，在我这里成了粗疏。反而从他那里承继了骨子里的倨傲，尽管实在没有啥可依仗，单单就是基因遗传的缘故罢。

三舅的简约从他家居布置便一目了然。他几次迁徙，房间的家具摆设跟通常人家准备搬家时细软收拾停当毫无二致，只等着师傅来把大件抬走，房间就空空如也了。

他的所有家具都是几十年前自己画图请木匠打制的，其样式直至他去世，依然显得与众不同。那是明式家具的简约与欧式家具的时尚的有机结合，从毫无碎碎脑脑的疏旷中顿显主人的散淡无求。

三舅的倨傲，我想是对于世俗的不屑，其实也是城府不深。举个并未发生的例子，假如他的友朋痴迷于当今畅兴不衰似乎形成某种“势力”的某舞，他会直截了当说，老实实，节声声，找个没人地方戴上耳机咋跳咋跳，甭大庭广众喇叭震天响，讨人嫌。而一个城府深的人也许已深恶痛绝，嘴上却说，跳得真好，音乐也好，舞姿也好，改天我也学学。

三舅的直接不掩饰，用博山人的话说就是“囊舅气”。然而，他的“囊舅气”却并不粗鄙反倒有些文气。对于看不惯的人，他会用极其妥帖的语言，尤其是方言，不动声色地给对方下个定义，博山话叫“做下个小名”。倘若对方能听到，无一例外，精神会跌入万劫不复的深渊。那种该有的刻薄和不露声色的尖锐，比雷霆万钧更促狭。我是一直欣赏他这一点的，我怪怪地觉得读多少书，也掂不出他那些极富锐度的词。

在社会生活中，人跟人打交道既不可免也是必须。能一眼看穿一个人，再加城府深一点，悠哉混世可达庄生境界，更不会撞得头破血流。养牛并不全在长寿，而在畅快无碍，庄子喻物说事，城府不算不深。

三舅的傲气是不主动外露的，他的刻薄也轻易伤害不到人。然而他这一生还是吃了倨傲的亏，尽管他有倨傲的资本。他的业务能力在年轻时就出类拔萃，可谓傲视群雄。

他的才华很快被重视，似乎也成了“梯队”里的翘楚。真正“接班”的是他看上去老实巴交的师兄。他有没有做“一把手”的想法，我不知道。他在师兄眼里心里是个探出引信只差点火的雷，恐怕是明摆着的。以他“囊舅气”的脾性，啥时候让师兄难堪闹出些幺蛾子也未可知，好在上头“适时”把他调到上级单位工作了。

我至今也没觉得他没做了这个单位的“一把手”有啥不好，只是我觉得他没有不做“一把手”的理由。而我坚信的一条，也是我的感觉使然，他毫无某些男人的猥琐，他的能力和形象作为一种“文化集成”堪为一方的“范儿”。只是这种“范儿”，能否让手握权柄的人顺眼顺心，才是关键之所在。要知道，在文化大同的背景下，一个单位被允许的个性文化氛围很大程度上取决于“一把手”的文化“范儿”。

他师兄后来一度成为我目所能及的邻居，老先生不是看上去老实巴交，他真的是老实巴交。他做领导期间，单位每况愈下，直至现在不堪收拾。

四十多年过去，他的老实巴交的师兄身体依然硬朗，依然老实巴交。他对家人的疼爱，让人觉得他像是做了亏心事赎罪一般。每天勤勤恳恳任劳任怨，单是早餐能毫无怨言地出门购买几趟，以确保不同胃口的家庭成员能不失新鲜与热度地吃上心仪的早餐，而老先生大概也以额头渗满涔涔的汗珠而于心甚慰。至于看到不死不活的单位现状，不知老先生有无不适，他的格局就是一个家庭，这着实赖不得他。

三舅的不猥琐决定于他的思想，他是把新生活很快领会并迅速转变为程式化的那种人，而他的程式化很耐人寻味。

他在四十多岁前的形象，笔挺的西装，裤子是向上翻裤脚的那种西式裤，我极少见别人穿这样的裤子，他一生都穿这样的裤子。这样的裤子再加一丝不乱的背头，也使得他不过一米七的身高显得挺拔。他会画衣服样子，买来布料，用木尺和粉饼画，画完了剩下的裁剪缝纫就交给我母亲，后来是小姨。质地极好的擦得锃亮的燕尾三接头皮鞋，挺括，神气。那个时代西装就算奇装异服了，可他穿着非常自然，毫无显摆和做作。

他以惯有的那种难以描述的神态跟我讲穿衣打扮的要义，大概是看到我从懵懂的少年很快要长成，这种适时的教育提醒让我非常受益，尽管我没像他那样程式化，但于我判断审视立体的周围获益良多。他说，我这样的衣服只有两套，出门必穿，料子要好；我这样的鞋只有两双，出门必穿，质地要好。一定时间里，人们看到我，总是这个形象，在家穿得再旧再破，出门在外一定要注意仪表。

大约四十岁之后，秋冬时节三舅的上衣就是中式大褂，可不是现在那种俗不可耐的所谓的垫肩“唐装”。三舅的大褂都出自我母亲和小姨之手，我青年时代，母亲也给我做过，袖子和身子是无缝的。母亲眼力不行了，小姨给我做。那样的大褂穿着舒坦，看着来劲，那才是正宗的汉服，邻国人学而化之的某服大抵如此。三舅也把它程式化了，秋季单穿，冬季套穿的棉袄也是同一样式，必配围巾，就是三十年代上海滩新旧结合的知识分子的样子。

三舅对生活和世态的看法，是超出当时很多人的。他的行为有时超乎寻常的出格，他的婚姻就是实例。姥姥有那么多孩子，也是很操心的，操心也是白操心，舅舅们都有自己的主见。

有一天，三舅领到家一个女孩，二话不说进屋关起门来。这可把姥姥吓坏了，族门大户的，这好说不好听啊。敲门也不开，那时我母亲还没出阁，被姥姥派遣搬个凳子坐在门外，俨然大敌当前。姥姥始终放心不下，最终逼得三舅开门，少不了伤风败俗的指责，敢恨不敢声张地数落到三舅头上。三舅说，娘，咋了？不是催我结婚吗？我这不是结婚吗？姥姥说结婚有你这样的吗？我们啥也不知道，亲戚朋友也没通知，这女的是谁我们也不知道？三舅说不是我结婚吗？这就算结了，哪需要那些繁文缛节的。

繁文缛节，多少人被繁文缛节坑苦了，繁文缛节就是世俗。繁文缛节有啥不好，套用先进人物的话说，繁文缛节使有限的生命沉浸在无限的世俗往复之中。从这个意义上讲，我觉得三舅的一生是非常有意义的长寿的一生。

对了，三舅当初领到家里的女孩就是我三妗。

三舅走了，我无从得知他有无遗憾。他的一生也谈不上轰轰烈烈、可歌可泣，如果非得找最亮的点，也许他的业务能力和业务成果算是比较突出的吧。没有比较就没有发言权，他四十年前的业务成果是在他出生的城市布了一张网，而他的后继者们现在整天狼奔豕突地四处补这张网，这是我能看到的。

每每看到他们单位“昭告天下”，危机四起，我就想，老本吃光了。

（2019年7月17日夜草，2020年4月1日改于观云楼北窗）

小笼包

小笼包的“小”是指包子小还是蒸包子的笼屉小，一时竟不得而知。

我们去江苏参加笔会，负责接待的朋友总是热情似火。原本酒店的早餐就不错了，他们非得带我们去当地最有名的早餐店尝尝。那阵势跟正席没啥差别，通常还问要不要喝点酒。我们被礼待得有些诧异，他们说去你们那享受了极有文化品位的“聚乐村四四席”，来到我们地界，也不能让你们看出这孔夫子没到的地方不讲究礼仪。这话有些善意的较劲，我们索性就从了。

南方的酒席确实是没有北方那么多“规矩”的，大家围坐，菜上桌酒倒满，推杯换盏不亦乐乎，貌似乱作一团。北方则“讲究”得多，这关乎到文化礼仪，也好也不好。

北方的宴席尤其是鲁菜发源地的博山菜系有规制的“四四席”，非常讲究仪式，礼制可谓等级森严。酒怎么倒、茶怎么宣、菜怎么上、盘怎么摆、人怎么坐、话怎么说，甚至春夏秋冬、廿四节气、娃娃庆生、老人做寿、新婚喜宴、百岁祝福……无不有相应的礼节约束。用之于外地的朋友，经常是不知所措，莽莽撞撞笑话百出。这于删繁就简、移风易俗的当今，确实有些小冲突。

我们的南方朋友也是走南闯北见过大世面的，然而他们来到淄博，做客博山，听博山文化传承，享博山礼制宴席，兴致之高，赞美之盛，殊难描述。

南方朋友的“礼仪早餐”有一道是必上的——蟹黄包，巴掌大，汤汁汩汩，吸之则振奋胸襟；味道鲜美，食之则顿足称善，真乃人间天上，奇异概莫能传。笼屉一并端上来，一尺盘口那么大，内盛三只巴掌大蟹黄包，杭州、无锡的小笼包也用这么大的笼屉。

由此，小笼包的“小”跟包子大小似无关系。去广东出差吃早茶，他们的巴掌大蒸包往往是单个在稍大于包子的笼屉里蒸熟，这似乎也与包子的大小无关，而是因了笼屉大小冠名了。再寻证据，过去单位食堂改善生活，都是用蒸馒头的大笼屉蒸包子，那该叫大笼蒸包了吧，却没这个叫法。看来小笼包的“小”确乎是指笼屉的大小了，不过说实话，大笼屉小笼屉蒸出的包子有何本质不同，实在没琢磨过。也许“小”透着精致，透着食客的爱意罢了。正如“小媳妇”比“大媳妇”叫着亲切，听着顺耳。

据相关资料显示，小笼包源于北宋时期京城开封的灌汤包，如今河南的灌汤包仍是一绝。包子皮为通常的饺子面皮，硬面的，也就是博山人常说的“死面”。菊花顶有孔出气，夹捣包子要轻巧，一提，汤馅下坠，跟儿童玩的提拉灯笼似的。有种意大利甜点叫“提拉米苏”，我竟没看出它是如何“提拉”的，河南的灌汤包倒是正经该叫“提拉灌汤包”。

这种起源于北方的饮食习惯，却在南方盛行，个中缘由定然众说纷纭，无考证癖，由他去吧。

北方也未绝迹，且算不得逊色。

二十世纪七十年代至八十年代初，博山城里蒸食的包子有两家颇为有名，一是坐落在西冶街南头的回民饭店的牛肉蒸饺，二是位于新建一路中段的博山灌汤包。一回一汉，于生意无所谓竞争，于食客则相得益彰。

我小时候体弱挑食但不闹食，合口就吃，不合口就不吃。为长身体计，父亲偶尔会带我去打牙祭，这两家的包子我是能吃到打嗝的。父亲只给我点餐，总说他吃过饭了，我也就当作任务一般，实在吃剩了，父亲便风卷残云。长大了才明白，父亲那时刚下班正饿着。

中心路清梅居刚开业的时候，我特意去吃蒸饺。笼屉端上来，一尝，馅料是那味，汤头也是那汤头，只是面皮稍硬，集中体现在包子合拢的褶的边际发干。我就犯了挑三拣四好为人师的毛病，把后厨大姐喊来，给人家讲小时候吃的回民蒸饺，如此这般。人家自然虚心接受，我便如做了一篇大文章春风得意。后来再去，果然恢复旧制，不知是不是采纳了我的意见。

新建一路的灌汤包铺子解散后，龙泉饭店曾恢复灌汤包，几经周折，聚乐村也恢复了灌汤包。一次席间，王鹏先生说今天特意请诸位尝尝灌汤包。笼屉端上来，包子的体态、面色、褶纹果然是曾经的模样，咬破面皮，汤入喉头，脑子就醒了，一下回到三十年前，真是“皮薄馅大十八个褶，一口能吃仨”。囫囵下肚几个，总觉差了点味，油少！这也难为吃食经营者，养生之风大兴，少肉、少盐、少油成了“主旋律”，更不用说吃肥肉了。

我是宁愿撑死也不愿打熬死的，父亲教导我说“想吃就是身体需要”，母亲教导我说“还是肥肉香”。后来长身体开了饭，便无所不食了。要是这忌口那不吃的，现在估计病恹恹跟麻秆也差不了多少。食物的炮制要寻求至味，有怕情，可以少吃甚至不吃，不能因几无根据的所谓养生理论而暴殄天物。就像广东人吃早茶，哪有噘住一样吃饱吃撑的。

今天想说的是孤陋寡闻的我，在上世纪八十年代中期才有幸品尝到的至味——聚乐村小笼包。

八四年我就读淄博一中，因为全市招生，住校生很多，食堂是必备的，且规模也较大。由正式编制的校工在运营，饭食相对粗疏，但集体生活其乐无穷。其时，改革开放的春风在北方还未猎猎吹起，市场经济更是闻所未闻。记得高三时，《政治经济学》的社会主义部分迟迟没来教材，教政治课的老师挺隐晦地说过“可能要变”，我们的嗅觉无论如何也嗅不到后来的巨大变革。

食堂正点开饭，一日三餐，学生正是长身体的年龄段，不到饭食点就饿也是常事。在后来改作教室的一间旧式平房里，有几个没有编制的家属工

烙些油饼什么的，能延续到上午十点左右。正式编制的人员是不会效这种力的，这也是事业单位管理的难度和体制的弊端，现在来看这个经营点也有些游离于体制外了。但卫生条件实在太差，几个阿姨也没卫生习惯，擤了鼻涕照着脏乎乎的围裙一抹，手就伸进面团了。好多饿了还能负担得起费用的同学只能睁一眼闭一眼，买了来狼吞虎咽，走不到教室一页油饼就下肚了。

食堂的菜品质量和花色品种，永远是学生对抗学校的焦点。反对的声音多起来，多是针对卫生状况。那时的校长是杨运德老师，他的才气、睿智是有口皆碑的。不知如何做的决定，聚乐村进驻校园专营小笼包。现在来看，这个波澜不惊的决定足以看出杨校长的胆魄和眼光。取缔油饼摊点，在用工并不自由的时代如若安置不当必遭怨言，弄不好整日有讨说法的。有些人是很讲究有个说法的，做此决定需要胆魄。引进餐饮单位，从某种意义上说，就有市场经济的影子了。这在市场经济还是资本主义主要经济特征的时期，更是需要胆魄。直接引进当时博山顶尖的餐饮单位聚乐村，确保食品品质和服务质量一步到位，则显示了杨校长的眼光。

聚乐村风风火火进校园，开始了它的市场经济之旅。我能记得的并不多，印象深刻的人是一位小伙子（姓氏记不清了），是聚乐村的员工，与我们年龄相仿或略大，性格很直，有使不完的力气。最使我不能忘记的是他看学生的眼神，那是种极力掩饰自卑和羡慕又克制得几乎不露痕迹的漫不经心。在我没能考上大学后的岁月里，深刻体验了那种眼神后面的一切。我们那一级六个班，高考前我们班加上复读的同学达到七十多人，而来自农村的孩子占了多半。我是城里的孩子，在我自己无意识自觉规划前程的时候，作为城里人稍显优越却是致命的。城里孩子生活相对好一些，离家又近，更不存在解决户口问题，没有着急需要拼争的东西，缺乏上进心就是必然了。

博山城里人多是祖祖辈辈固守一方闲适成疾，习惯了熨熨帖帖的慢生活，走出去闯荡一番的冲动是少有的。我又是那种不求上进的人，凡事凭好恶，喜欢了狠命鼓噪一番，厌倦了就闲云野鹤我行我素了。临近高考时，才恍然大悟，错逞一时之勇，选择了并不热爱的理科，自信于喜欢的东西不能拿来挣饭吃的偏执。一切为时已晚，八七年各校不允许复读，事业单位停止招干，只好另寻出路。后来知道有同学费尽周折年后移居他城复读，税务工商部门年底疑有因人设岗内部解决之嫌，突发布告招干，仓促无准备，望着告示不由兴叹，心灰意冷，天可怜见。

在有限的条件下，学校的领导老师是极力创造氛围为学生疏导心理和鼓足干劲的。除了改良供餐，班主任王老师把自己新买的录音机拿到教室，每天下午自习时间放音乐和歌曲，如今我也从事教育工作多年了，真心佩服王老师的细心和爱心。

印象深刻的事莫过于品味小笼包了。小笼包出笼，问题也来了，那个蒸包子卖包子的区域成了敏感地带。同学中多数是吃不起的，有的同学甚至一次也没踏足那个区域，这是我从班主任老师偶尔表现出的焦虑中隐约感觉到的。后来一件小事，印证了我的判断。我父母外出给我买回来一身运动服，我穿了上衣去学校。不几天，班主任找到我欲言又止终于还是说了，能不能不穿这件衣服。我有些纳闷，但绝不违背老师的建议。班主任看到我的不解，他说大多数的学生是买不起的，这样会搅乱他们的心旌。我明白了老师的细心，不再穿那件看似奢侈的衣服。

小笼包也是是非焦点，举一反三，偶尔饿得不能坚持了，买几个小笼包在那个区域匆匆吞下，绝不带到教室里。这也许就是作家梁晓声所谓“为别人着想的善良”吧。

匆匆吞下的小笼包还是让我体验了它的绝美。略大于核桃的小笼包，面皮鼓鼓膨膨白得那个细腻，足以引起某种原始冲动。尽管一口能吃仨，但克制冲动还是期盼先咬一口看看内里以期再次引发冲动。馅子是手切的半肥半瘦的猪肉，黄豆粒般大小，肥肉如玉，葱叶新鲜如翡翠裹挟在肉里，并不多的汤汁几乎全为清澈的猪油。没有酱油，没有海米木耳，就是猪肉和大葱还有必不可少的盐。那种原始简单纯粹的物料，在足够温度和时间里交媾后，诞生出天造地设浑然无瑕的尤物，在凛凛寒风中冒着丝丝热气，弥漫于整个寒冷的冬天。捧之温暖，食之若饴，唇齿舌喉之间，有如此天物翻云覆雨，天上人间舍此其谁。

失学的迷茫和人生的诸多不如意，渐渐愚钝了唇齿喉舌，慢慢适应了寡然无味的生涯，不期间邂逅半百，蓦然回首，得出心平气和四字箴言。想起聚乐村小笼包，那青翠的葱，那洁白的面和馅，忍不住还是大叫一声：聚乐村，还我“青白”！

（2018年8月8日于观云楼南窗，时立秋刚过，秋风起兮）

老高的油饼

老高和老六来得特别早，半夜两点多些，无声的雪已经矮不了膝盖多少。星点微光闪处，白色刹那间延伸到远方，漆黑的夜空像漫无边际的盖子笼罩着大地，这个北方山城百年罕见的大雪正下得紧。

这是十五年前一个普通的上班日。老高的衣服帽子上满是雪，扑簌扑簌往下落，衣领子往外冒着热气。他是走来的，花了两个多小时。老高跺跺脚，拿了一条干毛巾掖进衣领擦着汗。老六说老高我看今天得加一倍的量，学生们跑不出去了，周边的小餐点够呛开张。老高摘下头上的皮帽子，一股热气白惨惨升空，头发湿漉漉地贴在头皮上，额头密密麻麻的汗珠子往下滚。加，那就赶快加，这熊天气，怕饧不好面。

老高和老六是技校食堂的员工，负责早饭烙油饼、炸油条。老高平常都是半夜三点来钟骑摩托车赶到餐厅，昨天晚饭后就阴阴阳阳下起的雪，老高觉得八成要下一宿，摩托车是没法骑了，迷糊了一觉，刚过十二点就出了门。

老六姓刘，跟老高是把兄弟，老高行五，比老六年龄小，可老六入伙晚，就排在老高后面了。老高有主见，老六能随和，兄弟俩配合默契。老六住得也不近，也是蹚着雪走了近俩小时过来的。

老高原本是学钳工的，脑子灵，手把也不错。他父亲是厨师，没多少文化，退休前就在这所技校食堂工作，老爷子白案红案拿得起放得下。食堂的大锅菜跟小炒是两码事，要想做出味道来，得动脑子。老高父亲的大锅炒肉片，醋足，蒜香，汤汁适度，青菜配头也不讲究，白菜帮子、菜花头，莴菜杆子、碎藕片，一上案就抢个精光。烙油饼最拿手，过去用的是烧煤加热的平底铛锅，一个油饼二斤六两，薄薄的一层酥更衬出面的弹性和香气，暄泛泛的，那个口感活脱脱就是早年博山新建二路饭店的葱油饼。现在好多烙油饼的从简了，电饼铛不用打笼火，一个饼也就一斤重，油多，跟炸似的。快是快了，销量高，可那种慢火烙出来的面香没有了。

老爷子退休后帮闺女忙活了一阵饭店，酱羊蹄子远近闻名，生意火爆。大概总有些不顺心的事积在心里，喝闷酒生闷气，终于病倒了。我去看他，也不愿说话，那时离去世不久了。吊唁时，不太言语的老太太说，他说病好了给我炸排骨的，这怎么就走了。

我在这所技校工作，跟高老爷子几乎没有交集，关于他的种种多是从别人聊天中获得。这是所老牌的学校，学校总是有文化的地方。文化人渐渐聚集在一个地方待久了，那个地方也显得有文化，没文化的人在有文化的地方待久了，慢慢也会成为文化人。

文化是个怪物，说不清道不明，解释起来便无趣。这所学校的文化是人物贯穿起来的，稍有本事的人，屁股后面都跟着七长八短的故事，何况还有一批特能渲染的人，那些人和事就显得更加扑朔迷离了。几十年过去，学校也经过合并、搬迁，人也更新了几代，许多许多都留藏在心里，写出来就是一部演义。

高老爷子其实不到退休年龄，大概是赶上最后一波“顶替”了，于是老高来了，高老爷子回家了。我跟老高差不多同时参加工作，一次半次见过个头不高的高老爷子气宇轩昂地穿行在食堂制作间水漉漉的地板上。那时单位食堂藏龙卧虎，很多菜品都是这些高手悟出来的，一个地区哪个单位哪道菜品、面点做得好，人们心里都有一个榜单。

老高挺能折腾，先是子承父业，学会了父亲的烹饪手艺，撂下钳工活儿去了食堂。老高烙的油饼跟父亲的出手一样，油条也炸得好，个大，酥香。

老高爱琢磨，凡事求个理，他认准的理你犟不过他，但他有一个好处，不是轻易跟人论理的，也就让人感觉不缺世故。我跟老高有的说，坐下来一壶茶一盒烟聊半天，我比他年龄小，他挺俯就我，我很尊重他。即使这样，老高的心思我也琢磨不透，他后来又去干起了老本行，找寻不到那个味，我便再也不吃油饼了。

人对食物的认可很大程度上来源于最初的接触，所谓最初也多是来自“妈妈菜”。一个门口一重天，“妈妈菜”不仅是食物的味道特色，还有家的温暖。选择和挑剔得有相当的实践，饥饿时吃嘛嘛香，刘宝瑞的《珍珠翡翠白玉汤》说的就这事。遐想时激情四射，各种美食节目和名吃传说吊足了胃口，“妈妈菜”也就不是唯一了。在外吃饭多了，总有个比较，也有借鉴，久而久之，也有妈妈做不了的，有那么些去处和味道同样会记忆深刻，博山新建二路饭店的葱油饼便是我记忆中的最好。

新建二路现在已被东西贯通的中心路替代，原来饭店的位置就在原淄博卫校的正北面商业机械厂的位置。不只经营宴席，面食菜肴打包带走都行。我没有记忆在里面吃过饭，但路过见过或买过，有三样是印象深刻的。

一是凉面，蓝边碗一排摆在橱窗里，面条是煮好了又用冷水拔了的。

面条上面堆着黄瓜丝、胡萝卜咸菜末、辣疙瘩咸菜末、香椿芽咸菜末，撇着几道没有兑水的麻汁，这红黄绿三色的碗头着实诱人。蒜泥是另加的，现吃现加，早加上嗯哝。胡萝卜不是博山通常的酸咸菜，是纯粹的盐头很重的咸菜，味道特别香。最出味的当然是香椿芽咸菜，夹山的香椿最好。

凉面易做，普通家庭都能自己做，我小时候身体弱，牙口、胃口都不好，“奸馋”（挑食），但不闹食。合口就吃点，不合口饿着，吃了凉面肚子疼，更不敢吃加蒜泥的凉面，就是喜欢看那橱窗里的造型。后来身体健壮起来，才知道凉面加蒜泥特殊的香。在家做凉面，麻汁一般是用温水加盐调和后加到面条里的。有一次跟一位烹饪大师聊天，他说凉面一定要加干麻汁（没加水的）才是正宗吃法。我以为饭店里待售的凉面之所以抹干麻汁，只是担心麻汁汤把面条泡胀了的无奈之举。

第二个就是大锅菜，宴席偶尔残剩的菜肴，不像现在一律倒进泔水桶，而是挑拣后烩做一锅。如果太稀薄，则按时令添加菜蔬，经常是放粉条和海带丝，当然少不了胡椒和醋。不知是残席里有客人洒落的酒还是烩炖时要略微加一点酒，总之出锅时有丝酒香，味道相当厚重。这样重新加工的大锅菜价位不高，颇受欢迎，我哥从小讲究吃，能吃到新建二路饭店的大锅菜，是沾了他的光。

再就是葱油饼了，也有肉油饼，那时我不吃肉，没尝过。新建二路饭店的葱油饼，也是烙好了一摞用盖垫端出来卖的。顾不得太讲究现做热卖，我牙口中意这种绵软的食物，那个面香直到吃到老高烙的油饼才唤起真实如初的记忆。

雪停了，窗外白惨惨的日光照在雪上刺得眼疼，电话铃响，是老高。早上没吃吧，中午过来吧，留了点面，中午给你烙一个。我一阵欣喜，吃惯了那一口，没有了也不会凑合。老高烙的油饼也是二斤六两一个，我结结实实吃了四分之三。

国庆休假见着老高，说你改天得烙张油饼咱解解馋。他狡黠地一笑说，我正要说这事呢，弄了个电饼铛，提前俩小时打招呼包你吃上。

前几天下班开着车，突然觉得饿得不支，摸起电话给老高打过去，饿死了，一小时到，能烙个饼吗？老高说来吧，烙就烙俩，一肉一素。有几个朋友早就被我描述得垂涎欲滴，一招呼齐刷刷赶到老高那，亲见了奇迹的诞生，我赶到时油饼刚上桌，激动得差点热泪盈眶。

朋友们目睹了从和面到出锅的全过程，大快朵颐啧啧称赞之余还不忘黏着老高问这问那。老高是个爽快人，毫不保留，加多少水放多少盐，面要饧多长时间，肉饼馅子怎么调，油酥怎么做，火候如何掌握，不厌其烦。于是乎过后的日子，朋友们在群里开始晒手艺，今天这家肉油饼，明天那家葱油饼，不亦乐乎。

老高的女儿是艺术大学毕业的，遗传了他的聪明灵变。业余时间摆弄电脑做什么网购，赚钱既多且易，是不会跟他父亲学做烙油饼的。老高说不学也罢，太累人了，孩子们吃不了这苦。

老高喜欢收藏字画，手里有些好东西，有时说话也粘文带字的。跟他讨教烙油饼的法门，他嘿嘿地笑笑说哪有法门，不过是细心加耐心。一张油饼有两面，一面酥一面暄，很像人的一生呢。酥，就是要张扬适度，暄，就是要含蓄沉稳。

（2018年12月22日，戊戌冬至于观云楼南窗）

剔骨肉

剔骨肉也有叫拆骨肉的。

拆，动作大、用意狠、不免粗俗，倘若联系“强拆”，让人咬牙切齿、愤恨难当。剔则细腻滋洇，闲适悠游，慢吞吞透着生活的味儿。也与精雕细琢的工匠精神搭边，文雅得多了。

拆也好剔也罢，不过就是把附着在煮熟了的骨头上的肉弄下来。这没啥学问，但有区别，无非是肉多肉少。有将龙骨、排骨煮至熟烂，用刀叉把骨肉分离开，不斤斤于骨筋粘连的残余；有将生剔的骨架煮至熟烂，绝不放过一丁点肉质骨筋，这才是地道的剔骨肉，唯有骨头上附着的肉少，才有剔的感觉。

剔骨肉好吃，并非仅仅是嗅觉和视觉举手赞同，更源于它连筋带骨颇有“咬结魅”（音，实为“咬嚼味”，意为有嚼劲）的口感。物资匮乏的年代，煮了的骨头都要“敲骨吸髓”的，更不用说骨头上附着的脆骨、筋脉。

如此，则剔下来的东西便碎，碎则不易识。

三十多年前，博山的新建三路市场就有卖剔骨肉的。好像只此一家，生意很好，早早地就售罄，骑着大飞轮自行车往家赶了。家是哪里的，为避地域歧视之嫌就不说了。我曾动过念头去买些来尝尝，母亲说不要买，乱七八糟看不出是啥东西。大概半年后，传闻那人被警察逮了，说他卖的是老鼠肉，那个恶心哦，吃过的八成要吐半年。此事系道听途说，不辨真假，但我从那时就绝了尝尝剔骨肉的念想，直到现在我是没有从街市上买过剔骨肉的。

一个时期，市场上似乎也绝迹了。

再次听闻剔骨肉是几年之后，有次父亲跟母亲说，李婶太牙硬了，煮骨头卖剔骨肉，两手指甲缝让碎骨头刺得肿得像红萝卜。李婶是李叔的续弦妻子，李叔是父亲的至交兄弟。

李叔是个灵巧的人，博山第一个改装自行车为摩托车的大概就是他。那个年代博山地界如果有三辆济南黑色的轻骑，肯定有一辆是他的。李叔年近八十了，爱车爱了一辈子，现在身体还硬朗，出门就跨摩托车，偶尔也开汽车。

李叔有俩脚跟脚的儿子，大儿子跟我是初中同班同学。小儿子还不记事的时候，李叔的妻子病故了。在朋友帮助下处理了后事，带着两个不懂事的孩子，艰难地开始了既当爹又当娘的日子。他哪会当娘啊，脾气原本暴躁的他更暴躁了。每天下班后就在小院子里摆弄他的改装车，六七岁的大儿子执着手电筒，光照稍不到位或递工具稍不及时，跟着就是大声的呵斥甚至拳脚相加。记得父亲多次跟母亲说，他李叔这样下去可苦了俩没娘的孩子了。

过年可真是过年关，清锅冷灶的。除夕夜，父亲和几个弟兄总是带些吃食，在李叔家陪他爷仨，直到大年初一的五更前才赶回家。

后来景况渐渐好起来，李叔的两个儿子也都成家了，总是在每年除夕的下午带些礼品挨个叔叔大爷家跑，这是在感恩当年的那份情谊，李叔是个重情重义的人。

就在父亲劝也不是拦也不是的纠结中，李婶带着她的女儿出现了。经朋友撮合，李叔李婶结成了一家人。有了女人家就像家了，李婶不仅给李叔带来温暖，更让两个儿子重温了母性的光辉。李叔也非常疼爱这个迟来的女儿，李婶将两个儿子视同己出，一家人相亲相爱，生活有了奔头。

李婶不仅牙硬能干，也有威严和主见，她不甘过穷日子，时时想出路拼命讨生活。她的坚韧和顽强，赢得了两个儿子的尊重和敬爱。几年前，李婶因重病手术住在临淄一所医院，我是从她大儿子的微信上知道的。“妈妈在手术中”，一排祈祷的表情符号。

一个近五十岁的男人喊他继母那声“妈妈”，让我泪流满面。

我立刻驱车赶到医院，李叔布满血丝的眼睛第一眼没认出我。少顷才说你咋来了，我说叔啊，您得保重啊，让我弟弟妹妹护理就好，李叔说我能行我能行，不放心不放心……我去到重症监护室玻璃窗外，李婶还在麻醉期，瘦弱的身形蜷缩在被子里几乎看不到人了。看到我流泪，李叔说放心吧，你婶命硬。是啊，李婶命是够硬的，一个原本简单的手术因为缝合不当还遗留在腹中一角纱布，致使她三四年的时间辗转于几个医院多次手术，瘦得皮包骨。李婶的命够硬的，用她的勤劳和毫不吝惜自己硬生生托起了一个家。我想，李婶的付出有盼头，她剔骨头刺肿的双手迎来了全家的感恩，迎来了一个近五十岁的儿子那声发自内心的“妈妈”。

我父亲去世前的那年，被阿尔茨海默病折磨得不认人了。李叔李婶去看他，只要报出李叔的大名，父亲呆滞的眼神会有瞬间的光芒，我想他是记得他的兄弟的。父亲去世后，李叔李婶还是常去看望我母亲，总是带些吃食，这里的烧饼那里的干粉素火烧，都要告诉我母亲，嫂子，这家的烧饼好，这家的素火烧实在。这不是亲人胜似亲人的场景，每每让我感动，这相濡以沫的人间真情，也一次次教育我感恩。

李叔的家教甚严，李婶来之前甚至有家暴之嫌，他的脾气因为李婶的加入温和了很多。李叔不唯仗义让我敬佩，他教子的模式也给我很多启示。在我心里他就是技能大师，以师带徒的大师。李叔的两个儿子在他的训教下，成了修理汽车的高手，技术相当全面，多年来经营着一爿店，在4S店林立的境况下，仍然是顾客盈门生意兴隆。我是从事技工教育的，常常想“严师出高徒”怎么才算“严”。吃不得苦，挨不得训，冻着不行，饿着不行，是培养不出技能人才来的，也是培养不出任何人才来的，“不经一番寒霜苦，哪得梅花吐清香。”

现在政府责成学校和企业大力推进“新型学徒制”，是技工教育培养人才的新模式，啥样的模式不首先把人的基本素质提升上来就只剩下模式了，新有新的道理，旧的不见得一概不中用。

李叔培养了两个儿子靠技能成家立业，过着相对富足的生活。日出而作日落而息，本本分分兢兢业业，诠释着对人生寻常的理解。一家人其乐融融，孙男娣女绕膝，是中国千千万万个家庭的缩影。曾经的苦难已经过去，李婶的身体经过了那么大的波折，也渐渐好起来，老两口也该享享清福了。

谁能想到去年一场大祸降临到这个家庭，李叔李婶失去了唯一的孙子，那个极有艺术天赋、刚刚进入大学才十几天的阳光男孩。我与家兄去看望老人家，我们都已经无法面对了，更何况风烛残年的两位老人。二老的身形突然间佝偻了，看到我和家兄，紧紧攥着我们的手，欲哭无泪，那是拆骨的痛啊。任何的劝慰都无济于事，沉默中，我看到二老浑浊的眼睛里依旧的坚韧，我相信他们能挺过这一关。

握紧老人的手，匆匆道别，心里有说不出的无奈和凄凉。

生活，生活，人一生下来，剩下的就是活了，活仅仅是一种状态。有朴实的、有富贵的、有自然的、有扭捏的、有豪爽的、有猥琐的，大千世界，不一而足。

不管如何，逝者已逝，活着的还要活下去。对于生的渴望并不因磨难而消解，对于死的恐惧也无须惴惴成患。掩起心底深处的那层柔弱，坦然些，总是要面对的，就勇敢地面对罢。

（2018年8月9日于观云楼南窗）

红蜀黍汤

老侄子新婚宴请，一大家子聚到了一块。尽管多是同城，没个婚丧嫁娶，着实难凑得齐。一个身影晃动，那么熟悉而亲切，是多年不见的光春堂姐。人上了几岁年纪，样相、神态，甚至声音，便随娘的随娘，随爹的随爹，恍若老一辈人再现，生物遗传基因的忠实和强大可见一斑。

光春堂姐晃动的身影，让我想起她的母亲——我的四娘。

四娘是桓台人，那时桓台还不是“吨粮县”，纯农区，家境薄穷。怎么就来到博山嫁给四爷，我不清楚。四娘在“鼎丰”工作，就是博山工业陶瓷厂。四娘总是忙忙碌碌的，下了班就操持家务，很少见她唠闲嗑。那时最紧要的家务是操持一家人的吃食，碾粮食、推煎饼糊、摊煎饼。也许四娘有个农村娘家的缘故，总能弄些粗粮补贴供应粮的不足。小麦面粉自然金贵，玉米、红蜀黍能见到些。

红蜀黍在鲁中地区不是主要农作物品种，大概就是在堰头田边套种一些，收成寥寥。我吃过红蜀黍煎饼，砂楞楞的红，好看得很，吃起来剌嗓子难咽。

老宅是个宽敞的大院，住着六七户本族人家。我们家住北屋，四娘家住南屋。四爷是我父亲的堂兄，命途坎坷，很少着家，我不常见到他。四娘带着我两个堂姐一个堂哥，支撑着一个家。不知是四爷经常不在家的缘故，还是四娘本是外地人，大院里的是是非非，从来就没有四娘的份儿。

四娘家的南屋很小，除非寒冬腊月，都是在门前的空地上摆开矮桌，一家人坐着“交叉”围着桌子吃饭。再困苦的生活，这样的围坐也显得其乐融融，我被这种氛围吸引着。

四娘一家的生活，保留着她桓台农村的习惯，顿饭要有粥汤之类的“啥哈”（博山泛指流质类食物）。有米就熬稀饭，没米，抓把绿豆、红蜀黍熬汤。院子里的孩子，我是最小的一个，从小也算机灵懂事，四娘也就挺愿待见我。

我喜欢红蜀黍汤，并非多么喜欢喝，是猩红色的汤色特别诱人。那个时代，色彩都有极强的含义，五彩缤纷是很难看到的。记得粉碎“四凶”前的几年，学生游行很盛，我是喜欢追着看的。至于他们喊了什么口号，手里的小三角旗上写了什么内容，一概不关心，只是喜欢看晃动的小彩旗那份色彩的纯正和绚烂，哪怕是黄的、蓝的、白的，而独独缺少红色。

每到饭食点儿，四娘就喊着我的乳名，吆喝一声：“来喝红蜀黍汤喽。”像极了农村老太太邀请鸡鸭“赴宴”。我便欢快地搬个“交叉”飞跑过去，与堂姐堂哥欢坐一起。四娘总是把煮烂的红蜀黍给我捞出一小碗，在缺衣少食的年代，那是一份优待，堂姐堂哥捞不着的。

五六岁的孩子原本也吃不了多少，我小时候很奸馋，挑食不闹食，合口吃点，不合口饿着。但架不住那个时候家家穷，钱紧粮食更紧。母亲总是拦着我，母亲跟四娘很要好，她倒不是觉得我讨人嫌。大概是觉得三天两头跑四娘家吃饭，占了四娘家的口粮，又不好挖碗米给四娘送过去，那样反而显得薄情。

堂姐堂哥比我大不了几岁，从没给我脸色看，我好像比他们小着一大截似的。我懂事早，绝对不会狼吞虎咽，更不会拿筷子在盘里碗里乱翻乱夹。堂姐堂哥都劝着我吃，我就象征性地吃点，就是喜欢那种氛围，那种温暖。

红蜀黍汤管饱，可桌上的菜总是很少。四娘总给我夹菜，我就把四娘夹给我的菜再给她夹回去，四娘夸我懂事。四娘说你吃，四娘就吃这个，说着，四娘扬扬手中的葱叶。四娘爱吃葱叶，是就是爱吃葱叶，还是担心孩子们菜少没得吃，反正她很少夹菜吃。

四娘将一把葱洗得干干净净，从葱白处把葱叶掐断。这个过程很有仪式感，仿佛一场饕餮盛宴即将开始。四娘掂起一个葱叶，很快就卷成紧凑的“回形”塞进嘴里，这种吃法让我看着新鲜，吃相也不粗俗。四娘一顿饭，就这把葱叶了。

我上学以后读物很少，那时有本《少年文艺》的期刊，有篇文章《奶奶爱吃鱼头》印象深刻。奶奶做鱼给孙子吃，奶奶只吃鱼头，奶奶总说：“奶奶爱吃鱼头。”四娘爱吃葱叶，想必也是这回事吧。

我在四娘那受到的优待，在我成年后有过反思。如果说血浓于水，我与四娘没有血缘关系。如果说她喜欢孩子、联络孩子，她有三个比我大不了多少的孩子，其中堂哥仅比我大两三岁。我想这归根到底是她生自贫穷的农村的善良，始终没有被小城市的市侩风气浸染。她知道人生天地间，最可宝贵的是情。四娘对我的优待，在我幼小的心灵中也埋下善良的温暖的种子，让我反复体味的过程中，甚至感到仿佛无意中上升到一种尊重，一个成年人对五六岁孩童的尊重，这对孩童成长来说，胜于无数的说教。

四娘的房子太小了，堂姐堂哥们渐渐长大，幸亏老宅动迁，四娘一家搬到了单位的宿舍平房。房子大了些，但也不宽敞。我每年的大年初一是必到四娘家拜年的，一年里见面的机会也不是很多，四娘还是那样亲。

堂姐堂哥陆续出嫁、结婚，四爷后来退休了，倒是见得多了。他是他堂兄弟中个头最高身形最瘦的，总是宽大的深灰色衬衣扎着外腰，身干利净，笑呵呵的。四爷退休后没过几年安生日子就走了，四娘也积劳成疾，两条腿被风湿病折磨得变了形，行动非常困难。

四爷去世后，四娘又搬了一次家，楼房，很少出门了。

四娘走的那天，我们去送老人家，堂姐堂哥哭成泪人。看着四娘的遗像，老远传来一个声音，“来喝红蜀黍汤喽”。

我再也无法控制，泪流满面。

（2021年5月于观云楼南窗）

云大爷的“想当年”

云大爷走了没几年，云大娘也走了。尽管子女恭顺，床前尽孝，搁不住疾病折磨，临终也是受了些罪的，自然规律能奈几何。两位老人都享了高寿，也是修来的福。

他们有五个儿女，最小的一个当了老师，也是我的老师。我所了解的，博山云氏家族出教师，是很有名的。

云老师是我在上初三那年分配到学校当老师的，我们年龄小，他也大不了几岁。一来二去，我们同学几个跟他无话不谈，奠定了一生亦师亦友的情谊。玩归玩，云老师还是不断劝我们上进，既有兄长的关爱，也有老师的威严。

初三一年很快过去，大家各奔东西。定期一聚成了约定俗成的规矩，大年初一的饭是一定要在云老师家吃的。无论是他成家之前在云大爷云大娘家里，还是他成家之后在他小家庭里。饭一定要在家里吃，菜都是自己做，其乐融融。后来同学们相继成家，就带着夫人来，人多到摆两桌，热闹是热闹，主人聚会前后忙得不可开交。在大家一致要求下，为了不给他添更多的麻烦，才改在饭店聚会，一晃几十年过去了。

去年春节前，云老师突然在群里发了一大段文字，没读完就泪眼蒙眬。

娘在家就在。兄弟姊妹们到了五六十、六七十岁了，还能好几个常在一个屋檐下吃饭、看电视，就像没成家之前一样，有做饭的、有刷碗的，也有光吃什么也不干的，没有计较、也没有感到什么不合适，是不是一种福气啊，这样的氛围在现今的家庭格局中能享受到的恐怕不多了，而在我们家就能享受到这种奢华，就因为床上还躺着一位老人——娘。娘在，家就在！家在，才能享受到这独有的家的温暖！娘老了，老得认不出自己的儿女了，可奇怪的是夜里喊从来喊不错，那应该是一种心灵的感应吧；想象不出老人的心里是一种怎样的世界，听她偶尔喊出的过去的熟人的名字，应该是潜意识里的对过去的人和事的闪回，难得一见的笑容里还能见到一贯的脾气和性格，还是让你穿上衣服别冻着、还是让你去歇着吧、还是让你把灯关上、还是把本来就不大的纸撕开用……

看着躺在床上的已经不能自理的娘，再想想一辈子操劳的娘：上六天班周日再摊煎饼做连浆、大年三十了还在忙年、想念远在甘肃支边的大姐而晚上在车站看下火车的旅客、为省一毛钱步行到山头走亲戚、一点一点在皮箱里存下的几百块钱、黄黄的脸病歪歪的身体经常让我们拿就诊单去挂号拿中药、看大了多少个孙辈孩子……一切的一切都记载在那漂白的头发和深深的皱纹里；娘老了，再也不是拿起网兜就去大街买菜的娘了，再也不是用粗糙的手抚摩我们后背就能挠痒痒的娘了，再也不是为儿女嘘寒问暖的娘了……可在我们心里还是！永远是！

娘老了，夜里喊，让值班的我们睡不好，拉了尿了也挺麻烦的，也曾埋怨怎么这么不体谅儿女，但过后每一个儿女心里都明白，但凡娘不是老得不清醒了怎么会舍得让我们睡不好觉！但凡娘还有一丝力气又怎么会麻烦我们！坐在床边，看着娘的脸，还是那样的慈祥，忍不住去握住她的手，凉凉的，手上胳膊上身上腿上只剩下皮包骨了，岁月已经把娘压榨得所剩无几了，娘把一切都给了这个家给了儿女，现在只剩下瘦骨嶙峋的身体还占据着那张跳了几辈人的大床上的一半的地方，索取的只是少的不能再少的食物；坐在床前和她说话，她一脸茫然，但是把重孙女重外甥的照片给她看，还是会露出欣慰的笑，用手去抚摩屏幕，我也忍不住想去摸摸她的脸理理她的白发，我们现在都当爷爷奶奶姥爷姥姥了，而这几辈人的骨血都来自这个躺在床上显得那么无助无力的老人；娘老了，老得就像这即将入冬的枝头的一片树叶，不由得一阵担心颤抖，有家的日子还能维持多久？不敢奢望娘长命百岁万寿无疆，唯愿老人多活一天是一天，我们就能多享受一天有娘的日子……

云老师的感慨跟我这么多年见证他们大家庭的和睦是非常吻合的。

云大爷退休前在交通局工作，对工作的认真到了顽固的地步。据说为了丈量里程没有先进的工具，他愣是在自行车轮辐上做记号数圈数，骑车几十公里算出里程。他们那一代人从旧社会走过来，是很珍惜生活珍惜工作的，我无从得见老爷子的工作状态，比较熟悉的是他退休后的生活。

他的家族是个大家族，他的家庭也是个大家庭。在家里他颇有些家长作风，出出进进，没有话，脸上也没有表情，很不像家里的人。大概由于耳背的缘故，很少见他与云大娘及儿女们交流，这并不影响家庭和睦的氛围。

家里总是人很多的样子，就是个“根据地”，第二代、第三代人跟走马灯似的。我们也常去，没啥规矩，都跟亲人一般。或许我算是特例，云大爷偶尔跟我聊会天。右手掌半握遮盖在耳朵后，怕话被风刮走了似的。

云大爷家客厅墙上有一套中堂挂了多年，画是松鹤延年，对联写得相当有味道，是清代人写赵孟頫的路数。缺了妩媚流利，多了凝练洒脱，每次去总忍不住瞟上几眼。那时我已经开始喜欢书法，只是喜欢。记得上联是“墨池烟霭花间露”，下联是“茗鼎香浮竹外云”。既有高情韵致，“墨”指耕读传家，有“竹”人定不俗；“云”字又有双解，生活的幸福惬意如云逍遥，还扣了此乃“云府”。

聊天的地方多是在他的小书房，退休后，云大爷生活很有规律。每天就是爬山、写字、喝点小酒，摆弄摆弄阳台和后院的花花草草。爬山能爬一天，早早吃了饭，戴上耳机，去山里转一天，听鸟语闻花香。回到家来，窝在小书房写毛笔字，中楷小楷都写，写过的毛边纸一沓一沓的。我曾给老爷子刻过一方名章，没见他用过，他就是喜欢写字，没闲情向人展示。

我最爱听老爷子聊“想当年”下馆子的事，这个时候大多是在他一茶碗烈酒下肚后。脸上些微有些酒晕，依旧是右手掌半握遮盖在耳朵后。那个菜品、那个服务、那个价廉物美……不免啧啧称叹，进而感慨古风不存、世风日下。情绪也就上来，仿佛不合格的菜品就在眼前，厨师成了暴殄天物的罪魁。每到这个时候，云老师若在，就皱皱眉头打断老爷子的话，小声说，人老了，嗐，没办法，说不服。幸而老爷子也听不见，见我们听兴正浓的样子，他便继续他的“想当年”美食传奇。他说得有声有色有形有味，那种熟稔仿佛饭店的掌柜、大厨一般。可我没见老爷子下过厨，都是云大娘伺候他。

老爷子爱喝点小酒，每天在固定的地方，端固定的酒杯，喝定量的酒。他的故事里也就都有酒，他的描述总让听者感觉到扑面而来的菜香和着酒香的浓郁生活气息。

我们经常在云大爷家吃饭，他都是自己一席，从不与我们掺和。起初我很纳闷，我们满桌的菜肴，他却只吃眼前的一盘小菜。后来明白了，这是他的节奏，生活的节奏，不能打乱了。他不是惦记眼前要吃得多好，而是怀念过去那种敬业的品质。

大年初一在云大爷家聚会吃饭的那些年，是非常具有仪式感的。

博山人待客，尤其在春节期间颇为讲究。不管穷富，总要备齐各种窑货（餐具），般般样样地盛上各种年下菜。热汤热炒的，用了行件盘碗、大件盘碗盛上，冒着热气香气端上桌。主人便不失时机敬酒、劝酒，大家说些喜庆恭贺的话，插科打诨一番，酒就在窗外雪景的映衬下渐渐高了……

有一道菜是必上的，虎皮肉，也是我们每年盼望的大菜。那种馥郁的香气从唇齿间流过的瞬间体验，年的记忆便更加深刻而历久弥新了。

我总以为这道菜是云大娘事先做好的年下菜，云大爷去世后，跟云老师聊老人家的过往，才知道虎皮肉竟然是云大爷的手艺。想不到云大爷不只能讲述“想当年”的美食传奇，更是烹饪美食的行家里手。

云老师大概是不能自始至终完美呈现这道菜的，自从大年初一不在云大爷家聚会，再也没有吃过这道菜。在云老师的小家庭和各种饭店，都没吃过。

跟厨艺界的朋友谈到虎皮肉，还好，有几位还会做。他们说现在人懒了，有卖现成的烤肉的，基本用烤肉替代了。我集结了几位朋友的描述，还有云老师对云大爷烹制虎皮肉过程的记忆，略述如下。

虎皮肉是把带皮猪肘肉、猪后座肉先煮七成熟捞出晾干水分，猪皮表面抹上甜酱风干好。油锅起温，用手抓肉或用钩子挑着，肉皮朝下入油锅，肉皮炸至起泡，呈金红色。沥干油，切成略厚于一分的大片。锅上火，蒜片爆锅，烹酱油，加煮肉原汤，将切好的肉收入锅内，文火炖至肉烂皮嫩，加点胡椒粉，出锅，撒上蒜黄末或青蒜末，再来几滴麻油即可。也可在炖至肉烂皮嫩后扣碗冷藏，吃的时候，上蒸锅蒸透，再开汤加佐料调料。现在人们喜食火锅，边炖边涮，佳肴也。吃法众多，不一一列举了。

倘有耐心的厨师能恢复旧制，于我等愈来愈怀旧的人来说，便有了重温那个年代年味的可能。

（2021年6月端午于观云楼南窗）

梁姨的大酥锅

梁姨七十大多了，一双儿女，女儿是我同学。梁姨的丈夫是我的老师，后来我们也是一个单位的同事。

梁姨的女儿，也就是我的同学，人品豁达，豪爽能干。毕业分配到一家盛极一时的企业，朝九晚五十几年，眼看着企业兴旺，眼看着人到中年，眼看着企业垮台。辗转于失业的怅惘，执着于生活的坚忍，从头再来，毅然决然创业。如今忙是忙，累也累，好在看上去挺充实，也不误相夫教女。

有次聊天她说中年创业太不容易，头上一堆的责任，疏忽不得，失败不起。我问到老人近况，她说还好，孙子、外孙女也都成人了，老两口颐养天年。说到母亲的不易，她说其实跟母亲脾气秉性很像的，人生轨迹也很相似，言谈之间不免感慨。

梁姨是地道的菜农，种了半辈子地，丈夫曾在远隔两千公里的城市工作，家里地里都是梁姨一个人操持。后来地没得种了，在村子里的饭店打工，只会做些家常饭，颠不了饭店的大炒勺，就做些切配的活计。掌勺的大厨爱聊天，有时客人坐等，他还没摘下话把子。梁姨不爱多话，索性切配完就随手炒了，待大厨闻到厨房飘出的菜香，也乐得梁姨自作了主张，聊着天还不忘高声赞一句：醋使得恰到好处啊。一来二去，梁姨就信心十足地做起了大厨。

二十世纪九十年代初，梁姨丈夫回乡调入的单位为了解决部分家属就业，在单位附近开了个小餐馆，梁姨就以大厨身份入了伙。

梁姨丈夫刘老师的单位是个学校，远近闻名的技工学校。地处有些偏僻，学生来自全市各区县。学校食堂的大锅菜，永远满足不了学生的要求，小餐馆成了第二食堂。炒菜、水饺、煎包、火烧、馄饨齐呼啦都上，饭食头一派热闹景象。有梁姨掌勺，大有“垒起七星灶，铜壶煮三江”的气派，小炒之外也敢接宴席了。

那时我刚参加工作，二十来岁正当能吃饭的时候，不到饭食头就饿得前腔贴后背了，经常三五同事到小餐馆点几个硬菜改善伙食。去了直奔厨房，等不得梁姨盛完菜擦擦盘边，自己就端着跑餐桌了。梁姨是有心人，厨房就她自己，客人一多就忙不周全了。她有好办法，隔三岔五做一大锅酥锅，既解决了食客久等的不耐烦，又能从容地应对接下来的每一道菜。

梁姨的大酥锅做起来省劲，用起来应手，看上去顺溜，吃起来味足。跟通常的做法也没啥两样，只是原料切配不同。鲅鱼是整条的、藕是整只的、海带整条卷了五花肉用棉线扎起来、带皮猪肉和猪蹄都是整块、整只的。急不可耐的食客一到，梁姨也不跟你商量，鲅鱼、藕、海带、肉或猪蹄带着鲜亮的冻，飞快地改刀，鱼一盘、藕一盘、肉一盘、海带一盘，眨眼工夫四个凉盘上桌，喝酒的主儿不至于干喝了。尽管味道差不多，可荤素搭配，摆盘也别致，既饱了眼福，也享了口福，关键是立等可取，食客也就少安毋躁，三杯酒下肚话题展开了。食客差不多都是一个单位的，偶有外人也是庄里乡亲，不会横竖挑刺，其乐融融，梁姨累并快乐着。市里来学校公干的，都点名吃梁姨的某个菜，也算声名远播了。

梁姨的炒肉片和炸肉也是招牌菜，手把稳，啥时候吃都是那个味。炒肉片酸咸适中，香味幽幽，用梁姨“学徒”时大厨的话：醋使得恰到好处。炸肉的色泽鲜亮，粉糊起发得恰到好处，抖勺卖力，氧化充分，入口软硬适中。那个年代来自其他区县的学生大多没吃过炒肉片和炸肉，偶尔去小餐馆开荤，都是满载着欣喜和满足。

刘老师在技校教授《机械制图》，图画得好，画也画得好，字写得更好。刘老师多数时候性子还是比较慢的，有耐心，有时候也很轴。梁姨脾气好，也不跟他急。刘老师画的剪影画是一绝，过去到泰山等景区，有站在路边一边招揽顾客一边剪游客半身剪影的，很传神、很生动，刘老师就是速度慢些，艺术效果毫不逊色。那年代没有计算机字库、计算机割字，他写的黑体字比印刷体还要庄重，结构布局更合理。刘老师除了这些，家里啥事也不管，退休后整天临写五体字帖。

梁姨忙里忙外一把手，女儿、儿子脚跟脚要结婚成家，她索性辞掉工

作，自己干起菜肴生意。那个年代单干风刮起不久，一个种了半辈子庄稼的女人自己撑头干买卖，多少是需要些勇气的。梁姨凭着好手艺，煎炒烹炸，生意红火，可谓日进斗金。女儿说母亲没有打下手的，干一天累得连数钱的劲都没有了。就这样支撑了好几年，直到孙子出世，看着儿子儿媳忙得不可开交，在生意最好做、钱最好赚的时候毅然停下来帮着照顾孩子。

梁姨很普通，但是识大体，这是难能可贵的。她能赚钱的时候不张扬，照顾家庭任劳任怨，她做人做事的准则和态度默默影响着她的子女甚至第三代。

梁姨的外孙女大四了，高中阶段学习一直很好，但高考发挥失常，去了一所普通本科院校。今年暑假结束前，我得空招呼同学一家三口吃了顿便饭，老公跟我是老相识，性格幽默且在强势的妻子面前甘做贤内助，营造家庭一团和气。女儿在外求学，上初中时见得多些，后来见得少了。

女儿很有礼貌，很有教养，也很健谈，一看就是接受了良好的家庭教育。一顿饭吃了三个多小时，愣是没见她摸一下手机。在谈到我们都熟知的她的一个高中女同学时，她多次毫不吝啬地赞美那个女孩的漂亮和有出息，甚至说看到那个女孩在微博里晒出的演出照片非常羡慕。她说这些时毫无已不如人的自卑神情，她说这些时偶尔环视周围的人，包括她的父母，而她父母都是微笑着看着她，也丝毫没有觉得女儿如此夸赞别人而显出丝毫不悦。我有种莫名的感动，是很久没有看到的纯粹了，这个女孩在夸赞另一个女孩时所呈现出来的那种坦诚和善良，像秋日的阳光一样清澈无尘。

家教是什么？就是家长的言传身教，就在一颦一笑一言一行之间。起身离开餐桌的时候，我说我想说几句评价女儿的话，大家有丝诧异，孩子的父母则很平静。我说感谢女儿给我们这么一个舒畅的夜晚，她由衷且毫不吝啬地赞美女同学而丝毫不自鄙，她一晚上始终积极与我们交流而没顾及手机一眼，她让我感到这个世界充满阳光，将来与她交往接触的人都会感到非常美好。也感谢同学两口子，孩子在自由表达时，你们给予了极其温和有度的配合，正是你们一贯如此才使孩子积聚了足够的善良。这使我想起梁姨的大酥锅，原料是那么独立，尽管味道趋同，但各自展现出本真的魅力，正所谓和而不同。

女孩叫秋晗，现在该是坐在教室里读着那些艰涩的书籍准备着考研吧。自从竞争这个词畅行天下，人的动物属性渐渐成了优秀的品质，岂不怪哉。都在担心输在起跑线上而无休止地给原本纯洁的大脑们灌输竞争意识，其实已经输在人性的起跑线上了。学历固然重要，尤其在遮遮掩掩、羞羞答答、唯学历是真唯才是假的顽固的思维下，教养则显得尤为重要。从秋晗的品行里我看到了纯真和明媚，她带给这个世界的都是阳光，至少让我感到非常温暖。

（2018年初夏于观云楼南窗）

后记

2019年的夏天，秋晗大学毕业，孤身一人拖着拉杆箱，挨个学校应聘、考试，被济南某中学录取为在编教师。她母亲说，我们帮不上什么忙，秋晗就是自己一个人面对社会的选择，那段时间她手里掐着厚厚的一沓车票……

两把捂

开门迎接我们的是一位三十来岁的小伙子，文质彬彬略显羞涩，脸上有丝凝重的微笑。示意我们进到屋里，那丝微笑只是一闪，便又化作焦虑。

这是一套狭窄逼仄的两居室，单位的老宿舍，从楼外望去，落魄得寒碜憋屈、灰头土脸，跟单位颇有文化底蕴的牌子名不副实。这个宿舍区住着一百几十户人家，建造于不同年代的几排住宅楼，据说有十一个户型，甚至有两户共用一个厨房和卫生间的。户型面积从三十几平米到九十多平米，拖曳着历史发展的痕迹，也透露着身份等级的无处不在。

这个面带凝重微笑的小伙子是春生，房子是他父亲的。我们三步就进到主卧室，春生的父亲躺在床上，眼睛微闭，脸色蜡黄如纸，面相平静，皱纹都舒展开来，按照迷信的说法，魂灵已经出窍。近乎全白的头发稍显长了些，梳理得一丝不乱，直愣愣向上竖着。月白色一尘不染的被罩平静地盖到胸口，看不到呼吸的起伏，床上收拾得干干净净。尽管是冬日的正午，白惨惨的阳光透过干净的窗玻璃照进来，我还是辨了辨眼才看清屋里的一切。

春生复又坐在床边一只凳子上，左手轻轻扶向父亲的右肩膀，倾了身子嘴唇贴近父亲的耳朵，嗫嚅地说，爸，领导来看你了。一切都是小心翼翼，一切静如晚霞升空。领导是我陪同来的科长，我们是例行公事年终走访离退休老同志。春生的父亲是退休人员，退休前一直在这个单位从事理发工作。那时候稍具规模的单位，后勤服务分工精细。

科长向前凑了凑，叹了口气，老同志好人呐。剃头师傅嘴茬子溜，是个很普遍的现象，打祖师爷那辈就传下来了。大概旧社会这行当属于下九流，糊口饭吃不容易，既得讨好客人，自己也不沉闷。春生父亲也不例外，一个单位男女老少几百号人，老先生幽默、开朗、人缘好，都找他剃过头，都能聊得来。

春生示意我们坐，他双手夹在两个膝盖间，束手无策，一脸茫然。科长或许感觉到了死一般的沉寂带来的压抑，脸上毛茸茸的，轻声问了句什么，春生白皙的脸映衬得眼圈有些红。领导，我爸怕是不行了，一直昏睡。春生父亲的眼皮下眼球蠕动了一下，微微睁开一条缝，眼睛并不浑浊，却已毫无生命的光芒。科长又说了什么我没留意，春生父亲气若游丝，连眼皮也无力支撑，很快又闭上了眼睛。

屋里静极了，家具没有起眼的，但不染微尘。眼睛扫过的角角落落，收拾得匀停，水泥地面因拖擦频繁已经没有了光面，静静地泛着微黄。这是我见过的陈旧家室最干净的，那份整洁会让你断定主人一定是有洁癖。

那年我二十来岁，很少经历这样的阵势，又是临近小年的光景，不知说什么好。我们很快就离开了，无非留下句有事打招呼的客套话。

我这是第二次正式见过春生，第一次是听说他喜欢画画，中午待在办公室实在无聊，专门寻着找过去搭讪的。那时他和他父亲供职的单位有个修理电器的门市部，他每天在那摆弄电视机什么的。我比他小几岁，他的话不多，说到画画，话语间有些自蔑和羞涩，我们也没有聊起来，我悻悻地走了。

下午两点多，办公室接到电话，春生父亲去世了。

这是二十三年前我工作的一个片段，记忆犹新，深刻而永远难忘。我是第一次清晰看到一个并非不相干的人从一息尚存，突然就撒手人寰。放下电话我的眼睛湿润起来，并非单为着春生父亲的离世，我甚至都有些欣慰，为着他在这么干净的环境里静静地离开这个世界，而坐在他身边陪伴的是他唯一的孩子，是他三十多年前抱养的这个孩子。

春生是父亲的养子，他在十几岁时在别人故意或无意的话语里知道自己是被抱来的。春生懂事，闲话都在耳朵里，从未问过父亲。有一年除夕，春生刚娶了媳妇，他陪父亲喝酒，父亲说没想到你能活下来，你娘不容易，硬是用糖水把你灌活了。春生也木讷，不追问为啥用糖水而不是奶水。春生更不可能问母亲，母亲精神分裂，一生多数的时间是疯疯癫癫的。

春生的内心世界，我没有走进过。有一次我跟他聊天，不知不觉说到刘德华主演的根据真实事件拍摄的电影《失孤》，我说在别人质疑主人公寻亲漫无目的时，刘德华饰演的父亲说了句很耐人寻味的话，只要我在路上，孩子无论在什么地方也许会感觉到父子相见的希望。春生听了，眼圈一红，手有些抖。

我在这个城市持续工作十年了，几乎每个工作日要往返两个城市间一百公里的路途，久而久之也是一份辛苦。随着年龄增长，常常感觉回家的路越来越远，困了累了，便蜷缩在办公室的沙发上熬一宿。吃饭也有一搭无一搭，饿了就凑合一顿，不饿也懒得出门。有次春生见着我说，今晚住下吧，到家里，让你嫂子给你包“两把捂”。春生嫂是个强势的女人，有男人的果敢，凡事不甘人后，跟春生的性格判若两人。五年前，在春生嫂的操扯下，春生一家就定居在这个城市了。

“两把捂”形象地描状了饺子的制作工艺，估计是全国通行的饺子模样，莫言先生三句不离的饺子，定然也是“两把捂”。博山人多是擀大皮子切梯形块的饺子皮，包“元宝形”的饺子，为区别起见称这种旋（方言读作学）皮饺子为“两把捂”。我喜欢吃“两把捂”，一是皮子筋道弹口，二是灌汤馅子不透水。

春生边说边给夫人打电话，我索性就随他去了新家。现代社会家家窝憋在钢筋混凝土堆砌的方块，关上门朝天过，楼上楼下对门邻居老死不相往来。能被邀请到家里做客吃饭不生分，这是一种厚重的情谊，也是一种极高的礼遇，我倍加珍惜甚至感慨之余有些感激。

过去曾有感触，某个节日能与谁共聚，本身就是天大的缘分。除却春节、端午节、中秋节等团圆节要与家人共度，能与朋友共度的节日屈指可数。一生算下来，少年懵懂、老年昏聩，掐头去尾不过也就过四五十年而已，能有多少个特殊的日子也不难数。所以妄谈交情，其实言薄如纸。清代何瓦琴有云：“人生得一知己足矣，斯世当以同怀视之。”能“同怀视之”者有几人，如今家家装修得跟天堂一般，外人贸然闯入岂非打搅。

春生嫂是快手，我们踏进屋，餐桌上几盘菜已经收拾停当。看得出精心，都是现行炮制的，盖垫上也端坐着几十个“两把捂”了。

我跟春生曾在一个部门共事十几年，彼此结下了深厚的友谊。平时见面亦无多少话，遇到点难处一聊就是大半天。春生不胜酒力，但是性情中人，到家里吃饭是隐私的，话题也难免隐私。酒过三巡我忆起那年去看望春生父亲的场景，跟春生说我们之所以能聊得来，就是我觉得你尽管知道自己是养子，却毫无隔阂地孝敬老人，颐养善终。

我说我还记得你母亲，小脚的老太太，犯了病总是在外边跑。说到这，春生哭了，他说那时我小啊，俺娘犯了病满街上跑，我哭着跟在后面追，她也不认得我，我还是哭着满街上追，那些街上的孩子就跟着起哄说我是“拾孩”（弃婴）。春生很少这么动情，我们抱头痛哭，春生嫂却有些漠然。

春生嫂从小是跟姥娘长大的，跟父母很陌生。春生的孝顺是出了名的，他不但孝顺他的养父母，也一样孝顺连他媳妇都陌生的岳父岳母，我从他的孝行里读出他对亲情的真切渴望和弥足珍惜。我说生哥你想过寻找生母吗?他说养父母在的时候，我没怎么想，两位老人都走了，有时想到总觉得生母不要我了肯定有难言之隐吧。

于是我们继续喝酒，嫂子去厨房煮饺子，说你俩又不吃菜，等煮了饺子就着喝，省得空心头醉了。

春生说X姨曾跟我说起过是谁把我抱来的，X姨有次还漫不经心地说不要考虑找你生母了，她还在世，不去打扰了，我也就不存念想了。我说你抛开这些想不想找到生母，他说我也是五十多岁的人了，生母还在世，哪怕装作陌生人去她那找碗水喝，临走以道谢的名义两把捂住她的手，也算有了肌肤之亲，也算叶落归根了，毕竟我是她身上掉下来的肉啊。

嫂子的“两把捂”端上来了，我却陷入了沉思。

X姨我是熟悉的，过了几天，我辗转找到了她的电话，给老人家打过去。八十多岁的老太太一听是我很高兴，寒暄之后我直言为了春生的事。老人家叹息一声，然后用惯常的爽朗的口气说，他的生母确实还在，当年也是没有办法，现在就不要去打扰了，年事已高，经不得情感波动了。

我欲言又止。

四五年过去了，前几天跟春生聊天，他说那次你给X姨打过电话后，当年抱我来的那个人的儿子、儿媳来找过我，让我看了生母现在的照片，是他在一个偶然的场合用手机偷拍的。那位大哥说，你生母挺好，看过了也就该放心了。我说你没问家在哪，春生又显出他的羞涩，人家这是提醒我不要再找了。我说生哥，时间过得很快，你的生母幸好还在世，五十多年了，我觉得她每时每刻都在想她舍弃的这个孩子，她的内心肯定经历过无数次的煎熬，为什么就不能跟她见一面，难道要等着阴阳两隔。

春生说，我想见。

（2019年元月于观云楼南窗）

后记

故事并非虚构，知情者请勿打扰当事人，权作人世间一段真情追索，万望读者诸君珍惜亲情，善待友情，守护爱情。我在写这些文字时，征求过春生的意见，他不反对。我的执念是，能为之，胡不为。我希冀春生和他的亲娘，在不为人知的环境下团圆，一声娘，一声儿，哭塌整个世界，以慰藉半个多世纪的挂念。问世间情为何物，有生有灭却不离不弃。戊戌年腊月初九夜，寅生哭记，是日也，母亲生辰之日，惜母亲去世一年有余矣，我纵使呼天抢地，怎奈母亲也听不到了，悲夫！

肉火烧

拙文《摊煎饼》里有句话："在吃这一方面，博山人津津乐道的'四四席'与听说过没见过的'满汉全席'是一个水准、一个级别。"小有争议，有读者认为博山"四四席"岂能与满汉全席相比。

我稍作解释，这其实是"民间思维"。典型的"民间思维"有一例子，鲁迅先生在其《人话》一文中说到浙西有一个讥笑乡下女人之无知的笑话："大热天的正午，一个农妇做事做得正苦，忽而叹道：'皇后娘娘真不知道多么快活。这时还不是在床上睡午觉，醒过来的时候，就叫道：太监，拿个柿饼来！'"（鲁迅先生是揶揄所谓"高等华人"不说人话的，并非嘲笑农民见识浅）

"听说过没见过"自然更没吃过，如此，拿"博山四四席"与"满汉全席"相比，岂不更是"民间思维"。这大概可算得《诗经》"赋比兴"之"比"的一种流变吧，算作一种修辞手法也未尝不可。"民间思维"有时表现得很无辜，既非故意，也常被用于幽默和自我调侃，不必认真的。比如莫言获诺贝尔文学奖后多次说他写作的初衷就是认为写好文章就能每天吃饺子，那个饥饿的光景里，饺子就是他的食物图腾，他的真实、诚恳让人觉得心酸和无辜。还有个段子说：等我有了钱，吃油条喝豆浆，豆浆要两碗，喝一碗倒一碗……这当然是调侃了。

我们是平头百姓，不管是哪种审美、价值取向抑或生理、心理需要，有“民间思维”再正常不过了。穿的是粗布衣，吃的是家常饭，满汉全席与我们何干。况且满汉全席到底有没有，存疑，至少据史家、学者的考证，清代皇帝到亡国也没见有记载吃过满汉全席的。不是他们不想吃，也许压根就没有。用满汉全席极言清廷挥霍无度、骄奢淫逸，站不住脚，清朝灭亡的根源不全在这里。也有说确有满汉全席，连续吃三天，至少上108道菜（南菜北菜各54道）。甚至全席计有冷荤热肴196品，点心茶食124品，共计肴馔320品的。即使稍作品尝，也能撑死头驴了。

看过一档节目，让观众猜猜宴席上一花瓶插着的一杆雉鸡翎作何用。最后揭秘是满汉全席要吃几天，吃撑了吃腻了，用雉鸡翎捅嗓子眼，吐出来继续吃。主持人言之凿凿，你信？反正我不信。捅嗓子眼呕吐本不是雅事，躲没人地方用手指头即可解决，难道非得用极易误伤口腔和喉头的雉鸡翎？倘若席间不止一人捅嗓子眼，就一根雉鸡翎需要消毒不？

不过，满汉全席我倒觉得可以有。清朝没有，现在可以有，至少见着餐饮业的发展创新和人民生活水平的日益提高了。

老百姓是不指望满汉全席的，张家的火烧，李家的面，条件差，吃顿饱饭就是幸事。蒋星煜先生有本书《以戏代药》，内载一段河南曲子《关公辞曹》的唱词：

在曹营我待你哪样不好？

顿顿饭四个碟两个火烧。

绿豆面拌疙瘩你嫌不好，（拌疙瘩就是博山的做咕渣）
厨房里忙坏了你曹大嫂！

另一个版本也很有趣：

曹孟德骑驴上了八里桥，
尊一声关贤弟请你听了：
在许昌俺待你哪点儿不好？
顿顿饭四个碟儿两个火烧，
绿豆面拌疙瘩你嫌俗套，
灶火里忙坏了你曹大嫂，
摊煎饼调榛椒（榛椒即辣椒）香油来拌，
还给你包了些马齿菜包，（马齿菜就是博山人说的马踏菜）
芝麻叶杂面条顿顿都有，
又蒸了一锅榆钱菜把蒜汁来浇……

还有个版本则直接骂街了：

曹孟德在马上一声大叫，
关二弟听我说你且慢逃。
在许都我待你哪点儿不好，
顿顿饭包饺子又炸油条。
你曹大嫂亲自下厨烧锅燎灶，

大冷天只忙得热汗不消。

白面馍夹腊肉你吃腻了，

又给你蒸一锅马齿菜包。

搬蒜臼还把蒜汁捣，

萝卜丝拌香油调了一瓢。

我对你一片心苍天可表，

有半点孬主意我是屌毛！

这火烧、油条、马踏菜包子、咕渣汤，在曹操眼里都是好饭食，当然这也是唱词设计者的“民间思维”。关二爷吃了人家喝了人家最好的饭食，不事二主掉头就跑，冤得曹操爆了粗口。

只是不知他的火烧是哪种，在博山火烧就有多种，有馅的、没馅的、肉的、素的都叫火烧，也可以在火烧前冠以制作工艺或馅料特征，比如肉火烧。

我老家在东门里，东门里是条街，神经兮兮的年代曾改名“东风街”，就是现在的考院小学北院墙外的街道。这条东西街不过几十米长，东街口隔着新建三路就是东关街了。清代著名现实主义诗人赵执信从他的宅子到他家的花园南亭子——因园，是必经我家门口的，只是相差三百多年，就不提了。

东门里的东街口路南拐角有个火烧铺，地界在城东村，经营却是东关村居委会的几个中年妇女，个中缘由不得而知。这个铺子在博山城里赫赫有名、屈指可数，它跟同样经营火烧的西关馄饨铺、新建一路馄饨铺、税务街馄饨铺很不同，只卖火烧，不卖馄饨、稀饭等“啥哈”，也没有餐桌供现场就餐。这个铺子经营了十来年，它的肉火烧远近闻名。

在过去的小文里说过，我笔下的博山，很多时候特指博山城里最多涉及周边城郊接合部。这是需要特别说明的，因为仅就吃食而言，这个地域范围内外是有很大差别的。

现在的博山满大街都是烧饼铺、火烧铺，馅料各种各样，但几乎找寻不到当年东关火烧铺的那种肉火烧了。

有次与张店卫生系统朋友聊天，他是淄博卫校毕业的。突然问起东关火烧铺，说在卫校读书时，有种火烧情节，至今难忘。朋友形象地描绘了味蕾的记忆和大众吃相，甚至能回想起打火烧的几位大娘的相貌神态。叙谈中朋友显得有些激动，看得出对特定年代的美食和制作者有种莫名的感恩。

我能记得的时间段大概在二十世纪七十年代至八十年代初，中间有两三年的时间没有新鲜肉供应，全是用的“腊肉”，当时我尚不喜欢吃肉。“腊肉”是因为没有冷库，用盐醅了因陋就简保存的。这种“腊肉”跟浙江金华火腿、云南火腿没法比，最大的差别恐怕是盐醅之初是新鲜的肉还是已经开始变质的肉。这种劣质“腊肉”，见热后一股变质的腐臭夹杂着令人作呕的油酊味。曾对新建一路北口的肉食店摆在柜台里的一条条干瘪的烟熏色猪腿充满疑惑和猜测，店员简单地解释说这是火腿也叫腊肉，想想顿觉恶心和无趣。后来吃到正宗“金华火腿”，才知道此“腊肉”是偷工减料的冒牌货。

印象很深的有一位高挑个的是栾大娘，栾大娘的先生是聚乐村的少掌柜栾尚浦先生。栾先生一家就住在东关街西口一个小院子里，半掩的木门里时常看到六十来岁的栾先生穿着雪白的老头衫躺在石榴树下的躺椅上乘凉。栾大娘有些矜持寡言，环睁大眼、干净利索，有大家闺秀的模样。还有一位袁大娘，是泉眼（当地人读作yin，有注作“崖”的）人士，爱开玩笑，不骂不说话，但听者不烦反而觉得有趣。再有一位较矮胖的大娘，挺和气，不知姓氏了。

我家离着火烧铺直线也就二三十米，饭菜不合口，家长偶尔给一毛钱，最合适的选择就是去买俩肉火烧。东关火烧铺的肉火烧，馅料很简单，手切的花生粒大小半肥半瘦的猪肉、葱花，调料只有盐。肉馅和葱花是分盛的，捏包的时候，捏一撮肉馅摁进面团里，随即捏一撮葱花补到肉馅上，团起，用手掌在案子上压成饼状，稍一用力拍在炭火炉子最顶层的平底锅上。两面烙得挺了身（博山话叫挺shei），再抽出平底锅下面的铁抽屉，立着放进去，送进火塘。期间也要抽出几次抽屉，用竹夹子挨个翻翻身，待火候到了，夹出来，通体黄澄澄两面鼓蓬蓬。鼓蓬蓬是因为里面充满了热气，趁热吃的时候如果不小心很容易被蹿出的热气“嘘”（博山话，意思是热气灼伤）着脸。有个好办法，用指尖在火烧的边缘上掐两个小窟窿，嘴对着其中一个窟窿但不要贴近吹气，热气被逼着从另一个窟窿蹿出，反复几次，就能独享美味了。因为没有餐桌，性急饿急的食客，就站在铺子前马路边，吃一个拿一个，冬天里有时几个人蜷缩着脖子一起对着火烧吹，吹出一条条热气的游龙，也是一道别样的景致。

直到八十年代中期，我在赵庄吃了一次肉火烧，才知道博山近郊的肉火烧完全不同了，馅料一样，调料多了酱油。对于喜欢的人来说有种特有的酱香味，但也着实掩盖了猪肉那种纯粹的香气，不久也见识了焦庄的烧饼馅也是加了酱油的。这不是是非问题，全在一个地方的口味不同，我是偏爱不加酱油的。

如今转遍博山城也找不到一家正宗博山肉火烧铺子了，有人说博山肉火烧和肉烧饼被焦庄烧饼和莱芜人占领了。其实从某种意义上说，是莱芜人起早贪黑辛苦劳作制作的“焦庄烧饼”供养了一座城市。没有谁占领谁，只是自信或者往高处说文化自信受到了一些冲击。可以欣慰的是，山头的凯泰酒店的“崔家烧饼”保持了地道的博山味道，还有几家也声名鹊起了。

博山烧饼和博山肉火烧只是烤制工艺略有不同，面和馅料都是一样的，有几家餐饮店也渐渐恢复了这种做法，对于我的那位朋友，兴许能从这里找到他的火烧情结了。

（2018年8月18日于观云楼南窗）

快三秒

吃在博山是个大话题，食色性也，性不好说，食不可不说。在吃这一方面，博山人津津乐道的“四四席”与听说过没见过的“满汉全席”是一个水准、一个级别。

别的且不说吧，就早餐一项，似乎每个到过博山吃过早餐的人，总真真假假地挑大拇指称赞。其实博山早餐有特色，但也确实有些夜郎自大。中国何其大，早餐品种丰富、味道精美者多了。

过去有“吃了博山饭，围着天下转”的说法，曾在一定范围引发过争论，后来我与首倡者交流过，初衷就是一句广告语而已。争论的焦点集中在“狂傲自大”上，认为这有目空一切的嫌疑。其实细究这句话的主语或许是截然不同的结果，主语省略了。主语该是什么？肯定是人，关键是“博山人”还是“天下人”。“天下人”都吃博山饭是理想状态，“博山人”吃了博山饭不想家，带着亲人的嘱托、乡亲的祝愿走出去打拼天下，既雄壮，又满含乡愁。

不过博山人是善于穷里富讲究的，一盘自己腌制的酸咸菜，也会因原料不同、刀工不同吃出不同的味道。过去粮食紧缺，城里家家添高价粮，馒头是稀罕物，煎饼是主食。那时的煎饼多是棒子面的，胃不好吃了泛酸水“漓心”（一种类似胃或食道反流的感觉），也有高粱面的，吃着刺嗓子，难咽。偶有大米面、小米面的，但我没记得小时候吃过小米面煎饼。

大约改革开放以后吧，生活渐渐好起来，糖尿病什么的也多起来，人们也有闲情养生了。小米煎饼成了人们餐桌上的主食，在很多人眼里它是细粮，也是生活富裕的一个体现，因为小米煎饼比白面馒头贵多了。

煎饼卷猪头肉是早餐当中的美之美者也。我母亲讲过早年孝妇河河滩就有卖这一口的，猪头肉要用飞快的刀切作菲薄的片，味道才能全部释放。酱制好的猪头肉，刀切时离着三尺就闻到香气。我如法炮制，果然味道绝佳。不过因着血压高的缘故，猪头肉敬而远之，小米煎饼却是经常光顾的。单单吃煎饼，自然应该打听个好去处，有心人告诉我有个姊妹煎饼铺不错。

煎饼利润比馒头高，但雇人摊煎饼，也是费力不讨好的事，开出工资外也剩不了多少银子。大凡博山现摊现卖的煎饼铺也就一盘鏊子，早餐摊点也是夫妻档，妻子摊煎饼，丈夫拾掇些小菜什么的。

这家煎饼铺两盘鏊子，两个中年妇女操扯，手脚都挺麻利的。我的胃不好，煎饼从鏊子上揭下来接着吃还好，搁那一会儿再吃必定“漓心”。所以哪个下鏊子了就吃哪个的，免不了有交叉，吃过几回总是“漓心”。我犯了嘀咕，莫非原料有假？转念一想不会吧，生意这么好，来晚了买不上，精打细算的老头老太眼里是揉不得沙子的，没见他们兴师问罪，原料假不了。

我多了个心眼，吃的时候多观察，一定弄个究竟。渐渐我知道这是姊妹，姐姐瘦小看上去也聪慧伶俐，妹妹憨厚有些矮胖。姐姐是善于边摊煎饼边和客人聊天的，妹妹显得讷言少语。姐姐爱聊天，我自然坐在离她近的地方，边吃边聊，拿煎饼自然也从她这里拿，说来也怪，吃过几次竟没有“漓心”反应。

有一次我刻意单从妹妹那拿煎饼，不但“漓心”，口感也不一样。我就直言，你们的糊子不一样吧？姐姐是老板，客人这么问，她红了脸说一样啊，怎么了？我说怪了，吃你摊的煎饼不“漓心”，吃她摊的煎饼就“漓心”，怎么回事？把毛病点出来，妹妹有些尴尬，不言不语变成了扭过头去的反抗，不理我的话茬。姐姐嘴快，说那就光吃我摊的煎饼不就行了。

在妹妹那讨了个没趣，我也尴尬，索性非得找出原因。不久就有“惊人的发现”了。原来，看上去同样麻利的俩姐妹，在摊煎饼的动作中有些微的不同。姐姐因为爱聊天，目光游走在顾客和鏊子之间，有时从鏊子上揭下煎饼叠起来的时候因为与客人偶有对视，动作会出现些缓慢和停顿，这样耽误的时间也微乎其微。而妹妹因为不善或不喜欢言谈，只管埋头摊煎饼，动作无停顿。卯窍就在于此，妹妹快三秒！一念之间某饮品“快三秒”跳了出来，那是说“立等可取”，但摊煎饼立等可取也是有学问的。

我跟摊煎饼的老辈人求证，老人立马说，嗨！冷鏊煎饼不好吃，不熟，吃了“滴心”。冷鏊煎饼就是鏊子表面没达到足够的热度，就把糊子舀上去用耙子摊开来了，习惯使然，在煎饼还没熟透时就揭下来叠了。而姐姐因为中间的无意间停顿给了鏊子充足的自热时间，尽管一两秒钟最多三秒钟，但她每次舀糊子倒在鏊子上时，鏊子已经足够热了。

快三秒！仅仅是快了三秒，味道截然不同。万物同理，煎饼如此，其他的事物何尝不是“差之毫厘谬以千里”。这让我想起有一次临帖时，画家李波先生在旁边似有意无意地说：快了。按他老先生的脾性，那语气就有些不耐烦了。我放慢速度，并非心悦诚服，自视线条蚕有金石气也不流滑，快慢无定则的。谈话间，于守万先生进来了，看着案子上一张临作说喜欢，近看好看远看也好看。这更让我自喜进而自信快慢无定则了，李波先生也没再说什么。

时隔一年之后，偶尔看到几张那时临帖还没扔掉的东西，不禁一怔，满纸躁气，欲追求的乱头粗服成了一片狼藉。快了，确实快了，当然不见得是快了三秒。想起李波先生的话不禁汗颜。于守万先生美我者是鼓励我，李波先生不耐烦是斧正我啊。两位老先生提携后学方法不同而已，愚钝如我者，醒悟慢了。后来跟李波先生谈起此事，他也仅说了一句话：要留得住笔墨。

（2015年12月草拟，2018年8月13日修改于观云楼南窗，窗外秋雨微湿花前径）

菜煎饼

一度以煎饼为主食，山东可谓头份。

历史多有记载，乡先贤蒲松龄就有《煎饼赋》传世，把个煎饼与文字搅和得翻江倒海。以至于出差外省，朋友总会问，山东小吃就是煎饼卷大葱吧？

我哭笑不得。山东很大，小吃很多，此乃其一，以泰安及周边地区为最。我只在泰山顶上吃过一回，不知是否正宗，比之天津“煎饼果子”还是稍逊一筹的。

其他地区则各有特色，鲁中地区由于特殊的资源和产业背景，尽管也难脱大环境的影响，粗粮细作还是花样繁多的，菜煎饼就是其中的典型。

集体贫困的年代主食能顿顿吃上玉米就不错了，新下来的玉米棒子煮了吃，只是阶段性尝个鲜。过去条件差，生玉米棒子保鲜贮存是难题。农民收成了，把玉米棒子的叶衣剥开就着叶子编成一串串，挂在场院屋头，是画家驻足写生的景儿。可劲地吸收太阳的光，蒸发了水分，脱粒上碾，碾成玉米粉，盛进几搂粗的陶缸里，置于阴凉通风处，吃到来年。

玉米粉最省劲的吃法是做玉米粥和蒸窝头，天灾人祸歉收的年代，弄些野菜拌上些玉米面做成菜粥就是美食了。窝头多费些功夫，玉米面和水团攥成塔状，为了不费火易蒸熟，中间捏成空的，出锅时热气蒸腾中现出一座座“黄金塔”，趁热吃还勉强，凉下来吃刺嗓子难以下咽。

煎饼已经算是粗粮细作了。玉米面兑了适量的水，上磨推成糊，糊比玉米粉更加细腻了，这也是粗粮细作“细”的体现。待玉米糊在一定温度环境里稍作发酵，就可以摊煎饼了。铁鏊子架于行垛（一种可搬运的用黄土泥垛成的炉具，大小高矮适合摊制煎饼的人操作，现已不常见）上，用微微蘸了豆油的“油搭子”擦一遍鏊子，待烧火将铁鏊子热透，将玉米糊舀到鏊子上，用耙子以鏊子中心为轴，顺时针方向滚碾终成薄如纸大如钲的煎饼，火候到了揭下来就能入口了。

这是个苦活累活更是个技术活，同样的原料工序，下了同样的功夫，不同悟性的人摊出的煎饼味道能有很大不同。厚薄暂且不论，冷热鏊子摊制的煎饼口感就有天壤之别，我曾有小文《快三秒》述之。

玉米不是煎饼唯一的原料，麦子、黍米、大米、小米、地瓜面均可。也有加黑米的，更有别出心裁者，将山楂等掺入原料中以改善口感。原料不同自然口感差别较大，市面流行的多是小米煎饼，据说是糖尿病患的主食首选，不知有无医学依据。

鲁中地区摊煎饼基本是反叠，毛面在上。一张圆煎饼下鏊子就势以直径为轴对叠，将贴在鏊子上的光面叠进去，再对叠一次成扇形，就成为它流转和储藏的基本样式了。沂源、临沂一带则不然，摊制方式也有差别，更薄一些，最后是正叠，光面在外。鲁中地区的人们称这样的煎饼为“刮煎饼”，水分少，耐贮存，三伏天里个把月不生霉菌。

煎饼的吃法也有很多，炒着吃、泡着吃、烙着吃、烤着吃都行，菜煎饼就是粗粮细作里更细的做法了。

博山菜煎饼可谓独树一帜，不过这个“博山”有必要给个地域界定，大略指旧博山城里或最多到城郊接合地段。之所以如此界定是由于我一次巧遇发现菜煎饼的馅料调制在弹丸之地的博山也有很大不同，并使得从小不爱吃煎饼也不爱吃菜煎饼的我近乎爱上了菜煎饼。

不久前去五阳湖散心，朋友在桥西村一个小饭店招待我。店主小伙听我聊天，主动搭话，我才知道是相识不曾谋面的微信圈好友。小伙叫王鹏，身手干净利索，家常菜味道很不错。我不喝酒，朋友说吃个菜煎饼吧。心里不情愿，又不好挑食。待菜煎饼端上来一尝，真个外酥里嫩，满口游香，经久不散。掰开来看馅料只有豆腐和小葱，调料也只有盐，店主说葱是刚从地里拔的。

“博山”的菜煎饼不是这样的馅料，通常是韭菜、豆腐、虾皮之类。豆腐是剁碎了经油煸炒至微干，虾皮一般也过油。仅馅料的调制就复杂了很多，也蛮符合孔夫子“脍不厌细”的教诲。然而在我口里竟远不如小店朴素原始的做法更有味道，索性一得空便跑去尝鲜了。

近来结识了池上下来定居青龙山的老尹，他两口子以出豆腐卖豆腐为生，远近闻名。两口子磨破嘴皮也没教会我怎么做豆腐，终于约定待气温稍稍降低，让我一睹做豆腐的全过程。我请教他怎么做菜煎饼，他也是说豆腐不能煸炒，如果用地里野生的泽蒜（一种细如牙签状如葱叶，根部如碎牙齿状蒜瓣的野生植物。博山话读泽zhei）加白豆腐，搁上点盐，味道最美。我曾如法炮制，简直是美极了，所谓大味至简是也。

博山人是很挑剔的，博山人也是人人以烹饪为己任的。“挑剔”略带贬义，也有说“穷酸”的，说好听点是“讲究”。倘若见你做菜煎饼，豆腐不煸炒，虾皮不过油，一则笑你土，二则笑你无。煸炒豆腐和虾皮得用油，油金贵，吃得起就算富人行列了，这也有“五十步笑百步”的促狭心理。

然而农村因陋就简的饮食习惯，却保留了食材的至味。苏轼有句话“始知真放本精微”，精微之处方显厨神本色。“脍不厌细”常谓制作精良，豆腐煸炒了再用可谓精良，然而却失了香气，毁了柔顺，背离了“外酥里嫩”的法则，在此“精微”之处，可谓“过犹不及”了。

说到菜煎饼馅料的虾皮过油，我还有个疑惑。去博山大大小小的饭店里点个芹菜拌虾皮，多数是将虾皮过了油堆在芹菜上的。人云亦云，你这样做，我也照搬。早年赵庄技校食堂有个赵师傅，做这道凉菜，就是抓上一把虾皮完事。芹菜脆，虾皮鲜，在三合油的激发下，鲜香无比。

这虾皮过油是否也是“过犹不及”？

一个菜煎饼倒像做人，“刀子嘴豆腐心”外刚内柔，贴切得像“外酥里嫩”，是夸赞。在泱泱烹饪大国，赞美食物的词语多于赞美做人也不足为怪，要说豆腐不煸炒的菜煎饼“素心若佛”也算贴切。

然而“荤”也可为心。我小的时候，普遍食用大油（猪膘油、里腔油经炼制的油）。母亲曾将炼制猪油后的“油渣”剁碎拌以葱叶为馅烙制菜煎饼，鏊子不用擦油，待热量集聚，油渣里残存的油渗出，奇香足引佛祖跳墙。此为以“逃禅”仿之“逃儒”？美食之美妙不可言。

另外，博山菜煎饼所用煎饼多为反叠之博山煎饼，沂源、淄川西河的“刮煎饼”能否做成菜煎饼？不但能，而且口感更好，“刮煎饼”水分少见热即酥，且外形俊朗，倘若归之宴席，摆盘精巧雅致，乃为上品。

近日与博山餐饮界几位大佬聊天，说到菜煎饼馅料之不同、口感之差别。烹饪大师张平先生说，“博山豆腐箱”馅料，很多人图省劲，拿挖出的豆腐瓤子做馅料可谓愚蠢。他说有次吃到新填原味白豆腐的豆腐箱，一咬喷香，大快朵颐。聚乐村王鹏先生说，你不能光说馋我们，改天你来做，大家尝尝。我是嘴上功夫，遂约了大家，改日去五阳湖尝鲜。

（2018年8月于观云楼南窗）

把子肉

二十世纪九十年代初参加工作不久，到山东青年管理干部学院也即省团校进修，刚出校门又进学校，兴奋是不言而喻的。说好了的开学典礼院长检阅，因院长调离，也就有形无神了，离职赴新任的院长后来官至副国级，在山东留下了一堆传奇故事暂且不表。

学员来自全省各地，年龄有些参差，差距并不太大。淄博学员分两块，齐鲁石化一块，地方一块。地方我们四个人，三男一女戏称“四人帮”，“四人帮”因一位脾气相投的日照女生加入，也便没叫响。五位同学偶尔外出就餐聊天，关系处得相当融洽。毕业后偶有联系，匆忙之间没再有细谈的机会，四位同学后来在工作上均有建树。

同宿舍有两位同学跟我很谈得来。一位是肥城的曹哥，他是乡镇干部，还未说话先是一阵痉挛般的咯咯大笑，气氛立马就活跃起来。他比我们都谙处世之道，讲起经历的事来一派老道油滑，为人却非常真诚。他说哪有正事啊，当乡镇干部你得“头要尖、嘴要甜、会溜沟子、敢花钱”，然后跟上一阵痉挛般的咯咯大笑。他说农村超生扒房子的缺德事干过不少，他说有时会在梦里看到襁褓中的孩子直愣愣地看他，说这话时他的脸色变得黯淡。他喜欢吃猪头肉，管猪头肉叫脸子肉。济南的猪头肉、猪蹄膀是很有名的，五冬六夏都是装在保温桶里热卖。曹哥经常请我们开荤吃脸子肉，他一脸严肃地咬一口脸子肉，盯着盘子突然就一阵痉挛般的笑声，嘴角扽出些油来，看他吃肉就是一种享受。

胜利油田的徐哥则文雅敦厚，刚结婚，闲暇聊天就给我们讲他媳妇如何如何，弄得我们这些单身汉火烧火燎的。一年后胜利油田单独办了教学点，分手时他请我们吃饭，还黯然地带我们到文具店，送我们每人一支钢笔留作纪念。他很像大哥的样子，嘱咐我们好好学习大展宏图，其实他与我们同龄。

念兹在兹，睹物思人，二十多年杳无音信，两位兄长可好。

青干院的老师授课非常认真，给我们上课的老师有一个算一个，不糊弄，不取巧。考试更严苛，偌大的教室，单人单桌，监考老师不停地巡视，毫无作弊的机会，只能煞实实地学。

讲授《演讲学》的张老师是戏剧演员出身，她的演讲课俨然演员培训班。肢体动作的设计、眉目传神的讲究、一叹一顿的口型，我总觉得夸张而近于表演了。八十年代看过李燕杰等人的演讲，很朴实的，不过演讲上升为一门学问，总是需要虚虚实实的衬托。她顶佩服的演讲高手就是院长，也是她的小学同学，我们的演讲课就成了针对院长传奇的讲座。她说召开学生大会，院长从进礼堂开始直到站在台上，掌声雷动可以持续十分钟，既不是预先的安排，也不是无知的捧场，师生是发自内心的，可见院长演讲的魅力和煽动性。这种《登徒子好色赋》般避实就虚的烘托，让我们萌生强烈企盼，却终究没能一睹院长演讲的风采。

教授《公文写作》的吴先生最有趣，一口“东南西北风昨刮明刮后还刮”的威海话让大家听蒙了头，只好加大板书量，脸上那个委屈。

吴先生著作等身，他讲公文写作课，内容却全是文学欣赏和评论。张口即诗，闭口文言，张家缺筋，李家少骨，可谓排奡纵横、畅论古今。我很受益，只是到现在也不太会写公文。我那时已经是语文老师了，更重视向吴先生学习，也就成了老小朋友。他邀请我去家里吃饭，菜和饭都是从食堂划拉的，他家不开伙。四壁图书那叫气派，孤灯一盏略显凄凉，先生视我为知音畅谈许久。

那时既无手机更无微信，多靠书信请益。感慨系之曾作《卜算子》一首寄赠先生，只记得一阙了：兴雅赏汉书，酒酣论李杜，笔耕不辍情如故，谁云斜阳暮。先生讲课从不看教案，尽管他说公文不及八股，就是套路活儿。但他备课是很认真的，我看过他的教案，好家伙！那个规范板正就不用提了，用他的话说，这样出书不用再整理了。

济南不愧为火城，教室里无空调，宿舍里无风扇。幸亏学院礼堂有冷风，隔三岔五放通宵电影，热极难耐买张票暂且躲在里面消暑。半睡半醒之间也看了不少电影，都是香港的烂片，什么《逃学威龙》《七品芝麻官》之类的。那时改革开放不久，在尚缺文化自信和分辨抵御能力的状况下，被这些烂片狂轰滥炸，人文环境不免受到影响。我总觉得学风的败坏与这些烂透了的影视剧不无关系，赶上趟了，也是一种不幸。偶有涉及人性题材的，刘德华主演的一部《法外柔情》还算道出了一些有用的价值观。

中午时间基本一天一趟“东图”，冲着作者的名头挑着那些打折的书，捏着口袋里汗湿的钞票，踟蹰终被贪婪占据。就像《动物世界》里凶猛的野兽攫取食物一样，一顿吃不了搁着，早晚都有用场。也有窘迫发狠的时候，有套《朱光潜全集》好像六百多元，两个月的工资啊，最终还是割舍了，暗暗发誓，等我有了钱，买一屋的书，看不看在其次。

书是打了折的，但心智总有成长，只是杂乱得难以梳理。《朱光潜全集》没买，也失去了即时阅读的机会，着实是一大遗憾，那样一套书是能改变一个人的。后来向陈梗桥先生请益艺术评论，先生列了一个书单，其中就

有朱光潜的文集。断续买到其中几册，也算了却了一桩心愿。

并不新鲜的学校生活，却让我在开始颓废时重新燃起了希望。尽管这希望微茫，至少暂时聊补莫名的精神空虚吧。

那时的学校已经开始办培训班以增加计划外收入了，有个同期的舞蹈专科班，几十个男男女女的学生，一律是亭亭玉立婀娜多姿。女生穿着时髦，妆容飞扬，女孩原本就该这样的，给自己一份自信，给他人一份美好。她们毫无矜持地跟我们打招呼，我们反而有些羞涩不敢直视了。男生都是紧身裤衬出的挺直的麻秆身材，一手平端快餐杯贴在肚腹前，两脚一探一跟，躧拉着八字步，着实成了就餐时一道说不出啥味道的风景。

我们这帮自以为雄性勃发的爷们，经常毫无顾忌地群视围观，捎带指手画脚议论品评，往往换来他们的嗔视，我们也在无聊的促狭中获得一丝龌龊的快乐。不知是同学挑食还是舞蹈班投诉，学校为我们专开了打饭窗口，单独的通道与舞蹈班学生极少见面了。菜一律是小炒，味道一般，价格却高了

不少，大抵认为我们是带薪上学的缘故罢。

不甘心被“宰”，我们常结伴外出就餐。校门西邻就是新开的山青大酒店，一楼快餐部，主打菜品就是把子肉。

把子肉也叫把子大肉，是地道的鲁菜风味小吃，随着餐饮经济发展，以其制作简单味道纯正，成为鲁菜散布在全国各地的快餐网点的主打品牌。把子大肉的“把子”据说来自刘关张桃园结义拜把子，张飞又干过屠户，如此附会，真假则无须过细追究了。把子大肉的“大”不是大鱼大肉的“大”，而是猪的代称，是名词不是形容词，大概源于回民对猪肉的称谓。回民因宗教避讳称猪肉为大肉，称属相的猪为黑。

山青的把子肉，那是一绝。酱色鲜亮到勾魂，就像音乐呈现出光影的锐度能倏忽触及到异性极为性感的肢体。肉皮易嚼尚筋道弹牙，多少有些高粱饴的糯口。牙齿啮合瞬间肥肉有些微的脆感，表层附着的灰化的酱色，掩盖了所有可能产生的油腻，并非入口即化的满嘴流油。瘦肉的纤维被酱油和汤油拿捏得温顺，全无柴涩且有异香游荡在口鼻间。此前和此后我吃过的挂着“正宗把子肉”招牌的都不是那样的口感，常有曾经沧海除却巫山的慨叹。在中国，食物更像是旧式婚姻，可心，过一辈子，不可心，也能凑合一辈子。越是没有接近完美，欲望则显得更多，婚姻也罢，美食也罢，大抵如此。

美国现代实用主义法学创始人霍姆斯曾说过：“生命的目的是从不完美中获取尽可能多的东西。”美食的根本在于美，果腹功能倒在其次了，吃饱以延生只是本能，追求极致才接近生命的本质。我曾考虑过是不是现在条件好了，吃不出那种味道了，也许工艺的蹊跷能说明些什么。

吃到美味总喜欢跟主人搭讪，山青快餐的老伴兼售卖是位文化人，很健谈，看我赞不绝口也无窃取秘方另起炉灶的意思，一来二去就打开话匣子跟我聊了起来。我把他说的制作工艺简述一下，供方家参考。

选上好三层带皮五花猪肉，切作一指厚、四指宽近一拃长的块。如果担心煮散，可以用细麻线或工程线稍加捆绑。因为把子肉其实是坛子肉的一种，因此用坛子煮最好，陶坛的妙处在于控温、保温、透气，物性使然，无此条件选用高压锅即可。

捆绑好的肉入锅添凉水至没过肉，加盖文火至锅内全气，出气阀欲转动时断火，此过程是毛洗以逼出肉里的残血。这个过程是必须的，我曾领教过一位烹饪大师，他说所有动物包括鱼类宰杀时必须放尽血液、毛洗干净，肉质才能鲜美。跟资深美食散文家刘培国先生谈到这事，他却有不同看法，他说大体应该是如此的，可是也有例外，比如宰杀乌鸡就不能放血。宰杀乌鸡不能放血，或许有些风俗计较抑或是中医理论吧，是文化但并不见得科学。至于大家熟悉的牛排烤至五六分熟渗出血水，我则跟聚乐村的王鹏先生打趣让他说出个所以然，他说你算说着了，那不是血，是肌红蛋白里的血红素所致。

少顷打开盖，用净水清洗肉，然后锅内另换净水烧至滚开，把洗净的肉重新放进锅内，加盖，文火煮至六七成熟关火，用凉水淋浇锅体迅速降温，开盖，将肉捞出直入备好的凉水中，这一淬至关重要，是肥肉有脆感的关键。同时将锅内浮油撇出至炒锅内加火炼制褪尽水分，这是汤油，比花生油香多倍。汤油炼至起烟，将适量八角和姜片、葱段入锅，少顷，倒入备用的所有酱油，量以倒入煮肉的锅内没过肉为限。大火至滚开，将淬好的肉一并倒入高压锅，期间不加水不加盐，可加入适量冰糖。加盖，文火至锅内全气，气阀转动一分钟左右即停火，自然降温，开盖即食。

我曾如法炮制，味道跟当年在山青快餐非常一致。其实看似复杂的制作过程好有一比，几乎人人会做的油荷包鸡蛋酱油烹，每个人做得几乎完全一样。而市面上见到的把子肉汤汁都是兑了水的，色泽重的是因为用了老抽的缘故。试想，油荷包鸡蛋酱油烹兑了水味道不就大打折扣了？

把子肉尽管不是博山菜，其传承的用陶坛煮制的方法，却跟陶琉古都博山的坛子肉有异曲同工之妙。家什合用、燃料也合用，才会出来这种在时间里打磨过的美食。

博山被定为鲁菜发源地，自有其道理。刘培国先生《中国鲁菜发源地刍议》尽管是“刍议”，却也从“历史渊源”“燃料优势”和“特殊技法”作了较为详尽的论证。济南菜、福山菜、孔府菜、博山菜汇聚成鲁菜一台大戏，生旦净末丑异彩纷呈，缺了谁都觉得不尽兴。

（2018年8月23日于观云楼南窗）

烩牛肉

我算是博山“名人”了，因为博山城里稍有规模或名气的早餐摊点的主人差不多都认识我，这对我来说是有趣而且体面的事。这种认识不仅仅是路遇点个头、吃饭打个招呼，那种寻常算不得体面，体面貌似思想和意见得到尊重，最关键的是有更深的交流。

我本属不受待见的那种人，一则无可人相貌，二则对于吃食横挑鼻子竖挑眼。口无遮拦，心无微尘，态度直接，心地却是善良。也不免惹得忙乱的摊主烦气，俗话说“不打不相识”，一来二去，好多摊主把我当作热心人、知心人了。

但凡有别的生意可做，谁愿意起早贪黑做早餐。口无遮拦也都是建设性意见，目的还不是希望摊主调理好吃食博得个门庭若市生意兴隆。赚了银子，好去补房贷、学费、医药费的窟窿。说吃食扯上医药费不吉利，可“三座大山”少了哪一座，老百姓都感觉松缓，便也不符合时情了。

只要时间允许，吃早餐对我来说是享受，果腹倒在其次了。先是琢磨吃啥，然后比较各家，甚至在头晚上睡前早已拟订好了。吃完了不急着走，剔剔牙，漱漱口。跟摊主对火抽袋神仙烟，山南海北侃，家长里短聊，直到自觉离了谱，赶紧敛起“横刀太行、立马长城”的虚势。然而惬意不减，跟早年澡堂子里泡壶棒子茶，出尽了皮汗睡一小觉的舒坦差不了多少。生活就该如此罢，威风八面，还不得一日三餐，即使马瘦毛长，怎么也得挤出顿早饭的阔绰。

既然说到医院，不妨就借了它展开说。去医院看病，医生问诊很重要，病患主诉更重要。不管大夫怎么问，倘若病患只是回答“不好受”，便是扁鹊、华佗也要束手，张仲景、李时珍也会挠头。去早餐摊点也是如此，“不好吃”得说出个所以然，盐头重了，汤头浑了，味道恶了，做工疏了，就跟领导批评下属一样，越批评进步越快，不批评了，离着下岗挪窝就不远了。但有不批评也进步的，有的早餐摊点几十年如一日，味道纯正，顾客盈门，“老赵家烩牛肉”便是如此。

二十一年前的1997年，位于博山峨嵋新村的体校路对面开了一家早餐摊点经营烩牛肉。摊主赵老爷子是回民，一顶白色的民族风十足的“礼拜帽”格外显眼。没有堂号牌匾，我姑且称之为“老赵家烩牛肉”。

烩是一种烹调方法，从字面不难看出，有“火”要加热，至少三方共进方可称为“会”，言其食材多也。“老赵家烩牛肉”则不然，食材就两种，牛肉和豆腐，而且两种食材分置。

烩牛肉是头天晚上就理摆好了的，连汤带肉根据售卖进展分批倒进炉子上的大铝锅里，文火煨着。豆腐切作牛肉大小的方块，一毛钱硬币见方模样，也是连水带豆腐分批倒进锅里浸着（浸为谐音，本地读作三声，也算一种调制方法，相当于“串”或“汆”，常用如“浸豆腐”）。食客可凭口味喜好选择加不加豆腐，加豆腐的，先把豆腐用笊篱捞出，滤掉多余水分盛入碗中，调胡椒粉、味精直接入碗，再将微微泛着滚头的烩牛肉连汤带肉舀进碗里，撒上葱花和香菜末，剩下的就是吃。

如此这般是有玄机的。烩好的牛肉和浸好的豆腐在锅里文火煨，主要目的是保温。碗里盛了热豆腐加了胡椒粉和味精，滚烫的烩牛肉舀进去，这温度正好激活胡椒粉的香气，葱花和香菜末最后加，是避免滚汤入碗过早烫熟，提不出鲜味。

我是不吃味精的，说到味精，想起一事。很多外地的朋友问我博山炸肉放不放味精，我可以肯定地说，绝对不放。味精主要成分是谷氨酸钠，超过120℃即分解为焦谷氨酸钠，鲜味消失。而油温高达200℃多，并且经验证明，高温后味精变酸，会致食物有变质的怪味。还有朋友腌制肉时放葱姜，说是“待要香葱和姜”，滑天下之大稽，是炒肉还是炸肉？盛盘上席，飘来的是盖过炸肉特殊香味的浓重的葱姜味，所为何来？

再来看“老赵家烩牛肉”，一碗上桌，葱花香菜半淹半浮，豆腐雪白如玉，汤头微红似茶。我喜欢牛肉半肥半瘦，加入大量干辣椒碎，用调羹稍稍搅拌。待汤上漂浮的牛油将香菜的绿色烫出些许，碗边的牛油泛着绿光时，辣椒碎已经完全逼出香气和辣味，这个时候下口，尽享其美。切勿添加过油的辣椒碎，因摊主备制不是一日一换，时间一久一股油酊味让人扫兴。辣椒粉更不宜用，末状原本就不爽口，再加不纯正，掺了棒子面的居多，坏了一碗鲜汤。

老赵家烩牛肉味道一直纯正，与其工艺密不可分。这是讲究，可讲究的不止这一项。那时消毒柜还不时兴，所有碗碟一摞摞倒扣在干净的周转箱里。我曾多次拿空碗闻过，丝毫没有牛肉的草腥味，足以说明碗洗得干净。看着舒坦，吃着就放心。赵老爷子起初做烩牛肉，算不算首创不好说，博山城里好像独此一家。随着生意日隆，遍地开花，家家挂起了烩牛肉的招牌。

一样吃食，惹得大众喜爱，也算给山城下岗职工带来生存的契机。如此，赵老爷子功不可没。

都挂了招牌，可用心不用心立竿见影。朋友曾带我去一家生意兴隆的烩牛肉店吃早餐，案台上一只电热锅，勺子探到底，舀出一碗汤浑肉烂豆腐碎，食欲全无。豆腐、胡椒粉、味精早就混搭进去煮了很久，殊不知豆腐的浆水已经彻底将肉汤搅浑，味精失了鲜味。尽管厨界有“千滚胡椒”的说法，那样只剩辣却谈不上香了。这样粗疏的做工竟然食客满满，可用妙玉释茶来作注，饱是饱了，只是作践了好东西，博山人的讲究也在果腹中消磨殆尽。

一味早餐能坚持二十多年，也是老赵家两代人的心血。他们做了二十多年，我吃了二十多年。我的孩子休假回博山总惦记那碗烩牛肉，他也吃了十六七年了，自家食堂一般。用他的话说，老赵家烩牛肉——一股独有的满满的博山味。

大概去年吧，赵老爷子作古了，很值得我们这些挑剔的食客怀念。他似乎坚守了一种饮食哲学，说不清道不明的，他的精湛手艺和淳朴之风却传承下来。之前，他的儿子接班在北坦地界做了几年，我是寻着去的。找到他时竟激动地说，老赵，你是不是汤里放了大烟壳？老赵笑了，他说小本经营买得起吗？

赵老爷子的小女儿女婿承继衣钵，在博山水资源东隅也近十年了。我因由峨嵋新村迁居，路不顺不能常去，着实想了，也便控制不住，去美美地吃上一碗。不仅仅为果腹，更为了享受一次慢节奏生活的快感。

（2018年8月于观云楼南窗）

黑砂黄咸鸭蛋

我是个穿衣吃饭极好打发的人。

穿衣喜旧不喜新，喜贱不喜贵。看人西服革履风度翩翩，同样的衣服上了身咋看咋别扭。夏天短袖衬衫扎外腰跟干部一样威风，可脖子短只适合穿无领老头衫。都说三分相貌七分打扮，可相貌不足二分，也就不费那劲了。

吃饭也没见过大世面大场面，燕翅鲍参之于养身养生，人们坚信了几百上千年，说不定能起些作用。冷不丁吃一回跟猪八戒吃人参果一样，口味不适应，肠胃也不适应。那种喝了一杯虎骨酒，提着裤子四处蹿的，不是烧包就是装蒜。即使不禁猎，总共还有几只老虎，做梦骨头也到不了你酒里。

不辨真假的燕窝和鱼翅还是吃过的，主人难辨真伪的不经意，自己三杯已醉得不用心，都当粉丝或鱼汤就着水饺面条入了肚，好歹没品出啥滋味。自从“没有买卖就没有伤害”广而告之，不但不吃，倘若见到真货，非举报他不可。

鲍是干鲍，涨发、煨炖要十几、几十个小时，动辄成千上万元，可不是水产市场几元钱一个的大蛤蜊。海参无论干湿则司空见惯了，本身难以入味，营养都是传说，我独不喜欢。

不若风味小吃来得直接，吃着痛快。但凡有碟可口的咸菜，就心满意足地吃个脑汗直流，倘若有个咸禽蛋，那真得左右点点肩胛骨嘟嘟囔囔了。我对这类食物情有独钟，赶集逛超市，大多冲着它们去的。

咸禽蛋无非是鸡蛋、鸭蛋、鹅蛋，鹌鹑蛋太小不值当腌制。鸵鸟蛋大，来不到这里，有时想入非非，要是恐龙蛋腌制出来那该是啥味。

最好吃的还是鹅蛋，个大，多双黄，吃起来过瘾，蛋清粗疏味道稍欠细糯。鸡蛋也不错，只是太常见，反而轻视它了。紧炯沉实的要算鸭蛋了，绿皮的、白皮的，看着喜庆，吃着寻味。

偶然看到上海卫视有个类似《舌尖上的中国》的美食节目，某桥段记忆很深。一位年轻的美食家或是饭店经理人，吆天喝地地召集了一帮人，镜头之下庄重地“见证奇迹”。他腌制了一坛咸鸭蛋，时辰已到，要开坛共享，结果以失败告终。按他描述的理想结果，其实毫无悬念，不过就是砂黄渗油。会腌制禽蛋的，砂黄渗油不难做到，否则生意是做不下去的。而在全球播放的卫视节目竟将如此标准视为奇迹，何况还演砸了，实在让人无法理解。遇此情况专家们会以一句“高手在民间”搪塞了事，甚是牵强，而民间确实有高手。

前几年博山有个卖咸鸡蛋的薛先生，人高马大，身板挺实。夏天戴个草帽，骑着自行车走街串巷赚着几个辛苦钱。大飞轮自行车后座上草草绑着一个不大的箱子，箱子外展示着半只砂黄渗油的咸鸡蛋。这种“贩夫走卒”式的生意，很少见到了，大多都是固定的摊点。他的咸鸡蛋看上去很诱人，不知为什么我没买过一次，是不想喊住他截断了这道“风景”？说不上来。却很想能偶尔见到他骑着自行车在城市街道上掠过，见到他，感觉生活会突然慢下来，恍若时光倒流。

听说薛先生过世了，这个城市仿佛少了些什么。

有次B先生跟我聊起薛先生，他说曾在路上拦住他当面求证过，早年博山有个写得一手好字的G先生就是他的本家，跟薛先生是叔侄辈。G先生的事略，王颜山先生《家乡的“孔乙己”》详细记述过，“我猛然从他的眼神里看到他心里的复杂滋味”，王老也有哀其不幸怒其不争的感喟。

扯远了，回到薛先生的咸鸡蛋。看成色还是相当不错的，蛋黄的颜色已经黑黢黢，只是黑得不那么彻底。通常情况禽蛋腌至砂黄渗油就算成功了，国内有名的当属江苏高邮的咸鸭蛋，砂黄且油大，已经成为产业。十几年前爆出“苏丹红一号”事件波及咸鸭蛋，人们惊魂未定，谈“苏”色变，众说纷纭，莫衷一是。当前市场上见到的，基本没有蛋黄红得失真的咸鸭蛋，多以蛋黄呈深赭石色或新鲜的柠檬黄色为主，但这不是砂黄的最高境界。

我小时候一位同学祖上是很阔的，他父亲曾说过博山大南北胡同一带有其大量房产，此事确凿，落实政策找了一大笔钱，这是后话。那时他们家也过着平民的生活，咸鸡蛋也是家常饭食的上品。他的奶奶腌制的咸鸡蛋是黑砂黄，我笃信他家腌制鸡蛋有秘方，不为别的，阔人家肯定见多识广。我这同学只管吃，他才不管如何腌制，“不知有汉无论魏晋”的没心没肺。那种黑砂黄可绝对不是臭鸡蛋的那种黑，黑得浓重、纯粹、彻底，砂得丰腴、灵妙、性感，渗出的油晶莹剔透、芬芳馥郁。也有个别黑中有一抹橙黄的，宛如星象图一般，浩渺中一丝刺眼的光芒。我不馋，也就不会索要以品尝，只感叹造化神奇、智慧神奇。

此后每当回忆多发感慨，终不见此等尤物再现。

事有凑巧，三年前经朋友介绍去莱芜市临近雪野湖的一个村庄宣传招生，憨厚朴实的老吴接待了我们。我们奉上尚有余温的博山烤肉，老吴说今天不去饭店，让你嫂子在家做饭。

老吴是村主任，住在河滩边上一个大半亩地的院子里。新建的三间大瓦房，里面却是简陋破旧的家具。我很诧异，村主任的房屋摆设该跟土皇帝差不多吧，老吴面露愧色，说指望村主任的工资连这房子也盖不起。村里都在上大棚养蘑菇，孩子去城里当工人了，我也不想费累上大棚了，全靠你嫂子养兔子了。

偌大的院子除了房前屋后边角的硬化，其余全是原始的土地。养兔子的地界有三分地，旁边有两畦地种着蔬菜。淳朴善谈的吴大嫂嘴快手快，介绍兔子养殖时连拔葱带摘菜，一阵忙活，老吴八十年代的旧茶几上就摆满了炒菜，最打眼的莫过于中间一大盘咸鸭蛋，足足有二十几个。

老吴翻箱倒柜拿出两瓶酒，两个牌子的，其中一瓶还是我那朋友春节去看他时带去的，老吴这村主任当得有些“寒碜”。莱芜跟博山搭界，有些待客的讲究也受博山影响，我们带去的酒，老吴不开瓶。

倒上酒，我有些急不可耐地抓过一个咸鸭蛋，熟练地磕皮剥皮。用筷子挑开雪白如脂的蛋清，黄澄澄晶莹透亮的油渗出来滚到皮外，黑砂黄！

我兴奋到了极点，久违了，黑砂黄！接连打开几个都是黑砂黄。吴大嫂还在料理她的兔子，我拿着一个咸鸭蛋飞奔出去，让吴大嫂给我讲讲是怎么腌制的。老吴也跟出去了，脸上挺舒坦，八成觉得满桌的青菜有了“黑砂黄”不寒碜了。吴大嫂有些懵，说就是普通的腌制方法啊。回到屋，我说老吴啊，如果每次都是腌成黑砂黄，那可比江苏高邮的咸鸭蛋好多了，可以发展成产业啊。老吴毫无表情地看着我，他一定以为我是不胜酒力说疯话。我说这样吧，我给留下钱，你给我腌十坛子，我帮你宣传。老吴说咱不添乱行不，你嫂子光这一千只兔子就忙得团团转，你愿吃就把家里的拿着走就是了。我看老吴平静似水不愿接这茬，就掏出钱搁在茶几上，说道："就这么定了，买坛子、鸭蛋、调料，都麻烦嫂子了，腌好了给我电话。"

离开老吴家不久，接到老吴电话，他要把外甥和侄子都送我们学校来读书。我自是高兴，老吴是实在人，我们宣传招生也是实话实说，不糊弄人，不夸大其词。通话末了，我沉不住气，问了句咸鸭蛋呢？老吴嗔怪的口气说，着啥急啊，你嫂子操扯着呢。

一个月后，老吴催我去拿咸鸭蛋。十个玻璃坛子一拉溜摆在屋檐下，吴大嫂认真地递上一个记着花销的纸条。我说不用看，钱够不够？吴大嫂说写着呢，还得找你钱呢。我说那就算辛苦钱吧，吴大嫂说啥也不留。

回来后挨个吃家送，先给我同学送去一坛，不无炫耀地告诉他，这就是你三十多年前吃的黑砂黄。照例是每送一家，都无尽地夸耀黑砂黄。送出去便杳无音信了，我就在心里骂，这帮吃货，如此美味也不打电话夸两句。等我煮了吃的时候才发现，哪有黑砂黄啊，都是鲜亮的柠檬黄。然后逐一打电话问，有一吃货回答干脆，你想黑砂黄想傻了吧？我即刻给老吴电话，老吴一头雾水，话里有些冤屈，说你嫂子挨家收的鸭蛋，配料都跟家里做一样啊。

前几天给老吴打电话，响了几次没人接，八成老吴还怪我呢。是啊，我这熊急脾气，本不是电话"问罪"，却让人家觉得忙里偷闲还落了埋怨。

不行，这几天得去一趟，一则给老吴夫妇道歉，再跟吴大嫂论证论证黑砂黄。

（2018年8月25日于观云楼南窗）

咸大鱼

食臭，这种另类的饮食审美体验，倒是不用刻意普及，逐臭之风历史久远。闻着臭吃着香的食物，是人们无力胜天又顺势导之的妙手偶得，来自这类食物特有的朴素的辩证法，浸透着民以食为天的智慧。此类食物多为古法制作，新创几无可能，这与科技是否发达无关，而是心态浮躁所致。

作家刘培国先生曾有文《臭不可闻的美妙》，不论“远近亲疏”，搞了个群臭荟萃。感叹博山人对臭食物的偏爱近乎瘾病，诸如臭鸡蛋、臭豆腐、腥臭的动物下水、臭韭菜、臭茴香、臭鳜鱼、松茸、黑松露等。将闻到臭、吃到臭，那种“腿脚会幸福到几乎酥软”的妙处刻画得惟妙惟肖，令人魂不守舍、心驰神往，就像傻小子娶媳妇天不黑就上炕，巴不得当即入口以大快朵颐。

据刘培国先生《博山咸大鱼》考证并转述王颜山先生的说法“来鲥去鲞”，咸大鱼系连云港盛产的白鳞鱼，学名鳓鱼，经“三曝”摇身一变就成了博山人钟爱的咸大鱼。咸鱼有多种，博山人这些年吃过的不唯有咸大鱼、大头鳕鱼、咸鲐鲅鱼，还有一种咸青鳞鱼。大头鳕鱼性价比最高，咸大鱼身价颇高。据说咸鲐鲅鱼吃了犯陈病，市场上已经不见。

去年我去莱州三山岛，见到了久违的咸青鳞鱼，巴掌长，用细麻绳穿成串，价低，算起来一尾不足一元，肉质少，味道也很不错，但比咸大鱼逊色多了。

咸大鱼和大头鳑鱼的“大”并非因为鱼大，来由不甚明了。我想尊者为大，人们对美食的敬畏在语系中也享有特殊的位置。“大”字的发音在博山方言中很特别，至少有两种。一种与普通话完全一样，另一种则近于短促的轻微的仄声。我有听过当地人说“大门”“大爷”时有相同短促的平声发音，“咸大鱼”就是这一种，听着没那么坚决干脆，却透着亲切和略微婉转。

方言之妙，妙不可言。倘若真有一天普天下都说普通话了，情感的表达会打折扣，这也许是替后人担忧。

我不太爱吃咸大鱼，尽管非常香，但刺多，吃起来不爽快。我是性急之人，没有那份耐心，吃饭讲究个短平快。有次在北京与乐手李昭、宋炜晚上十点多出去吃饭。宋炜说簋街啃兔子头是一景，深更半夜昏暗的灯光将一大一小对啃的俩头映照在窗子上，煞是瘆人，簋街成了“鬼街”，要不去尝尝？我说算了吧，啃半天不见肉。

大头鳑鱼熥着吃、烤着吃最香。最好是乏了的炭火，将鱼置于特制的铁箅子上，熥或烤至蹦酥，四壁生香。微微咬一口，那种咸香是从脚跟到天灵盖的交流，大脑接受的迅速和记忆的深刻，在抽象的吸收过程中呈现出的是如此具象的嗅觉与味觉的狂欢。

咸大鱼则是煎食，博山的饭店里几乎是统一的做法。少油慢火煎至皮酥肉熟，磕好的鸡蛋液搅匀，淋在鱼上煎熟出锅盛盘。资深吃货都有绝方，有朋友介绍买来咸大鱼后，用酸浆泡三五分钟，捞出置于风凉处风干水分，再煎食味道更佳。酸浆很易得，豆腐坊有的是，除了留一些发酵做下次点豆腐的“引浆”（作用同卤水）之外，几乎都是倒掉。新鲜的浆呈弱碱性，略有甜头，我特别爱喝。解渴、醒酒、吐（四声，清洗的意思）肠油绝佳，用浆洗头是哪种护发素也不换的，洗衣服更是上佳选择。浆搁置发酵就是酸浆。

淋了蛋液的做法盛盘好看，鸡蛋也能分担一些过重的盐。但我以为这看似狡猾实则愚蠢，咸大鱼并不大，鸡蛋液的随性能使菜品形式圆满却掩盖了它的至味。尤其是鱼头，煎得好、煎得酥比鱼肉还要香，而铺了鸡蛋就疲沓了，往往剩在盘底无人问津，无人问津的咸大鱼鱼头却勾起了陈年旧事。

故事是真实的。粉碎“四凶”那年，我刚上小学，老师们整天忙着开会肃清流毒，没工夫没心思上课。我们经常背着书包走到半路，就被早行的同学截回来放假了。小孩子不懂流毒，但放假倍感幸福，没作业，可以畅快地玩耍。几个玩伴聚集在博山东门里某条胡同或某个巷口，玩遍了各种游戏，开心无比。

胡同之谓，据说只有北京和博山有这个叫法，很多人甚至将北京和博山的建制相比，看似滑稽实则不无道理。胡同有两种，两头或多头相通的，还有只有进口没有出口的称为死胡同（断头胡同）。胡同俩字的来由，学术界至少有三种说法，一种是蒙语“水井”的音译，另一种是蒙语“浩特”发音演化，再就是“胡人大统”的简化。我觉得或许还可存一说，胡同就是“互通”，至于“死胡同”就是不能“互通”，是类似胡同但不是胡同，只是人们不好表达，就依了造词规律，如此而言，胡同就一种，就是“互通”。

有个现象未做统计学意义上的调研和数据采集，不管北京也好博山也好，互通的胡同往往有名且被当地相当于地名办公室的机构登记在册并有地理标志牌，而死胡同则没有。我老家是东门里油坊（后来是博山房管局）东邻的很长的一条死胡同，姓宋的居多，口传为宋家胡同，却没有标识牌，可为一证吧。博山老大街北口与新建一路相通的胡同，据说没有宋姓人家却叫宋家胡同，也是一怪吧。再者，胡同还有个特点，尽管两头或多头相通，如果中间有台阶之类的不能顺畅通行的通道也不能叫胡同。比如东门里最西头跟辘轳把街南北对过的一条通往南门里的通道，期间有几处台阶，不适合畅通行驶或行走，尽管里面赵姓很多也不叫赵家胡同，我称之为赵家大门。

一天，我们正在赵家大门玩得疯狂，一个盲人乞丐出现。破衣烂衫，右手执一树杈作盲杖，左手端着一粗瓷有缺口的碗，碗里是颜色深浅不一有霉斑的碎煎饼。乞讨了开水泡开碎煎饼，摸摸索索坐在一块石头上，从背上像僧侣一样的破布包袱里摸出筷子开始吃饭。一个中年妇女俩手指夹着一个咸鱼头走过来，把鱼头放进他的碗里说了句什么。那是一个咸大鱼的鱼头，看不到有鸡蛋铺在上面，已经打了卤（煎酥后又受了潮）。他用筷子搜着了鱼头，吃得很香。我们几个玩伴看到这场景就起哄，我清楚地记得我说："好香啊、快吃吧，炸肉好香啊。"他的脸上散着笑容，咬了口鱼头，大口地扒了一口饭，好像嘟噜着："好吃，香。"

他大概也就二十多岁，眼睛紧闭，眼窝深陷，黝黑的脸庞。多年后，当偶尔吃咸大鱼或看到盲人的时候我竟常常想起他，想起我那句故意将鱼头说成炸肉的话。我越来越觉得不舒服，常有愧疚吞噬感。我不明白自己为什么要这样说，是玩得忘乎所以还是有一点促狭心理，因为他看不见就故意捉弄他。可为什么要捉弄他，他是盲人，老天已经让他承受不幸了，我为什么还要没来由地诓骗他。家庭教育是一方面，学校的教育不可忽视，到了该接受教育的年龄，整天在街上游荡，老师去肃清流毒了，我们却流浪了，真不知那是什么教育和逻辑。

不知从什么时候开始我想到此事就觉得自责，我觉得自己无意中作恶了，自责越来越重。再见到这样的人不免心生怜悯，尽量救助。

大概十多年前的一天，下班途中，在博山锻压厂门口的红绿灯下，突然看到一个熟悉的身影，这时正是红灯，他站路的一边，准备往隆盛集团那边走。就是他，我迅速跑上去搀住他，他一怔，我赶忙说我送你过马路。他打消了警惕随着我走了过去。驻足时他说谢谢，我说我认识你，我急不可待地讲了埋在心底时时刺痛我的那件往事，那句促狭捉弄他的话。我如释重负，他淡淡地笑了，他说没有记得。我说我现在觉得心里好受多了，终于见到你当面道歉了。他的笑很厚道，他说你是好人，我说不不不。这个时候我才细细打量他，月白色的上衣洗得脆脆生生干干净净，漂白的太阳帽端端正正，足底一双僧侣布鞋，手中的盲杖细长光滑，还是那样的一个布包袱，脸上干干净净有种对生活的满足。

显然已经不是乞讨为生了，我说你现在指着什么生活，他从包袱里顺手抓出一把竹签说，算卦。但他接着说我不糊弄人，现在很多人算卦只是为了心理安慰，我只是和他们拉拉呱，解解闷，有钱就给个，没钱就算了。哦，是这样。我和他道别，他说保重！我赶忙说你也保重！

又是十年了，他现在怎样，他在乞讨时受到的欺辱绝不仅仅是我那种促狭捉弄。也许他都忘记了，也许他很坚韧，坚韧得在潦倒无着时仍对活着充满希望。也许在我们身体健全人的心里总觉得他们是弱者，而他将算不得职业的职业却是劝慰别人。他看上去听上去心平气和，他应该是没有某种信仰的，可他已经处在“拾得起放得下”的超然状态。

人生真怪，修行原本是极个体的行为，有的人很高调，其实修成正果才是根本，接受生活才是真正的修行。

目送他远去的背影，我在想。

（寅生于观云楼南窗）

老虎菜

我是在张店的饭店里才知道辣疙瘩咸菜切丝，加葱丝、香菜段凉拌淋以三合油或仅淋香油和醋，有个生猛的名字——老虎菜。葱丝和香菜是辅料，辣疙瘩咸菜唱了主角。

辣疙瘩是根用芥菜，中国各地都有栽培，此物高产，适宜众食。生吃味苦不佳，鲜吃在鲁中地区常见只一种，即油辣菜。特殊工艺焖制，鲜辣爽口，咀嚼之时，其味由鼻直钻脑门，通腺开窍。

辣疙瘩通常吃法是腌制咸菜，而最常见的就是以盐水直接腌制，过程缓慢，要隔年方能食用，咸香扑鼻。有用“鱼盐”腌制的，有鱼腥味，味道更佳。随着人们口味的刁钻，现在也见用虾油等腌制，其价颇高，味乃古怪，我不喜食。也有用酱油腌制，切块晾至半干，撒以五香粉、辣椒粉，美其名曰“五香疙瘩肉”，佐以博山地道的油饼（非当今市面上菲薄的油酥饼），堪称绝配。更有以重盐不加水腌制的，出缸则通体布满盐晶，撒以花椒粉，名之曰“百工菜”，愈嚼愈香。

老虎菜一名其实是道东北凉菜，以香菜段、辣椒丝兑以酱油香油等，并无辣疙瘩咸菜丝介入。菜品原料之增删本属寻常，但主料有无却会影响命名。如炒肉片不放肉，端的不能叫炒肉片了。东北的老虎菜到了鲁中地区添加了辣疙瘩咸菜丝仍叫老虎菜，是不必较真的。

菜名的来历据说与张作霖有关，张有“东北虎”绰号。一次厨师急就了个凉菜，张大帅狼吞虎咽，完了问厨师菜名，厨师急中生智以其绰号和吃相信口冒出“老虎菜”，从此得名。任何一个菜品站在“师出有名”的角度依傍名人，都容易被冠以文化的色彩，这虽无聊却也无可厚非。

就如博山酥锅，有人强扯苏小妹，有无其人还在两可，那酥锅的来历可想而知了。这些闲闻轶事尽是人们茶余饭后的谈资，欲使无聊变得有聊些罢了。就有人考证辣疙瘩最早是诸葛亮推广食用的，我们不妨就信了吧，既不伤和气，又不掏红包，况且诸葛亮聪明也有些身份，干这事不难。

中国是个民众容易从众的国家，自己的脑袋别人用，道理得名人说了才有理。啥事都论拨，一拨一拨的。也是个名人效应好使的国家，追星至死可见一斑。东西若名人用了就抢购，经常掀起伪文化效应。

我是不信老虎菜名来自张作霖的，要是说吃相如虎，狼吞虎咽，还有些道理。虎雅狼俗，老虎菜比着饿狼菜好听顺耳得多。

老虎菜在博山不叫老虎菜，就叫拌辣疙瘩咸菜。博山的拌辣疙瘩咸菜大体有两种，食材调料一致，只是切配形式不同。一种就如前文所述，辣椒、辣疙瘩咸菜切细丝、香菜切段，多以醋、香油及味精作调料，也有放酱油的，容易染味。有人主张少盐，就将咸菜丝在清水里浸泡以退盐。再一种就是食材挫成丁末，以香头大小为宜，我是喜欢这样吃的。

我的做法还略有不同。孩子的干爹干妈在石马有片园子，头几年拿出几畦地种了些瓜果梨桃和蔬菜。辣椒一墩墩脆生，香菜直生生挺括，煞是可爱。随手摘了、拔了，一个时辰内食用，味道最佳。香菜去根去叶、辣椒去蒂去籽，洗净挫作丁末。提前在冰箱冰上一碗白开水或一瓶纯净水备用，辣疙瘩咸菜切丝挫作丁末，搁进容器里，将冰好的净水倒入，使丁末充分见水，即刻沥净水分，将三种食材合并滴入适量香油和微量白糖拌匀，不加醋，即可食用。

我很少食醋，非不喜，乃不敢。从小牙口不好，冷热酸甜稍沾牙即酸疼。后来就医，一实习小大夫告诉我：大爷，您上下四颗四号牙就没长过釉面。我说呢，大爷冤了半辈子了，几乎啥水果也不敢吃，馋了，买几个打折的烂香蕉，十回得有九回闹肚子。

不放醋，味道更鲜。一次吃不了那么多，就不要都淋上香油，时间一久会有油酊味，很煞风景。至于加微量白糖，这是没有冰箱的年代母亲教我的，目的原本不是为了提鲜。夏天一到尤其是伏天，食物容易变质，这样的拌咸菜因为动了筷子总易接触到口水，过宿容易发黏发霉（博山人称作“白醭”），一股咸菜臭了缸的味道。加了醋本身就能延长不霉变的时间，而加了白糖能在伏天里三两天不变味，提鲜倒是意外收获了。

还见过几种辣疙瘩咸菜的不同吃法，一种是蒸了吃，另一种是熥了吃。蒸了吃是在临沂出差去饭店就餐，因为过了午饭的点，厨师给我们做完饭，就跟服务员围着一个桌子吃饭去了。我注意到他们每人的盘子里都有半个拳头大一撮黑乎乎的东西，因为好奇就过去搭讪，终于忍不住问了厨师。厨师笑眯眯去厨房端来一盘，权作给我们添菜了，是蒸了的辣疙瘩咸菜。他们都很爱吃的样子，我尝了一口，味同嚼蜡，突然想到不是所有人都爱吃你家乡的菜。

还有熥了的吃法。过去家家煤炉子，搁在灶台上或者土制暖气包上，熥透了，水分蒸发了一些，辣疙瘩里头疏松，不脆但尚有嚼头，香气馥郁，相当得好吃，香肠肉干不换的。最好的熥法现在不太容易做到了，过去不管农村还是城市摊煎饼都用一种叫“行垛”的炉子，燃料以干草柴火为主，摊完煎饼炉子里积攒了厚厚的有暗火的草木灰，将整个咸的辣疙瘩放进去，待草木灰凉透，咸菜就熥好了。此法还能熥土豆、山药豆、地瓜之类，那时麻雀还不禁捕，逮了麻雀用黄泥包起来放进草木灰里，跟某种叫花鸡的做法大体类似，待火尽灰冷，黄泥已经干透，掰开，毛和肉分离，肉还热乎着呢，奇香无比。

说着说着就回忆起往事，不是留恋过去的贫穷，是渴望曾经的那份闲适。每天像枪顶在屁股上一样，那不是生活，是挣命，满脑子道理，就是说服不了自己，还没挣到，命就没了。

像老虎菜这样的小菜从切配技术到烹调技艺，从食材价格到调料品种，是无法与大菜相比的。

只是老百姓在日常生活中，在曾经的困苦岁月里，把咸菜打理得有滋有味。不惟显出聪明智慧，更彰显出对生活的热爱，也看得出对生存的执着。

（2018年夏于观云楼南窗）

黄瓜炒肉

列支敦士登是个很有趣的地方，地域面积相当于博山区四分之一，人口不及一个镇。

君主与臣民整天碰头磕眼的，都是熟人。骑个电动车巡视全域都不带二次充电的，域内几条路，路上几棵树，路边几间房，房上几条梁，门儿清，跟大清帝国无论如何是没法比的。乾隆爷这巡那巡的，到没到过博山，着实难下定论。

博山西冶街又称闹龙街，乾隆爷在这儿被摸过屁股的。这十足的传说，累坏了几代文人，寻章摘句史海钩沉。乾隆来没来委实不重要，比乾隆爷大得多的官巡幸邻近的张店，还吃了黄瓜炒肉，却是马虎不得。尽管至今没见过官方文书，坊间却传得有鼻子有眼。

朋友邀我吃饭，说是去尝尝黄瓜炒肉，大官吃过的黄瓜炒肉。没有大官作噱头，还真懒得去，就是个黄瓜炒肉，至于舟车劳顿嘛。

伺候大官的肯定是大厨，厨师界也是等级分明的。规模较大管理正规的酒店，去到后厨红案白案厨师一大片，单从帽子上就能分出级别。别以为戴高帽子的是大官，恰恰相反，那个戴了护士帽一般大小的才是总厨或叫厨艺总监，称呼有多种，不一而足。

这很像博山的锣鼓队伍，站在架子上威风凛凛的鼓手看似是队伍的核心，其实不然。躲在一边手执一面巴掌大旋锣的，往往是锣鼓队的灵魂人物，他管着定调和节奏。伺候比皇帝还要大的官的厨师该戴啥样的帽子，本身就带着神秘色彩，不妨看看这档妈妈菜，大厨会有什么新花样。

黄瓜炒肉说到底是道家常菜，也就是妈妈菜。原料易得，烹制简单，但凡能进厨房颠勺的都会做。炒，从烹调技法来说也是既简单又易学。只是这味道，就很难说了。

入座闲谈等候，朋友见多识广，大谈大官巡幸轶事。轶事者，闻所未闻不可思议之事也。且不论事之有无，不毁人不谤人无公害，添油加醋过过嘴瘾也就无需较真。从朋友口里知道，大官很平易近人，既不挑食也无盛大场面。由此断之，菜品定然不会是满汉全席，有个博山“四四席”的格局也就差不多了。如此这般，黄瓜炒肉上席也算道大菜了，不由得浮想联翩，突觉饥肠辘辘急切难耐了。

孩子小的时候经常说“奶奶做的菜天下无二”，这既是感恩也是评判，尽管见闻少阅历浅。母亲有几道菜确实做得不一般，其中就有这黄瓜炒肉。然而我第一次有深刻记忆的，吃到味道绝佳的黄瓜炒肉却是姥娘做的。

大概八九岁的样子，母亲带我去姥娘家，正是午饭的点。姥爷坐在交叉上，面前是个方凳，上面蹲着他那口神秘的小鱼锅。姥爷嗜酒不醉酒，每天都要喝几口的。自从家里的铺子公私合营后，原本不爱说话的他话更少了。他有十个子女，甥孙辈几十个人，我没见过他能叫上谁的名字。见了甥孙辈的，最多一句话“这小孩挺好”。他那口小鱼锅里永远都有一个鱼头，汤汤水水的不见底，我垂涎已久。

我很尊拘，因为母亲给我的教育就是不能讨人嫌，即使在姥娘姥爷面前。我终于还是对姥娘婉转表达了想尝姥爷小鱼锅的愿望。姥娘说没啥吃头，我给你做菜。姥娘踮着缠足的小脚，不一会儿从厨房端来一大盘黄瓜炒肉。那个缺吃少穿的年代，尽管我才八九岁，也如刘姥姥说的“老刘老刘，食量大如牛，吃个老母猪，不抬头。”不一会下去大半盘，全没顾姥娘和母亲还空着肚子。太好吃了，从未有过的饮食体验，油漉漉，脆生生，香喷喷，咸滋滋。后来才注意母亲做出来的是一样的色泽、一样的味道。

大官吃过的黄瓜炒肉端上来了，我以对食物惯常的挑剔的眼光一打量，便大体能揣测出菜品的质量。黄瓜是用的水果黄瓜，带皮顶刀切作一元硬币模样，用盐渍上一段时间，攥出汁汤后稍加晾晒。半肥半瘦的猪肉出锅后跟香烟过滤嘴大小，较为干索。明油盖住了盘底多多少少渗出些黄瓜的绿色。黄瓜入口不脆，有些嚼劲，跟蕨菜口感一般。

大失所望，原因有三。一是黄瓜吃的就是脆，用盐渍的目的是提前杀出些水分，以免炒制时菜里杀出过多水分。腌渍时间不宜太长，并且入锅时要用清水淘洗还原它的清脆，否则口感如木渣。如果追求那种晾晒后的嚼劲，干脆用蕨菜之类替代即可，何必大费周折。曾有朋友推荐一道特色菜，用鸡蛋替代了豆腐的“锅塌豆腐”，打眼一看就是锅塌豆腐，筷子挑开，整个是蛋清蛋黄混色的蒸老蛋模样的鸡蛋制品。真是匪夷所思，倘若用豆腐做出鸡蛋的效果，还能满足慎食鸡蛋者，这反其道而行意义何在？况且两种食材价格几乎没有什么悬殊，费那劲干吗？

二是黄瓜未掏去瓤，也会影响脆劲，尽管水果黄瓜的瓤较细腻，但比较无籽部分还是显多了些，哪怕用异型刀掏去中心如铅笔粗细的瓤，爽口效果会更好。再者肉的刀口小，半肥半瘦的肉煸炒易碎，与黄瓜片形制太不一致，敧菜时肉菜不匀。若肉、菜大小匀称，敧一筷子肉菜都有，既满足口福，也顾全礼节。中国人还未养成分餐的习惯，一个盘里使筷子，是忌讳频繁夹敧的。

三是没有用甜面酱，这也不算问题，因为菜名不是黄瓜酱炒肉。这事发生在张店，无可厚非，很多地方是不喜用甜面酱的，比如沂源就鲜有食酱的。而在博山，酱炒菜是博山菜系一大特色，饭店菜谱上“黄瓜炒肉”是不必加“酱”字的，端出来必然是用了酱。过去婚丧嫁娶的宴席，最后有一汤一炒两道饭菜，汤是烩菜，菜必然是芹菜酱炒肉，这是看厨师水平的一道菜。

失望归失望，也长了见识。各取所需，不必强人所难。跟母亲学会的黄瓜炒肉，不敢独享，说出来既是感念，也飨读者诸君。

量视所需，配比自酌。新鲜黄瓜洗净不打皮，去蒂部和顶花处，一刀劈作两个半圆柱，用刀剔除瓤中心部分，瓤要适当保留。码齐斜刀切作半分厚片，盐渍、抓擹几次，少顷，净水洗涤，沥干涤水，盛麻斗备用。半肥半瘦的猪肉切作大半分厚，比黄瓜片略大，见火收身。油热欲见青烟时煸肉，撒入葱姜末，肉褪去血色泛白时，淋甜面酱适量，锅离火头，迅速煸炒，待酱化开，锅稍见火，淋入明油（最好是适量香油），迅速煸炒随即倒入黄瓜片，加适量盐、微量白糖，大火翻炒、颠勺三五次，出锅盛盘。

期间不加酱油，尤其不能加水。家用火头易掌握，饭店的大灶头应掌握好锅离火、见火的时间和时机。第二次淋油是使酱分离成“雨打沙坑”的效果，均匀分布在肉片和黄瓜片上，盛盘后，盘底有油，几无酱。过去的甜面酱稠，买来后还需加少量料酒、水、冰糖二次炒、蒸至较稀备用，现在有专门的烤鸭酱，可直接用。这样炒出来的黄瓜炒肉，色泽鲜亮，油而不腻，黄瓜脆香，肉质鲜嫩。

如此美味堵住了嘴，我始终还是惦记着姥爷的小鱼锅。不久后的一天，趁姥娘煨热了小鱼锅，姥爷还未进屋时，姥娘给我舀了一小勺，除了有点醋味，没盐味的。看看锅里的鱼头，白惨惨就剩鱼头骨架子。

姥爷喜欢独自吃饭，每天众人吃剩的点滴菜、汤均收入锅中，不加油不加盐，单加点水炖开了。周而复始，无论中午晚上喝上几口烧酒，躺在床上看他的康熙字典去了。

姥爷中年时即写得一手好字，我曾留有红纸对联和诗词片纸，惜今不知去向矣。晚年不见他动笔，郁郁寡欢，其心境我不得而知。然而他几无浪费的饮食习惯，让我隐隐感觉除了那个年代贫困因素之外，或许更多的是对食物的敬畏。

（2018年8月于观云楼南窗）

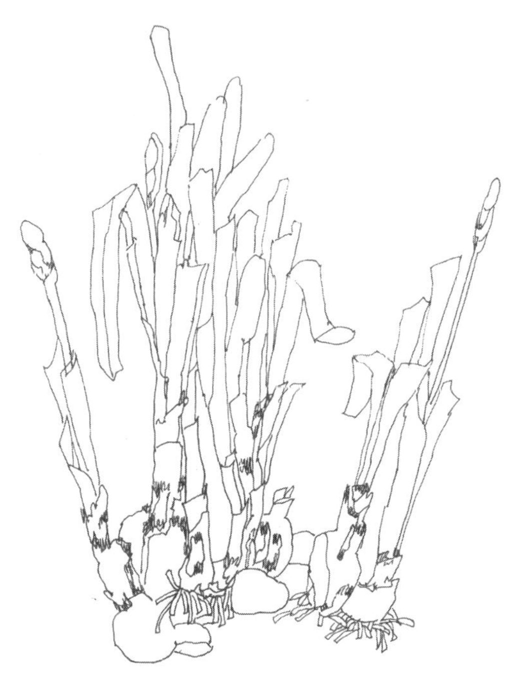

打锡壶

我小的时候，一般家庭能有的金属器具多是铁铝锡制品，不过也就是有个铁锅、铝盆、锡壶。至于金银铜则少见。后来有了钢精制品，渐渐又有了不锈钢制品，还有更多不知名的制品的出现，基本替代了铁铝锡，铁锅、铝盆、锡壶也渐渐退隐江湖了。还能否重现，也未全知。据说现在南方有精致锡器的厂家了。

人们常常慨叹，生活好了，病却多了。其中一个原因归咎于人体所需微量金属元素的摄取渠道少了，甚至没有了，与传递这些微量元素的器具遁迹不无关系。

金属锡的使用，据说可以追溯到近三千年前。不单中国，世界各地都有使用的记载。在中国，烛台灯架、茶壶酒盏等为其主要存世形式。现代科学证明，锡是人体需要的14种微量元素之一，最关键的是它对人体无害，古人的聪明可见一斑。

锡壶是家庭生活必备品，差不多家家都有，主要用途是坐在灶台上烧水。锡的导热性能高，它的熔点也很低，易氧化易融化，氧化了尚能使用，融化了就得回炉重制，所以锡器作坊作为一行买卖也就存在于市井。光景好些的人家，待锡壶氧化或磕碰变形得“有碍观瞻”了，往往到锡器作坊回炉重制。还有一种情况是非得回炉不可的。过去住平房，一个大院子的住户共用一个大厨房，厨房里有家家盘制的土灶台。新锡壶的壶盖上有特质的孔，姑且称之为壶哨，水开后能鸣响，提醒人的。壶哨声音不大，水满时也会随哨声溢出，声音便有些湿润，有着特殊的声响，很是让人回味的。锡壶用久了，水锈积存堵塞、壶盖磕碰变形，鸣响功能就退化了。厨房与住房总有些距离，坐在灶台上的锡壶因为主人的好忘事，经常就有突然想起还有锡壶坐在灶台上，待急忙奔跑进厨房一看，啥也没有了。这不用怀疑是谁偷走了，八成已经化作液体流到炉膛里了，只能从炉膛里掏出炉灰，锡已经混杂其中。回炉重制，我们当地叫打锡壶。

我住的大院子住户多，这样的事经常发生。那时还没上小学吧，记忆里很空闲，闲人自当帮闲忙，拿着炉灰混杂的锡块到锡器作坊打锡壶的事，也就归到我头上了。这趟“闲差”不“闲”，这也是在大人们的“教诲”下明白的。原来，因为氧化等原因，锡壶每重新回炉一次，分量总会折耗，这样下去大壶就渐渐成了小壶。因此“闲差”的主要任务是传递信息，比如需要再添置多少锡了、锡器作坊的人有没有克扣余料了等，就是个监督作用。六七岁的孩子哪懂这些，不过是大人们上班的上班，做家务的做家务，没时间在那盯着，聊以自慰罢了。然而我是坚守岗位的，从始至终几乎一眼不眨地盯着制作的过程，也就赚得院子里住户的信任而每有此任必烦托于我了。我也乐意当差，那是童年的一桩乐趣。

离我家不远的“泉眼”，就有一家锡器作坊。“泉眼”不能按普通话读，“眼”（读作yin，二声），见有写博山的有关文章把这个地方写作“泉崖子”的，我觉得有待考证。博山人说话免“子”，凡带“子”字的名词，一般以前一个字的长尾音替代了。当然在博山话里“崖”也有yin的读法，比如八陡镇的“虎头崖”。“眼”读yin的，二声，可举白塔镇的“海眼”为例。我无从考证，方言“博大精深”。又比如同一个“疃”（tuan，三声），相隔不到十里的两个地方就有两个读音，一个是樵岭前的“乐疃”（tan，二声），一个是夏庄的“窝疃”（tuo，一声），外地人要按普通话读音去打听这两个地方，十之八九是找不到的。

“泉眼”的锡器作坊，其实就是一个人的“工作室”，有五六个平米的一间临街的房子。房子不大，却有俩门，一个面市，一个是通往主人居住的院子。院子很低，要从锡器作坊下若干级台阶才能到院子的地面。尽管楼梯狭窄逼仄，在我眼里倒是别致的。

作坊主是个姓胡的老人，推算有六十来岁，那时人显老，看上去七老八十的。他的脸极长极白，细细的血丝扎眼地爬行在脸颊尤其是鼻子上，眼睑总是红红的，常有浑浊的眼泪流出。他也总用那双硕大粗糙的手擦拭，眼角总留有白色的眼屎，不是脏，大概是害眼，那时害眼的人很多。他说话慢声细气，即使这样也很少说，常常以不直视对方的眼神示意把拿来的物件搁在他旁边。

我每次去都是兴奋的，特别喜欢蹲在地上长久地看他做活。他每一个动作都不紧不慢透着娴熟，我从没问过他什么，因为我觉得能允许我看就不错了，如果多嘴还不把我撵走啊。这样看多了，制作锡壶的工艺过程基本就弄了个大概。

有时我拿着旧锡壶或混杂炉灰的锡块去，他见我不即刻走，就有些沉不住气的样子。丢下手里的活计，把我拿去的料放进一个海碗大的铁锅里，把锅坐在脚前的小炉子上，拉动风箱，火焰绕着锅底渐渐蹿上来。手里一把火钳子，不时拨一下逐渐融化成液体的锡，顺手夹出炉灰。待达到一定温度，锡液像镜子一样发出银亮的光。这时把早已备好的两块脸盆大小蒙了黄裱纸的陶砖（博山话叫窑塈）搬到脚跟前，两块砖是摞在一起的，以四十五度角坡面朝他自己放好。前面垫一木块，然后拉风箱催火，锡液重新放出银亮的光芒。这时手要快，左手用火钳子夹住锅沿，将锅沿对准两块砖之间的缝隙，右手拿另一火钳轻拨锡液上因冷却产生的一层氧化膜，缓缓倒进砖缝隙中。说来也怪，不但锡液不剩，还没有从其他缝隙流出，这让我很纳闷。这道工序结束后大概一袋烟的工夫，他就把砖块搬到空处放着，然后拾起未竟的活计了。这是第一道工序。纳闷是我的事，他毫不相干地继续他的工作。手里做着的是一张不太规则的锡板，拿了一块纸板做的模板，放在锡板上，用一个锥子模样的工具沿着纸板边沿划了一圈，锡质地软，锡板上留下明显的印痕。然后拿把大铁剪刀沿线剪掉多余的料，围着一个锥筒模样的模型熟练地团起锡板，壶的主体就出现了。再用烧红的烙铁融化锡块蘸着黄香，一点一点把接缝焊接起来。待短时间冷却后，把这成型的锥筒套在一个尖脚伶仃的铁砧上，边转动边用右手的方木棒击打，圆筒不但更规则了，外表面还会打出一些规则排列的花来，这见功夫的工序就是第二道了。打锡壶的“打”大概源于此，过去云南有条打铜街，大概意思是一样的。

再拿稍小些的一块锡板，把打好的锥筒放在上面。用一个铁制的圆规，凭经验打量一下，在锡板上画一个圆圈，沿线剪下废料。在一块带圆弧边角的大木块上，还是用那根方木棒捶打，渐渐就出现带圆弧的壶的底座了。这道工序凭感觉和经验要多一些，因为打好的底座边沿要和锥筒的大头边沿正好对接。过于小了，势必要把锡板捶打薄才能延展，壶就不耐用了，大了则无法对接。同样用蘸了黄香和锡的通红的大烙铁把接缝焊严实了。三道工序过后，壶基本成型了。

剩下的是壶嘴和壶盖还有提系。壶嘴就是壶身的缩影，焊接也是同样的方法。但如何掏出壶身和壶嘴之间的圆孔，我没见过，估计使用錾子剔除，然后用烙铁找匀。壶盖做法大同小异，只是如何能让水开时蒸汽蹿出发生鸣响，那是仅仅看到制作过程如我那般年龄无论如何也搞不懂的。

提系的制作，我觉得是蛮有技术含量的，握在手里的那部分仿佛一个带弧的梭形筒，没有壶身壶嘴那么规则，熟能生巧，也是经验占了多数。如此，再用锉刀轻锉一些带毛刺的地方，锡壶就打好了。整个过程有一点特别重要，就是手底要干净利落，因为锡质地软，用指甲就能划出痕迹，做成的壶通体不能有划痕也是锡器外观精美的要求。

终于有一天，我解开了浇制锡板的秘密。原来两块砖之间预先放置了一条工程线，线的摆放大体符合所要的形状，两个线头不搭界，中间的空处就是浇灌锡液的口，而工程线在两块陶砖之间被压扁，其支撑在两砖之间形成的缝隙宽度正是所要锡板的厚度。没有秘密，只是我多次无缘看到而已。

一把壶制作完了，剪下来的余料用于焊接也都用上了，算了工钱，我乐颠颠地回去交差了。

这是一项手工性很强的劳动，造型千篇一律，只有打出的花和锡本身银亮含蓄的色泽让人觉得美，生出无限的遐想。我沉醉于每次的观看，更沉醉于老人慢条斯理的工作节奏和人生进程。很像书画家研墨，追求墨分五彩的最佳效果，欲速则不达。更像生活，本质是平淡的，却越来越有嚼头和味道。

（2015年夏于观云楼南窗）

鞭炮旧事

二十世纪九十年代初刚参加工作，精力旺盛，腿脚也勤快，屁颠屁颠一天下来不知道累。加班从来没报酬，也没想过要报酬，无所谓事业心，干得一包带劲。有人问有啥嗜好，竟一时语噎，呵呵之余答之，有工作的癖好。这是句玩笑话，没有无奈，也没有迷茫，因为胸无大志，很少规划未来。

那时时兴干一行爱一行，似乎是一种本分。内地人的思想还处在计划经济状态，择业并不自由，跳槽一词的含义普及和行为滥觞是后来的事。曾有个后来想想足以改变一生轨迹的机会，瞻前顾后满眼的困难，终于还是驻足了。近来有个词挺有说服力，格局，怨天怨地怨自己，其实是格局小了，胆略很重要的。

单位有位同事的亲属在负责鞭炮销售的土产公司，大家都知道这档关系，临近寒假，就烦托他以批发价买些鞭炮。放假前一天，人家给运到单位，我有鞭炮情结，喜欢得不得了，二话不说帮忙收钱发货。因为找零费劲，就取整收钱，价格比着批发价略微高了一点点，买者也没有不乐意，毕竟比市场价便宜了很多。一天下来，竟然比货款多出一百多元，那时我的工资大概是八十多块钱。好家伙，赚钱这么容易啊。我们忽然财壮怂人胆，如此这般，一拍即合，决计要走上街头卖鞭炮了。

经营鞭炮必须从公安部门办理相关手续的，期间公安和土产公司人员还会现场盘查，以避免无证经营或夹带私货。私货是从外地偷偷运来的白皮鞭炮，属于违禁生产销售的，在躲过了生产、运输的关口后，藏在某些鞭炮经营者的摊位隐蔽处。盘查自有盘查的样，喜欢的张口就知心切。尤其节前两天，欢乐祥和的气氛是主旋律，大抵公安人员也显懈怠，土产公司也懒得查了，半明半暗销售一空。很多人是偏爱白皮鞭炮的，我小时候虽然心向往之，母亲却不允许燃放这种鞭炮，因为满地白纸皮，大过年的不吉利。

我们没有办理相关手续，同事亲属千嘱咐万叮咛不要惹事。钱在招手，我们就不顾一切承诺了。经营方式也特别优待，赊销，只要过了春节，整箱的货没启封都可退货，货款也是过了春节结算。

单位有辆三轮自行车露天闲置，风刮雨淋锈迹斑斑，修吧修吧，我们一下午工夫就学会骑了。尽管有几次车在路上仍不听使唤栽到沟里，但心情顾不得了，抬出来继续赶路。那时候大兴第三产业，约束少，能摆个摊做点生意也是能耐。

鞭炮集中销售的地点在博山福门憩园，新建没几年的憩园广场敞亮宽绰，沿街道几十家鞭炮经销商摆摊设点，热闹非凡，也是春节期间一道亮丽风景。

我有记忆的博山鞭炮买卖，公家的一般码放在商店柜台里。安全起见吧，品种不多，数量也少。腊月二十三小年前，便开始经营了。腊月二十三小年，全国各地差不多都有辞灶的习俗，供品多是麦芽糖做的糖瓜，条件好的自然要供上碗水饺。当然，在灶前贴了一年的灶君像要升天的，也便放支鞭炮，欢送灶君到玉皇大帝那里美言。糖瓜就是让他甜言蜜语的，鞭炮显出

仪式的热闹。我们家小年一般是不放鞭炮的，因为我舍不得那么奢侈。

最热闹的是农民自制的鞭炮销售，销售地点也有过几次迁移。先是在老火车站附近的柳行市场，后来在原淄博卫校对过的二路市场，最后的地点在新建四路老五金交电宿舍的位置。博山城里的大集是逢阴历的三、八，腊月二十三正好是大集，而过了腊月二十三直到除夕，按风俗天天是大集了，农民自制的鞭炮销售都集中在这一周的时间里。

博山当地的农民少有做鞭炮的，货源大都来自高青、博兴、临淄等地。规模大的，驾着马车垛满了箱子柜子，拖家带口亲戚帮忙，吃也不是吃住也不是住的。个个穿着老粗布笨拙的棉大衣，戴着两个扇风翅子的大棉帽，嘶哑的嗓子吆喝着，嘴唇满是干裂的口子，农民自古不易。一年下来，就等这几天，靠卖了鞭炮讨来年的生活。规模小的，骑着加重改制的自行车，驮个箱子，多是卖“二踢脚”、雷炮仗、烟炮仗的。无论规模大小，他们的炮仗一摆出来，对我的诱惑都是满满的。

公家的鞭炮经营是不能燃放听响来判断货色的，买者只能根据经验来选择。农民的鞭炮摊点则热闹非常，为了吸引顾客，再加逛鞭炮市场好事起哄的，摊主照例隔段时间放一挂鞭以充作广告，不免有威慑同行的用意。每当此时，大人们捂耳朵，小孩子们欢呼雀跃。也有乐极生悲的，安全意识差，农民自制的鞭炮火药稳定性较差，又加燃放距离摊位太近，整个摊位燃爆的也有，一年的收成顿时化为灰烬。自然是悲剧，而悲上加悲是祸及性命，或死或伤，年就没法过了。后来，安全起见，这种自制的鞭炮就禁制禁卖了。不过要论听响声，还是这类鞭炮过瘾。

我们已经找不到能设摊位的地方，只好勉强在一个出进广场的路口边硬是摆上了三轮车。也学着人家摊位吆喝，驻足的少，询价的更少了。生意冷清，心急火燎。

一位在这里摆摊的朋友寻到我们，一打量就表现出不屑。你们这样哪能卖动货，一是货少，品种单一，不怕不挣钱，就怕货不全啊。再者说了，你价格定得这么低没必要的，我告诉你，问价的基本记不住，他走一圈问一圈，最后差不多还是选人多货全的摊位买，价格都高，冷冷哈哈的，不赚钱，傻啊。还有，遇到熟人特别是带着孩子的，强力推荐，价格要再抬高，最后送点，人家知你的情啊。他这一套买卖经说下来，我俩心就凉了半截。这咋弄啊，总觉得这样做昧着良心。而事实基本如此，我们只有一种货，后来问价的不少，价格已经降到不赚钱了。没有了足够的耐心，我们已经寻思赶快卖完了回家忙过年，根本不是做生意的料。很多打听价格的一听就随口一句“太贵了”，我们也无心解释，索性把价格提到高于市价，说来也怪也不怪，应了朋友的买卖经，不到一天所有的货都卖空。我们终究没有坚持，也没再提货，就此罢休了。

初次尝试市场经济，以急躁的心态告终。时隔近三十年，往事如昨，没有形成一种持续的行为，赚钱也就不重要了，怀念的是一种气氛罢了。

以火药制作、燃放鞭炮也有千年历史了，火药也是我国古代四大发明之一。有人嘲笑我们祖先愚昧，说我们发明火药只是制作烟花爆竹自娱自乐，西方人却拿了我们的专利制作枪炮，哪种行为更文明真有些说不准了。如今国家治理大气污染，禁绝燃放烟花爆竹，诚然是文明之举，举双手赞成的。现在的孩子嗜好烟花爆竹的越来越少了，退出历史舞台也就没那么多可眷顾的了。

（戊戌年腊月十九于观云楼南窗）

何以观云楼

我的微信名叫“观云楼”，有朋友大赞，询问是否有“纳乾坤清气，观天地风云”之意？且视之为“高端、大气、上档次”，我窃笑复苦笑。

自古文人雅好多，都想有一处窗明几净、鸟语花香、宽敞舒适的书房。然而此事总不为更多人实现，遐想也是瞎想，想想罢了。雅好多，心思也就复杂，多有为书斋起名的，称作斋号，也算文人的“行头”之一吧。或自娱、自况、自警、自谦、自嘲，不一而足，究其实多建于纸上。

我不是文人，更无书斋。然而观云楼三个字的由来却有一段颇为曲折的故事。

1996年到2006年十年间，我居住在峨嵋山阴半坡上一幢六层高的居民楼里。此峨嵋非彼峨眉，峨嵋山地属颜山即今博山，与道教名山的四川峨眉山读音相同罢了。古颜山有八景之说，且有诗为证：黑山暮雨雁飞斜，峨嵋晴岚啼乱鸦。孝水澄清遗妇泽，阳坡绕翠近人家。禹山积雪阴无日，仙洞藏春地早花。秋谷高风贤址在，珠泉印月煮新茶。诗中的“峨嵋（有作峨岭）”就是峨嵋山，诗美景该是更美，可惜我没见过，也许确有，只是无暇顾及。

我住在三楼，两室一厨一卫，北面阳台三平方，改作厨房；南面阳台四平方，从栏杆处探出半米用铝合金罩起来放些杂物，探出的半米用瓷板贴了，还算平整干净，偶尔站着写写字，也算有个附庸风雅的地儿了。那时没有隔热措施，顶棚是薄薄一层铝合金，冬冷夏热。顶棚薄，可听雨，每逢下雨，滴滴答答，噼里啪啦，徐疾高低，变化有致，也是快哉！曾模仿文人起了个名字“听雨轩”，心下甚慰，有此实物，比好多文人强多了。

多日无话，话说一日夜黑风高，酣睡之际，隐约听得啪嗒——啪嗒——啪嗒，仿佛更漏之声，甚是闹心，懵懵懂懂爬起来循声走去，是水滴在阳台薄顶棚上发出的声音，没下雨啊，探出阳台拿手电筒也照不出水源，一夜折腾睡不着，就像相声大师苏文茂那只没扔的靴子。这样的情况多次之后的一个星期天，终于找到水源，是六楼一户高邻，原来他为了不让自来水冲击水表走字儿，每每睡觉前或上班后将水龙头调至最小，水一滴一滴流到他备下的水缸里，水满了顺着阳台的下水口一滴一滴敲打我阳台的顶棚，这样他用的水就是全楼给他平摊水费了，幸哉！遇此高邻！我无语了，不过还是说了一句：大哥，你关了，尽情用水，水费我拿！

如此这般，哪还有听雨的兴致？不如改作“更漏轩”，就在想改还没改时，四楼的高邻给我改了。一日推门进去，脚下积水，抬头望去，天花板缝隙里还在滴水呢，赶快跑到四楼敲门，开门的高邻大哥脸露酒红，我说大哥跑水了？他脸无表情转身进里屋了，我跟进去，他坐在沙发上，茶儿上有几块自己腌制的咸菜，一碗白酒眼看着就要见底了。突然一个声音高叫，是他有些姿色却因跛脚下嫁于他的老婆，这婆娘很会来事，当我面大骂这酒囊，听她毫无逻辑的咒语，我倒是整明白了缘由。

这仁兄喜好养鱼，自制一巨大玻璃鱼缸，接缝是用门窗固定玻璃的油腻子抹的，刚弄完，着急心切，把自来水一桶一桶倒进去，还没倒满，玻璃板接缝根本承受不了这么大的压力，哗啦散了，玻璃碎了，水顺着地板缝到我那儿了，“听雨轩”立马成了“飞瀑轩”了。人家媳妇都把丈夫祖宗十八代拿出来数了一遍了，还想怎样？只能作罢，临走补上一句：大哥，喝好！

时隔不久，有几位文人小聚，我忝列末座，颇有文名的书法篆刻家张茂荣先生（已故）听了这“动人”的故事，大笔一挥赐大篆三枚：飞瀑轩。我因惧怕这飞瀑成灾，就没敢装裱了挂之东墙。

话说有了能写个字练练笔的地儿，但凡有时间，早晚还得拿着毛笔舞上一番，只是冬冷夏热，那写字落款“挥汗”“呵冻”之类的绝不是无病呻吟，而是实况了。最好的时节当然是春秋，还有夏天的早上。

六楼那位高邻的爹住在一楼，他在我阳台之下是一个四五米见方的小院子，有半截斜切的顶棚，里面有个砖块垒砌的煤炭炉子，除了冬季不用，其余时间不是炖开水就是炖锅炒菜，老人节俭，据说这样比用液化石油气省钱，儿子那么节省水费也是家风使然。

煤炭炉子顾名思义燃料是煤炭，但老先生却不然，猪骨头、鸡骨架、油毡纸、鸡蛋皮无一浪费。夏天的早上，上班之前，热浪还没袭来，敞着窗子写上几笔也算惬意吧，那一阵青一阵白，一阵浓一阵淡，袅袅直上的炊烟，让我顿时就能猜出头天晚上老先生家饕餮大餐的内容。

“飞瀑轩”算个啥？还不如“观云楼”呢！于是观云楼渐渐唱响，师友亲朋高兴了常赐墨宝，魏启后、刘大为、聂成文、李松、陈新亚、夏奇星等先生纷赐墨宝。在痛定思痛后，想到要与这么多高邻继续为伍，实在没法坚持了，索性搬了，现在的观云楼是阁楼，顶层！看到的是真正的云了，大雨瓢泼俨如飞瀑也是拜上天所赐了。

一次和著名大写意花鸟画家李波先生笑谈此事，先生大笔一挥，野逸恣肆，甚合我心。我把它装裱了，恭恭敬敬地挂在东墙上，想想彼楼到此楼又十年了，是为记。

（寅生于观云楼南窗）

摅搭火

观云楼的故事多，真是充满喜和乐。

前头咱不是说一楼老先生的煤炉子冬天基本不用吗，原因很简单。那时那些居民楼跟贫民窟差不了多少，没有集中供暖，家家还都是土暖气。他的煤炉子的功能转移了，转到屋里了，冬天在不避风的院子里生炉子，不用说老先生那么节俭他不干，我也觉着那是败家的行径。他的炉子不生火了，按说我无云可观了，也不闻那无以言说的怪味了，可我也待不下去了——阳台太冷了。

咱说过，观云楼是两室一厨一卫的。那“厨”有两米宽三米多长，去北边的阳台要经过这里，所以“厨”有两道门。洗刷的池子也在“厨”里面，与阳台之间的墙上没窗子，抽油烟机还没有落户这种贫民窟。楼内几乎所有的人家厨房都是改在北阳台的，花个三十块二十块装个排风扇就不错了，那间真正结构上的厨房就成为土暖气的“锅炉房”了。

我生性疏懒，入住的时候，朋友帮忙制作了炉子安装了暖气管道。烟囱直接从炉子接进墙里了，后来想想确实失策，火噌噌地往墙里烟囱蹿，“锅炉房”倒是温度很高，可屋里暖气片几乎不热，就这样凑付维持了十年。

现在想想可笑的是，那些年我在单位的工作有一部分就是管理供暖的。偶尔有职工反映宿舍家里暖气达不到多少度的时候，我就在心里笑：知足吧，哥们，我那就没热过。

这六个来平方的厨房，两道门和水池子就占去一半了，还有鸟用？真有鸟用！我靠南墙安上了一张小桌子，在上面学着刻刻章啊什么的，不受“呵冻”之苦，其乐也融融。桌子前面摆一把椅子，背就倚到北墙了。学习刻章不假，但是享受暖意也是真，经常就趴在桌子上昏昏入睡了，直到四楼的养鱼大哥“叫醒”我，这样说有点乱，听我慢慢道来。

养鱼大哥嗜酒家暴固然不好，有一点却是永远值得我学习和景仰的——他很勤快。他在一家挺大的、给山城人民带来严重污染的化工企业上班。我永远也搞不清楚他的作息时间，我经常在早上六点多钟出门上班时，他已经一脸满足地提着鱼虫、扛着网杆满载而归了。

对了，忘了交待了，那个楼上绝大多数都是“搬迁户”。他们之间差不多都是过去的老街坊老邻居，我入住时与他们素不相识，我也不太喜欢张家长李家短的，只有轮到我抄水电表时，才有机会走进人家的屋里，也顺便查看“风土民情”。种种原因吧，有的人家地面铺了瓷砖或木地板，养鱼大哥用的还是建成楼之后磨光的水泥地板，他的“锅炉房”也在那个位置。

自烧的土暖气最麻烦的就是“打笼火”，就是让燃料燃烧的快慢强弱在人的合理控制下，工厂里叫“司炉”。孔老夫子在鲁国做过大司寇，是掌管法律刑狱的，都是司字辈，呵呵，估计活路本质差不多。燃料大致有四种，蜂窝煤和煤球不常用，“搭火”和“碶子”是主要燃料。“搭火”顾名思义就是在火过于旺的时候压火并维持燃烧的，是原煤末子与一种黏土按比例用水搅拌成泥状。制作“搭火”的过程叫“搋搭火”，要占一块比较大的地场，“搋”一次要备下几天十几天用的。一般都选在露天平整的地方，甩开膀子大干一场。这是一门生活的学问，个中门道我既不深懂也就不卖弄了。“碶子”就是块煤，是用来提温的，“碶子”有大有小，要用榔头砸成核桃般大小才适用。

话说我这里装模作样学刻章，暖意拱着睡意袭来，倒头就着。好梦之高潮就要来临的时候，就听到“咣咣咣咣咣咣”，继而是“苦吃苦吃苦吃”的巨大声响。深更半夜啊，哪来的声响，大约一刻钟过后渐渐平静，我也睡意全无。不过得感谢这阵莫名的响动，让我能起身上床钻进被窝免得后半夜感冒了。几乎是每天半夜两三点，“咣咣咣”就来了，不过比苏文茂《扔靴子》好的是，就那么一阵子，没有二番“轰炸”。这声响不见得来自紧邻谁家，因为楼体传声需要用物理学中的声学来解释和计算的，我不会啊，这个时候就知道知识的重要了，要不然我就能轻易判断出谁在“闹事”了。

在一个周末轮到我抄水电表的时候，敲开了养鱼大哥的门。他那有些姿色的跛脚婆娘开的门，说话依旧是热情，高声大气的。养鱼大哥和跛脚婆娘几乎每天开战，听到的全是跛脚婆娘的高声嗓的臭骂，很清晰，骂得痛快过瘾。养鱼大哥是绝不还口的，只听到“提留咣当”摔茶杯饭碗的声音，估计还有拳脚相加，因为婆娘脸上时常新伤接旧伤让她的姿色稍打折扣。但跛脚婆娘与邻居都是很热情的，有时热情得近乎虚假。

水电表都在“锅炉房”，映入眼帘的场景让我茅塞顿开。已经不再有光泽的水泥地面上一大堆过膝高的“搭火”还没完工，靠近炉子的地方有大小不一的“碶子”，有的已经砸成核桃大小。我不自主地说了句：“哟，在屋里‘搋搭火’啊。”跛脚婆娘的高声掩盖了我后面可有可无的话：“可不是嘛，就是懒啊，你看弄得这屋里还能进来人吗！”养鱼大哥的脸上满是汗水，嘿嘿地干笑了两声。他或者她，难道不知道半夜那么大的声响对邻居的干扰吗，更何况这楼上搬迁户老人特别多，我觉得精明如他跛脚婆娘是啥也明白的。我还能说什么。

日子一天天过去，春暖花开的时候，养鱼大哥家里有了大动作，要用瓷板铺地了！得到这个消息估计我比他们家任何一个人都高兴，简直可以肯定！原来，养鱼大哥的独生闺女到了谈婚论嫁的年龄，不免相亲啊、婆家来人啊。肯定是婆娘嘟囔了好久，养鱼大哥终于下定决心要装修屋子了。说干就干，很快就看到施工的队伍进进出出，水泥沙子也散落在楼梯洞里。在接近竣工时，我强掩内心喜悦假惺惺地去他屋里表示祝贺，顺便也准备毫不吝啬地赞美一下他的革故鼎新，词儿都想好了。哈哈，他装修了，我解放了，新铺的瓷板不会在上面砸“碁子”啦！我甚至都想说，大哥，鞭炮不用买了，我还有一箱呢，拿来放！庆祝一下！邻居嘛！

门是开着的，人声有些嘈杂，我提高嗓门：“嫂子，祝贺啊！咦，屋里亮堂了不少啊！”跛脚婆娘的声音不用力也比我高：“谢谢啊，大兄弟，这装修房子给大伙添麻烦了。”随着声音，跛脚婆娘陪着几个邻居往外走。我心下想：看来假道贺的不止我一个啊，添麻烦？半夜不砸“碁子”“搋搭火”就谢天谢地了！我转进厨房，他们也跟了进来，咦？炉子旁边原来砸“碁子”的地方有半米见方的一块水泥地没铺瓷砖，一种不祥的预感向我袭来。“呀，这是还没铺完啊？”养鱼大哥不知什么时候站在我背后，声音不大地应了一句：“铺完了，留着那块砸‘碁子’。”

简直就是晴天霹雳！我准备好了那些赞美的话都噎回去了，邻居们也瞪大了眼。接下来大家都知道了，我半夜趴那仍然不用担心睡久了感冒，养鱼大哥会定时“叫醒”我的。

（寅生于观云楼南窗）

云遮月

学着刷快手，刷到一个贾姓小伙子唱老旦。很久不听京戏了，着实吓了一跳，俨然李多奎再生。遂而怀疑是音配像，不过就是用了李多奎的原声。仔细翻阅多个唱段，反复听，确实是小伙子唱的，比着李多奎“云遮月”的嗓音略微有点嫩。

有个谚语“八月十五云遮月，正月十五雪打灯”，我曾用几年的时间来印证，古人真是不虚言，农耕经验的文明与科学总有统一的去处。而这种再自然不过的现象被拿来作为一种声音的定位和审美，“云遮月”有着无与伦比的魅力。

徽班进京不过二百来年，立住脚跟不是轻而易举，但凡下足了功夫的东西，总会吸引人的。京剧很快畅行，角儿们也大发其财，角儿挑大梁，都叫“老板”的。老板者，不但自己顺溜，还能“赏”别人饭吃。鼎盛时期与鸦片撞了个满怀，有些“老板”终究驾驭不了“人中龙凤”的飘，钱多到无数就开始糟践。说来甚为不屑，过去艺人“云遮月”嗓子多为抽大烟所致。嗓子坏了，“明月”隐于“云”后，还要吃这碗饭，角儿就是角儿，低个八度又是一个风格——云遮月。

不是所有的“云遮月”嗓音都是鸦片的“功劳”，“云遮月”不是单纯的“烟酒嗓”。有人天生如此，经历岁月沧桑后更甚。电视剧《渴望》热播时，演员韩影的“烟酒嗓”让人们津津乐道；演员周迅天生中低音的嗓子，与角色契合度高了就是绝配。这都可归类为“云遮月”嗓音，肯定不是鸦片的事。往较真处说，云遮月得有个过程，先有月的亮，后有云的阴，“亮”在“阴”里挣扎，才有了所谓的“云遮月”。我们单管享受“结果”，不去管“过程”了。

京剧界“云遮月”嗓音最有代表性的是老生麒麟童周信芳，代表剧目《萧何月下追韩信》《徐策跑城》。许姬传有文章《从陈彦衡学谭腔》，陈彦衡认为谭鑫培是“云遮月”嗓音。谭鑫培是“云遮月”，李多奎也肯定是“云遮月”了。

京剧生旦净末丑，都出角儿，都是艺术。喜欢京剧，有人偏爱一个行当，无可厚非，只是在享受一整台京戏盛筵时，“偏食”不仅枉费了“厨师”的良苦用心，还让你发达的视觉味觉神经无法尽享那种“集成”的绝美。老旦颇像博山年下菜里的酥锅，没那么金贵，算不上大件，可少了它，年就不是年的味，李多奎的“云遮月”自然是最地道的那锅酥锅。

偏偏唱丑的萧长华被梨园行奉为“京剧的祖师爷”，偏偏李多奎变声后，萧长华建议其由老生转攻老旦，造就了“前无古人”、目前还不见“来者”的开宗立派的李派老旦——李多奎。声音的识别度，在微乎其微的差距面前，文字描述是非常无奈的，否则，听戏就不如说戏了。

我翻看贾姓小伙的资料，毕业于中央戏剧学院。从几个视频知道，在家教几个娃娃唱戏。他是赖此为生，娃们是完成父母之命。看他百无聊赖地教，娃们百无聊赖地学，不由心生酸楚。唉，这些东西对于单纯地活着的人，真的是百无一用。

有人呼吁把国粹书法纳入中学课程，如此，京剧也是国粹，也能提上议事日程了。这样能否拯救国粹，还是给学生们平添了一份负担，真不好妄下结论。还好，有人大代表提议取消英语课程，倘若取消了，学点书法、京剧也未尝不可。丰富人生，提高审美，在人之所以为人上一步紧似一步，至少能体现文化自信。

家兄参加工作的单位有一大帮过去剧团转行的人，操琴司鼓、生旦净末大有人在。我在学生时代能够间接接触社会，基本就是通过他这唯一的渠道。他喜欢上京剧，我也如饥似渴。央求父亲买了一台简易的电唱机，唱片则有两种，塑料的、电木的，也咿咿呀呀学上了京剧。

兴趣作为老师最好的一样就是杂食，跟着电唱机，起点很高的，所谓“取法乎上”，都是开宗立派的大家。先学裘派花脸，裘盛戎先生是天才，文化底子薄，几乎不太识字，看不了剧本，但是一点就通，软硬鼻音了得。裘先生弟子方荣翔声音比师傅亮，有少声，嘎嘣脆，底气更足，但比较师傅声音来的近，仔细琢磨才明白，裘盛戎先生早期唱戏是没有麦克风的，他们全凭嗓子，他的声音听着不脆，但传得很远，能贯满场，绕梁三日，这才是水平。

继而学老生，马连良、谭富英、言菊朋、周信芳、杨宝森等，各有千秋。尤其喜欢杨派，学他的《文昭关》把自己陷进那种气氛拔不出来。唱熟了，自己就站在宽敞的院子里，放开唱。一个月明星稀之夜，墙头上传来声音：小伙子，你这嗓子不妨学学老旦，就学李多奎。我赶紧去买唱片，回来一听，醉了。太好听了！沉郁顿挫，“云遮月”的嗓子那个味道太足了！高亢时声如裂帛，可恰到好处，那种破音不多，系故意为之的，游刃有余，那是本事！把个老太太演绎得绝了！其实生活中没有这样的老太太，像齐白石说的艺术“贵在似与不似之间，太似则媚俗，不似则欺世。”

李多奎有个弟子叫李金泉的，现在很少提到他，当然是下师傅一等，不过也好听。那时流行唱现代京剧，老旦的代表就是《红灯记》里的“李奶奶”，看好多人学唱，艺术境界差得不是一截。“李奶奶”的唱腔亮，贴合人物性格，也体现高亢的革命性，“云遮月”可能适得其反。后来看“梅花奖”，反串老旦的本就不多，老旦统统是“李奶奶”了。时代使然，也许把李多奎给忘了，也许根本就“落伍”了。

我就是喜欢，从来没想以此安身立命，环境和意识也没有以此安身立命的刺激。也不管板眼准不准，发音部位对不对，就是眯着眼唱，沉浸其中，从来没在众人面前唱过。学一样东西如果没有明确的方向和目的，是不可能有实际意义上的成功的，不管方向和目的是阳光的还是小我的。事情多起来，热度渐渐降温，唱机也闲置了，唱片也落满了灰尘。

刚参加工作那会儿，干劲十足，“傻小子睡凉炕——全凭火力壮”，不知道累，经常加班后蹬着“大飞轮”哼着京戏急蹿。秋凉还未上身的时候，晚饭后，广场上、凉亭里三五成群的“戏班子”比比皆是，路过，总有一种冲动。

某日晚加班归来，区政府门前广场上还有一个“戏班子”没散场，几个师傅在聊天。我停下自行车，鼓足勇气走上去，冲一老者说：师傅，能给我伴奏唱一段吗？这是我“预谋”多次而未行动的。经常见这位老者给唱戏的说戏，大家都很尊重他。我见过几次他给唱老旦的说戏，对于声音的把控和要求，我很赞同。他说：好的好的，唱什么啊？我说老旦《打龙袍》《遇皇后》《赤桑镇》《钓金龟》都行。他来了精神，估计业余爱好者少有反串老旦，我又是生面孔。敲锣打鼓的都已经走了，留下的是京胡、二胡和琵琶。昏暗的路灯透过树叶和枝杈照在弹琵琶的师傅脸上，后来在一个婚宴场合见面知道师傅姓封。操琴的师傅因为背光，没记住长相。

我唱了大段的《遇皇后》，这是第一次现场伴奏唱的，到现在也没有第二次。老先生听得眯起了眼睛，我唱完了，顿了一会儿，他才睁开眼：还会什么？我说《打龙袍》吧，刚才说的都会。他示意几个师傅操琴开始，我又把《打龙袍》的几段大段唱腔唱了一遍，老先生挺激动，连说有味有味，“云遮月”啊！并嘱咐我以后常来。我答应着，给老先生们道了谢，骑上车子飞奔而去。

真是个秋风沉醉的晚上。

（辛丑立夏翌日于观云楼北窗）

麻雀说甚

朋友嘱我写幅内容不要太俗的对联挂在他的办公室，我便写了“听鸟说甚、问花笑谁”。配了一个花鸟小中堂，装了精致的画框，送去，挂上，朋友颇为满意。

这八个字本是昆明昙华寺里两块门匾的内容，由于对仗工巧，放在一块，天成佳对。解读也不难，不过是“鸟语花开”更拟人化的表达。至于说内含禅机，天人合一，那就见仁见智了。

鸟的种类繁多，人类喜欢鸟，无外乎计较两样，一者样相，二者叫声。麻雀是人类最为习见的鸟，只是要样相没样相，叫声也再普通不过了。

我生活的小区，近来常见鸟儿栖息，喜鹊最惹眼，戴胜也有出现，偶尔也见到不知名的鸟，最可爱的却是一群麻雀。

小区接就了山势，设计者蛮有匠心。清一色的多层建筑，少了挺拔，也少了压抑。每座楼的山墙都是凸显的，没有死板的整齐划一的规整，颇有些此起彼伏的错落。绿植还好，春夏时节，蓊郁的底色托出绚丽缤纷，团团簇拥着楼座。

内置道路崎岖逶迤，山重水复一般。不明就里的人开车进小区，总是怀疑前方无路，其实家家都有车库，有车库必有路，只是眼见柳暗、未睹花明罢了，这成了小区一大怪。

小区的管理没有太多的强制措施，车库十有八九堆满了常年不用的杂物，楼前楼后的空地就横七竖八停满了车，本就不大的空间，处处是人的痕迹，能占尽占，人之贪婪可见一斑。

几十万的私家车拼不过车库里百无一用的杂物，风里雨里辛劳，还得饱受尘灰暴土日晒雨淋，人之“精明”也可见一斑。

我栖居的楼座的南面空地朝阳，东西相距不远有两棵碗口粗的树，一棵是柳树，一棵是秋枫。

秋枫本为热带亚热带植物，在北方也蛮茁壮的，常年葱绿，只在寒冬最冷的时节，有些霜打的蔫样。柳树在北方常见，冬夏全然不同。

夏天，柳枝依依，风摆含情；冬天，没有一片叶子，只是并非枯硬的枝条，蕴藉来年的生机。

不知什么时候开始，两棵树之间的空地成了麻雀落脚的地方。得有几十上百只，落在地上乌压压一片。

麻雀性喜结群，动辄几十上百只，甚至上千只，称为“雀泛”，掠过天空，有些瘆人。

我对动植物素无研究，只是纳闷，没有冬眠之说的麻雀，每天飞来飞去是消耗能量的，它们吃什么维系。它们落脚这里，是断无食物获取的，也许这里仅是它们聊天的场所？

没有食物，它们规律性的集聚，却很快乐。并不完全一致的行动，看得出其中散漫的嬉戏。落在树上、落在地上，叽叽喳喳，却从来不落在车上，何以分得如此清楚，竟至于讨人嫌的事，它们坚决不干。它们的快乐感染了我，我便经常驻足，它们便倏地飞离地面，在空中打着旋，优雅地落在枝杈上，或是柳树，或是秋枫。

我好像外人似的，惊扰了它们。也许它们在这好久了，只是我没在意。自从药对症了，我的耳鸣好了很多，头欲炸开的蝉鸣声减轻了不少，麻雀的叽叽喳喳反倒悦耳。我便欢喜有这样一帮邻居，陡然来了精神。

曾写过一篇小文记述旧居人际的尴尬，有一位朋友留言让我感慨。“百万买房，千万择邻。”

昔日孟母三迁，便是“千万择邻”最好的注脚。

现时，我正纠结于是否再搬离这个楼座，以求一份并非奢侈的安宁。有位高邻平素看上去人五人六的，喝了酒便大闹天宫，他的酒一阵紧似一阵了。买个房就囊底倒干了，哪有本事择邻啊，不如搬家了事，可谁敢保证搬个新居就没有“程咬金”在等着呢。

我且自得欣慰于这群优雅的麻雀邻居吧。

留意了它们的存在，仿佛每天都期盼与它们打个照面。

麻雀警惕性很高，远远地还在地上一片，稍有人的动静，刷地起飞纷纷落脚在柳枝上。你若拿眼毫无顾忌地望去，它们似有觉察，也便毫无来由地刷地又一起飞到柳树、秋枫的枝杈间，叽叽喳喳。

那飞起来的动作一致地让人称奇，右边的翅膀微微有些斜里向上的划动，仿佛书法里的顿挫，空气中便弥漫着墨的香气，嘿，这帮并不鲜见的小精灵。

麻雀们认死理，就这三个去处来回飞，一会儿地上，一会儿柳树，一会儿秋枫。看上去没有忙里忙慌觅食的焦灼，而此处，食物对它们来说算是奇缺，地上、树上干净如也。

看得出它们的悠闲，叽叽喳喳声并不齐截，有先有后，仿佛有问有答。麻雀在说甚？真让人好奇，我想它们肯定是有对话的，内容则不得而知。

我便动了心思，试图解读鸟语。这完全是异想天开的幼稚，我却执着于这份幼稚，大概积久的圆滑于心是一份大累，平静来自心地的幼稚单纯，那份不为物累的安闲失去太久了。

专注便有收获，时间久了，麻雀们笃定我不是敌人，不再惧怕我的直视，跟我传递起眉眼来。

即使迫近它们，也不再集体夺路而飞。有几只麻雀，翅膀毫无警惕地耷着，丝毫没有随时振翅避敌的迹象。

两只伶仃细脚扎在地上，仰着头，小眼珠凝视我，发着友善的光芒，我的心一热，感受到了久违的信任和亲切。

有了这份沉甸甸的信任和亲切，它们说什么无关紧要了。巧舌如簧者，更易两面三刀口是心非，麻雀是不会的，会的只有高级动物。

如此和平相处了好长一段时间，加固这种信任成了我接下来的任务，更何况那份说不清道不明的亲切。

年过完了，照例要浪费些东西的，多是食物。像老百姓出门的古训“穷家富路”一样，年，是要准备充足的。

即使在贫穷的日子，也要般般样样备齐，预示着渴望中来年仿佛一定会出现的大富大有。

如今生活条件好了多少倍，大年初一的超市里应有尽有，不靠谱的天气预报一窝蜂地告诉人们，春节后天气转暖，结果阴阴阳阳的雪抻到正月十五的花灯。打扫厨房，还是发现了浪费。

入冬的时候，忘记是在卧云铺还是岭西的山村集市上，买了农人自产自销的小米，是用薄薄的塑料提桶装的，放在橱柜的深处，透气性差，还是发了霉。

心疼之余，提了欲给养鸡的朋友，好歹处理一下，别浪费了经年的收成。

忽然想到这群并非觅食的麻雀了。

我小心翼翼撒了一些在干净的积雪上，白底黄米，很是抢眼，不会逃过麻雀的视线。

我躲在远处视线能及，不一会麻雀们刷地落下一地，却没有靠近小米，很是警惕又很不在意的样子，倒是摆起绅士风度来了。

它们几次起落，始终没有一窝蜂啄食小米。是不可口，还是有些发霉的小米，它们也洁身自好，怕吃坏了肚子跑不起医院。

我慢慢走近它们，有几只闲适的麻雀，小头伸伸缩缩，看看地上看看我，我忽然明白了它们的意思，应该是在问我这是咋回事。

我暗自叮嘱自己，眼睛要发出友善的光，不能有任何多余的手势，否则它们会误会我有侵略性。但是我竟不知怎么做更好，还是用手指了指地上的小米，这时它们齐刷刷飞了起来，落在树上。

我知道功亏一篑了，这多余的手势，毁掉了积攒起来的信任。手足无措之际，我想不如离开，不打扰就是最好的关爱。

连续几天，小米似乎看不出减少。人为财死鸟为食亡啊，为财死的人见怪不怪，为食亡的鸟，在这却不灵验了。

它们的节制让我纳闷，莫非这里仅仅就是它们休憩聊天的场所？仅此而言，麻雀的不讨人嫌尤胜于人。常说“解剖麻雀”，看来还是没解剖到家，整不清麻雀那颗小脑袋里何以有如此可怕的自律。

也常说“麻雀虽小五脏俱全”，它要是少心无肝还可理解，比着人一样不少，却不贪婪，真得好好研究研究。

麻雀还有一天性，很是值得研究的。它们乐意亲近人类，筑巢多在人活动多的场所，据说如果人帮助了麻雀，它们能与人亲近表示感恩，且能记忆很长时间。或许我的做法是它们欢迎抑或渴望的，尽管我没提供任何帮助，这或多或少让我感觉自己的心地善良了许多。

麻雀曾被列为“四害”之一，它们带来的“雀灾”也是抹不掉的劣迹，适者生存，天性罢了。

人对它们的伤害，足以让它们记忆久远。同在一片蓝天下，和谐共生，该检讨的，是人类吧。人与人也罢，人与鸟也罢，和平共处是良策，放下敌意和平共处，也许就听懂鸟在说甚了。

前几天朋友给我打视频电话，我发现墙上的对联和中堂不见了。我说送人了？他急忙解释，来我这的人看了对联，脸上怪怪的表情，我感觉他们误解了，就摘下来了。

误解？很有可能。看来这对联内容，解释起来没那么简单。鸟，搁在《水浒传》里，常作“鸟人”，是某个器官的近谐音称谓，如此，听鸟说甚，就是骂人了。

问花笑谁，笑谁，解作“对谁笑”，和解作“笑话谁”，大不相同。唉，怪，也不怪，人心之深之浅，亦可见一斑。

（2020年7月于观云楼北窗）

三遇阿峰

阿峰，一位湖北籍歌手，他的名字注定与西塘连在一起。

西塘，江浙沪三省交界处的江南水乡、千年古镇，以两千余米古老的烟雨长廊吸引着无数怀旧的人们驻足停留。我三次不同的机缘走进古镇，三次遇到阿峰，感慨莫名。

2009年炎热的长夏，我毫无提防地站在甲型H1N1流感的恐慌里。有2003年因无知而无畏的“非典”经历，恐慌的只是惯于恐慌的人，我更多的是完成差事的急迫和焦虑。

无论躺下早晚，半夜一点钟准时醒来，再无睡意，那种折磨，几成抑郁。劳累致肛周脓肿，咳嗽都需要勇气。还好，年轻，病痛总会过去。

来年正月初六，我带着未成年的孩子去谒拜孔圣人。这几乎是每年得空必做的事，身为教师，参拜“至圣先师”祈盼师道昌盛也有沾染文气的私心。不料时隔不久，风暴突起，有些滑稽，只是局部有暴风雨而已。

人生很像一盘棋，尴尬的是棋手不是你，你只是别人手里的一枚棋子。

更尴尬更滑稽的是，你是“车”，棋手偏偏使出一招“舍车保马”，你的牺牲不会赋予任何意义。还好，已过不惑，沉沉浮浮那些破事，总会过去，想通了，不过如此。

初夏，在雨打风吹里颤栗了许久的我，收起疲惫的身心，被好心的朋友生拉硬拽到了西塘。

看到西塘古镇斑驳的徽派影壁时，天色已经暗淡在夕阳余晖的光里。天飘起了蒙蒙细雨，空气有些湿冷。一眼望不尽的烟雨长廊只有形单影只的逃离者，不分男女，披着特有的手织方巾，透着些许妩媚，我顷刻深陷夜色初降西塘寥落的灯火里。

这就是西塘了。

沿着烟雨长廊，不自觉就放慢了脚步。入乡随俗，也去临塘的小店里，买了手织的方巾披上。

朋友性子急，催促我赶往预定的旅店。一条不侧身唯恐碰壁的巷弄尽头，是踩上去地板咯吱作响的狭窄的阁楼。房子极小，床铺比着绿皮火车的卧铺宽不了多少。

放下行囊，方知舟车劳顿后饥肠辘辘。那时的西塘，还很幽怨，没有多少铺子灯火通明。勉强果腹回来，已经临近午夜。一条门板的缝隙透着光，传来悦耳的吉他声，继而是苍凉的歌声：

别再说工作太忙没有时间，别再说心情忧郁没有头绪，卸下心中忧虑，抹去烦乱痕迹，别再游离别再迟疑，我在西塘等你……

我循声推门，七八个平米的酒吧里几只高凳，惨淡的微光里，一个吉他手轻轻地弹唱。听众不过三五人，我们已然无处可坐，便说稍后再来。

沿着长廊细细地走，却怎么也忘不掉那歌声。索然无味地转过一圈，又回到这个地方，已然没有琴声与歌声。

暗影里水塘边的竹椅上坐着一个年轻人，正在与另一个站立的同伴聊天。我上前问道，刚才的歌手打烊了吧？站立者指着竹椅上的年轻人说就是他。我说你唱得真好，只可惜打烊了。他说这里有规定的，过了午夜不能唱了，扰民，明天吧。我遗憾地说，明天就返程了。他迟疑了一下，站起身来，很豪爽地说，来吧，既然喜欢，我们接着唱。

他俩，我们一行四人，踅进他的袖珍酒吧，里面还有个女孩在收拾东西，是他的女友。他说不用麦克了，然后就唱起来。他好像很喜欢汪峰的歌，唱了十几首，就一把木吉他，朴素而美好，他的声音有些沙哑、苍凉。歇下来知道了歌手叫阿峰，那位年轻人是当地电台的一位DJ。

于是就聊起了民谣和摇滚，朋友撺掇我唱了《永远是个秘密》《请原谅我》，阿峰说好听。我有些兴奋，说这是谢天笑的歌，我的老乡。阿峰一脸茫然，DJ显然见识多些，他说啊啊，谢天笑，知道的，知道的，搞摇滚的，“现场之王”。阿峰问我职业，我说是教师，他有片刻的好奇，也许他认为教师就是正襟危坐两耳不闻的学究。

时间已经不早，我们也不好久待，就试探着问如何收费。这时阿峰好像想起了什么，说都是知己，不好收费了。我们执意要给钱，阿峰兴致更高了，他对女孩说还有啤酒吗，女孩低头看了看说还有六瓶，阿峰说这样吧，你请客，十元一瓶，我们每人一瓶，喝啤酒继续唱如何？我说太好了。阿峰又唱了三五首原创的歌曲，其中就有我路过时听到的那首《我在西塘等你》。

离开时，借着手电筒的光看到旧式的小木门上，用麻绳拴了一串酒瓶，像女人颈下炫耀的廉价的饰品。酒瓶缝隙隐约看到歪歪扭扭一行字：阿峰原

创音乐酒吧。

说来也怪，这次偶遇，真像他歌中唱得那样：

“卸下心中忧虑，抹去烦乱痕迹。”

顷刻间，心绪如同西塘那湾水，平静如止，尽管并不清澈。

再见阿峰，是四年后的仲夏了。我与朋友路过西塘，天色将晚，便于西塘附近找了间旅店住下。简单的晚餐后，我跟朋友们说，我带诸位听歌去吧，这里有个歌手叫阿峰，唱得很好，朋友们雀跃。

找到那间小屋，门锁紧闭，隔壁的老板也说不清阿峰是谁。凭着我的描述，有位朋友在手机上百度到了“我在西塘等你酒吧”，我说大概就是了，他的原创主打歌就是这名字。循图找去，鸟枪换炮了，门脸颇为气派。正在犹豫，一人匆匆出来，我脱口而出“阿峰”，那人停住一愣，立刻说，是老师啊！我惊诧他还认得我。他说你们到我另一间酒吧吧，我随后到，亲自为你们唱歌。

按照他的示意，我们很快找到了另一间酒吧，名字也是“我在西塘等你”。生意非常红火，人很多，桌位都坐得满满当当。有位歌手在弹唱，旁边还有一位乐手。

借着微弱的光线，我看到桌位上的“菜单”，不禁咂舌，最低的套餐要近千元，不过是几瓶啤酒而已。朋友碰碰我的胳膊，我知道他的意思，低声说，咱是来听歌的，不喝酒。话虽这么说，心中不免忐忑。阿峰很快就到了，看我们坐定，招呼服务生给我们拎来一提啤酒。他接过台上那位歌手的吉他说，今天来了老朋友，我为大家唱，尽情喝！台下掌声热烈，这时我才明白“亲自”的含义，阿峰已经是拥有两间较大规模酒吧的老板了，签约了很多驻唱歌手，估计他很少登台了。

阿峰唱得很投入，每唱完一首歌都会侧向我们的桌位问：老师还想听什么歌？我都有些不好意思了，最低消费，我们没点套餐，而唱台前面的指示牌上明确标着：点歌每首80元。我只好说，随便唱吧。他有点痞气地说，不跟你要钱的，老师。我有些尴尬，幸好昏暗的灯光照不出脸红，这家伙还是那么豪爽。

阿峰唱了很多首歌，他的声音如初，只是已经听不出苍凉。不知怎的，我竟没有初次听他唱歌时的感动。我们告辞时，跟阿峰合了影，没人向我们索要最低消费。逃也似的出得门来，一阵晚风吹过，方知身上已经出透了汗，酒吧内是有冷风的。

后来知道，“我在西塘等你”几乎成了西塘旅游文化的代名词。据说有关部门欲高价买断这句话作为文化品牌的使用权，阿峰没有答应。这是个很有趣的现象，所谓文化，有时就是出其不意。

看着阿峰风生水起的生意，再看看西塘夜景一派灯火辉煌，不禁想起四年前同是夏日的那个晚上，那间只能容纳几个人的小酒吧。感慨油然而生，西塘旅游发展得太快了，当然，这时繁华的西塘，已不是心灵疗伤的清静、怀旧之地。

乌镇、周庄、西塘，均为江南水乡，千年古镇，规模略有不同，都是传统形制，生生不息的乡民居所而已。因为保存相对完好，随着旅游热兴起，发展迅速，相比较，西塘的规模算是小的。

张茂荣先生曾有《周庄的联想》一文，目睹周庄文旅的繁盛，联想到自己曾有“小泉城”之称的家乡博山的城市改造乱象和文旅发展困境。刘培国先生也有《脆弱的周庄》一文，接续张茂荣先生的感慨，反思脆弱的文明之存活不易和文化传承之艰难。

我想，博山较之乌镇、周庄、西塘，她的文化感应和自然景致都是散漫的，就像一道汤，慢火细煨，才能香飘溢远。初来乍到，你无法在短暂时间内看出她有多好，感觉出她的出众，如果拿经济作为标杆来衡量，意义更难以彰显。博山作为一座慢城，她的文化对关注者的熏染不是快餐式的，“一日看尽长安花”的旅游模式，不适合亲近博山。

亲近博山，需要滋滋润润的，像一杯芬芳馥郁后发的茶。当你驻足这片小城，成为她较为稳固的一员，她的好才渐渐显山露水，让你欲罢不能。这样的文旅理念，对于把博山打造成文旅之城的迫切，是需要准备足够的耐心和贴近实际的全盘规划的……

也巧，又是四年，春节过后，随团出行求清静，行程中有“夜宿西塘”。晚饭后天愈加的冷，穿着羽绒服还瑟缩着脖子。

西塘的规模大了很多，里三层外三层的仿古商业街仿佛泛着新刷的油漆味，时间并不很晚，门脸房基本都打烊了。核心景区也有些寥落，大概不是旅游旺季的缘故罢。沿着河塘走了一圈，拐进一处院落，不经意间，墙上硕大的手书体跃入眼帘：我在西塘等你酒吧。透过老旧窄小的木窗看到阿峰躲在酒吧一角弹唱，屋内听歌的人也不多，一曲终了，想起参差的掌声。

阿峰有些缱绻，似乎漫无目的地调着琴弦，眼神探出窗外，无意于我们的存在。同去的朋友说，没你说的那么好听吧？我想想，也是。突然觉得有些百无聊赖，是什么发生了改变？八年时间，三遇阿峰，变与不变，一时难以想明白。

都说江南水乡的早晨最有特色，我起了个大早。果然，水汽氤氲，画中一般。

躁动了半宿的人们还在沉睡中，可耽误了这番良辰美景静谧不堪，大有“鸡鸣茅店月，人迹板桥霜”的况味。

这个时候的西塘是含蓄的，不由得千年回想，那湾水千年不涸，那轮月曾照古人，见证了千千万万的人生过客，世情百态。

“因过竹院逢僧话，偷得浮生半日闲。”稍得安闲，我心甚慰。

我是喜欢清静的，与愈来愈烦乱的世界格格不入，总也难觅一处能使心安的好去处。

人渐渐多起来，水汽也散去，西塘回到现实世界，景致在人头攒动中褪去了岁月的痕迹。熙熙攘攘中，阿峰的歌声渐行渐远。

（2020年8月于观云楼北窗）

音乐为邻

所有的艺术门类和艺术家，最为神奇的当属音乐和演奏乐器的音乐家。至少我这么认为，且一直这么认为。我由衷喜欢音乐和欣羡音乐家，丝毫不在意那些音乐家们归属哪个级别的协会、登上过怎么样华丽的舞台。

来往于老宅者以及老宅周边，就有许多这样的音乐家。我与他们为友为邻，却始终没能走进音乐世界。既不懂创作，也不会操琴，抱憾之余，忆及往事，不觉间可谓“揽镜人将老，开门草未生”。

那年我五岁，这是家人佐证的。老宅里来了个乞丐。那时博兴等地经常遭灾，乞丐特别多。小孩子没有清晰的逻辑和判断，见的多了，约略给乞丐分了类。打竹板、拉二胡的算“文丐”，一味哀求“痛陈灾史”的算“普丐”，吆喝几声看看没人搭理，顺手扯了绳子上晾着的衣服跑了的算“贼丐”。“普丐”多，“文丐”少，“贼丐”少之又少，即使颠沛流离生计无着，老百姓还是放不下那份厚道和做人底线。

这是个“文丐”，衣衫倒还干净，只是破旧，大小也不合身。手里一把二胡，左手琴，右手弓，没进院门的时候已经听到动静了，只是不成曲调，想来是提醒院里的主人，不是贸然登门，也算是彬彬有礼了。我是听到这样的声音就会飞奔出屋，远远地吮着手指已然沉浸在吱吱嘤嘤的二胡声里了。他也不说话，站在那儿定了定弦就拉上了，曲调很悲很凄凉。

住户打发乞丐，手段多是两种。一种是递上些干粮，神情上对拖带小孩子的掬以同情，嘴里啧啧出些疼惜；另一种是招架不了频繁的乞丐登门，贫穷无奈便哀叹着劝其“赶个门”。总之，民风还算淳朴，少有恶语相向的。“文丐”收获的几率大些，“才艺”或多或少起作用。我对“文丐”就另眼看待，因为特别喜欢他们手里的乐器和演奏的曲调。往往邻居递上干粮，“文丐”就停了演奏转身默无表情离开。我在心里就责怪邻居，我是听完一首完整的曲子后才递干粮的。当然，我递的干粮是干净的，大人们如果给我发了霉的，我决不答应，我从心里羡慕和敬佩他们能演奏乐器。

大人们是不乐意听下去的，不想给同样贫困的生活铺衬悲凉的音乐底色。这次我拿着的干粮没派上用场，就跟着“文丐”走了。挨家挨户，陶醉在吱吱嘤嘤的音乐里。有的人家很吝啬，明明家里门窗玻璃后面影影绰绰有人，却始终不出门，“文丐”就拉完一曲再一曲，我在心里愤愤他们不通人情，就把干粮放到他斜挎在身上的布袋里。能拿出干粮施舍的人家确实也不多，完整的曲子也就一遍一遍地，不知为什么，有时听着听着会莫名地心悸和流泪，会注视着他们默无表情的脸思忖他们的心境，猜测他们家里还有什么人，想很多很多不着边际的事。

不知过了多长时间，天有些黑了。“文丐”在一户人家的院子外面一块有些平整光溜的大石头上坐了下来，搁下琴从布袋里拿出块发了霉的煎饼。我也觉得饿了，才发现这是个很陌生的地方，四周也没有旁人。我号啕大哭，“文丐”没什么反应，那户人家跑出一个挺像大人的大男孩，蹲下来抓住我的膀子问我怎么了，家是哪的。还好，我记得住爷爷、姥爷、父母的名字。又出来个中年妇女，她听了我自报家门就说，哦哦，是“王善人”家的啊，然后就对着那个大男孩指着山下方向说了些什么。

“王善人”是我老姥爷，因为牵头捐建了一座当地有些规模的庙宇而得此雅号。大男孩送我到家，父母着急且不表。后来说起这事，才知道我是从早上就跟着乞丐走了。其实也没走太远，就在怡园和因园东倚的山上，那时都是平房，星罗棋布胡同道道的，至少跟着“文丐”串了几十户人家了。妈妈嗔怪，人家都把你当要饭的孩子了。孩子找到了就好，大人们心思都在挣饭吃上，搁现在孩子有这样的经历，家长还不让孩子“音乐班”“乐器班”连轴上啊。

走丢了的后怕很快就烟消云散了，吱吱嘤嘤的胡琴声萦绕在间或抽抽嗒嗒的梦里。

“文丐”们大多也就是粗通音乐，谈不上多么高明，瞎子阿炳那样的奇才总是少。但身世自怜必然融入音乐，物我相合，感染力自然不一般，演奏就不是表演而是倾诉了。“文丐”的倾诉，或可算作我对音乐欣赏的启蒙吧，从情感角度，他们赋予了并非原创音乐以情感的真实，这种真实从艺术创作角度是最可宝贵的。时隔四十多年，我与毕玉奇先生聊他民乐组曲《乡籁》的坎坷发行时，谈到乞丐的音乐，我们异口同声大赞乞丐音乐的感人至深。

老宅的西墙上挂着一把二胡，能看到上面的浮尘。妈妈说爸爸年轻时喜欢，只是家里人口多，忙着挣钱添“高价粮”，糊口是第一位的，没有闲情拉二胡。父亲没闲情，我也没机会学，也就没有摘下那把二胡，擦去浮尘，哪怕不成曲调地拉一把。

老宅胡同里有位彭大叔，八十年代初他搬离后才听说他的京胡水平很高，我却不知，也没听到过动静，他可是名声在外了。

老宅胡同口临街有幢房子，里外两间，住着张姓人家。门前是两棵小瓮口粗的柳树，夏季茂盛的垂柳能拂扫路人的肩。张家有个二十多岁还没娶媳妇的大哥，吹得一口好笛子，据说歌舞团几次想要他，纠结于他是左撇子而没成。笛声时常穿过柳叶清脆悠扬地回荡在空气中，马路边下棋的、打扑克的、摇着蒲扇赶蚊子乘凉的，似乎并不在意这优美的笛声，倒是路人常有驻足凝听的，脸上露出艳羡的神采。去年偶尔遇到他的外甥，也是四十多岁的中年人了，才知道张大哥去了南定冶金企业做了工人，已经退休。张大哥没能去专业团体再谋发展很是可惜，那笛声美极了，我时常呆呆地听他一曲一曲地吹，而始终没有拨开柳梢看看他到底怎么演奏的。他的笛声清脆悠扬，也能听出幽怨缠绵。

我上中学后认识了新建三路泉眼一位彭大哥，他的家门朝街，跟打锡壶的胡爷爷隔街对门。从老宅出来左拐，步行三分钟就到。彭大哥瘦瘦的中等身材，齐耳的长发中分，神采很张扬。穿着极有个性，带花的高领毛衣，浅色的宽条绒裤子样式很普通，却透着率性文气，很有些与众不同，反衬着时兴的喇叭裤却有些流里流气。我常凑在他屋门外人堆里听他眉飞色舞地谈论音乐，那是我接触最早的“沙龙”。他说会拉小提琴、弹钢琴，还自己做钢琴，大约是我渴盼或因惊异于他的“全能”，眼神里不免流露出一丝疑惑，他有些负气，非得让我们去他屋里看他正在制作的东西。

那是一台跟我们学校唯一的风琴差不多的琴，只是用笔直的铁条或钢条穿在一起的木质琴键还没有漆色，也不完整，像缺了好多牙齿的老人的嘴。他很得意自信，但不轻狂。我陡增羡慕，觉得他了不起。我去过多次，他那台琴始终也没完工，后来见不到他了。我想他一定是到了某个歌舞团弹奏钢琴去了，他那个神态气质如果不干这行真可惜了。见不到他，我莫名地后悔，我该跟他学习音乐的，是不好意思还是不自信，记不得了，懵懵懂懂的。缘分很重要，许多时候都是有缘无分；有些事错过也就错过，而一再错过就是自身天分不逮了。

近来多方打听，一个较为确凿的消息让我郁闷了好多天。彭大哥没有去专业团体，最初供职在博山某军工企业，婚后夫妻均调动工作到了张店，有人曾见他在一家大商场的停车场身着保安服指挥车辆停放。我无法想象他演奏小提琴的手臂是如何指挥车辆的，还有那齐耳中分帅气的长发怕是与制服不协调而剪掉了，也许每天都能遇到蛮横的司机不听指挥，他曾经那么自信的脸庞是流露无奈还是麻木。除了无良司机乱鸣喇叭的噪声，不知音乐在他生活里还有没有空间。他的境遇让我不平，却也使我稍得心安，他那么有才华的样子，也没从事音乐专业，我不通音律、不习乐器，似乎也没什么可抱怨的。

从泉眼西拐就是新建四路了，在此颇有些江湖传闻的谢天笑，已经爆红首都摇滚音乐圈十几年。谢天笑是电机厂的子弟，怎么与新建四路有瓜葛不得而知。他似乎始终坚守地下音乐的初衷，坚持自由的音乐创作，与主流媒体也显得若即若离。我听他的音乐有十几年时间了，也发现一些有趣的现象。在他众多的原创音乐作品里，旋律当然无可挑剔，最值得关注的是他的歌词。他的歌词没有一首是直白地描写爱情的风花雪月，充满了智慧的哲学思辨，从文学角度也极具丰富的魔幻主义和意识流以及现实主义，可以说他是在非常严肃地呐喊。他的“古筝雷鬼”尽管并非全新创意，也是独占鳌头。近年与交响乐的合作，在国内摇滚音乐圈也是可圈可点。谢天笑被称为“摇滚乐新教父”和“摇滚乐现场之王”不是虚名，他的吼功国内没有可以与之匹敌的，实际见到他的人，估计都会惊奇，瘦弱细小的身体实在找寻不到声如裂帛的出处。他可谓“奇人异相”，人们往往关注于他颇像“石光荣”的脸。更重要的是他的长脸和相配的长鼻梁形成了特别的“音箱”，如今这么多模仿秀，没见过听过模仿他很像的，原因就是没有与生俱来的“音响条件”。再拿他的歌词创作试举一例，写家乡的歌《孝妇河》，无论是切入点还是物象、意象及思维转换，足见才华之高和气格不俗。

河里有鱼在游/一口水一口水别无所求/天上有鸟在飞/来来回回不停地追……在这个黄昏我将用双腿走向何方/才是那真正的决定/细细的数也数不清繁星般的恐惧/是怎么变成了一场雨……

谢天笑走出去了，路很坎坷，取得了成功。很多音乐家走出去了，有的更成功，像吴雁泽先生、曹连生先生等；更多的人还是很普通，像彭叔、张大哥、彭大哥，还有那些本无心于艺术的“文丐”们。然而音乐的本质是生活，是讲述生活、装点生活、也能开创新的生活，从这个意义上说，无所谓

失败与成功。

在我眼里有位极有才华的博山籍音乐家赵锦峰，艺名“老鸭”，四十出头嗜酒过度英年早逝。他生前我们有过一些接触，一直想请他吃顿饭，算是对听他音乐的回报。就像我们吃过某位敬业的大厨做过的饭蔬而感恩一样，由于机制的不完善，过去我们可以无偿地从网络上听原创音乐而从未支付过费用，至少我们得感恩他们贫穷着的创作，一旦有机会该有实际的感恩行动。“老鸭”去世后，也一直想写个小文纪念以补没能请他吃饭的遗憾，此处稍稍提及，待另行专文吧。

前文提到的毕玉奇先生，可谓是艺术通才。书画诗文篆刻样样精通，能演奏十几种乐器。继其六十岁生日之际献给家乡民乐组曲《乡籁》之后，又紧锣密鼓创作陶瓷组曲，部分曲目已经面世，深受业界好评。毕玉奇先生对音乐的研究不是凭空的、偶然的，他做事都是全力以赴的专业态度，如果有机会去他书房看一下，可谓震撼，这么多年来省吃俭用购买的几百张各种风格的音乐光盘就足以说明什么。兹举一例，以见玉奇先生涉猎之广和见识之高。十几年前我跟他聊摇滚乐时，他就建议我听听“华阴老腔”，他说那是中国的本土摇滚乐。

“华阴老腔”被更多人所熟知不过是最近几年的事，谭维维与“华阴老腔”的合作在音乐圈普遍叫好时，他却另有看法，他更推重“白毛”王振中原汁原味的弹唱。玉奇先生多次跟我谈他想与摇滚乐碰撞，去年我与他去拜访了好友——硬禾音乐的李昭。这位钟情于布鲁斯摇滚的知名音乐家曾是谢天笑的“御用吉他手”，初次见面他俩就有意撮合民乐与摇滚乐碰撞，我掺和进去，心潮澎湃，大有磨刀霍霍之激情，想来，至少博山的观众能看到、听到这种组合演出为期不远。

还有位到过老宅多次的音乐家不得不提，就是我的老师，也是我的同事——黄同銮老师。参加工作后，我与黄老师在同一科室，他是金工老师却拉得一手好风琴。黄老师嗜酒、很风趣，生活境遇坎坷的他很是乐观，小醉微醺时手舞足蹈绘声绘色讲笑话，众人会被他感染得乐翻天，因此被调侃为“黄协主席”。他讲故事有个特点，就是带入性极强，因为爱酒的缘故吧，任何一个故事都有喝酒的场面，并且不厌其烦地描述酒场的细节，跟《水浒传》里经常出现的“切二斤牛肉，来一坛好酒”可以一拼。最有味道的是他端起手风琴演奏，那架势特别潇洒也特别投入，我对音乐的一些理解很多也是来自他的教诲。黄老师退休多年了，他的人生富有传奇色彩，改天专文说说吧。

尽管我没有足够的天分，还是庆幸这么多年一直与音乐为邻，这是最惬意的事。不能演奏乐器难以身临其境，总是在延续某种遗憾。用李昭的话说：宋哥，学一样乐器没那么难。真的吗，要不试试，不止与音乐为邻，直接登堂入室，看来新的一年有新的事做了。

（戊戌年腊月二十七夜于观云楼南窗）

“观察生活”

孩子上初中时，语文还是蛮不错的。作文经常被老师圈圈点点，还在班级间作为范文朗读。上了高中，变得不那么美好了。语文一塌糊涂，考试总拖后腿，成了所有学科中最弱的，问题集中出在阅读理解类和作文。我是很少关注他的学习的，从来也没陪他做作业、背单词。这倒没什么，我们有约定，我是不会陪着他再读一遍中学的，那既无意义，也是我鄙视的。糟糕的是我是一名语文教师，尽管供职的学校语文课仅是非考试科目的基础课，但语文教师的名分还是挂着。

最为糟糕的是孩子跟我的一次漫谈。

他从小就有读书的习惯，书籍多是各种节日及考试后我和他母亲以及亲朋买赠。种类颇多，文学的、历史的、哲学的、经济的、国内的、国外的，不一而足；画本的、拼音版的、大部头的，甚至一本书多个版本的，应有尽有。有些是儿童睡前读物，有些则很像大学教授做学问搞研究的大部头，看着就滑稽，我也不确知他的阅读情况。我有一个理念，一个家庭是必须有个书橱的，不是装修了为着好看，而是为了摆放足够适合孩子阅读的书籍。抱怨孩子不愿读书学习的家长，最好先从设立这个书橱做起。

高中学业紧张，孩子回家后第一反应是进卫生间，然后悄悄反锁门，再打开门就是一小时之后了。这一个小时内发生的诸如如厕、洗澡等是日课，其余则不可知。直到有一天请工人清洗地暖管道，总控阀门在鞋橱的底端深处，维修工人从一众鞋盒后面掏出了几十本课外书。

我大为光火，高中阶段寸阴是竞，当以课本为主，考个好成绩寻个好大学，整天看这些闲杂书等，岂不误了前程。也有丝窃喜，尽管书籍杂芜，都是正经读物，我中学时哪读过这么多课外书啊。

晚上放学回来，看到茶几上堆着的一大摞书和我的神情，知道事情不妙。他不知所措进而以有些讨好的语气说，爸爸，《水浒》我有七个版本，一共读过十七遍了。说着神态倒有些大义凛然，眼眶潮湿，仿佛很委屈。《水浒》看这么多遍，这是要造反的节奏啊。我说不是不让你看课外书，得有节制啊，学习任务这么重，必然会耽误其他课程的。看到气氛缓和他转而问了我一个问题，爸爸，我读这么多书，可考试总是考不好，尤其是阅读理解几乎不得分，作文也老跑题。他有些沮丧，眼神渴望我给出答案，又担心我会发火，便追加了一句，我都不愿跟同学说你是语文老师。好小子，在这等着我呢。我很尴尬，一时语塞，语文老师的孩子语文学不好也是没说了，我示意他坐下，开始了一次漫谈。

我是1976年读小学的，开头两年基本就没怎么上课。原本校舍就紧张，四个班，两个教室，上半天课休息半天。老师整天开会、学习，经常背着书包走到半道，早去的同学已经折返回来，告知我们，老师开会、学习，不上课了。这已经见怪不怪的迟到的通知，对于我们来说是快乐时光的开始，至少我是暗喜的。偶尔上课，常听老师说“把失去的时间夺回来”，几乎成了口头禅。这是对我们说还是自言自语，是要求我们还是要求她自己，我实在没准，七八岁的孩子岂能思考得了如此的“哲学问题”。逝者如斯，岂能想夺就夺得回？是谁把时间夺走的？肯定是一帮坏人。只是不解，这些坏人本事大了，能夺走这么多人的时间，实在搞不懂。

还没学会“走”，就逼着“跑”。老师学习，我们放假，作业一律是要交一篇诗歌。拼音还没学，更不用说汉字，我们却要作诗了。老师们去“把失去的时间夺回来”了，我们却整天放假，时间去哪了？现在不珍惜，以后再去夺？没人顾及，没有答案。

作业布置了就得做，去央求家长，我及我的小伙伴们家长没一个是著作

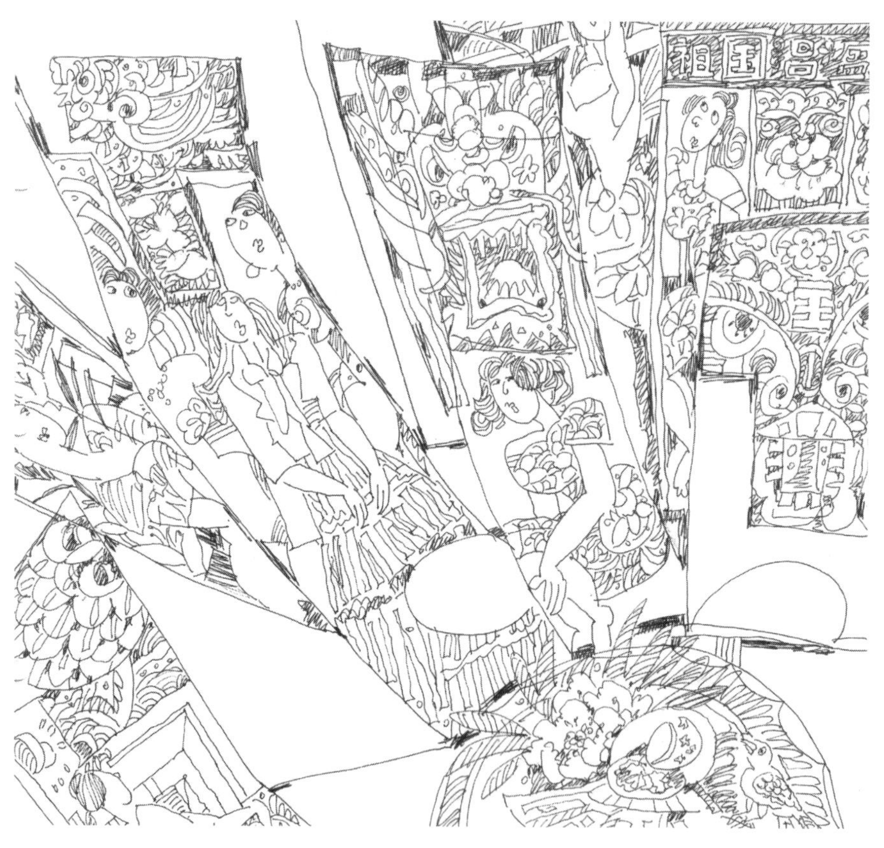

等身的教授学者。记不清是原创还是听闻还是家长帮忙瞎编的了，我的方格本上就有了照猫画虎的"诗歌"：粉碎"四人帮"，人民喜洋洋，英明领袖华主席，一举粉碎"四人帮"，人民喜洋洋。这不伦不类的顺口溜，颇有回环格的妙处，可以循环的。比如也可以：人民喜洋洋，粉碎"四人帮"，英明领袖华国锋，一举粉碎"四人帮"，人民喜洋洋，粉碎"四人帮"……如此循环，也就能应付多次作业。

老师不干了，又常听到一句话：写文章不能人云亦云，要学会观察生活。观察生活？生活是个啥？黄口小儿哪里知道。如何观察？老师始终没说。夫子循循善诱，我老师看来算不得好夫子。

时间一天天过去，混混沌沌，也就长大了。时间有没有夺回，不知道，又浪费了很多时间，是可以肯定的。生活像一团乱麻，怎么观察都有解不开的疙瘩。这两句符号化、口号化了的神秘难解的话却记忆犹新。

转眼不惑，转瞬知天命了，方知道色厉内荏的"把失去的时间夺回来"不过就是讲"时间要挤"，雷锋同志早就拿"海绵里的水"做过比喻。"观察生活"不过讲体会要细，细的前提是先有体会，这更多源于性格。敏感者不是问题，大大咧咧的人，教是教不会的。再者，即使都是敏感的，幸福，是不厌体会的，痛苦和忧伤，谁又愿意一次次拿出来晒呢。

跟儿子的漫谈，因为回忆而激动跑偏了。我将他的疑问视为求援，竟没有更好的道理来劝慰他，也便在这两句口号之外再说一些看似经验实则不着边际的话。归根结底是应试教育的问题，又百思不得更好的形式。于是宽慰儿子，你对阅读理解题的理解已经超过许多同龄人了，也超过那些出题老师的预估了，所以你的答案其实更丰富更睿智，只是不能完全契合标准答案而已；你不太适合命题作文，你读过的书需要有个发酵期，只是很不幸，高考可能还在发酵期中，到了大学或者踏入社会工作，经过复杂的发酵过程，你会写一手好文章的，那样不晚，“风物长宜放眼量”。远水不解近渴，高考在即，这样的答复很勉强，甚至有些悲壮，只能如此。

幸好他高考语文没太拉分，幸好去了大学后写的文章没太出乎我的意料。

人生毕竟有限，“把失去的时间夺回来”，总是被动，总觉得伴着握拳和发狠建立在猛醒之后，仿佛迟到了的大彻大悟。而时间毫无意义地溜走，大多是在我们直视下，身不由己，只能顿生无奈罢了。流传这样一句话：过好当下。也许这是一个积极的态度，把能用的时间用好，人生便也紧凑充实。几年前，我曾跟朋友们呼吁人生态度：有话好好说，像人一样活着。像人一样活着，并非因为活得如猪狗，是期盼自我掌控更多一点。

与“把失去的时间夺回来”风马牛不相及的“观察生活”，敏感之外更讲究格局和视角，“跳出三界外不在五行中”，冲破积习，独立思考，应该是不二法门。就写文章而言得法则洋洋洒洒欲罢不能，不得法不如就此歇手，该干吗干吗。

曹丕说文章乃经国大业，杜甫也说文章千古事，得失寸心知。经不了国，经好家，经不好家，经好自己也是不错的选择。要紧的是如《红楼梦》里的联句说的那样：世事洞明皆学问，人情练达即文章。

（戊戌小暑前两日寅生于观云楼南窗）

司机老翟

老翟叫翟长卫，是学院司机班的一名普通司机。

安全出行按说是他唯一的职业要求和工作内容，其实不然，老翟是个多面手。

我们系因为各种培训和各类技能大赛参与多的缘故，经常与司机班的同志们打交道。我与老翟接触的也比较多，了解一些情况。

有时看到、有时想想，很感动。

“装卸工”老翟。外出比赛，大包小提是常事，关键是各种工具材料，体积大分量重，装车卸车，老翟成了主角儿。肩扛手提还带指挥，看到别人笨手笨脚，他立马接过来，嘴里还不忘“教训数落”对方两句，无论对方是谁从来没有跟他急眼的，都乐颠颠听他招呼。老翟总是将空间发挥最大作用，看到面对一大堆工具材料面带愁色的师生脸生舒色坐进车里等待启程，老翟忘不了最后一句“教训”：看到没？就这样。然后憨憨一笑，微微露出他那颗半截门牙。

“组织部部长”老翟。老翟憨，干活憨，脑子可不憨。出差在外偶尔晚上不执行任务时，我和老翟会买瓶二锅头，一包花生米，在宾馆里喝酒聊天侃大山，我的酒量就是陪着而已。难免背后议论人，酒酣耳热，老翟就放开话匣子了。他接触的人，三言两语造像，活脱脱就是那人，优点缺点习惯毛病，能力觉悟心思境界，一语中的。我很佩服老翟，他评价别人毫不涉及他的利益，就是公而忘私地评价。他还很大度，哪些关乎事业，哪些不碍大局，他分得门清，比组织部部长写评定还坚持原则。我也偶然冷不丁问一句，老翟，当着别人咋评价我呢？老翟嘿嘿一笑，微微露出他那颗半截的门牙。

“心理学家”老翟。老翟都是“组织部部长”了，思想政治工作自然不赖。外出比赛无论准备如何充分，老师和选手也难免紧张，老翟的思想政治工作和心理辅导就跟上了。他没上过多少学，世事洞明，表达土气，都是家长里短的话，但是中听。他说话没别人插嘴的份儿，你就乖乖地听，也许他根本不理会你有啥想法，反正他觉得你精气神儿不对头，他得把你整乐了、逗笑了，他就如释重负了。没人拜托他这样做，我想是因为他有一颗善良的心，古道热肠，不求闻达，不谋名利，把自己的事做好也适当地“管管闲事”。我想这是老翟的处世哲学，要是人人都有这样的处世哲学作指导就好了。我经常由衷地说，老翟，你境界挺高的。老翟赧赧一笑，微微露出他那颗半截的门牙。

儿女双全的老翟。老翟的老婆我不认识，但脾气性格随老翟，那是肯定的。我俩喝的二锅头，吃的花生米，大多是老翟顺手从超市买的或从家里带上的，他大大咧咧从不在乎。可他又心细得很，出差必备的东西一样也落不下。他老婆经常给他准备小吃、饮料之类的，都是嘱咐他，不是给你自己的啊，给女老师和学生娃都用。老翟从没提过个人要求，什么待遇啊补助啊等。老翟好商量事，只要不是天塌下来，啥时候出车都行，在外头待几天都行。老翟有一双儿女，女儿大上高中了，儿子小还在小学。老翟出差，家里都是老婆的了。老翟有个规律，在外头待到两三天上就想家，他不明说，但话里带出来了。不管聊着什么，话题都会转到“你嫂子怎么怎么”“我闺女怎么怎么”上，这就是想家了。老翟收入不高，老婆也是做着一份普通薪水的工作。但老翟活得有奔头，有热情，说起闺女儿子，那叫一份舒心、骄傲。你要问一句，老翟，想家了？老翟暖暖一笑，微微露出他那颗半截的门牙。

老翟又出车了，拉着老师和选手比赛去了。回来时，肯定是一下车，右手大拇指习惯性地往脑后一扬，“知道不？又是第一！”然后哈哈大笑，完全露出他那颗还剩半截的门牙。

（2018年4月于观云楼北窗）

“乔老爷”

2004年的第一场雪，这个北方小城百年不遇的大雪，夺走了他年轻的生命。

早晨刚上班，同事给我打电话问见没见“乔老爷”，我说好像没看到他。电话那头停顿了一会儿，我觉得蹊跷，追问，就不说话了。又过了一会，办公室主任给我电话也是问这事，我说咋了，她说今天早上有人在“八镰”附近一个雪窝里发现一具尸体，根据描述很像“乔老爷”。

“乔老爷”姓乔，名英荣，“乔老爷”是我给他起的绰号。他见我偶尔写写字就戏称我“宋羲之”，我则顺着他的姓回他“乔老爷”。他嘱咐我写幅字，我说我的字不值当送人，很长时间没应。他终于拉下脸来郑重其事问我给不给，看他认真不是应景，就写了一个开三竖条，内容是王维的《渭城曲》。“劝君更尽一杯酒”，他喜欢喝酒的，只是他喝酒不用劝。

“乔老爷”是从烟台的烹饪学校毕业分配到技校教书的，初来乍到很是亮了一下个性。那时梁小龙饰演的《陈真》正热播，“乔老爷”留了个“陈真头”，长长的头发盖住耳朵委在肩上。他却没有“陈真”的身手，从背影望去活脱是个矮胖墩墩行动朴拙的姑娘。

这是所远近闻名的技校，办学历史早，生源分布广。出类拔萃的毕业生不在少数，学校也就显得硬气。这头“秀发”还没引发太多议论，“乔老爷”就改小平头了。不知是谁点拨了他，或是他也觉出“秀发”的另类，只是白胖的脸上额心拧成个麻花，留个头发咋了？

头发没成焦点，手艺却传得很盛。冷盘很有名，雕花是强项，不久就跟博山厨师界打得火热。博山的中国烹饪大师刘书文先生在世时，也是这所技校的特聘教师，与“乔老爷”颇为交好，据说“乔老爷”经常陪着刘大师出去参加烹饪比赛和交流。学校每年的烹饪毕业生实训考试是相当壮观的，叮叮当当，四壁飘香。爆炒肉片、锅塌豆腐、滑炒里脊丝等是必考的，“乔老爷”里里外外忙忙活活，刘大师始终坐镇评委席。

二十世纪八十年代这所技校是全市首开烹饪专业的，学员年龄差距较大，很多是为了解决城市户口，是“人文”特征很特别的一个时期。师资队伍也算齐整，有科班出身的，有聚乐村学过徒的，理论实践都挺实。多数学生毕业后成了单位的骨干，也有原本仅仅是解决户口的，分配到企业就改行了。坚持本行的，十几二十年后都成了行业的翘楚。

“乔老爷”放在学员堆里也显不出是老师，但有了大显神通的机会。他治学很是严谨，待学生半认真半和气，亦师亦友的，学生也很推崇他爱戴他。“艺高人胆大”，性格本来就有些犟，胆大不大没在意，脾气却渐渐大起来，偶尔无端发飙。他善于动脑筋，对于菜品颇有创意，四处宴请求教的酒场也多了，一来二去由嗜酒到了酒精依赖。在他离世前的一段时间，早上遇见他，也能闻到酒气，原本白皙的脸上，布满着血丝，走起路来总有些踉踉跄跄。

十来年的工夫，城乡差别越来越小，城镇户口意识淡化了，烹饪专业则一度陷入荒芜。烹饪专业后来又东山再起，就有复杂的社会心理起作用了。年轻人高不成低不就，深的学不了，转而认为烹饪不过就是做饭而已，这个专业又有成为"香饽饽"的趋势。其实要把饭做好，不但辛苦，学问也大着呢。如今鲁中地区大搞文旅发展，博山又是鲁菜发源地之一，"乔老爷"倘若活着，又有大显身手的机会了。可惜，唉，伤逝。

没了烹饪专业和学生，"乔老爷"被安排管理学生公寓，也是出奇得认真。那时候我干后勤工作，他见了我就索要厕所清洗剂，带着学生把个卫生间、盥洗室打扫得干干净净。他干事是不愿让人说出不字的，除了喝酒。

我不能喝酒，沾酒即醉，却非常喜欢看嗜酒的人喝酒，简直可以说是最喜欢的事。他值夜班的时候，晚饭时间偷偷喝酒，我只要遇见了，必然是饿着肚子看他喝酒。咕噔咕噔几大口酒下肚，话匣子就打开了，一切的郁结和不快都随着酒气散发出来。我也常借此时机问他一些关于烹饪方面困惑的问题，他总有创见，我也总有收获。

有次问到他如何炸肉更香，他以惯常的无所谓的神态说，我就不明白厨师脑筋是干啥用的。然后狠狠地咂一口酒，半晌咽下去，才接着说。饭店里每天煮酱肉，大料包提出来都倒掉了，不是拿钱买的吗？捞出来晾干了，研成末，就是上好的五香粉，大料原始的那种恶（博山话读作wo）味没有了，那种清香恰到好处。说完又咕噔咂一口酒，看着玻璃罐头瓶里自己炒的辣疙瘩咸菜丝。你看这炒咸菜，出锅前撒上这种自制的五香粉，花椒、八角味道都有了，还不恶（同上）。炸肉也一样，粉糊里稍微调上一点这种五香粉，出锅再撒花椒面，格外透着香。说完，脸上一副"怒其不争"的模样，认真得让人忍俊不禁。

那人确实是他，蜷缩在一个清理了大树根的雪窝里。打发他走的那天，我去他家里，一进屋门的墙上挂着我写的那幅字，“渭城朝雨浥轻尘，客舍青青柳色新。劝君更尽一杯酒，西出阳关无故人。”他的妻子和女儿哭成一团。那年他刚进三十九岁的门槛，那天连场的酒，让他在风雪交加的深夜找不到回家的路。

“乔老爷”啊，“乔老爷”，酒，没人劝你啊，年纪轻轻咋就成了古人啊。出殡时，女儿抱着他的骨灰，怀里夹着那副卷成轴的字。此情此景，我心中五味杂陈。

我跟他不是酒友，却是真心的朋友。我很是羡慕他的灵巧，他对我的尊重也让我感到温暖。他长我三岁，正是年富力强干事创业出成绩的时候，就这样毫不吝惜地撒手人寰。他的犟劲让人匪夷所思，那时的通信工具是BP机向手机过渡时期，很多人已经配上了手机，他固执地既不配BP机也不配手机，他与这个世界故意拉开了距离。

一个行业或者行当兴衰的背后，“乔老爷”的英年早逝只是一个缩影吧。何况这或许不仅仅是人生的失意，但却酿成了无法挽回的意外。本来心存埋怨觉得他太不自珍，看到女儿那种木然无助，鼻子一酸落下泪来。

“乔老爷”走了，从此西去，天依旧很冷，裹走他生命的雪依旧静静地蜷缩在地上，如他离开这个世界的身形。雪水和泥污混沌了能看到的一切，天阴沉得厉害。

“乔老爷”为人很真，他当初郑重其事让我为他写字，说明他真喜欢。忘记那条幅的内容是他指定的还是我随手写的，怎么写“劝君更尽一杯酒”啊，“西出阳关无故人”这么肃杀的句子是不能给人乱写的啊。从那以后我搁笔七年，心一度灰冷。直到遇到我的国画老师，才渐渐对笔墨重新燃起兴趣。

（2021年5月于观云楼北窗）

心无真情　言不成文

这不是教授别人如何写文章的，坦率地说，我没正经八百学习过、钻研过如何写文章。可确实写了一些文字被称作文章，说出来向大家请教。

老家在东门里一条胡同里，东门里是条街也是个片区，都是老旧的平房，住着很多户人家。

我五六岁的时候，有一天，寂静的街上传来刺耳的救护车声。人们纷纷从胡同、临街的屋里奔跑出来，脸上满是惊恐。那个年代不像现在，电话、手机，救护车随叫随到。

车停在马路当央，很快就看到两个穿白大褂的人，从路南中段大杂院里强扭着一个高瘦的中年男人出来。他挣脱着往回跑，歇斯底里地喊叫，他们无法把他送上车。又上来几个人，连拽带抬，将他强按进救护车。咣当一声关门，救护车绝尘而去。

所有声音静寂的一刻，一个淹没在人群中男孩的哭声绝望得撕心裂肺。车已拐过街角，他冲出人群拼命追赶，没跑多远，突然停住，双手握拳，使劲地捶打自己的头。人群静得可怕，他回过头来，我看到了他的脸，奔涌的泪水像暴雨滑过脸颊。

没有人走动，很多人抬手擦拭眼角。男孩是被扭走的男人的儿子，男孩父亲是狂躁型精神病患者。

这一幕的真实惨绝定格在我的脑海……

2015年夏天，久患阿尔茨海默病的父亲，在饱受近七年折磨后，离开了人世。父亲去世前两年的时间，其实已经生活在另一个世界。那个世界充满了险恶、诅咒、打斗、迫害，也许间或有亲朋的慰藉，而这些亲朋都是早已离开人世的故人。

父亲是迫害型的老年痴呆，他总觉得被人偷盗，渐渐觉得我母亲是陌生人，电视机里的人跟他是共处一室的，进而挂历上的人物也有生命。然后是恐惧，所有的暴虐向他施压，他便反抗，高声地呵斥，脸红项粗地争辩，甚至两手握拳有力地打向空气……

每当我看到父亲狂躁不止、惊恐万状时，就会想到那个男孩满是泪水的脸。我已经四十多岁了，依旧像那个男孩一样无法控制自己的泪水，我可怜的父亲。

那些年，我和家人的心疲惫不堪。太阳就要落山，夕照的余晖没有该有的温馨。

父亲走的前一天，哥给我打电话，他在这些问题上已经六神无主。他说爸爸可能不行了，你快来。我赶到时，父亲处在弥留中。哥说我受不了了，咱得把爸爸送到医院重症监护室。此前我们有过沟通，父亲已八十三岁，身体机能不可能逆转，一旦病危，不让老人再受过度治疗之苦。

哥很焦灼无奈，我也不再坚持。要了救护车送到重症监护室，第二天早上，父亲走了，睁着眼，脸色潮红，跟活着一样。

我轻轻地给父亲合上眼，父子从此阴阳两隔。

父亲走了，我没能从精神的疲惫中走出来，总是阴阴阳阳的。

那一年秋天雨水特别多，阴天连着阴天，雨水接着雨水，心总是紧的。

又是一场秋雨，已经下了整个白天。傍晚时节，我坐在办公室，晚上要值班，那种迷迷糊糊又袭来。突然想起毕玉奇先生赠我的音乐光盘，立即下楼去车上拿来，放进电脑里。听着听着，我无法控制地大哭，直哭到心悸打颤。

稍稍平静后，我想我得做点什么。于是打开电脑文档，开始回忆过往的点点滴滴。

我是语文教师，所在单位是所技师学院。语文课不是重点课程，不像普通中学要频繁作文以应对各种考试。我的教学就有些自作主张的“改革”，把语文课完全上成了文学欣赏课，颇受学生欢迎。学生作文的机会少，我也就不必陪着作文，多少年下来，也没写过几篇文学类的文章。

第一篇就是写毕玉奇先生的《有好都能累此生》，他与我父亲是旧相识。在知道父亲有抑郁的征兆后，他提着自己做的二胡去看望父亲，这件事情当时并未触动我太多。父亲去世后不久，惊闻玉奇先生罹患癌症，想起我们交往的一幕幕往事。想起他代我尽孝的举动，我恍然大悟，人世间唯有真情弥足珍贵。

我是边听他的音乐边写往事的，泪水停不住，看不清屏幕上的字，就停一会再写。心里只有一个念头：这么善良谦恭的人，苍天无眼，竟然让如此大难降临到他的头上。不行，我要把我认识的他写出来，我知道，他的人格魅力和艺术才华能惊天地泣鬼神，而这或许会让苍天睁开眼睛，识得人间真善美。

当晚就写完了，第二天，我在微信圈一段一段发布，无数点赞留言。晚上接到淄博晚报记者伊茂林先生电话，他问是不是原创，毕玉奇是谁，还问能不能公开发表。我说文章既然写了，都是发自真情，只要不改动，署名不署名都无所谓，只是希望更多人看到、了解毕玉奇先生。

转过天来，他在淄博一个文化名城微信公众号配图发布，两天时间点击量超过四千多，那时微信帖子下面还不能跟帖留言。茂林又给我电话问这样的文章还能不能写，我说只要是我经历过的真情故事，写起来丝毫不费劲。

我刚参加工作时，学校办公室孙成熙先生（不幸早逝二十年了）在集邮界挺有文名，经常在报刊上发表文章。有次跟他聊天，说到写文章，他说一个货真价实的初中生就能写出好文章，关键看写啥了。

现在我明白了：写真情，心无真情，言不成文。

（2021年5月11日于观云楼南窗，繁星点点，那是上苍的眼）

给孩子的信

子千如晤：

时代发展，沟通方式多种多样，传递也快捷。可以“秒联”，似乎缺少了咀嚼思考，不见得“秒懂”。今天我以信件的方式与你做一次谈话吧。

想起前年初夏，我们学院有一项活动，就是传承好家风好家训。你那时还在鄂，业已成人，大学毕业在即，只是尚未面对社会。我草拟了八个字的家训“格物、守正、尚简、不朋”，征求你的意见。这是我们家一贯的作风，民主协商。你因“守正”的具体内涵，与我进行了很长的交流。其实作为家训，恪守的不只是你，我和你母亲同样也要遵守。

过去家里有买卖的，大多都有堂号。我们家的堂号是“存厚堂”，厚德载物，厚道为人，这个堂号就是祖宗的遗训，所谓“忠厚传家久，诗书继世长。”我的父亲你的爷爷在世时，也没有给我们兄弟姊妹另立书面的家训。老人家在跟我少有的正式谈话里基本灌输了这么一些立世做人的原则：一是钱是长眼的，不是自己的一分也不能拿。二是祸从口出，少说话多做事，也不要写文章。

现在来看这是底线了，就是这样的底线，也不见得能做到十全十美。

比如“君子爱财，取之有道”，什么样的“道”才是正道？其实这是一个物欲把持问题，社会提倡多劳多得，分寸自然应该把握好，否则就容易跨越雷池，这也是你该把持好的。再如不要乱写文章，你爷爷在二十世纪七十年代曾因写标语写错字被处罚，给他带来很大的心理伤害。他知道我偶尔弄翰，所以特别提醒我。当然，他的提醒主要还是心有余悸所致。我所从事的工作，写文章是工作内容之一，不可能不写。但我坚持一个原则，不说假话。在实际工作中却难免说过一些空话、套话，白纸黑字，现在看到时心里还不能原谅自己。不过，说实话要讲究方式方法，直来直去是风格，但不是最好的方式方法。你也常写文章，也要注意，古人讲究“曲笔”，未尝不是好办法，既能说真话实话，又能让看到的听到的人心悦诚服，这才是好文章的标准。

在这里想跟你再谈谈“不朋”问题，你在大学阶段就热衷交朋友，现在读研，尽管因为疫情原因，我观察你的交谊还是不少的，况且你们都在思考经济独立和经济自由。我所谈的“不朋”主要是不能结党营私，你现在的交友之道都是纯洁的，你们对走向社会充满憧憬，也不免茫然无措。你所认为的真朋友，也会随时间的流逝，利益的诱惑，发生变化的，这是需要刻意注意的一点。尤其将来到了一个具体的工作单位，要始终把持好交友之道。学问交流、人生探讨等方面的朋友，一般不离谱。涉及经济利益、个人升迁的朋友，就得千万注意了。我了解你的秉性，你不会去拉帮结派，但你从小不愿拒绝人，就会有人拉你结党进而营私，一旦占了边，立场就会出问题，下水是早晚的事，这是千万要时刻警醒的。

有什么好办法破解呢？这回到我们前几年一直探讨的“专业”问题，也就是家训第一条“格物”。之所以提出“格物”而且置于首条，就是想突出“做学问”，这个学问就是专业。我是很主张学习科学知识的，过去有句话“空谈误国，实干兴邦”，作为社会普通的一员，就应该“实业爱国、实业报国”。建设新时代中国特色社会主义强国，不是嘴上说的，是要踏踏实实干出来的。按照习近平总书记的话说，现在面临世界百年未有之大变局，这个大变局的结果会是什么？就是中华民族伟大复兴中国梦的实现，这是要靠实实在在提升综合国力的。你们年轻人正处在这个大变局的中心，大有作为。所以，我们每次通话交流，我都嘱咐你无论如何要学好专业，这也是你立足社会发挥才能、报效国家的基础。

在“守正”和“尚简”方面，我对你还是很放心的。你的“三观”都很正，言行不会离谱。但守正之外还要创新，创新就是摸着石头过河了，既要小心翼翼，还要大胆向前，个中滋味和分寸只有自己掌握好。现在“尚简”也不一定保证将来一定“尚简”，还是一如既往多在精神层面追求个人理想的境界。物质享受会一放而不可收，这都是人性的弱点，不去刻意自律，是做不到理想境界的。

你又要面临前程的选择了，还是那句话，自己拿主意。有急事打电话，无事无须随时联系，我和你妈妈能照顾好自己。

祝学安体健

父笔

2021年4月8日

审美“内卷”

近来有个叫“内卷”的网络词挺火，“词源”是名校“学霸”无奇不有的学习状态照片。

有个比方很形象：当影剧院第二排观众挺直了身子观看，往后不出几排，就得站起来甚至踮着脚尖观看了。

这被看作是“努力”的“通货膨胀”。

原本都可以像第一排一样慵懒地观看的。

除了第一排得了“地利”，其他人都得付出更多原本没必要付出的努力。

这何尝不是人才的“通货膨胀”，一个普通的工作岗位，由于竞争“哄抬”到不可思议的高度。例子很形象，道理不见得相通。影剧院观众初衷是消遣，可最终疲惫不堪。学历高、能力强对于那个普通工作岗位而言，确实更趋合理、更能驾轻就熟。这也不是三言两语说得清的。

但“内卷”对于审美而言，却是一种理想状态。

何为美，这与一个时代、地域人们的人文价值观密切相连，本文探讨的重点不在此。

美，范畴极其宽泛。综合而言没有高低贵贱之别，没有时空递进关系。拿我们的文艺来说，不能说唐朝普遍推重的“美”就一定不如宋朝，更不如明朝。

具体到某种思想意识或实在物象的“美”，则应该有其时空递进关系。比如孟子的“民为贵，社稷次之，君为轻”，历史发展到今天，中国共产党一切为了人民，“人民就是江山，江山就是人民”，习近平同志讲“我将无我，不负人民”。这种人类意识的美，明显有其时空递进关系。

再比如书法。从美的表现来看，不具备时空递进关系。不能说甲骨文的美局限于商周时代，不能说隶书的美局限于秦汉时代。但从美的构成来看，基因延续必然有其代际关系，爷爷就是爷爷，孙子就是孙子。

中国书法史上有一桩公案，《兰亭序》（神龙本为例，下同）真伪问题。坚持“真”的，认为这就是王羲之所处东晋时代书法的美；坚持“假”的，认为其面目从文字发展的基因延续，是“孙子”挤在“爷爷”堆里。

书法尽管有具体的物象在那里，但其审美还是相对抽象的。如果对汉字延续的历史及历代留存的能明确断代的带字文物和墨迹没有较为全面的认识，是很难做出正确判断的。举个物象、审美相对不抽象的东西来分析，可能更容易说明问题。

比如北京故宫和摩天大楼，恐怕世界各国的民众都能在同时看到这两样建筑时，明确无误地判定故宫建筑时间在前，摩天大楼在后，这是民众基于常识积累的判断。故宫建筑美，摩天大楼美，是两种有时空递进关系的美，是“故宫们”的某些基因延续出“摩天大楼们”。至于谁更美，似乎是个伪命题，无解且无需解。

《兰亭序》的美，千百年来被人各种称颂，甚至认为是至美，所谓“天下第一行书”，所作之人亦被奉为“书圣”。如将其比作“摩天大楼”，两晋已经发现并确认的书迹就可以比作“故宫”（遗憾的是文人墨迹仅《平复帖》和《伯远帖》，能否确认为两晋人真迹底本还存在疑问。但有大量石刻、墓志书迹可资佐证）。愣要说摩天大楼与故宫是同一时代产物，那就不啻于痴人说梦了。

湖南岳阳楼、湖北黄鹤楼、江西滕王阁，均为后人翻建，混杂了无数当代的元素，气息不今不古。故宫可是明明白白的明清建筑，气息高古无可否认，哪座摩天大楼气息高古呢？

气息，这个只可意会不可言传的东西。它存在，是个集合体带给人的审美刺激，颇有老子“道”的意蕴。

陆机《平复帖》和王珣《伯远帖》，尽管普遍取信是西晋和东晋仅存纸质墨迹，仍然存在很大争议。专家也已经表示目前碳十四检测古代书画不可能得出可靠数据，即使数据可靠，也不是判定书写时间的唯一证据（也可能是后人用两晋的纸和墨书写）。我们知道一旦确认《伯远帖》为东晋纸墨，再能断定为王珣所书，则《兰亭序》由东晋人（先不论是不是王羲之所书）所书底本成为可能。王珣系王羲之子侄辈，相差三二十年，《兰亭序》字体特点和气息是非常接近《伯远帖》的。

气息，有人解作“风格”，这便俗了。气息，只可体会难于言传。而具备对于“气息”的判断力，审美能力的积累、提高，无疑是相当重要的，这就回到审美“内卷”。

在审美上的努力是不会“通货膨胀”的，它甚至是创造美的根本动力。相反，“通货紧缩”会影响一个时代整体审美能力的提升，甚至出现下降或倒退。

微信帖子、视频号、快手、抖音等铺天盖地，人们可即时发表书法作品和评论。对于什么是好的书法，莫衷一是。有的人在孜孜矻矻刻苦探索，反而遭到非议和诋毁。有的人厚颜无耻兜售俗不可耐的货色，却大受追捧甚至高价拍卖。究其原因，在书法审美上并未形成“内卷”。

没有形成书法审美“内卷”，可以打一个比方。比如书法审美如“金字塔”，从基座开始一直到塔顶，是由真正书法开始一直到一个时代对于书法可能形成不同于以往的审美的高度。而充斥人们眼睛的往往是两类，一类是塔顶，都在仰望，却鲜知其意义。另一类是“金字塔”周围不当大任的散乱石块或者土坷垃，它们不知“金字塔”为何物，也不管“金字塔”为何物。它们只是顾影自怜，如井底之蛙狂欢不已鸣叫不已。这种“狂欢”和“鸣叫”一时之间颇要成为一众的审美标准和引领，这就是俗书。

这是没有审美“内卷”所致，或者是审美“内卷”太少所致。这就如影剧院那个比方，它们就是慵懒的看客，其实，“美”与它们无关。

（2021年5月10日于观云楼北窗）

一曲新词酒一杯

去年被拉进一个微信群，群名叫“疫情下的突破”。人不少，群主是老顽童尹宝亭，货真价实的泥塑家。

群友人才济济，好不热闹。写字的画画的、唱歌的跳舞的、作曲的拉琴的、写作的出书的、捏陶瓷的吹琉璃的、当官的经商的、在朝的在野的、在外地的博山人、在博山的外地人，不一而足。

宝亭兄这群主够格，不是那种树了大旗便溜之乎也销声匿迹的。差不多每天都在群里吆喝、发文、配图，这里点点火那里松松炉子，八成是等着“突破”。

也就在这个群，有幸听到了几首关于博山的歌，细细听来，真不赖；细细数来，真不少。张宏森词、谷建芬曲、董文华唱的《博山之歌》（本土歌者张燕的演绎也相当不错），谢天笑词曲唱的《孝妇河》，刘培国词、郭亮曲、雷岩唱的《颜神的味道》，蒋玉刚词曲、刘楠楠、赵炳琪唱的《美丽的博山》，近来又听到刘培国词、毕玉奇曲、郝恩波编曲的《颜文姜》。前面几首好找，《颜文姜》还不为大众熟悉。

记不得确切时间了，大概去年，在玉奇先生家里看到过培国先生写的

《颜文姜》歌词，曲子也听过。整体上是儿歌的曲风，那时还没有歌唱版。今天听到了歌唱版，先是一怔，曲调有了变化，童声和成人男女声，在声音的识别度上做了大胆调整。节奏的虚实、旋律的高亢低回都做了调整，可以说是一个新的版本了。

我致电玉奇先生，他说王荣远先生从中引荐，郝恩波先生为了这首歌付出了很多，从编曲到演唱到组织录制，老先生跑前跑后，甚是感人，咱得请人家来博山好好答谢答谢。我说你不要着急，都是孝乡儿女，也是性情中人，满腔热情忙前忙后也在情理之中，改天咱把这事办了。我知道这事不能久拖的，玉奇先生对于帮助过他的人，恨不能第一时间倾囊相报。

郝恩波先生是淄川人，知名歌唱家，嗓音清澈而不失醇厚。先生也是近七十岁的人了，嗓音依然无纤尘。

培国先生的词，有意思。皮里阳秋，大施春秋笔法，应该是有“突破”。颜文姜故事也好，故实也罢，大略就是个传说。传说者，不免无中生有、添枝加叶，也不见得断无其实。我能见识的有山东大学刘新明教授的考证、刘培国先生的考证、李钟琴先生的考证，影影绰绰，各存一说，并无定论，其实也无须定论。人心向善，作为家乡人，我们总是希望颜文姜是现实中的人，人心中的神，她的形象越高大，越有时代教化意义和艺术感召力。培国先生的词的“突破”，在于他把传说的一半写进了歌词里，而博山人耳熟能详的姑婆“施虐”却闭口不谈，反而“倒戈”为“可怜姑婆幼和老啊，双双病在床”。弃恶扬善，别出心裁。

关于颜文姜的传说，谈一点个人不成熟的非学术的看法。我在近四十年前，曾经读到过一本关于博山传说的白话文版的书，有“油篓坟”的传说等。其中孝妇的传说涉及的人物，则有恶婆婆、恶小姑子的说法。后来在读书过程中，感觉关于孝妇的传说白话文作者可能解读有误，尽管情节相当合理。

颜文姜的传说故事人物，不同版本合并有：颜文姜、颜文姜嫁进婆家不几天就一命呜呼的丈夫、颜文姜的婆婆、颜文姜的小姑子、颜文姜的公公、唐太宗李世民、太白金星等。她的公公真是个可有可无的人物，所以有的版本根本就没有出现，我想即使出现，也是个窝囊废。婆婆和小姑子在不同白话文版本里出现的比较多，也许在白话文通行前，传说中根本没有小姑子这个人物。

刘新明教授的文章中没有出现过小姑子这个人物，先生没做解释，先生是做稽古之学的，估计他认为没必要解释。在古汉语里，姑舅/翁姑，指公公婆婆，单指婆婆有叫姑婆的，单指公公有叫翁舅的；舅姑/外舅姑/外翁/外姑，指岳父岳母，这些称谓在一些地区及至解放后仍然保留。

从词语构成的字序上，也能看出端倪。“姑婆”如果指小姑子和婆婆的话，按说婆婆应该在前才符合所谓礼制。我们通常说“父子”“母女”“师生”“兄弟”“姐妹”等，无不是长前卑后。爷爷和孙子在一起，爷爷可以说“咱爷俩”或“咱爷孙俩”，孙子是万万不可这么对着爷爷说的，那是大不敬。又不能说“咱孙爷俩”，那怎么办？最多说“爷爷啊，咱俩”。现在古风不存，爷爷孙子老伙计了，也就没那么多讲究了。

即使翻译者解读无误，从另一个角度，我们也不希望有这个小姑子，宣传颜文姜孝顺，反衬一个恶婆婆就足够了，再添一个恶小姑子，到底好人多还是恶人多啊。培国先生皮里阳秋，歌词里有无小姑子也就无关紧要了，同时还解决了一个问题，就是颜文姜的愚孝。倘若正反两面都写足了，如此尖酸刻薄的虐待颜文姜，她还认虐认命地孝顺，定然与时代不合了。颜文姜的传说，到底她的恶婆婆（或者搭上小姑子）还是被大水冲走了，不是个皆大欢喜的结局，这也体现出人们惩恶扬善的文化心理。

同样在历史上有史实记载的两个关于孝的故事，结局则大不相同。

卧冰求鲤的王祥（王羲之的曾叔祖）被继母朱氏（《晋书》记为朱氏，《世说新语》记为仇氏）百般虐待甚至虐杀，朱氏只是担心误杀亲子（王览，王羲之曾祖）才渐渐罢手。

位列孔子七十二圣徒第二位的闵子骞，从戏剧《鞭打芦花》我们知道，闵子骞是以大度和道理最终感化了继母的。

同为孝顺，颜文姜的故事似乎更贴近人性的真实，而培国先生的歌词则只字不提，于向善更近了一步。

玉奇先生之作曲，自《乡籁》组曲问世后，创作热情不衰反而更加勤奋了。风格也发生了巨大逆转，多为喜庆欢快昂扬激进者，这源于他心境的调整和刻意规避。他的《颜文姜》原曲，是从稍显悲凉低回到嘹亮高亢。郝恩波先生的改编在高亢处理上做了相对保守处理，一时瑜亮，堪为双璧。如今郝恩波先生的改编版面世了，我想如果有条件，玉奇先生的原曲版，作为两个版本都出歌唱版，未尝不是艺坛佳话。假以时日，有热心者，不妨促成。

玉奇先生还是记挂着答谢郝恩波先生的事，又给我打了一通电话，看来近期再忙也得办了。也好，一曲新词酒一杯，就着博山的山山水水，感悟着绵延流长的孝行顺德，听着优美的旋律醉人的歌声，为我们有颜奶奶修得美名天下扬，干杯。

（2020年7月于观云楼北窗）

大开户牖　风清骨峻

——试谈李波先生篆刻艺术

印章起于周，盛于秦汉，均工匠所为。行至宋有苏轼之流旁骛，始与文人接，技与艺合为文人篆刻之滥觞。继而赵子昂，再而文彭、何震、邓石如、吴让之、西泠诸家、赵之谦、以至清末黄牧甫、吴俊卿等各成流派，异彩纷呈。后继者以齐白石为最，遂成独特之艺术门类，所谓文人四功“诗书画印”其一也。

篆即篆书，刻乃镌刻，两者合一，是为篆刻。篆刻家多为兼擅，且常视之为“雕虫小技”。黄牧甫有一印曰“末技游食之民”，将篆刻称为讨生活的“末技”。当世文艺昌盛，艺术家辈出，于篆刻独擅者愈来愈多，尽管如此，相较于书画，篆刻者十之一二。

鲁中篆刻，历史也久，然从者众，精者寡。已故以篆刻名世者多未入正流，有一方盛名者，也稍显匠气。个中翘楚，一鳞半爪。颜山李式如，民国时人，精于此道。尝为余祖父宋讳希参先生治一印，石质，隶书，结字工稳，刀法细腻，俗手难为。又三面边款，师法文彭，双刀行书，牵丝映带，笔笔到位，刀刀无瑕。坊间有传其不为边款者，睹此印瞋目称奇。

当世中年印人有突出者，多秀气，少雄强，风气而已。或师缶，或师黄，秉性所囿，殊难信口。二十年前，曾见一本土印人之作，一朱一白，气格清朗，了无匠气，实为难得，不知后事，恐为生计湮没。有客居以印名世者，虽阴柔有余，刚毅不足，喜已渐成气候。青年印人多才俊，朝夕磨刻，孜孜以求，有以工稳见长者，有以率意见长者，有以传统见长者，有以创新见长者，不一而足，假以时日，庶期远至。

篆刻一道，方寸之间。所倚者微，空灵为上。“静故了群动，空故纳万境”，东坡此言不虚，似恰语此。印章之印面，若相机之取景框，其意趣之妙全在取景之人。或远或近、或大或小、或仰或俯、或明或暗，景随情至，情由景发。

近游苏杭，其园林久负盛名，昔游无意品鉴，今悟其高明之处全在飞檐回廊之十步一门五步一窗。门为通道，无门难以前行；窗置何为？此中大有文章。《世说新语》有云：“北人看书如显处视月，南人学问如牖中窥日。”显处无遮拦所见得多，牖中有局限所取得少。故一个得“渊综广博”，一个获“清通简要”。牖，窗之谓。上溯老聃关乎精神，及至孔丘涉于礼法。牖于士人，不单是通风换气，更大的妙用是置身事外用心造景。“窗含西岭千秋雪”“开牖有时邀月入”“隔牖风惊竹，开门雪满山”，一个牖字给古人带来多少窃喜、多少期盼、多少惆怅、多少张狂。然著一“窥”字，南人的“清通简要”多少有些尴尬，与“显处”相比，“牖中”带了局限、带了隐晦、甚至带了些许不可告人。多了些“景为我享”的小情调，少了些“物为众享”的大情怀。

鲁迅先生在《且介亭杂文二集·“题未定”草（七）》中曾言：“不过我总以为倘要论文，最好是顾及全篇，并且顾及作者的全人，以及他所处的社会状态，这才较为确凿。”艺术创作，功力是基础，区分高下才情应当放在第一位。才与情，才为天赋，与生俱来，情则是后天遭际思想生发。所以谈李波先生的篆刻，先要探究先生的才情。

先生祖籍江苏扬州，兄弟四人，他排第四。时运不济，命途多舛。幼多病，羸弱不能缚鸡，母亲含辛茹苦将他将养成人，期间曾寄居长兄处，兄为生计奔波聚少离多，长嫂待其不善。这样的背景和环境给幼小的李波不可避免地带来自卑和自怨，无意间也陶冶了他细腻敏感的艺术触觉，这是偶尔闲聊断续知道的。尽管时隔几十年自卑和怨气荡然无存，但回忆过去，他的眼睛里还是闪过一丝不易觉察的亮光，也许是泪吧。当然，万幸的是自卑和自怨没能成为他幼年生活的主题，却为他静静地观察世界，深深地思考人生有了更为曲折盘旋的音阶旋律，他耽于书画篆刻，竟能废寝忘食。

江南多才子，扬州自古也洋溢着风骚之意，帝王巨匠，名士大儒，徜徉其间，“扬州八怪”，名震南北，耳濡目染，心摹手追，已成一时之气候。命运的安排让他在七年军旅生活中磨炼了意志，强健了体魄，旋即又考入浙美（中国美术学院），真正开始了他的艺术人生。

李波先生以南人居北地四十余载，为人为艺与他的江浙老乡先贤朱彝尊却有相同的豪气：“不设藩篱，恐风月被他拘束；大开户牖，放江山入我襟怀。”（朱彝尊自题旧居联）

李波先生专事绘画，兼及诗文、书法、篆刻。余初见《李波篆刻》，在其画室，捧读再三，心生感慨。当即直言，编者用心略显不逮。先生赧然一笑，似静听我等聒噪。余弄斧班门，喋喋不休，先生默认选编确有不妥，现将一家之言整理如下。

篆刻有三要，篆法、章法、刀法。笔者拙文《李波的“四步画”》中曾约略提及“其所用印章多为自镌，结字奇崛，章法俊朗；近年吾尝见其奏刀，使刀如笔，笔走龙蛇，笔笔爽利，刀刀逼仄，刀走石上，嘎嘎作响，绝少修饰，印成弃刀，似庖丁解牛状。我曾叩问先生临古有几，先生云心悟贵于手熟。”基此，其刀法就不再赘述，只需说明一点，先生治印，几乎全是冲刀，绝少用切刀，而且，基本上一刀到位，没有任何刮刮蹭蹭。遇到有使转的弧线，也是以刀就石，顷刻完成。篆刻之用刀，古书甚是唬人，有谓三十六式的，有谓七十二招的，林林总总均是故弄玄虚之伎俩。刀法有二，如飞艇游水者即为冲刀，若踏脚丈量者即为切刀，或冲或切，或两者兼用而已。

篆法乃一字之章法，或存其字可识之要，章法为通篇之格局。愚以为李波先生的篆刻最为动人处：骨法用笔——风清骨峻；章法烂漫——大开户牖。

就篆法而言有两大特点。

一是化繁为简、避实就虚。繁简本身就是个虚实问题，他常取一些字的简化写法，在章法上又给人支离的感觉，有些印章印文不能一眼即读，乍一看映入眼帘的往往是一些线条的无序排列，若其大写意水墨画，近看纷乱，远观惊人。待仔细研读，弄明白来龙去脉，不禁啧啧称奇。汉代满白文印和一些朱文铜铸印，如果不识字或不识篆的话，是分不清红是字还是白是字的，一些剥蚀比较重的印章尤其如此。窃以为学习汉印，最好是刻意不去读印文，就看朱白，就看虚实，长此以往，经营位置一关基本就过了。

二是有时化简为繁，这种情况多是意取宋代叠篆，先生掬叠篆之缭绕以写意法入印，得沉郁顿挫之机巧，与其画风近矣。当世西泠刘江先生惯用，刘先生为李波先生的老师，颇能看到师承影响。说是“意取”主要说明李波先生是活用，叠篆为宋代官印首创，也有其使用规制，我们能看到的印蜕以白文为妙，但少意趣；朱文板滞似与官府之“正襟危坐、道貌岸然”契合。

先生的线条无论肥瘦，骨力第一，骨法用笔，“环肥燕瘦”各有千秋，诚如丁敬所言“健蟠精铁细蟠丝”，如此则瘦而不夭，肥而不痿，先生兼得。当世印人京畿凸斋王镛于肥而不痿执牛耳者，已故大家龚翁邓散木于瘦而不夭无出其右者。

愚以为李波先生印章最好的是无框朱文，其次是无框白文，泼辣处寓含蓄，奔放处善内敛。烂漫处灵犀一点，华贵处履险如夷。其余偶有精妙，但多不足观；所以如此，是因为其最成功且能在印坛久留余响的应该是借鉴了明清青花瓷器底部的“有迹无体”印花的章法布局。他的取法是“渊综广博”的，具北人之气格，而他的画是“清通简要”的，具南人秉性。也就是为什么说最好的是无框朱文，而无框白文的章法风格是朱文的衍生。

《李波篆刻》收101方印章，白文59方，朱文42方；白文有界格的（其中有4方是再简不过的如其画中水草一般的半截线条）10方，无界格的49方；朱文有界格的30方，无界格的12方。总计无界格的61方。最能代表其艺术风格和卓尔不凡的朱文无界格印章只有12方，可谓编纂失衡之憾。

能用如此视角观察借鉴，得益于他全面的艺术修养。他也是一位技艺相当了得的陶瓷艺术大师，陶瓷绘画对他来说甚至可以算作本行，其授徒之初即是讲授陶瓷绘画，这得留待专文介绍。

陶瓷上落款的印章通常有两种形式，釉上彩的一律是手绘印章，在陶坯上作画落款印章也可以手绘，也可刀刻。李波先生研读了前人大量的陶瓷绘画作品，他的陶瓷绘画作品全部是手绘印章。陶瓷上的“有迹无体”印花无论从审美还是鉴别，都渐渐自成艺术体系，这么鲜明带有强烈审美情趣的东西对先生的视觉刺激可想而知。

先生于我“心悟贵于手熟”的答复和教诲，让我想起唐代神赞禅师“蜂子投窗”故事。神赞禅师最初在福州大中寺受业，后行脚得遇百丈怀海禅师而开悟，于是返回大中寺为受业师父说法以报师恩。本师（又）一日在窗下看经，蜂子投窗求出。师视之曰：“世界如许广阔不肯出，钻他故纸驴年去！”遂有偈曰：“空门不肯出，投窗也大痴。百年钻故纸，何日出头时？”（《五灯会元卷四·古灵神赞禅师》）手熟是必要的，基本功，但怕就怕入古不能出新，拘泥于古人，结果是故步自封。

李波先生是断然不会这样的。他是绝对不受“藩篱、户牖”约束的，这与他豪放倔强的个性是不相合的。在其扎实的绘画经营位置的基础上，他于印章的审美吸纳是独辟蹊径、独具匠心的。正如西泠八家之首的丁敬所云：“古人篆刻思离群，卷舒浑如岭上云。看到六朝唐宋妙，何曾墨守汉家文。”“六朝唐宋”都不拘泥于“汉家文”了，我们何须固执坚持？倒是应该有点“不知有汉，无论魏晋”的闯劲。

《李波篆刻》自撰《后记》云：“少时即喜篆刻……得潘天寿诸大家指点……半个世纪刀耕不辍……”似不视篆刻为“末技”，然又云“每每作画之余，就刻枚印章权作消遣，也因此练就了超常的腕力……”云云。李波先生于篆刻到底还是“画余”，不可能倾注更多精力，尽管他的功力是一流的，但他并非以功力胜，而是以取法广博融会贯通胜。看他的篆刻作品如果仅停留在某处粘连并笔有无不当，还是某处残破是匠心独运抑或妙手偶得，那就大错特错了。看的是他的胸襟和情怀，看他挣脱藩篱和户牖拘束的痛苦和自由之后的畅快，看他融合南北不避时贤的胆识，看他如何化腐朽为神奇的智慧。

先生印作整体感觉，形随情出，意在情外，虚灵郁勃，奇正相生。整体透着一股通灵的清气、安娴的静气。孙过庭评王羲之晚年书法“思虑通审，志气平和，不激不厉，而风规自远。”用于先生的印作，可谓不过。将古代瓷器的“有迹无体”印花风格吸收过来为自己所用，不是李波先生的首创，而整体篆刻创作将这种风格发扬光大并和自己的其他艺术形成非常和谐一致的风格且达到相当高度，我们还需要在众多艺术家中慢慢寻找，也许有，但是不多。

这就是李波！

谈古宜文，呕哑嘲哳，言不及义；论今宜白，啰啰嗦嗦，话能说透也算文章吧。抑或有观者言：什么呀！这也算篆刻？这也算大家？

呜呼！“天葩不入俗人眼，蓬门常掩落花风”。

（2015年11月于观云楼南窗）

李波的“四步画”

李波，字翰飞，江苏扬州人。年逾古稀，善大写意花鸟，卓然大家，当世比肩者可数。兼善书法篆刻，朴拙可爱，自成风骨。其书自颜楷入，于古法帖耳濡目染多有借鉴，腕活笔畅，题之于画，偶露荒率，甚为和谐。晚年变法，如万岁枯藤，金石钟鼎，朴茂雄强，森森然又如乱石砌墙，煞是敦厚大气。往往题长款，参差错落，跌跌撞撞，酣畅淋漓。其所用印章多为自镌，结字奇崛，章法俊朗。近年吾尝见其奏刀，使刀如笔，笔走龙蛇，笔笔爽利，刀刀逼仄，刀走石上，嘎嘎作响，绝少修饰，印成弃刀，似庖丁解牛状。我曾叩问先生临古有几，先生云心悟贵于手熟。

艺术不比竞技，成大事者多有自家套路。所谓风格，乃是自家路数。我因毗邻先生画室，无数次亲睹先生作画，大到上百平尺的巨幅，小到团扇册页。我虽不懂画，于先生画余之事却颇有感触，见的多了不说心下不忍，说出来也许“不过如此”。

先生有严重的颈椎病，二十多年前就不是“伏案作画”了。我们看到的坊间流传的大量作品基本都是“画壁”而来，“画壁”在过去是可以炫技的，在先生却是无奈。而其画风的流变，与此也不无关系。伏案作画，墨随笔毫自然垂流，“画壁”则有悖其理，故走笔的速度、角度、节奏、韵律大变。

其画素材涉猎之广，章法变化之奇，诸家多有论述，此不赘言。

在我看来，先生无论画什么内容，画多大的尺幅，从没见过他做凝思状。纸悬西墙，书案（因不在上面作画，只做堆积书籍用，故谓书案）倚东墙，先生坐在案边，距离西墙的宣纸也就三米多些。画四张丈二宣纸拼接的大画，先生往往慢吞吞站起来，看着纸面，踱着方步走过去，不过四步。

从摆放笔墨颜料的画几上拿起毛笔，舔好笔后开始作画。逸笔草草，率然成章。被谢灵运极力推赞才高八斗的曹子建七步成诗，李波先生四步作画，真可谓，古叹曹植“七步诗”，今赞李波“四步画”。一个回合过去，有些地方还没干到可以重新落墨或设色的时候，先生会回转身坐到书案边，有客则谈笑风生，无客则慢啜清茶。从没见过他盯着未竟的画作直愣愣地看，也没见过先生拿笔在纸面上四处比划犹豫再三不落墨，更没见过如那些虚张声势的“大家”一般，又是捋头发，又是做太极状，嘴里还发出呜呜怪叫。先生从书案走到画墙，提笔作画，气定神闲，城府在胸。那架势，那风度，学是学不来的，这是天赋。

大凡真正的画家，都是非常爱惜笔墨纸张的。究其缘，大概笔墨精熟故。有见过所谓艺术家雅集，为了试笔试墨，好端端的宣纸“唰”就撕下一截，有时为了怕跑墨也是拿整张的宣纸窝起来吸水吸墨，每见此景，我就怒火顿生，恨不得凑上去赏他耳光。

我亲见李波先生画过大小几百张画，有且仅有一次是在画一张几十平尺的大画时，大的构图基本完成了，先生跑隔壁喊我过去，我进门就多嘴说：小了。他疾走几步就拽下纸来，回过头，看到他满脸的怒气和沮丧，我一时不知所措。过了一会儿，先生捡起地上的纸仔细地对角叠成挎包大小，放到画儿上留作试笔试墨用了。后来我想当时我也算不得多嘴，先生是不避观者直言的，即使我不说，他也会撕掉的，因为喊我之前，他早已心下不满了，喊我去不过是帮了个人场。

“大将不示人以璞”，他是不会让有瑕疵的东西流散出去的，先生创作之严谨和对艺术之敬畏可见一斑。想到他怒撕画作的神情，心中游过一丝酸楚，老人家要踩着梯子把几张大纸挂到墙上，还要把纸接对得天衣无缝，爬上爬下折腾半天，创作不畅带来的沮丧不次于刘翔奥运退赛。

先生的“行头”是极其简陋的，水一盂，墨一盘，颜料仅用一个碟子外带一个烟灰缸，都是七拼八凑的普通瓷器，没一样有来头、有讲究。而就是这样几件不起眼的家什，博得个洋洋洒洒、满纸云烟。先生用颜料极俭省，从不“摆阔气”，往往画完了，调配的颜料也用尽了，大师大抵如此罢。

搞明白了他的“调料盘”，对于鉴定其字画也大有裨益。先生对色彩的

把握出神入化，那个主要用于调色的盘子里，这里一点花青、石绿，那里一点藤黄、赭石，早晚都糅合在画面上，黑白灰相得益彰，看着那个舒坦，透着干净敞亮。造假者不明就里，设色往往单纯，一眼便识。

而我偏爱的是先生对画面的最后收拾，几根草，几个苔点，画龙点睛，全盘皆活。我曾大不敬地和先生开玩笑说，最喜欢的是“几根烂草，一只呆鸟”。殊不知那几根看似随意的草，凝聚着画家一生的功力和审美情趣。

待墨色干透，就到了加盖印章的时候了。先生用印颇为讲究，这有一些体力活的成分，我代劳的机会比较多。但哪个地方用哪个印章，先生都得指点大体位置。说到盖章还得回到前面说过我曾问先生临过多少印，据我判断，他读印多临印少，无意成为篆刻家，“画余”而已，所以也透着一丝“懒惰”。有几方常用印存在同一个毛病，印面不平，也许当初懒得磨平急于奏刀才留下了“后遗症”，这也成了鉴定先生字画的一个细节。那几方印任你垫玻璃垫书本，总有一个角是发虚的，而造假者哪知此故，电脑制版的印章盖得圆满清晰。

对了，还有一点不知是不是隐私。先生有个不好的习惯，家里和画室从不存画。他家里只有两幅画，都是早年的，一幅工笔，另一幅是啥忘记了。画室只有一幅画，是山艺（山东艺术学院）王力克教授为其造像，油画，咋看都有点像希特勒。呵呵，李波是谁？李波就是李波，不是希特勒。

（2015年10月于观云楼南窗）

和光同尘　与时舒卷

——我了解的曹玉堂先生

博山城里一带大人镇唬哭闹不止的孩子大抵会说"'老猫齁'来了"。"老猫齁"是个啥，没人见过也没人知道。大人故作惊恐的声音和模样确实管用，哭闹声变成了抽噎，瞪着惊悚的眼睛，很快便睡去了。这种并无恶意的心理暗示，带给孩子的心理影响往往经久不散。

曹玉堂先生的威名，四十年前就听闻了。那时街坊邻里闹矛盾无外乎房前屋后的滴水、鸡窝狗窝土场炭场占地。有的兄弟反目，有的邻里成仇，矛盾激化不免吵闹进而动手。谈不上法治观念，再升级就会搬来救兵形成对峙，眼看好戏告成，不经意间却又偃旗息鼓了。稍一打听，这救兵里常有"曹玉堂"三个字。我便笃定他是有打手色彩的黑社会老大了，却又更像是镇唬大人们的"老猫齁"。

后来我跟他女儿在中学同级不同班，知道她有如此"家父背景"，常以怪异的眼神打量她。再后来她与我的同班同学喜结连理，我才知道曹玉堂先生文武兼修，不仅是"跤王"，还是书画家，还在一家大型企业担任中国共产党党支部书记，与黑社会没有半毛钱关系。我们也就认识，我也叫他曹叔了。

他“扮演”镇唬成人的“老猫齁”的年代，社会上挺时兴“捣捣摔摔”，文绉一点叫“大兴习武之风”，但在过于正经的人眼里是不登大雅之堂的。大凡男人都曾有行侠仗义除暴安良的初心，岁月是把杀猪刀，过了激愤的年龄，一切都消停了。

“捣捣”是拳击，“摔摔”是摔跤，博山方言叫“把骨碌”。我七八岁的时候也萌生此念，父亲不置可否，带我去了小姑家。院子不大，屋内昏黄的灯光透过窗玻璃刷出些光影，十几个少男少女在院子里习武，后来知道小姑夫是武术协会的主席。记不得啥缘由我没有加入他麾下习武，倒是学着本家的堂兄，在自家院里挂起沙包，没有师门瞎折腾，除了练就一身赘肉别无他长。堂兄是摔跤的好手，参加工作去了外地，业师是济南的摔跤世家，回博山时也与曹叔的弟子有切磋。曹叔很是夸赞他的，言谈话语间毫无地域门派之分，在我看来人在江湖却了无江湖气，终究逃脱出博山人口中的“捣捣摔摔”的鄙意，而作为国粹武术的一支值得发扬光大了。

曹叔之于摔跤，在博山不是最早，而声名却最为显赫。究其原因，他是把摔跤当作事业了。《易》曰“君子进德修业”，凡事讲先做人后做事，习武更要讲一个德字。武功高强者出手能伤人性命，没有德字在先那还了得。

传闻他的徒弟众多，我求证，他说哪是徒弟啊，都是一帮兄弟，因为喜欢摔跤走到一起。话是这么说，他还是蛮有严师的范儿，徒弟中也不乏任性好斗者，在他约束熏染下不但武德为先，还组织了一支学木工做家具的“志愿者”队伍。曹叔的父亲是老木匠，曹叔也爱摆弄墨斗、刨子，那时结婚、搬迁，家具多找师傅加工定制，他们乐为此事，叮叮当当传为佳话。

前不久跟他和他的几个大弟子一块吃饭，也都是过了花甲之年的，看上去师徒如兄弟，但也掩饰不住徒弟对师傅的敬重，那几位的大名当年也是如雷贯耳啊，看得出他以德为先率先垂范的影响力。

曹叔极为重视名声，在我所谓他“扮演老猫鴝”的年代，正值血气方刚的壮年，一身武艺，不免难辞其邀做些从中调停的事，其中是非曲直难以说清，就有一位公安系统的朋友提醒他：玉堂，这调停摆平的事做不得，这威震江湖的名声也要不得啊。他惊出一身冷汗，从那时便唯恐避之不及了，这身冷汗竟几十年没干透，时时成为他进德修业的警醒。他出于热爱绝无半点逞强欺人的习武初心却始终不渝，后来成为摔跤协会主席，正经八百地将弟子推送到省级比赛并获得优异成绩。

我跟曹叔聊起前段时间沸沸扬扬的搏击对太极的事，他说姑且不论谁的武功真假高低，规则根本就不同，仅摔跤就有好多种，比武不是打架，岂不闻“乱拳打死老师傅”。就此而言，他将摔跤视为技艺，重技更重艺，他把摔跤当成一门学问一门艺术来研究研习而非好勇斗狠的工具。

知道他是书画家是后来的事，我一小店开业，他女婿问我有何需要，我说请曹叔画幅画吧。我点了题：折枝梅花配一只小鸟。作品是装裱了送来的，四尺开三的幅面，月色下梅花盛开，粗壮的枝干上栖息着两只温存有加的小鸟。我有些不解，点了题的，一枝梅花成了一丛，一只小鸟成了一双。后来才悟到，开业本喜庆之事，枯木寒禽、哀杀之景实非贺喜之物，曹叔在坚持传统文人的文化品格，其良苦用心可见。从十几岁开始习画，由人物到山水再到花鸟，用他的话说这种路径倒不仅仅是兴趣使然，一张人物或山水画捂糗半天，别人都坐下喝茶聊天了，自己还在那捂糗，哪比花鸟来得快，参加个笔会三下五除二就得了，再到后来干脆也不花鸟了，直接就写字，更快。

曹叔的画，人物和山水见过不多，人物多学当代刘继卣，风格鲜明；山水多学清代邹一桂，甚为工细。花鸟见得多些，翎毛以鸡雏、苍鹰、雄鸡居多。鸡雏形神毕肖，稚拙可爱，笔触之简洁传神已然大家气象。苍鹰多以小写意体现羽毛层次，配以枯笔苍松和氤氲的松针，尽显英雄本色。雄鸡则以大写意勾勒形神，佐以藤蔓梅影，回归文人雅致。花卉以梅花和葡萄为最，梅花多喜老干著新枝，苍润相间，花飞漫天。葡萄有两种，一种是画的，另一种是写的。既画又写，画分两格，岂不矛盾？翻看画作影集，我脑海里出现曹叔惊出一身冷汗的画面。教师出身的曹婶指着一张逼真的葡萄说，他们都跟他要这样的。我恍然有所悟，画的精致，与真无异，颗颗滚熟，露珠欲滴，多是赠人，拥趸挚爱；写的粗率，得意忘形，趣味盎然，笔酣墨饱，多是写心，敝帚自珍。我当然喜欢他写的葡萄，尽管没有粗率到徐青藤的野逸，也颇能代表其画风和人格了。

陈子庄评“齐白石画牛耕田，看来看去不像牛，但尽管形象不像，牛的意趣却在，并使人感到它还在慢腾腾地往前走；尽管没有画水，却使人感觉田里的水还很深，这就叫‘得意忘形’。”套用白石老人自己的话：贵在似与不似之间，太似则媚俗，不似则欺世。

曹叔没有进到徐青藤的野逸之境，用他自己的话解释也许最为恰当：唉，不知咋地，始终放不开。做人之谨慎和艺术之放纵，抑或是和光同尘的修为有些过了，入世太深也便很难打出来。两种心境使得曹叔常常踟蹰在收与放之间，破茧成蝶，也许指日可待，窃以为艺术上还是有些不老实为好，不知曹叔以为然否。

我着实是见过他的“不老实”的，有次在淄博饭店开会就餐，我坐副主陪位置，眼花且近视，主陪身后一幅葡萄章法构图轮廓形质甚是抢眼，走过去摘镜细看，原来是曹叔大作，赶忙拍照给他女儿发微信连说，这幅好这幅好！

按曹叔的说法，他的书法除了为画题款，大概就是笔会的省事了。他说这些话时很真诚，我总觉得是自我调侃。他多以隶书示人、惠友，方劲直爽，颇得《上尊号奏》遗韵。

曹魏时代的《上尊号奏》是在隶书经过东汉鼎盛时期更为官方的形制，传为钟繇所书，迄无定论。该碑方正俊丽、规矩森严，影影绰绰有些楷书的影子了。内容系言劝进之事，曹丕定是过了目的，立碑但存千秋之想，符合曹丕审美毋庸置疑。

博山一度地域书风浓烈，以隶书为主，但鲜有沉浸该碑的。曹叔则不受影响，自辟蹊径，莫不是与老祖宗审美意趣隔了一千七八百年神合？他的行书形质多有王羲之《金刚经》的趣味，多用以画作题款。

我以为他最好的是篆书，曾在一本淄博石刻方面的书上见到过，比之纸面小品结体疏阔，笔力沉雄，金石味极浓，叹为神品。我因少见其篆书曾特意问过石刻的事，他说字大，放得开，豁出去了。

豁出去了，也就放得开了。

《老子》云："挫其锐解其纷，和其光同其尘，是谓玄同。"《晋书·宣帝纪论》在"和光同尘"之外又缀以"与时舒卷"，曹叔七十有五了，大半辈子可谓"和光同尘、与时舒卷"，是我们晚辈做人的榜样。

朋友撺掇着要给他出本书画作品集，也是一个时期的总结。我不揣浅陋写下这些，评价源自真心，也是感佩和喜欢。文武兼修能有如此成就也不是凡人可为了，只是做人"和光同尘、与时舒卷"的境界作为艺术的底衬，总让人有意犹未尽之感和岂能善罢甘休之惑。

我知道曹叔还是挺倔的，想起近二十年前我曾为他刻过两方印章，一方朱文“曹”取自秦玺，一方白文“玉堂”取自汉铸印，白文印常用，朱文印始终不用，我问过曹叔，他说我觉得不好所以不用。

真倔。

作为书画家，我们更希望看到那个“和光同尘、与时舒卷”的曹玉堂先生带着这股倔劲，三杯老酒下肚顷刻换作凛凛朔风里的武林好汉，长枪大戟，丹青飞舞，铁画银钩，心与物化，该出手就出手，当放开便放开，来他个老年变法，给艺坛一个惊喜，再造一个书画领域的“老猫齁”。

（戊戌夏至后五日于观云楼南窗）

有好都能累此生

——毕玉奇先生艺术面面观

清代乾嘉年间篆刻巨擘邓石如有一方风格对后世影响较大的印章，印文是“有好都能累此生”，极言爱好之广泛，把它用之毕玉奇先生是再恰当不过了。

从观云楼的北窗向东北方向望去就能看到玉奇先生寓所的阳台，空间距离不过几十米，然而结识先生却是在一家书店，屈指算来也有近二十年的时间了。我有一老邻居在淄博市工人文化宫对外承租的营业房开了一爿“颜山文化书店”，店主小两口颇有经营之道，对于顾客所求尽量满足。因为熟悉，我经常去看书买书，也常托店主买些书架上没有的书。一日傍晚向黑，我去书店询问托购的书到没到货，店主正和一位中年男子交谈，看到我，就向我介绍：这是毕玉奇老师。

毕玉奇的大名早就听说过，印象颇深的是一则未曾求证的轶事。那时玉奇先生夫妇供职的单位经营惨淡，工资极低且不能按时发放，职工基本赋闲在家，生存是他面临的最大问题。有一次听人议起他，那人惊诧于玉奇先生的“不着头”（博山话，有不着调的意思），说他为了给孩子交学费借了些钱，回来路上遇到一个走街串巷卖二胡的，他一眼就相中了其中的一把，软缠硬磨讨价还价最终把兜里的钱悉数给了人家换回了那把二胡，回到家，孩子的学费还是没有着落。我听了脑海中突然现出一句话：贫贱不能移啊。尽管他的做法我也不十分赞同，但却产生了想有机会认识他的念头，看看到底是个怎么样的人。

玉奇先生面带微笑急忙伸出手，我也一把握住了他的热情。知道我与他是近邻后，他的一句话奠定了我们这么多年亦师亦友的感情。他说走吧，去你那还是去我那？那时已是晚上九点多，他的意思往高处说就是我俩相见恨晚，要继续拉呱。我说去买点菜肴吧，咱俩边喝边聊。他说他不喝酒不抽烟。我跟他去了他家，他的夫人在家，待人非常热情，丝毫没有因生活困顿面带苦色。我抽烟很凶，他一边劝诫我还是少抽为好，一边招呼夫人给我拿香烟，嫂夫人拿着一盒烟进到书房说按说不该给你拿烟，这是害你，可是看你大哥和你这么投机，就犯回戒律吧，不过还是要少抽啊。初次相识夫妇二人的真诚和关爱让我很是感动。那夜畅谈直到东方泛了鱼肚白，没有困倦。玉奇先生不但不嗜烟酒，连茶也不喝。对了，那段时间他似乎常用一枚闲章“三不先生”，此为故也。

“三不先生”的“不”是源于体弱，过去他抽烟也是极凶的，后来毅然戒掉了。他是文弱的，中等偏瘦的身材加之不修边幅的生活习惯，看上去有些潦倒而弱不禁风。一副度数极高的近视眼镜遮挡了半个脸，看书时却总要摘下来把眼睛几乎贴到页面，想来不但近视而且花眼了。

可以用家徒四壁来摹状他的居家，书房里一台简易的书案，上面铺的羊毛毡已经被墨汁颜料沾染得看不出底色。书案上、床上散乱地堆放着各种各样的书籍纸张和章料，墙上到处是随手粘贴的印花，地上一大堆写废的浓淡墨交相覆盖的宣纸，据说多数艺术家的书房都是这个状况。最有趣甚至有些滑稽的是他用一只半个排球大小的、能盛半暖壶水的杯子喝开水。有些东西是说不清楚也没有逻辑的，凌乱的书房也许对应的是主人睿智清晰的思维抑或活跃恣肆的性情也未可知。而就是在这里，我俩彻夜长谈记不清有多少回了，后来回忆我突生愧疚，先生身体孱弱还要陪我漫无边际地如此闲侃，真是难为他，尽管我获益良多但也太不晓事了。

他是长子，有两个弟弟一个妹妹，父亲去世得早，母亲拉扯他们很不容易，先生对母亲是极为敬爱的。老太太去世后，有次我去看他，他说母亲去世了我突然觉得精神垮了，话语间面带戚色，我的眼睛湿润了，我真切感受到他在感情上对母亲的依傍。他是不愿对别人说起这些事的，我没有经历过不知说些什么才能劝慰他。我在父亲去世后写的一篇怀念文章里提到“在他七十多岁有些忧郁的征兆时，我跟一位亦师亦友的大哥不无担忧地谈起父亲，没过几天他拿着一杆自己亲手蒙皮上弦的二胡去看望父亲……”这位“大哥”就是玉奇先生。在写这篇小文时，电脑里反复播放的是他作曲的《雨空雁》《岭上云》和《秋谷高风》，眼睛始终被泪水模糊着，我父亲去世时那种撕心裂肺的痛，他在母亲去世时那种悲痛无着，不是一样的吗！

我敬佩玉奇先生，更多的是因为他的谨遵孝道。他对母亲的孝敬几近旧礼教，请安问好、铺床叠被，尽管那时生活清贫，但母亲在其乐融融中颐养天年。

是的，《雨空雁》《岭上云》和《秋谷高风》是他作曲的。人们知道的也许是书法篆刻家的毕玉奇，但他首先是位音乐家。前不久他托人给我捎来一盘光碟，是香港雨果录音室为他制作的音乐专辑。他将明代嘉靖年间颜神镇通判和清先生咏颜山八景谱上了曲子，还有对过往生活画面的记忆与感悟，玉成了现在有13首曲子的专辑《乡籁》。专辑内附的一个小册子，看出他的良苦用心。“乡籁”俩字是内画大师著名书画家吴建柱手笔，吴先生长玉奇先生九岁，因吴先生与玉奇先生的祖父共过事，玉奇先生恭称吴先生为“吴叔”，其长幼有序可见一斑。诗人、书法家王颜山先生专门为专辑创作了散曲《中吕·粉蝶儿》。淄博油画的杰出代表人物高承传先生为专辑精心配图十四幅，并撰文《奇人毕玉奇》盛赞玉奇先生为家乡文化事业做出的积极贡献。高先生的油画作品见得多些，钢笔线描作品第一次见，及至在玉奇先生家见到原作，爱不释手。难怪高先生的知己至交油画家刘平先生大赞“我觉得高兄在钢笔线描方面的成就堪称中国第一人美誉实不为过”。交情笃深、相濡以沫的篆刻家庞允成先生治“乡籁”铁线朱文印。才华横溢的巾帼词人王洪燕为每一曲填词一阕，王女士才高八斗，成就斐然，慨然应允玉奇先生的请托。光盘封面是玉奇先生的摄影作品《水岸夕照》，他于摄影也颇为精通。

每次去他府上拜望，总能听到从屋里传来的琴声。板胡、椰胡的幽咽悲凉、二胡的低回惆怅、小提琴的悠扬斩截。他会多种乐器的演奏，不是票友，是专业水平。我曾在他的书房听他演奏过京剧曲牌《夜深沉》，那种刚劲斩截的潇洒让人为之一振，尤其是后半段急促的演奏，左手在二胡弦上飞快地触摸琴弦的画面弥久难忘。《乡籁》里就有他亲自操琴的曲子，椰胡独奏和中提琴拨奏，这对真正以乐器演奏为主业的人也不是容易事。据说年轻时曾以高胡第一名的成绩被市里歌舞团录取，因为爷爷的阻拦而没能履职。

大约两年前，我去看望他，进门他就把我按在椅子上说听听这一段提提意见。那是他用自己组装的录音设施自己录制的（他对电器是很有研究的），我记忆的旋律应该是现在听到的《雨空雁》《岭上云》或《秋谷高风》，确切地说是《雨空雁》，因为是椰胡演奏的。椰胡的音色与埙和箫有相同特质，幽咽悲凉如泣如诉。贾平凹在其《废都》里不厌其烦、千里伏线、神龙见首不见尾地铺设城墙上传来的埙声，将整个小说置于埙所能表达的凄冷与泣不成声中，与“废”形成点与面的交相呼应。老贾写完《废都》已是腊月底，他的极富传奇色彩的婚姻也走到了尽头，想来是那低回的埙声早已注定了他的心绪。在玉奇先生的椰胡声中，当时我没有想到更多。

听完了，我说有急有缓似乎缺些高亢的东西。现在反复听才真正感觉到自己的无知和轻狂，至少这几首曲子是他在失去母亲后心境的真实流露。暮雨潇潇、大雁徘徊、枯木摇曳、白云踌躇、山谷清寂、诗人怆然，要什么高亢啊！难道真的要把音乐家的心撕碎了不成？《秋谷高风》绝不是只对赵执信（字秋谷）身世浮萍的慨叹，亦非仅仅是玉奇先生自况，而是对博山地区古圣今贤的集体精神写照。

当然，他也能把个土话童谣弄得有滋有味，《孝乡谣》就是在当地哄孩子吃饭的歌谣基础上发展而来的。影影绰绰轮回反复，依稀能听到：东旮旯秧，西旮旯秧，谁家的（di）小狗喝了（ha liao）俺那喂狗汤……《逛河滩》有吕剧和五音戏的元素杂糅其中，给热闹纷繁的河滩景象铺设了极具地方色彩的音乐背景。《春山雪》倒是有些邻国音乐清奇细碎的风格，柳琴的清脆活脱勾画出优伶的木屐轻舞和展扇摇曳。小提琴独奏《小城晨曲》和小提琴主奏《岭上云》却制造了大协奏的气派……

解读玉奇先生，从他的音乐其实就足够了。他的处世低调、为人谦和在音乐作品中始终述说着一种不激不厉、与世无争、水到渠成的韵致。

有很长一段时间，他经济拮据、处境困厄。而他所喜好的各种艺术门类都需要有相当投入。他以书法名世，却在相当长的一个时期不能“以书养书”。人们喜欢他的字，都以讨得他的墨宝为荣，但真正拿钱买字的却不多，他从来不计较。遇着贪的，他也不会当着人家的面表现出一丝的不满。我曾多次劝说他要挂润格照例拿字，他总是说人家喜欢就拿去，怎么好意思收钱呢。有一次我甚至当着他的面对他夫人说，嫂子，咱没这义务白送，大哥不好说你得说啊。无奈嫂夫人也是这样的人。不是贪财，生活都没有着落了，还给人家搭上工夫搭上纸墨，何苦啊！不过，好人有好报，这期间有几个企业家走进他的艺术生活，他的书画印作品成为企业家答谢客户的礼品，而他由刻章进而刻匾额，也逐步走出了窘困。他曾刻过一方印“下岗汉子从头再来”，那时他年近半百，心境可想而知。

他是极为聪慧的，那时我们聊天的内容，篆刻占了很大份额。他不惑之年才开始刻印，自然也是宗法秦汉以及明清各流派，对吴昌硕、吴熙载等着力比较多。多年的书画功力让他在篆刻上游刃有余，很快他就将临习汉印的冲刀与明清浙派的切刀技法结合起来形成了自己的风格。他的颈椎有旧疾，刻印的姿势和用力方法对颈椎的损害是很大的。刻制匾额，那更是个体力活，颈椎每况愈下，眩晕伴随着他，但是仍旧乐此不疲。很快，求刻者接踵而至。他每天刻印少则几方多则十几二十方，刀法亦更加娴熟，书房的墙上总是林林总总粘满了印花，蔚为壮观，也是我们的丰厚谈资。他的篆刻结字宽博线条厚实，白文好于朱文，唯觉不足的是有些印章使转交代过于实，我觉得这是制约他再上层楼的绊脚石，当然其中有迎合索刻者审美也未可知。这是个有趣的问题，篆刻因为所用材料多以石章为主，刀走石上会自然在线条边沿形成大小不等的石花，这也是篆刻的一种审美趣味。更有甚者，故意做印，使得线条斑斑驳驳，印边豁豁达达，这是印人追求的一种残缺美。还有的印文变形较大，取舍较多。这原本是艺术需要，然而索刻者不明就里，往往明里暗里指摘，篆刻家哭笑不得，有的索性就从了索刻者的愿，玉奇先生大概这样的情况是居多的。诚望今后的创作以自我艺术追求为重，少理会或者根本不去理会这些滑稽的要求。

他的印章边款仍然走的是吴昌硕以前的双刀法，尽管因为熟稔，有些笔画也是一刀奏成，但其形质不变，于他已经渐成风格。他的表字是“石之”，与名里的“玉”相对，大概取“他山之石可以攻玉”意吧。别署“琢庵”，笔耕刀种之间“如切如磋如琢如磨”。他对艺术流派是不排斥的，且能兼容并蓄，假以时日，艺术定会再上层楼。

多年前玉奇先生曾赠我一副《霜菊图》，颇有清末蒲华蒲作英风范。乱头粗服，满纸云烟，枝干挺立，花头高扬，菊叶迎风倔强地打着卷儿。他作画不多，多为应友人所求，然于花鸟山水均能自成格调，实属不易。

他的书法是最为人称道的，他的学书之路很耐人寻味。我曾偶然透过一个装裱作坊窗户看到一副对联，不禁驻足。四尺对廿七言对联，其气象宏大森然有庙堂之气，得刘石庵神韵，一看是玉奇先生写的。有次聊天我就问起他是不是近来刻意学刘墉，他说也怪了我基本没学啊。这只能用神会来解释了。他遍临古帖，现在来看他无论是楷书还是行草，北碑的影子很少，只有一些笔画煞笔时可见方笔的功力，而他曾经在翻检书箧时找到几十年前临写的北碑，一尺见方的元书纸，一笔不苟，有北魏墓志的方刚劲挺，似乎也有些于右任的俏皮。真正给予他书法风格阶段性定型的是王羲之的《姨母帖》，其取法直追二王，下及唐楷，于颜褚用功甚深。尤其是褚，他在与我谈到褚遂良《雁塔圣教序》时眼睛是放光的。他说在西安大雁塔下看到那块碑时，久久凝视，流连忘返。其书法线条瘦劲处多得于此，肥硕不妖则得于《姨母帖》。我临习褚圣教三年，虽然不得要领，但其中魅力还是能体会一二的。形取《姨母帖》，意参二王诸帖兼及唐楷法度、宋元意趣旁涉清代诸家楹联高手，可以看作其习书有成之脉络，至于无意于石庵而以石庵面目出之，就是意与古会了。颜真卿法乳二王自成面目，刘石庵胎息颜真卿而能自出机杼，在历代学颜的士人中是翘楚。大约路数正确了，风格就是才情和禀赋的事儿了。

治印多用切刀的赵之谦曾做“丁文蔚”三字白文印，“丁”字和“蔚”字部分笔画以单刀大力冲成，齐白石惊为绝伦，遂改印风成一代宗师，也可为玉奇先生对联颇近石庵作注也。他的对联有庙堂之磊落森严，然其行草最得二王率性飘逸之旨。天下宗大王者，多以兰亭为窠臼，实则错矣。俗者又以二十几个不同写法的“之”字为圭臬，极言变化之妙，殊不知，从文法上是极无自信的。“不着一字，尽得风流”，三百六十多字的一篇文章竟然有近三十个“之”字，倘若作诗，非得让老师打板子不可。不信，试把所有的“之”字去掉诵读，反而多了些含蓄，少了些穷酸。更有甚者编造谎言说王羲之极为欣赏自己的兰亭修禊序墨迹，过后又重写几遍无一满意者，这真是替古人代言了，更是替古人多虑了。当着四十多人的面，逸笔草草也可理解，真是“放浪形骸”的话必然带着几分得意与张狂，也许还有“人来疯”的嫌疑，还有“曲水流觞”的几分醉意，那样是写不出真正好东西的。真正好的是他的手札，就那么点事，没什么大不了，也没有那么多人围观，也就心下平和，信手由之，岂不更接近性情?

玉奇先生得二王手札理趣，从他恣肆畅快的行草书作品不难看出。收放有致尽在法度之内，貌离神合不为绳墨之囿。然而他应索墨者之邀约，不免有迎合他人的难言之隐，所以见到的他以通篇行楷为之的巨幅作品，似有俳气之痼疾，其实这是他历来反对和鄙视的。

偶做篆书，形入规矩，质则勉强。此弊大概源于不习惯捻转笔管，我想他习惯于行草的畅快，于篆书的婉转则稍逊之，这与他的篆刻结字在使转处不得虚实是同样的弊病。

说到这里，不得不说玉奇先生于书法的艺术主张。他和我曾一度就书坛“流行书风”做过深入批判评析，他是兼容并蓄的，但我俩意见出奇一致，所谓“传统风格”里混迹着一大批“假道学”，所谓“流行书风”里更多的是欺世盗名的“小混混”。“流行书风”是流行书风者给自己扣的一顶屎盆子，其实只是因为当下对“流行”二字赋予更多的是贬抑。冠以“流行”至少有两种心态，一则无奈，一则凑趣。其实“流行书风”与“传统风格”之顶尖高手是无需区分的，也没必要区分。所谓“流行书风”“流行印风”个中高手如王镛、石开、沃兴华、于明诠等，都是在极具传统功力和学养的基础上寻求变法的，那些东施效颦的小混混直接取法他们，忸怩作态自以为是，恐怕学到的都是他们要丢弃的东西。齐白石“学我者生，似我者死”是讲学习他的治学之道者是行得通的，而只是学习描摹他的形的，肯定是死路一条。

玉奇先生长我十四岁，已过耳顺之年。世事沧桑，心境越来越淡定了。有一次聊天，他郑重其事地说相中了一个背山临水的好去处，那里要开发房地产，邀我一起买房做邻居，然后每天写字画画刻印章聊天，我欣然答应。能有这么一位通才做邻居当然是我的福分，然而此事没能形成。不过他的“琢庵”已经搬迁到一个颇为安静的生活小区，过他喜欢的生活了，尽管我帮不上一点忙，但作为兄弟和学生，心下甚慰。巧的是，“琢庵”距离新的

“观云楼”不足百步之遥。“相见亦无事，不来忽忆君。”想他了，近来一定去“琢庵”一叙。

（时在乙未年立冬前二日，观云楼窗外秋雨绵绵）

后记

小文写完的第二天中午，我给玉奇先生电话，他正在医院输液，我匆匆赶去，他不顾病体与我交谈了两个多小时。前几天去玉奇先生家看望他，嫂夫人也在家。在述及《乡籁》创作出版的过程时，嫂夫人说为了实现玉奇的夙愿卖房的想法都有了。我说大哥真得感谢有这么一位夫人，这事搁在一般家庭简直就是“不着头”。玉奇先生面对夫人脸带愧色，嘟噜了两句“不着头、不着头啊”。毋庸讳言，玉奇先生生了场大病。当初雨果公司老总听到他组曲的小样时非常欣赏并大发感慨，当即拍板出品。当然，编配、录音等均需费用，看病更是需要钱。白天写字画画，晚间作曲，那时病魔缠身，他完全是在透支生命。他说最近静下心来揣摩二王法帖，去到他的书房，书案上摆放着一本厚厚的碑帖集，摊开的一页正是王羲之的《姨母帖》。我从他粘贴在墙上的印花里选了两方拍照，他说好久不刻了，这些都不太满意。“有好都能累此生”，临别我说这些都放放吧，调养好身体！他说是啊，写写字听听巴赫的曲子就很满足了。

（乙未年十一月初七观云楼寅生匆匆）

刘培国的博山

突接培国先生微信言及他第四本博山题材散文集《连浆》要出版，嘱我写序，我当然拒绝。他算不得严肃矜持一本正经的人，但于此类事情断无玩笑可开。言辞恳切真诚，一句“除非时间无档期”，让我无法坚辞。拒绝，是因才疏眼低；不再坚辞，恍悟该是觉得我算地道的博山人，给个先睹为快的机会吧。

此时距相识八个月，期间多是微信，偶有小聚，他话很少但善于倾听，往往话题杂芜，往往于不动声色中给足所有与他打交道的人足够的自尊自信乃至自省。老友评价他话少但是干脆斩截透着睿智谨严。他从不曲意讨好别人，无论在文学艺术界还是他长期从事的企事业管理岗位。他的清高是在骨子里，绝不外泄于表象，外泄于表象是多数传统文人被诟病的一面，而在他则是自然洒脱清高淡泊，那种清高是博山千年文化士族打在基因上的烙印。

都是敞亮人，约法一章：我试着写，我俩无论谁不满意，都不用。他“恣肆挥发，不必一板一眼”的回复算是唯一的条件了。我喜欢恣肆挥发，嬉笑怒骂皆成文章，生活已经很累，适当调侃与些许玩世不恭，容易从中获得促狭的快乐和满足。

印象较深地见过他大约是近十年前在博山一婚宴上，这人好生面熟啊，相貌气质颇有“人中吕布”的神韵。博山很小，碰头磕眼地总觉得在哪见过，与他眼神相撞感觉一丝游离，神情也有些迟滞，我好生纳闷。他在记账，近前看到流畅秀雅熟中有生的毛笔字，才稍觉般配相貌。这样想着，办完“手续”，我因有事径自离开酒店了。直到近十年后才知道，这，就是刘培国。

坦诚地说，之前很少读过他的文章，原因只是我懒于读书。偶然在网上读到他写烟壶大师吴建柱的文章，印象颇深简直可以说是震撼，品读之际频频颔首击节。评论艺术和艺术家的文章也读过一些，不是空话套话就是拉大旗作虎皮不知所云，浮躁气铜臭气市侩气江湖气僧道气充斥纸端，难得如此好文。

直言提供书籍有些不近人情，我给一位爱读书的朋友电话询问或请她帮忙借读培国先生的书，她听罢哈哈大笑：你算找对人了，我母亲有他包括他女儿的全部著作。书拿来，一共五本《酥锅》《锡壶》《豆豉》《吉祥高地》还有女儿的《美林文集》，统一用硬纸包了皮面，还加了引线作为书签，有的书纸边已经泛黄，模仿封面字体用钢笔重新写上书名，且郑重其事地署上：刘培国著。朋友的母亲年届八十，是位退休的银行职员。据她讲，老太太对培国先生的书几乎倒背如流。我的心一紧，一位作家的作品能有如此虔诚的读者足够了，舍此何求。如今《连浆》就要和大家见面，走进他，看看。

读他系列作品首先跳进脑海的动机是释解初次见他时的纳闷，这不得不让我将重点放在他情感脉络的梳理上。他的散文从题材来说够散的，童年纪事、美食评论、陶琉探源、亲情眷顾、友情感怀、工业兴衰、手艺传承、动物昆虫、民风民俗、文史考据、市井百态、艺术批评、人物纪实等，无不涉猎，都有话说，都有情在。

如果说高密东北乡是莫言的，大淖是汪曾祺的，商洛是贾平凹的，那么博山是刘培国的。他结集出版的包括即将出版的《连浆》洋洋洒洒近百万言，清一色的博山水印，即使身处异域，嘴上、心里、笔下也须臾不离他的博山。博山，江北鲁中地区群山怀抱中的小城，历史可上溯几千年，中国孝文化的发祥地、鲁菜发源地、独成规制的博山菜系、千年文化古镇、正在绝地再生的陶琉废都。

宋代楼钥《定武兰亭诗》给培国先生的文学创作作注倒是颇为相似：定州一片石，石上几行字；千人万人题，只是这个事。一个作家几十年盯着一方水土的执着和摒弃外部诱惑的定力真是不可思议，那支满含浓情的笔像极了母亲手中的缝衣针，把个乡愁掰碎了、揉酥了、捻细了、捋直了，不激不厉、缠绵悱恻地穿过针眼的细心。这样边走边吟就成了《酥锅》《锡壶》《豆豉》《连浆》。

人们喜闻乐见广为传颂的多是他的美食评论和乡村纪事，这也是多数媒体给他的定位。关注博山而不谈美食是无论如何也说不过去的。食色性也，品咂人生两大本能乐事第一乐事的文章，肯定是惬意温馨兼勾引饕餮大欲的吧？然而一篇篇一本本读来，却没有先前的意料，而致纠结往返、冗思难拔了。乐，只是他于谨严的笔端偶尔漏下的也许是故意打破某种坚壁的一哂。倘若我将自己的情绪漫滤于读者，定然是不道德，尽管他的美食评论深入人心且占据了创作的相当分量。博山美食形成特有的文化尤其是规制也不过百年抑或还多，不足以冗思难拔。相由心生，沉浸于美食的他该是春风拂面，何以游离和迟滞中交织着挥之不去的沉思？

不可回避要谈谈他的语言，尽管这似乎无关紧要。乡音无改是漂泊游子和固守家园者共有的乡愁特质，培国先生惯用方言俚语，自然流露，不刻意为之，取法颇近六朝时与骈体文并行的“笔”，记言则玄远冷隽，记行则高简瑰奇。平平淡淡，不装腔作势。他不是方言的固守者，也非故意夸大方言的魅力，用普通话能准确表达的，并不拘泥。这是他的用心之处，也为读者着想，了解博山的读来亲切，外埠的读得明白。该用方言俚语则寻根究底不惜花费笔墨加注解释，该用不用就少了韵味，失去了母亲怀中襁褓弥漫的特殊味道，恋母情结一般的乡音萦绕的乡愁。我以为方言最优秀的品质在于骂人，那种最直接最原始最准确的伴着复杂的面部表情和不可控制的肢体动作的发泄，会让气急败坏转瞬即逝。早年电影《骆驼祥子》开国骂之先河，有伤风化，却也痛快淋漓。读培国先生的美食文章才知道方言于美食之美的全部意义的准确描摹同样是无法替代。他的美食文章大量征引古代典籍，而在释解时流畅自然一语中的，颇有韩柳风度、易安精神。然而，培国先生是文质彬彬的，他轻易不骂人。

语言的诗化是散文家们的追求，大约他二十岁时的文章是有此痕迹的，很快他像是忽然明白了什么，从“少年不识愁滋味”而“却道天凉好个秋”了，转而向平实处用功，有一种掐头去尾、羚羊挂角无迹可寻的干净利落，与“不疯魔不成活”“语不惊人死不休”显然是两股道上跑着的车。我历来觉得语言风格失去情感和思辨的支撑就是卖弄。所以谈其语言特色，仅仅是离不开乡愁情愫，乡愁是贯穿于系列作品始终的一条明线，但这绝不是他情感脉络的主体。他人格完善的过程和中年后种种痛楚引发的思辨，是神龙见首不见尾的伏线。其情感脉络上的大穴，按之痛彻全身，灸之或可标本兼治，我想读出这些大穴位，才能读懂培国先生，读懂他的博山。

具有地方美食名片性质的特色小吃、菜品，在他的笔下不仅仅是饕餮，他唯恐呈现在人们面前的是赝品，而真迹失之不传。对原料的挑选、调料的配置、炮制的过程、成品的特色、味道的真谛、食用的方法等不厌其烦地诠释。每文事无巨细，他的系列美食文章不啻是一桌嫡传的博山版的“满汉全席”。他把挖掘整理的功用特征极其巧妙地融入美文，也许他固执地认为，留住这些才是承传博山悠久饮食文化的新起点。在新著中自然延续他的曼妙美食，《般城三月尽，犹自卖青鱼》《舍命博一死，春暮食河鲀》《春芽长一寸，肥美啖加吉》，知识性自不待言，语言更平实耐读，韵味悠然。他的美食文章多是轻快的，洋溢着馋嘴的众相和为之辩解的纵横捭阖的考证以及兴之所至的挥发。《烹饪的温度曲线》《酥锅的烹饪美学》则标志着他现阶段于美食文化的研究不经意间走入抽象观察、上升到哲学的辩证思维和美学意义的探究。我想好戏还在后头，集摄影、舞蹈、书画等艺术经年的思考和积累，让他渐次感觉到艺术之相通在哲学美学上的融合拔高，我们有理由相信，他的地标会越来越高。

《连浆》喝“黏煮”残底的动作描写，不在乎俗雅，形象、完整、传神。这日常生活万千重复的一瞬，描写起来是极见功力的，晓得很不见得说得清。“那碗连浆加一张软和煎饼卷酱猪头肉，叫远离家乡的游子听了，腮内一酸，澥澥（哈喇子）都有了。”游子不但有了澥澥，脑海里那拿煎饼卷猪头肉的阔绰架势都张扬自信。

“跑到厨房把烧大头鳑的铁丝篦子放到火上，把哨蝉一一摆上，不大一会儿工夫，微烟泛起，香味就跑得满屋都是”（《哨蝉》）。粘哨蝉面筋的制法非亲历亲躬不能述其要旨，可见童趣盎然。食尽甘味，突生恻隐，绵延愁绪，这不是博山人独有的美食把戏，文章也就撩拨一切游子之心灵深处之最薄弱的坎儿。帮女儿搬家路过蝉声齐鸣的林间，暗祈女儿生活事业平安永绥，天可怜见父母之心。

博山“四四席”海参打头，不像现在论位，而是海参切作二分左右的条状和着其他原料做汤。吃海参汤有诀窍：勺子伸到底，慢慢往前移，遇到障碍物，轻轻向上提，千万不能慌，慌了光喝汤。传说是诗人、书法家王颜山先生的原创，我向老先生求证，他说呵呵，这是元胜的。在书画家张元胜府上聊起，他说话慢且幽默，一口地道醇厚的博山话又绘声绘色带表演地叨了一遍。

这些难以穷尽的意趣是必须由文人加工才可流芳的。就苏东坡而言吧，东坡肉、提梁壶，嚼着有文气，喝着有雅兴。

乡愁是再见的苦涩，离去的温暖，是水土风物浸入生命的基因，是生活的磨砺和温馨透过蒙眬泪眼看到的一切记忆久远的刻骨铭心。

我冗思难拔的是他人格的完善过程以及中年后种种痛苦的思辨。

三十多年前，那只“相依为命的麻雀”被“最亲密者”无意中给予了“灭顶之灾”。“我哭了很长很长时候，只把胸膛里头的钢铁石块瓦块都一堆堆一块块一条条地哭了出来”（《风中少年》）。这也许是他幼小的心灵关注生命及其意义的开始。豪放无畏的书法家胡升刚面对死亡迫近的坦然（《酥锅》之《大胆落墨，有酒盈樽》），才华横溢穷困潦倒英年早逝的肖方胜大约自惭社会地位悬殊的疏离（《锡壶》之《肖方胜》），倒头即逝的朝巴大舅（《豆豉》之《送别朝巴大舅》），深交多年的文友身患绝症后的执拗（《连浆》之《朱慎博的葬礼》），人间正道生死轮回是永恒的哲学基本问题，见诸文字的情感内敛貌似轻松地讲述尚有余悲的过往，将宣泄释放的空间毫无伦理强迫地留给读者慢慢咀嚼。

培国先生的情感是平静和内敛的，正如我初见他的神情。这在《连浆》中那些作于知天命时段的文章中更为显见。《送父亲上路》，离枝的树叶，在风中摇曳，不知归处；断线的风筝，在空中坠落，未卜前程。灰蒙蒙的心染着鲜红的血色，那种痛与无着，唉，那种痛与无着啊。父亲那只杯子不声不响诠释它存在的意义和随其入木的缘由，人性的光辉在一位寿享近一个世纪的老人离去时，以一种最本真最直接最简单的仪式谢幕。

初读《父亲床前一夜》，不知所云，繁笔近于啰嗦，絮絮叨叨不厌其烦地讲述帮助干结的父亲排便，似乎在表白久病床前的耐心。再读之，恍然大悟。父亲“完了完了”的叹息不同于壮年时睡前“又是一天过去了”的无奈，是一个要强的衰弱的生命在他的延续者面前极力维护为人父者之尊严的潜意识指挥大脑的反应，而儿子细致如常自然无饰地做着人类本能觉得尴尬的事，让父亲在细腻的呵护中尴尬不再为尴尬。夏大叔出门告别、进门问候，显然是配角，没有正面描写。作者对夏大叔的感情是复杂的，他不会专门写篇文章去感激他，那样会让人觉得矫情，只是在文章里淡淡一提，言简意赅。我固执地认为夏大叔才是主角，是培国先生心中的主角。他的很多文章不经意中使用了类乎《史记》的“互见法”，这很适合他的“博山家族”系列。在《送父亲上路》里提到“特别是最后照顾你的夏大叔前后长达13年”，我相信十三年的交接班都是这么亲情般的告别，都是担忧一宿后的急切询问，看护病人从最初的职业行为变为责任担当和亲情呵护，作为病人的子女绝不是简单一个“感激”能够回报的。父子“对话”的默契，帮助父亲排便的耐心，对夏大叔代己尽孝床前的感恩。语言平实含蓄冲淡，情感蕴藉暗流涌动。他的平静和内敛作用于读者的是“情感反刍”，个性使然，也有人生的历练。掩卷沉思，情境再现，读者不禁潸然泪下。“父亲在世的每一个日子、每分每秒都闪耀着仁慈的光辉，它让我更多点体会人生在世的道德起点和终点——世界何以需要孝悌。”闪耀着人性光芒的何止是父亲，还有儿子，还有夏大叔。

他对弟弟的怜爱同样流淌在淡淡的文字里，在困苦的年月，骨子里或现实中浸润了中国传统孝悌思想的人不仅仅是长幼有序的刻板，培国先生心中一定始终有个念头，但愿家庭一切的困厄与不幸都由自己来承担，但他分明看到幼小的弟弟已无可挽回地渐渐感受到了这些。“三四岁的弟弟一派喜不自禁的样子，从被子下抓紧了娘的手，也不说半个字，只是不停地跳着、跳着”（《酥锅》之《永远的除夕》）。人之觉得幸福是因为苦难在前，抓紧的紧字道出弟弟在恐惧过后的委屈被哪怕一丁点儿幸福带来的安慰而冲淡。读了无数遍《永远的除夕》，始终萦绕在脑海的也是我的母亲我的哥哥，他的除夕也是我的除夕，他的永远也是我的永远。谢谢培国先生，让我，让我们的眼泪不再仅仅在眼眶里打转，让我们因你的痛而痛着人性之痛。

《一只老鼠》平中见奇，人物表情心理不经意间跃然纸上。“岳母像背书一样把事情的前前后后忿忿然详尽以告。”一个“背书”一个“忿忿然”，活脱一个“老小孩”，他的用意不在诙谐，透露着如何善待老人的隐忍与悲凉。“小题大做”，寓言、说明、考证集于一体，写个老鼠还不忘引述乡先贤蒲松龄的《阿纤》，足见积累之厚积淀之深。看似云山雾罩，实则又一次将读者带入“情感反刍”，兴味之余不由想到空巢老人被一只不期而至的老鼠打乱了平静的生活，一阵“热闹”过去，复归平静了吗？不，显现了作者不想不愿不敢提及的一个话题，老人社会的孤独。这是现状并有愈演愈烈的趋势，无法回避，无计可施。一只老鼠引发百年之想。鼠字的演变，属相的趣谈，是在极力掩饰一种不安，这见于他每坐在沙发上总会想起的酷似人类基因的血色，那种不期然的意识流动。

施之于读者的“情感反刍”是培国先生散文情感抒发的特色，几近发而不抒，像极了胡适的一首小诗：放也放不下，忘也忘不了，刚忘了昨儿的梦，又分明看见梦里的一笑。那种静谧的镜头感或许来自他积年的摄影意识，仿佛江南雨巷、曲径通幽、茕茕独立、踽踽孤行；天朗气清、春暖花开、蓦然回首、泪流满面。

他不是生而理智，也有过呼天抢地、顿足捶胸。年届不惑时，在娘走了十几个年头之后，在无数次想起娘再一次想起娘的除夕，“儿写到这里早已泪流满面泣不成声，您听到了吗，我苦命的娘？”（《酥锅》之《永远的除夕》），杜鹃啼血，苍狼哀鸣，一个男人的血性和着一个儿子的柔情，那种子欲养而亲不待的懊恼啊，无法言说的懊恼啊。

培国先生如此丰富内敛的情感源于他完善的人格，朴素而充满魅力。多门类艺术修养的精华提炼殷殷滋润和父辈淳朴的教育引导，对于博山人所谓“仁恭礼智”的养成功莫大焉，尽管这不是人格的全部意义。梳理作品，诸多关键节点很多是来自母亲的朴素教诲。

尽管母亲多病、家境贫穷，“但父母谨慎的为人，家庭努力的经营，还是为我的童年最大限度地提供了一个幸福温馨的环境，所谓穷并快乐着！”“母亲是在用她的身体力行给我以示范：生活要常心存感激，要感谢生活！心中长存感激，人生便永远充实”（《酥锅》之《堕落的馄饨》）。“我一生都会处在一种道德警觉或道德警惕里：决不让任何形式的诱惑成立”（《酥锅》之《我的老街情结》）。

《锡壶》（《锡壶》之《锡壶》）并非纯写锡壶，因着锡壶想起的那些胡同道道的亲切和邻里乡亲的关爱。“生活在这些街道、院落里的许多长辈，在我人生的不惑之年纷纷离我远去，虽然他们都是些小人物，而且毫无教科书上弘扬过的一丝崇高色彩，但我从他们最最平常琐细的生活中深深地体会到了如何做一个好人的依据和理由”（《酥锅》之《我的老街情结》）。

身居高位，德艺双馨的吴雁泽、张宏森先生对家乡建设和发展倾注的赤子之情，吴雁泽为艺的率性、张宏森待人的谦恭，一段历史的真实呈现在我们眼前，让读者沉浸在绿叶对根的深情厚谊之中（《连浆》之《解密〈故乡之歌〉》）。

以近于庄重的笔触详解安贫乐道的音乐家毕玉奇先生的《民乐套曲〈乡籁〉记》，《乡籁》给博山弥漫了只能意会无法言传的音乐背景。音乐的力量是强大的，她能解决很多问题，比文学来得快，切入得更深，直达灵魂，触及信仰。我曾沉浸在玉奇先生的《秋谷高风》里难以自拔，这首曲子面世时我正经历人生一个巨大的坎，她并没有帮助我走出来，而是让我走到情感的最低谷，让我明白了什么是情感的大彻大悟。培国先生是极为推重和仰慕玉奇先生的，他知道玉奇先生的分量，也就收不住才思和笔触了，也许我们会很快在他第五本散文集里一览众山。

《博山烤肉》（《锡壶》）的人心不古，偷工减料终将断送传统饮食文化的精髓。《地炉》（《豆豉》）附带了地炉的截面剖视图，这不是学术论文，且其实用价值已经殆尽，只是不愿如此巧妙构思的博山人的独创如历史尘埃般落定。《大漆迷踪》和《最后的博山银匠》再到《最后的撑制琉璃传人》（《连浆》），标题就有两个“最后”，是最后吗？也许是，但愿不是。有形的家园几乎荡然无存，无形的手艺再没有保护和传承，我的博山，你的博山，刘培国的博山将皮之不存啊。

他是执拗的，现在来看这种执拗不单是城府，更是眼光，起伏于亲情友情之外彰显一种大义，可谓“忠谠罄于臣节，贞规存乎士范”。

培国先生的执拗更多来自对旧家园的眷恋和故园不再的无奈，是他拳拳真情和愤懑至极的不休的梦魇，这是他情感脉络按之痛彻全身的大穴。所谓“爱之深责之切”，文质彬彬的培国先生不会轻易骂人，《我的老街情结》无疑是讨伐“推土机后千古罪人”的檄文，愤懑的宣言。是他梳理人格完善和价值取向定位的痛定思痛，那些蔓延于逶迤小巷和落落四合院里的恩恩相报与惺惺相惜，始终缠绕着他，挥之不去，才被现实击退，又在梦里相逢。他的眷恋不止停留在白墙褐瓦飞檐斗拱，更多是淳朴厚道的民风和因因相陈的传统。“我想我生命运行的基本指向是善良与执拗。这并非全部缘于母亲对我的塑造，而是环境对我的影响”（《酥锅》之《我的老街情结》）。“毫无疑问，由于大街人文意义上的精神高度，由于大街在所有博山街巷中的精神标高，大街的消失，大街相国府的消失，不仅使得博山琉璃文化失去了宝贵的不可替代的实证，也使整个博山——这个曾经享誉整个20世纪的工业、文化古城的文化含量大打折扣！”（《酥锅》之《我的老街情结》）

“博山老街的消失与湮灭，是否也是在消解赖以支撑和佐证独特博山文化的‘情境’呢？而且这种消解是如此的迅速和大刀阔斧。”（《酥锅》之《我的老街情结》）

“周村商埠里，竟然真地保留着大漆经营的百年印记，而大漆文化当仁不让的中心，只有十数里之遥的山城博山，却把街市门庭里一息尚存的旧东西、旧气象，打扫得干干净净，令我们只好去那古稀老人的长吁短叹里，揣度逝去的尊严和荣耀”（《豆豉》之《大漆迷踪》）。是天灾？也许吧。但天灾远没有人祸的齐整和高调。“推土机不能对自己的行为承担责任，那么谁是推土机背后的千秋罪人？”（《酥锅》之《脆弱的周庄》）

大街，博山的一条街，也是承载城乡自由贸易时间最久远绵长的一个集市。她的存在和繁荣与否更多牵动着稍有年岁的长者的瞬间回忆和激发乡愁的解绪，正如文中写到的，很多人不是买东西，仅仅就是走走看看，定了神气，忘了乾坤，寻找的是“丹青不知老将至，富贵于我如浮云”的心境，那些推土机后面的魑魅魍魉摧毁的不止是一代人的精神家园。

大街正在改造，新貌初见端倪，有种难以言说的捉襟见肘的尴尬。在一次兴味极浓漫不经心地赶集时，倏然产生迫切逃离这个城市的念头。甚至想如果有机会一定痛心疾首地呐喊：不，这不是我要的！

培国先生始终以文学的笔触和哲学的思维在构建留存于心中的千年古镇，一个傲立几千年的陶琉之都。他不屑风花雪月的闺帏柔情，他有的是壮士悲歌的家园旧梦。他渴望群芳依旧，各展玲珑，一阵阵黄钟大吕，一声声瓦釜雷鸣；有谁能知晓他的苦痛。他看过群魔乱舞，各显神通，一排排轰然倒地，一片片另立新丛，一纸纸平步青云，一席席庆功酒令，无时不刺痛他已经自戕无数的心灵，无时不勾起他不堪提及的隐痛。他诉诸文字，不是为了春种秋割有个好收成，也曾想传递给人们久已麻木的神经一种根植于文化的觉醒，而不仅仅是茶余饭后的谈资和引蝶入梦的闲情。

以他略带历史灰蒙的心情和跳跃明朗的笔墨，探幽流连、低吟倾诉。他的博山是美的，群山巍峨，孝水长流，物产丰富，将养生息。美学家高尔泰说：美是自由的象征，是对于理想境界的永不停息的追求，是一种体验，一种经验形态，一种快乐和幸福。它又何尝不能是一种哀伤和痛楚？

呐喊显然已是多余，渐近耳顺的培国先生也默默接受了故园不再，尽管这对于如此深爱这片土地的他近乎残忍。他不再奢望有谁能重现二十世纪中叶前的博山，那既是不可能，也是没必要，这是理智的。近来我曾无数次逡巡于周村的大街，相隔不过几十华里的两条街道的前世今生无法阻止人们的喟叹。我也在相隔十年两次踏进距离周村大街不过几十华里的章丘朱家峪古村落，以及江浙的扬州、秦淮河、西塘、周庄、乌镇，除了复杂的情感，需要的还有很多很多。

但无序的城市改造和改革无方的工业衰微，毫无悬念地呈现给人们一个不折不扣的陶琉废都！这是刘培国的博山的痛，也是无数博山人的痛！

孝妇河两岸上下几千年是培国先生的江湖，江湖交织不过俩字，情和钱，钱多了花不完生事，情多了放不下添堵。他的文章缺钱多情，他的情感脉络自律地调整出灸之可标本兼治的大穴。

《连浆》关注点有非常大的调整转变，这让我为之一振！他累年的积淀有了明确的聚焦。他不再纠结于故园旧梦，但陶琉废都堪可振兴。不足三十岁已经担任大型企业副总、长期从事教育管理的培国先生，以独特的视角观察他的博山，开始了陶琉大梦涅槃重生的寻绎，饱含激情心向往之的博山梦。

《无序的兰亭雅集》是培国先生另一种思绪的开始，人们喜闻乐道的关于文化的雅集，最负盛名的当然是兰亭修禊。一篇飘渺的《兰亭序》，在时隔1600余年后引发险些重修艺术史的大讨论，一次雅集一篇文章仅余波就搅动一个时代的文化江湖，他钦佩这种魅力，便有了《听琴松鹤园》的雅集，也有了开始便属意相约成规的“范泉雅集”。他是策划者、召集者、记录者，越来越多的迹象表明，这种文脉的延续犹如一支渐次浩大的博山大鼓队伍，而培国先生手执的是一枚小小的旋锣，也许多年后我们会确切感受到这个角色在文学和文学之外的双重意义。

而对顶尖艺术家的关注和剖析评价，让他更看到陶琉废都重振的曙光。

关于画家高潮，我想培国先生不仅止于此，他会形成系列。高潮先生剑走偏锋的成材之路和难望项背的才思禀赋以及他卓尔不群的艺术风格，比之齐白石也称道的博山乡贤李左泉先生有过之而无不及。他的艺术之路从中年变法成了真正意义上的孤行者，不是别人不相伴，不是别人不追随，是没那个资质与才情。我与先生是忘年交，读培国先生斯文，想起先生音容笑貌，不由悲夫，痛哉！这位深受博山文化熏陶的画家，在美术史学上的意义在不久的将来定会彰显他的霸气，而其在艺术界的影响力必将泽及博山文化在更大范围的辐射。

前文提到《中国内画之吴建柱》是我看到的明确知道作者是培国先生的第一篇文章，读过开头就感叹作者文笔老辣和于艺术规律的洞察，不但没有一句外行话，他于琉璃、烟壶、书画传承的评论，在业界亦堪激赞。我极为赞成他对吴老建柱的评价和定位。吴老的隶书高古浸润透着秀气怡人，他的行书颜褚打底，更为可贵的是暗合潘天寿的章法，转潘之润为己之苍，取法同时代名家而又自出机杼不入俗格的寥寥无几。他的画是典型文人画，无论题材还是点线面的构成以及设色的讲究。他是跨界的高手，忽略材料媒介的属性，将六法挥运自如。当历史再走百年或更远，我们所有人有幸回眸时，他也许不是烟壶艺术的最高峰，但他是艺术烟壶和工艺烟壶分水岭上为数不多的尊者之一，也许是唯一也未可知。培国先生正是看到了这一点，他已经没有剥茧抽丝的耐心，他急切地鼓与呼，尽管吴建柱早已无可争议地坐在那道分水岭上了。他想让更多的人知道，那道分水岭很清晰地存在，那道分水岭能提领一个时代。

而李克昌大师所挺立的高峰显赫地矗立在那，他的经典或许就是那个领域和风格的经典之最。他终结了一个时代，吴建柱则开启了一个新的时代。如果我们面对终结和开启都无动于衷，那我们将成为“推土机后千古罪人”的新帮凶。

几代人躬耕美术陶瓷的周祖毅在谈到雨点釉的审美特质时说“要先完

美，再走出完美，是另一种境界的完美”（《连浆》之《雨点釉：跨越千年的终极破译》）。此语一出，完成了一个大国工匠与艺术家的完美结合。历史地看，工艺的进阶和艺术的突变，无不是技术与艺术集于一身的结果。同样是苏东坡，批改生员卷时戏用朱砂写竹，成就了一种画风，谁又知道那时或之前没有匠人用过此法？

陶琉废都绝地再生，还指望一批有情怀、有头脑、有眼光的实业家，拨冗推陈，弃废立新，延续这座千年古镇的文化魅力。《追梦博山的“南锣鼓巷”》记述了西冶工坊的创业史，字里行间看得出培国先生的欣喜。一个作家的责任不仅仅是写出作品，他更关注作品使这个社会受益进而使大众受益，引领一个地域乃至更大范围的民众的信仰。他魂牵梦绕的博山梦陶琉梦，他徜徉几千年五色光凝结的璀璨乡愁，在看到有人脚踏实地践行时他的心情何其舒畅。他是参与者，他害怕孤掌难鸣，他渴望更多的有志之士重振陶琉废都。他不惜溢美之词，坦荡荡赤子之心，看到家乡凋敝的传统工业有了涅槃重生的机缘，那仿佛图腾的熊熊烈火从胸中喷薄而出。

从某种意义上说，博山濡养成就了刘培国，而他今天所做的一切无疑是在行反哺之义、扬跪乳之恩，其情可鉴，其心可悯，其志可赞，其行可叹！

我想初见培国先生时的“人中吕布”之喻不若“相中邹忌”更贴切，“静专由其直方，动用谓之悬解。”讽谏之外，鼓琴自荐，不惟以笔墨关注家乡，或许实现他的博山梦陶琉梦已经为期不远。

博山，是刘培国的，但归根结底他想拾掇好了还给我们。

（丁酉元宵灯火阑珊于观云楼南窗）

山城旮旯里的文化人

——记书法家钱蕴声先生

我有一私交甚好的老兄交游颇广，省里一官员亦公亦私常于他处小驻。此官待人平和，语气轻柔，举止文雅，尤喜书画。至于是否真懂，未可知，我曾于网站报道中数次见其现身书画展览现场。

他每来，老兄辄命我持字相赠，往往一大摞，传话说非常喜欢云云。一日老兄去省城，又命我拿一摞，我则前几日刚刚拜访了钱蕴声先生，先生赠我几幅四字横幅，一并卷了付与同事。

不几日，同事正告我，不得了了，朋友拿了你的字与省书协某位主席品评，大为赞赏，并言你们那里竟有如此高人。我笑笑，略带欣喜亦复苦涩。朋友不解，我亦无语。苦涩的是同事错认为我的字得到高度认可，空欢喜；欣喜的是他们定是看了钱蕴声先生的字，如此至评，不出我之意料。

戊戌小暑前一天，毕玉奇先生携余等好友，去钱蕴声先生大女儿位于青龙山腹地的一处住宅看望了他。相谈甚欢，获益良多。回来路上，尽管与钱先生相识几十年，毕玉奇先生仍旧一直在感叹：大隐隐于市啊。

这“市”自然说的是博山城，按照有关文字记载和图集，骑着马东西南北绕城一圈也就一袋烟的工夫。了解博山的人都说这是个文化底蕴深厚的古城，历史可上溯千年，传说比比皆是。然而再精致的古城，也难逃“各种作为”的碾压，再加人口暴涨，焉得清净，依山傍水的小城面目全非。论古，从形貌上已不复存在，亭台楼榭、飞檐斗拱、小桥流水多在发黄的照片里和卷帙浩繁中。说是城，城墙、圩墙早已消失在烟雨中，城乡俨然一体了，横七竖八的钢筋混凝土将小城分割成无数的犄角旮旯。我总在想，山城博山的文化体现在哪呢，怎么才算厚实呢。桌边案头的琉璃摆件、瓷盆陶罐的交响，是物质形态的体现；最能体现文化精神的应该是生活在犄角旮旯里延续古城文脉的文化人。

钱蕴声先生可谓山城文化人中的“大隐”。先生名蕴声，一字玉清，生于1938年，退休前长期供职于药材公司。

大约五六年前我去拜访先生时，先生刚搬到东域城新居。老伴还在世，干净利落，好客识大体。先生夫妇感情甚好，先生工作之余就是读书写字，家务一应由老伴料理。老伴去世后，先生不知所措，情绪陷于低谷，女儿女婿孝顺，不离左右地照顾，才使得先生渐渐走出失去老伴的阴影。

这次见到先生，正斜倚在沙发上养神，女儿上前拍打他肩膀并大声说来客人了。先生起来的迅速，全看不出已是八十岁的老人，只是走动迟缓，与健康无虞，十年前就这样了。女儿之所以大声喊他是因为先生耳背，我们也就在看似激烈争吵中聊了一个多时辰。

“修辞立其诚”，在一问一答中，先生帮我们梳理了书法史及重要书家和代表书风，亦褒亦贬，真心真言，真是“秀才不出门全知天下事”。尤其对于清代以来直至当今的书风流变，思潮涌动，甚至书坛的“极端现象”，均有自己的看法和定论。我在提问时有意导引先生谈大家、名家的不足以及书外得失，先生则有理有据，谈字论画如置目前，涉及书论画论诗文则娓娓道来，学问通贯古今，字外功夫了得。

闲来无事，我喜欢逛逛裱画店、古董店，多是失望，能引起兴致的很少。第一次见到先生的字，是三十年前在一裱画店里。店主正从大墙上揭下拓好干透的字画，一张还未下墙的字深深吸引了我，是何绍基的行书体式，形神俱佳，款字“玉清”。店主寡言，似乎对作者所知不多，我也不好刨根问底，只是沉醉在片纸只字营造的艺术氛围中。

第二次见到先生的字已是多年后在地区一个展览上，尽管是地方性展览，亦不乏域外名家高手参与。偌大的展厅琳琅满目，先生一副四尺七言对联安闲张壁，雍容典雅，气压群芳。不由得久久驻足，啧啧称叹，脑海中立即现出庭院深深，高堂大屋，明式气派的紫檀家具环绕客厅，倚墙而立的条山几上方的中堂、对联……妙哉！先生之书，能及古人。赏读先生墨迹，于我则有与孔子闻韶三月不知肉味的化境的时空重逢。后来与篆刻家庞允成先生聊天得知，他对此联的印象如出一辙，还得知这副对联引起多位行家争相收藏，花落谁家终不可知。

先生一生追慕何绍基书风，于隶书、行楷、行草用功甚深。在聆听钱先生教诲的过程中，我问了一个“小儿科”问题，就是先生学书之初由何入手。先生说由欧入。我又着意问是不是在颜楷上下过苦功。先生说颜楷浅尝辄止，倒是《祭侄稿》用功多些，但还是大小欧用功最多。我如坠云雾，下意识认为何绍基脱胎于颜真卿是不争的事实。近来读到被书法篆刻界誉为“鬼才”的石开先生一篇文章，他竟斩钉截铁地说何绍基与颜真卿几无师承关系，推究钱先生学书路数，信然。

被曾国藩称“字必传千古无疑”的何绍基，系历清代嘉庆、道光、咸丰、同治四朝的著名书法家。何氏四体皆攻，尤以隶书、行草书成就突出。何氏初宗颜、欧，欧是欧阳询、欧阳通父子，爷俩均以楷书名世。询为圭臬，后世千年奉为楷模；通则不然，其字并非规矩森严，结体险峻多有隶势，横向开张，纵向紧凑，中宫紧收。通相较乃父，有“返祖”之相。当代已故书法大家魏启后先生主张临通不临询，盖询成楷则，难越雷池；通富变化，以变求变，路径自然开阔。如此，何氏架势多得通之险峭，筋脉神情则由颜出，颇得《祭侄稿》乱头粗服妙理，其行草牵丝映带又得篆籀风神，变化万端，神龙见首知尾。纵观何氏行草，于放浪形骸之末复求待字闺中之娴，可谓欹中求正。

钱先生则是先求待字闺中之娴淑，复加放浪形骸之快意，可谓正中求欹。这是冒险之举，也是参透何氏法门，胸有城府之举。《书谱》谓：“初

学分布，但求平正。既知平正，务追险绝。既能险绝，复归平正。”孙过庭之论，几成学书章法之定律。由此可见，此可谓钱先生学何氏而自出机杼之其一。也可想见，钱先生晚年书风还会一变。事有凑巧，聚乐村王鹏先生欲开发鲁宴，携余复造访钱先生，求题字。我则有幸第一次目睹先生提笔挥毫，果然，诚如孙过庭所言：“通会之际，人书俱老。”

钱先生善用水，此画家之攻略，也是很多书家的瓶颈。孙过庭云“带燥方润，将浓遂枯。”这种哲学意义上的对立统一、阴阳调和，是技法纯熟与哲学思辨的高度结合，可谓书法艺术之至高境界。细观钱先生墨迹，枯湿浓淡里尽显风骚之意，时有涨墨，与刘石庵同趣。六十岁前的字略显丰腴，风姿绰约，晚年更得何氏之跳荡，一变而为瘦硬，臻于化境，淡然安逸中仍有徐娘半老的风姿，非常难得。何绍基的字如阡陌老妪发髻插花，钱先生的字则如大家闺秀略施粉黛。打个不太贴切的比方，西施之美也少不了搔首弄姿，但她是原创；东施外貌基因不见得比她差，仅限于模仿。所以，钱先生一生参悟何氏书法，有意无意为自己量身定做了一条不同于何氏的路径。这得之于字外之功，钱先生不画，但穷通画理。钱先生近年所作字数较多的作品，观之总有山水之趣，我总将他的字与当代已故画家陈子庄的山水画同观。陈子庄画山可移，突出一个活字，整体性很强，有性格。几乎摒弃了古人那几十种皴法，多是如草书的线条勾勒，偶用皴法，简约得不能再简。不是不要皴法，而是不要那种人人可为的皴法，机械地哆哆搭搭。皴擦与轮廓线条要相得益彰，不是无原则地凑数。机械地哆哆搭搭，就是一堆土坷垃，多一些少一些无妨。哆搭出来的山是死的，不是追求的那种静穆或雄浑，而是毫无生气的死板。有人画山，看似漫山遍岭，终究是一堆土坷垃；有人则不然，下笔如画石，掷笔顿成山，何也？眼中之山与胸中之山耳。

石涛说笔墨当随时代，这不是技法问题，应该讲得是看待自然界的视角和辩证思考的问题。现代人看山与古人不同了，古人没坐过飞机没坐过索道，坐着索道登顶和坐在飞机上一览众山，感觉总是不同的。你写古人手底下的山，还在津津有味地再现几百年甚至上千年前古人眼中的山峦，那是古人眼中的山，岂不落伍。何不揣摩古人胸中的山，何不写自己看到的、对话的、心中的山。

陈传席先生的艺术理论和书画创作判若两人，可谓眼高手低，姑不细论。不过看过他某文章里的一段话，还是蛮有道理的。他认为石涛不及渐江（弘仁），他说曾专程去美国夏威夷一家博物馆看渐江的画，“我现在想起那张画我就激动，那张画不皴也不擦，就是线条空钩，每一块石头像晶莹的玉一样有透明感。天再热，里面都能散出一股寒气。”这就是画山如画石，掷笔顿成山。

每一个艺术家的艺术之路都是不能复制的，但简略总结一下钱蕴生先生多于一个甲子的艺术探索，还是能为我们这些学人以有益的启迪。

一是钱氏一族在博山可谓族门大户，祖上家境殷实，有读书习文的条件，且家学渊源，就目前而言，钱先生弟兄几个均为书画、内画专家。

二是钱先生尽管不是专职书画家，但他从习字以来，凡六十余个春秋，始终是以专业心态充满敬畏地研习书法。这里有两点需要说明，据熟悉先生的人士讲，他跟朋友聊天、聚会，三句话不离书法，这与浮夸的“大气候”不调和。艺术界有个怪现象，同行聚在一起，要么故作清高不谈艺术，要么害怕露怯不谈艺术，总之谈啥都行就是不谈艺术；能听到的多是某某成了哪级会员、理事、主席，某某卖到了啥价位云云，而执着于艺术话题的倒成了下里巴人。我以为以艺术安身立命者，如此这般倒也情有可原，艺术归根到底就是他混饭的工具。据家人讲，钱先生一辈子除了工作、书法，啥也不会，这是难能可贵的。这种专注，在纷繁世界中，在物欲横流里，保持定力，本身就是了不起。听不惯一个词——“玩艺术”，有的人玩书法，有的人玩摄影，有的人玩音乐，一个“玩”字，似乎凸显他的身价清高，看看他“玩”的“成果”，实在是不甚了了。

三是钱先生学富五车，不求闻达。他写字就是喜欢，没想讨好谁，没想靠书法博得什么。他始终按自己的意趣来写，以他的文化积淀形成自由的发展之路，以他系统的书法审美价值观来定性自己的追求。

我想，家学渊源、专注敬畏、不求闻达，成就了山城大隐钱蕴生先生，先生堪为山城旮旯里文化人群中的佼佼者。他于书法艺术的意义，在山城、在鲁中，乃至在全国，随着识见者与日俱增，定然泽被后昆。仰之弥高，却伸手可及，我庆幸能偶然陪伴先生。这是一笔巨大的精神财富，我很看重，也很珍惜。我对先生字外了解不多，两年前提笔作文，就字论字，不能成篇。已经两年不见先生了，但愿近日成行，觐见先生，总要带点礼物的，就呈上小文吧。

（2018年小暑草稿，2020年大暑后五日改）

暂借荆山栖彩凤　聊将紫水活蛟龙

——我了解的书法家赵玉臣先生

二十年前观云楼所处的六层居民楼有两个单元，计36户人家。两户结对查水电表，我和对门一组，是两位老人和他们的孙女，孙女刚上小学吧，老人身体总有不便，因此每次都是我的差事了。

我刚搬来不久，对住户并不熟悉。两个单元的表格交到我手里，一个似曾相识的名字跳了出来：赵玉臣。有个书法家叫赵玉臣的，问了对门答复说不知道是不是书法家。

他是另一个单元的六楼中户，晚饭后我拿着表格就去了，我想先确认一下主人的身份。门框上是一副有些褪色的春联，是我曾见过的赵玉臣的隶书，看来就是他了。

开门的是位瘦小精干的中年男人，居室很小，卧室灯光挺亮，墙上挂着一卷轴竖幅书法。我说是赵老师吧？对方怔了怔，啊啊，是啊是啊。我又问是书法家赵老师吧？对方忙说不敢当不敢当。我说久仰啊赵老师。

这是真心话，早闻大名只是无缘相见。

然后延至客厅，递烟倒茶一番寒暄，我也顾不得礼貌，索性做长谈状，赵老师似乎也有谈兴，但很是谦逊，我忙不停地聒噪，他时而颔首微笑，总是在我停顿稍久他才礼貌地插话，一来二去相谈甚欢，不觉间到了深夜三点，这才缓过神来，不速之客搅扰了，赶忙告辞改日再聊。

真可谓知己无处不相逢，清茶一杯话平生啊。

他的居室尽管小，结构还是较为合理的。一室一厅，那厅只能做厅，两个门直通唯一的阳台，当作卧室安不开床，当画室呢摆不上画案，也就是说玉臣先生在家没有“工作室”。他在哪临帖创作呢？他也渴望有个宽敞明亮的画室吧？带着这些疑问，不久就促成了第二次聊天。

他供职的企业一度在博山是享有盛名的，尤其是企业文化，最典型的是那些年元宵节的“扮玩”。怎么联系的忘了，只记得杂草丛生的厂区和一座座废弃的厂房，东拐西转终于找到他，他是专门接待我，满足我一瞻其“工作室”的心愿。

他的“工作室”是企业礼堂的一个化妆间，除了写字的书案上凌乱，其余的物什摆放更乱，显然很久没有人打理了。果然，那时企业几近倒闭，他也被安排到“清理欠款办公室”四处奔波工作了。

博山的很多较有成就的书画家大多曾在供职的单位做过宣传工作，那时的企事业单位宣传工作都有相当一批有水平的艺术家支撑。可惜后来企业逐渐衰败倒闭，有些艺术家为了生计不得不四处奔忙，艺术家境遇可想而知，艺坛不免寥落。聊了很长时间，临走的时候我说赵老师求张墨宝吧？我的初衷不是求字，求字而不付润例与掠夺无异，关键是对不同的书画家提笔运腕颇感好奇，要照实说又觉不礼貌，正觉得唐突，赵老师慨然应允。

因为我老宅在博山城东，也比较喜欢唐代杨巨源的《城东早春》，就请赵老师用隶书写了，至今还保存在观云楼。诗曰：诗家清景在新春，绿柳才黄半未匀。若待上林花似锦，出门俱是看花人。

走出他的“工作室”，才注意光线幽暗的门外堆砌着好多宣传牌，上面多是“新魏体”。这是一种源于魏碑的美术化了的字体，舒展挺阔的姿态上仍保留了刀砍斧斫的方折遒劲，能用毛笔写出这样的字，那时的我觉得简直不可思议。这是玉臣先生写的，不是“日课”，是工作的一部分。

认识玉臣先生不久的一次求字，的确是掠夺了。那时我初结识历下吴秉忱先生，吴先生是中文教授，于文章诗词颇有研究，一次与先生唱和作“打油词”，调寄《卜算子》，现在仅记得下阕：兴雅赏汉书/酒酣论李杜/笔耕不辍情如故/谁云斜阳暮。其意是赞吴先生，略有阿谀之嫌。我请玉臣先生写了然后给吴先生送去，玉臣先生亦慨然应允。还有另一首“打油词”也一并写了，不谓掠夺是甚?

玉臣先生是以隶书而声名鹊起的，当时博山有号称“隶书四家”的，王颜山、蒋正和、吴建柱、赵增儒。这“四家”是以什么来论的不甚清楚，大概只是坊间一说吧。彼时博山擅长隶书且与四人年龄相仿的不乏其人，四体皆攻的路长存先生、以硬笔行走的胡立效先生、与赵玉臣先生同庚的蒋则良先生及年龄稍小的牛盛海先生等都有建树。

赵增儒先生得曹全碑之妙，所作秀润飘逸；蒋正和先生本色是画家后以字行世，隶书多得石门颂、封龙山颂神韵，行书自颜真卿出杂糅百家自成一格。惜两位先生均是刚过知天命之年而英年早逝。

大约十五年前，增儒先生见我所刻印章，极言喜欢。后托人捎来两方青田石料，我斗胆刻了，一方白文拟汉“增儒印信”，一方朱文略参封泥意趣“赵氏”。其后所见先生之作多钤此二印，想必是先生谬爱吧。

吴建柱先生是内画大师，其隶书有时名，窃以为其行书干练得潘天寿旨趣似高于隶书成就。

颜山先生是位杂家，也是地方书画群体的组织者和引领者。书画篆刻诗词文章无不通晓，尤以律诗和隶书著名。多年前我游蒲松龄故居，见石刻一联出自颜山先生“一世无缘附骥尾，三生有幸落孙山”，吟咏之际，不觉潸然。前年夏天与先生小酌，方知这是先生《谒蒲松龄先生故居》之颔联，孤陋如我者自惭形秽。先生艺术成就这里不作专述。玉臣先生受颜山先生影响较大，那时展览较多，前言多为玉臣先生书写，核桃大小的隶书与颜山先生几近“乱真”。颜山先生以书法对家乡学子的影响可谓大矣，追随者众，一时有地域书风之盛，然利弊皆有，或为各半。

大约是感觉难以突破，玉臣先生转而攻行书，以米芾《蜀素帖》为基，兼取诸家。其实，玉臣先生的隶书与颜山先生还是有较大不同的，颜山先生隶书法乳史晨、乙瑛、衡方、张迁、封龙山颂诸碑，又糅以汉简，形成端庄丰腴、笔墨秀润的风格；玉臣先生取法曹全、张迁、石门颂较多，结体却有石门铭之萧散，风格多呈苍茫瘦劲、奔放洒脱，只是偶见绞笔浮纸，当为心浮气躁所致，大约与当时的际遇有关。我与玉臣先生相识时，他已追慕米芾两三年了，也隐约听到他因难突破而对隶书稍稍心生厌倦。

不久后的一天，我在张店爱客家的长城书店看到一本字帖《东汉褒斜道刻石》，曾在杂志书籍上见过一鳞半爪，没有全貌的感觉。这次见到顿觉一股浩然之气升腾，观其通篇，宽博舒朗、敦厚峻峭、巧拙并生，寓巧于拙，好不大气！遂买了仅有的三本，回到博山马不停蹄赶去文化馆找玉臣先生，他那时已经辗转调动工作到文化馆做起专职书法家了。见到他，我急不可耐表明来意，他看到字帖也眼前一亮。我说，赵老师你突破的时候来了，这帖气质适合你！激动地聊了好半天，留下一本而去。我自己留了一本，另一本赠予同事史向勇先生，彼时他正沉醉于隶书张迁碑。

后来我因工作的关系在博山张店之间来回跑，接触自然就少些了。玉臣先生是个很挑剔的人，然而他待我很好，我小他十岁，他对我反而有些尊重，这是我感觉到的，尽管那是先生谦逊，我却诚惶诚恐。

玉臣先生后来乔迁到地处荆山的文化馆宿舍，有了一个名副其实的大书房，宽敞明亮正合了他的斋号“怡清轩”。配上了宽大的书案，我曾专门去府上拜访过。怡清轩的来历似为张茂荣先生贶赠，玉臣先生所在的博山文化馆即康熙年间著名现实主义诗人赵执信一族的花园——怡园，其办公室正对园中最精致的建筑——清音阁，各择一字谓之“怡清轩”。

有次玉臣先生嘱我代为请益，托魏启后先生题字，因其居荆山西麓，我撷取冯云山的两句诗“暂将荆山栖彩凤，聊将紫水活蛟龙”，诚望玉臣先生艺事精进，不囿于一城一隅，这两句诗挂在“怡清轩”里也是相得益彰。字求回来，我送去怡清轩时玉臣先生谈到他近期曾受中州挥云斋周俊杰先生指授，周俊杰以隶书及书法理论名世，其隶书深得《东汉褒斜道刻石》精髓，如此，玉臣先生此番肯定获益良多。

果然，不久后见到他展览的作品，隶书比之过去宽博遒劲，且浓淡枯湿挥运自如。

近来多见玉臣先生以大篆示人，由隶入篆，对于他来说可谓蛟龙入海、风行水上，于墨色亦格外讲究，所谓“带燥方润，将浓遂枯”是也。

（2015年12月于观云楼南窗）

忽忆赏心何处是　望海楼畔知鱼堂

——记书法家、太极拳师张林业先生

观云楼主观的是云，用的是眼，心旷神怡，不费腿脚，可人到中年这痛那痒的不请自来。家兄多次催劝我不妨练练太极拳，彼时他们一大帮人正热衷于此，言谈话语中极为拥戴的是拳师张林业先生。

习拳的场所门楣上悬挂着“鱼乐堂”匾额，正宗北宋米芾体，细看落款：林业。莫不是拳师张林业先生？的确。寡闻如我者不知林业先生浸淫书法已经几十年，尤其钟爱米芾，临池不辍，颇具气象。

年近耳顺的张林业先生祖籍山东邹平，垂髫之年即受写得一手好字的乡贤辛子安先生影响，耳濡目染，渐成佳趣。及至弱冠之年客居鲁中，与孝妇河畔知名书家蒋正和、毕玉奇等先生相识，过从甚密，交情笃厚，亦师亦友，请益良多。亦曾问道于历下李向东、吴耀、邢增庆先生，尤其得精研米芾的书法大家魏启后先生指授，日有所得，艺事精进，多次获得国家、省、市展览奖项。其书法多以米字形神出之，要解读林业先生的字，不妨先来了解一下米芾其人其字。

行书自晋代二王以降至北宋，集大成者非米芾莫属，这是书法史的定论。

从行书的“行”字而论，他的成就也是空前的。有人曾说行书米芾之后不可学，也绝非妄言。

当世学米字者颇多，周慧珺先生碑帖结合、融会贯通，自成格调，显一家之气派；曹宝麟先生精研米字，几能乱真；而成就最高者当推山东已故的魏启后先生。

何言成就最高？这得从学习古人的取法角度上谈谈。汇集米芾书法美学思想的《海岳名言》载徽宗问米芾如何评价当朝的几位书法家，他说“蔡京不得笔，蔡卞得笔而乏意蕴，蔡襄勒字，沈辽排字，黄庭坚描字，苏轼画字。”这说的都是书家的毛病或习气，品味一下，多是的评。我们现在看这几个人流传下来的作品，经米芾的提醒，很容易看到技艺未臻化境处，尽管成就依然都是了不起的。后人认为米芾“于古人多所讥贬”，一方面是说他狂傲，另一方面也说明他有这个资格。当时米芾是书学博士，这是一个位卑誉高的角色，是书法方面最高的“职称”，相对而言也是书法方面成就最高的，且当朝仅设一职。

米芾是个故作疯癫恃才自傲又常放不下自卑的性情中人，蔡京那时正是不得宠的时候，对蔡京的评价最低，有对上邀宠之嫌。“不得笔”就是“不得笔法”，书而无法就是不会写字，其他的不是刻字、摆字、就是描字、画字。对蔡卞的评价算是高的，会写但没有才情。把这几个人的丑都揭了，何况苏东坡、黄庭坚还是他的老师，唯独说自己好，也不是聪明的米芾做得出来的，何况是面对皇帝的问询。

“臣书刷字”，一个“刷”字，把球踢给徽宗了。“刷”在此之前的书法评论中没有出现过，我们可以这样理解：我哪会写字啊皇上，我不过就是在刷字而已。也可以这样理解：我是极度自由的，信手捻笔，八面出锋，想怎么写就怎么写，怎么写都成。从后者角度他的“刷”就是极具法度之后掩饰不住的才情的迸发，是率性造势、因势利导。

愚以为学习他的书法最重要的是把握两点。

一是以险取势、摇曳多姿。纵观米芾大量传世作品，侧倾飞扬的体势、跌宕跳跃的风姿，在正侧、偃仰、向背、转折、顿挫中尽显飘逸豪迈的气势和淋漓痛快的风格，成就其古来弄险第一人。关于势，《海岳名言》多次提到，如“真字甚易，唯有体势难，谓不如画芉勾，其势活也”“然真书须有体势乃佳尔”“（写大字）须如小字，锋势备全，都无刻意做作乃佳”，足见其对“势”的重视。“锋势备全”是米芾对晋人书法精髓的提炼，也是他的书法美学的主旨。他的“势”的内涵是“活”，而构成他的“活”的是“险”。

清代梁巘《评书帖》有云：“晋尚韵，唐尚法，宋尚意，元明尚态。”无论是韵、法、意、态，在传世的作品中都有体现，只是每个朝代的某段历史时期内艺术家的审美取向不同决定了更提倡什么。宋尚意，尤其北宋尚意书风鲜明，最有代表性的当属“苏黄米”三家，无论“蔡”指的是蔡京、蔡卞还是蔡襄，此三人还在尚法范畴，且成就逊于唐人。“意”简而言之就是书法家的个人性情。这种性情通过什么渠道表现呢？势。愚以为“三家”中，担当尚意最为突出的当属米芾。黄庭坚长枪大戟倒也爽快，就单个字的章法而言还是求稳。按说苏轼才情禀赋最高，但其书法法度森严，性情终归囿于法度。

我与林业先生闲聊时，他说早年曾于苏字用功甚勤，后来感觉越写越紧，禁锢感越来越明显，索性放弃了。这是自然，苏字与太极拳的闪转腾挪相差甚远，惯于行云流水的林业先生受不得这种拘束。当世学苏有成者当属赵朴初先生，他融汇禅意于颜、苏，遂成一家之书卷气，朴老不以书家自居，以老僧入定心境为之，林业先生彼时或许尚未一探禅意之究竟。

米芾则不然，他极尽造势之能事，其书作中多有弄险的单字造型，欲倾还立、欹侧向背、顾盼生姿，有似芭蕾舞者脚尖着地凌空旋转，有似武士聚全身之力蹬脚努腰抻臂强拉硬弩，有似太极推手、又如担夫争道……

整体章法更是绝伦，尤其手札，有时一列字很像荡起的秋千，跌宕处不局促，回旋处不逼仄；又像狗尾巴草串起的弓腰蹬腿的蚂蚱，劲力十足尽做逃脱状，更似老猿撼藤内力弥满……此为以险取势。

二是八面出锋、力道十足。米芾言众人勒字、排字、描字、画字，有他的理由。米芾的字不避侧锋，中侧并用而归于中锋；笔笔力道足，这种力道不是抓笔用力的力，而是线条所表现出来的力学上的依附关系。四体开张，收放有致，全盘皆活，因险而活，因活而生姿。

林业先生在谈到这种力道时说过大概如下的意思：这种力不是硬力，而是绵力。硬力则势有去无回，绵力则是一种势的顺应。这让我想到一则轶事，几年前有外埠拳师慕名与林业先生切磋武艺，来者真诚，林业先生推却不过，双方一搭手即停，从餐饮间至告辞，那位拳师再未提及交手一字。这颇有些武侠小说的玄虚，我曾求证于林业先生，他始终不谈谁赢谁输。他的一位弟子的解释或许道出了其中奥妙。他说太极交手，搭手便知，遇硬则硬输，遇绵则绵赢。故米书之力道十足的足不是足够坚硬而是足够绵柔。

魏启后先生取法乎上，遗貌取神。他把米字整体章法的大开大合用到单字章法中，又糅合汉简的飘逸奔放和简约爽劲，在其作品中非常醒目，也是其书风最为特殊的有机组成。仅就这一点而言，米芾是“刷”，魏启后就演绎为排奡纵横的“扫”了。取法而不囿于法，法无定法，羚羊挂角无迹可求，而“风樯阵马、沉着痛快”（苏轼评米字）全在精神相通处。他谈临帖时，特别强调喜欢《米临右军七帖》，说这是偏爱。他偏爱什么？偏爱米芾临帖时既有古人又不敢过于放纵自己所表现出来的含蓄蕴藉。过于放纵则习气尽出，酣畅是酣畅了却近野狐禅。《海岳名言》有米芾自评：“吾书小字行书，有如大字。唯家藏真迹跋尾，间或有之，不以与求书者。”现存的小字行书以《向太后挽词》为代表，静谧安闲，书卷气极浓。如果不是故弄玄虚，米芾对自己过分展露的个性也有稍稍不满。魏启后先生指导求教者，往往授意对方于古代某书家风格尚未完全成型的作品用力，其机巧在于此乎？魏先生将“刷”拓展为“扫”，其审美意义我们无须定论，留待后人吧。交代米芾并阐述魏启后先生的“偏爱”，目的在于如何定位林业先生的书学之路和如何欣赏其书法作品。

林业先生长期求教于魏启后先生，受其书法美学思想影响甚深。他七八岁就开始临帖，转益多师，由唐楷入，先是颜、柳，上追欧、褚，于褚用功甚勤，观其近作，尚有褚的影子。后上溯二王，复探苏、米，及至临米，方觉找到了情感宣泄处。《蜀素帖》《苕溪诗帖》等，凡能找到的米芾字迹，均如获至宝，反复临习。尤其他聚力于《方圆庵记》多年，此帖为拓本，为米芾三十一岁所作，胎息二王的多，自出机杼的少，含蓄静默，中规中矩。他临帖多选米芾稍显静穆、尚未完全形成个人风格的作品，与魏启后先生偏爱《米临右军七帖》有异曲同工之妙。但林业先生有独解，几十年习米，他苦于如何打出来，如何得意忘形，这个结还在，且看他如何解吧。我想这对他也许只有一层窗纸，既习拳又习字且到这么高的境界的，假以时日捅破窗纸融会贯通也不会让我们等待很久的。

我与毕玉奇先生谈到林业先生，他赞赏有加，他说我们这一茬学书法的人当中，对于米芾，他是下手比较早，收获比较多的，我们还在懵懂阶段时，他写的米芾已经有滋有味了，完全是痴迷的那种状态。是啊，他痴迷的还不仅仅是书法，在陈式太极拳的传承研习方面更是有善可陈。1991年接触陈氏太极，追随王玉安先生多年，后经玉安先生推荐，得其兄陈氏太极传人、享誉世界的有“四大金刚”之一美誉的王西安先生亲授，并考察三年，于2003年收为入室弟子。林业先生醉心太极，成就斐然，传承中华武术精神，无偿传授拳艺，大有弟子三千的趋势。

我有幸结识林业先生，羡其书法赏其拳艺，更仰慕其为人。先生为人笃实，讷言慎行。我曾领教醉心太极的张俊清先生，他对林业先生的武艺非常敬佩服膺，对其武德极为景仰夸赞。林业先生讷言但不限于酒后，他酒量非常大，酒过三巡判若两人，满腹经纶汩汩滔滔，于书于拳见解精辟，兴之所至或书空演示或扎马推手，活脱脱一个性情中人。我曾在他酒酣耳热之际聆听他阐释太极拳内理时，解决了一个非常困惑的问题。米芾书法极为张扬的单字中，有如钢丝乱团者，临习到位非常难，学到手再发挥更难，不是一般人能理解且化为己用的。客观地说周慧珺、曹宝麟没做到，魏启后做到了。这种状态和感觉，我绞尽脑汁也没有更合适的词语来表述。

林业先生说陈式太极拳内劲里有一种叫缠丝劲，可以非常准确地来比状。细观林业先生书作，安闲处静如处子，弄险处动如脱兔，内力弥满，于分朱布白间时隐时现一种“缠”劲。近赏其拳艺，掤、捋、挤、按、採、挒、肘、靠、进、退、顾、盼、定，八法十三式贯通一气，俨如其书法左右逢源复险象环生，气韵通畅又履险如夷。万物同理，林业先生的书法、太极拳相辅相成而又相得益彰，可叹复可羡啊。

“纸上得来终觉浅，绝知此事要躬行”，于书法我尚在门外，于太极拳则非亲历不知其妙也。有林业先生在此，无论书法还是拳艺能时时请益，我之福矣。

米芾有《望海楼》诗，思古发幽，望的是江景。“忽忆赏心何处是，春风秋月两茫然。”此楼今已不存。林业先生客居的以文化底蕴深厚而闻名的颜山之原山之巅也有望海楼，望的是石海，这倒更切合了米芾的雅好，水也罢石也罢，陶冶的都是文人的情怀。林业先生追慕米芾，客居望海楼畔，与米老有缘也算不得勉强吧？

凡为艺者，倘祈有成，必由痴入知，由知入智。先生斋号“知鱼堂”，此“鱼”乃取自“阴阳鱼太极图”中之鱼，得其畅快圆融。子非鱼而知鱼，其乐无穷也！于此也便知习拳的“鱼乐堂”并非钓鱼爱好者协会了。林业先生于书法、太极如鱼得水，畅游其间，其兴之所至，情之所感，我辈不易察之，更惭愧无戚戚之感获也。故曰：“忽忆赏心何处是，望海楼畔知鱼堂。”

不忘初心，方得始终。诚望正值艺术盛年的林业先生，拳不离手，笔不离手，于拳广泽民众，于书再上层楼。

（2016年8月于观云楼南窗）

铿锵画将许慧玲

许慧玲，我喊她许姐，尽管不见得比我大。况且她实实在在该叫我师兄，我早于她拜在大写意花鸟画名家李波先生门下。自坦师门，绝非仰仗师傅威名，沽名钓誉。同为弟子，在近来看到慧玲的画时，我觉得更有低调再低调的必要了，她简直让我感到自己有辱师门。

我拜李波先生为师，有附庸风雅之嫌，然而仰慕之情是真。先生耳提面命，我多有醍醐灌顶之获。只是天不赋我异禀，又少恒心，辜负了先生。慧玲则不然，她认识李波先生后，我们也有了交往。最初还有一份矜持，倘若问她是画什么的，她会有些嗫嚅，神态似乎要把画过的画全部撕掉。接触多了，仍旧那样，我不解。后来明白她早已苦心孤诣、处心求变，只是不张扬罢了。

她看到我的字或看到我写字，总会说，呀，写得这么好啊。这使我很自信以至于飘飘然。其时她于书法用功甚勤，还获了什么奖。

她似乎不太愿以字画示人，偶尔看到，大家不免评说，总以褒扬为主，她便显出羞涩，有些不知所措的样子，这是仅见她作为女性的一面。然而她的行事和识见越来越使我仰视，其时她正做着报纸书画栏目的编辑。她处事果敢利索、义气豪爽，毫无脂粉气，说话不紧不慢，做事铿锵，节奏分明，绝不拖泥带水。

她喜着中性服装，常配以彩色丝巾点缀，于英姿勃发中恰如其分地衬出女性的妖娆，这在她变法之后的画中也许是最终形成个人风格的重要元素亦未可知。

我调整了新岗位，愈加忙碌，见到李波先生的机会越来越少，更少见慧玲了。2016年岁末，接到她的微信，是书画个展的邀请函，配以于守万、李波二老的奖掖文字和多幅新作图片。眼前一亮，画风突变，大气磅礴，铿锵有力，俨然已成大器。

倏然想到她在诸先生面前的嗫嚅矜持，该是因其悟性到了升华的边缘，累年的艺术积淀和思索，让她在无数次亲睹李波先生等名家创作时，已然小心翼翼推开艺术殿堂的大门，窥探玄妙，流连忘返了。就在两三年后，画风骤变，横扫千军。当然，她横扫的是自己的千军，这让我想起“正则绣”大师吕无咎先生的艺术风格突变，毅然决然放下过去，世界反而多了维度，任意驰骋了。同样是艺术女性，慧玲定然亦是如此吧。

我因出差错过展览，获赠两本作品集。展卷捧读，有些激动，便有了一段微信往还，她依旧很谦虚。我说有好几张很贴近李老了，色彩再文一点更好。她说你说的跟李老说的一样。我说李老柔和，你的感觉还是有点硬。她说又说对了，李老说我用笔太生硬。我是瞎说，基于她定然还不及先生，找点毛病也是激她。她则信然，就完全在于她的为人笃实和谦逊自省了。她仍旧很诚恳地劝我不要放弃，她的坦诚，让我温暖。我则羡慕她的才情和毅力，总有写点什么的冲动。

慧玲出生在一个戏剧家庭，母亲是桓台县吕剧团的名角儿，这注定在她身上有着艺术的基因，其实连接她与绘画的因缘倒还不全在此。那时学生的学业远没有现在孩子紧，放了学闲逛的时间是有的。最吸引十二三岁小慧玲的，是妈妈剧团的美工“干活儿”。休息日遇上美工加班加点，她能在那托着腮看一天。我想吸引她的不仅仅是色彩，而是雄阔大气的构图，那气势那排场冥冥中与她天赋的某种气质相和共鸣。

那时的影院剧团聚集着一帮绘画高手，藏龙卧虎。南京画家朱新建做过美工，更有名的还有昆明的张晓刚和毛旭辉。新片广告、舞台布景，还没有电脑喷绘写真之类。巨幅的海报、布景，都是美工登着梯子、踩着马机上上下下手工画出来的。那些海报在色彩单调的城市背景中，是一道亮丽的风景，在它的招引下，许多人走进了影剧院，许多人则拿起了画笔。

我想，慧玲在集聚了几十年后画风突变，得益于李波先生的提携是真，巨幅海报的张力和震撼也无疑是埋藏在心中一颗等待发芽的种子。也许每个人都有艺术的天赋，只是苍天眷顾和机缘阴差阳错罢了，而她童心未泯之时便有心驰神往的天地，慧玲画途，何其幸也！

因为这份神往，父亲引领小慧玲拜在如今声望愈显的人物画名家于守万先生门下。没过几年，慧玲参加工作也到了桓台县文化馆，与于守万先生成了“同事”，朝夕聆训，绘事后素，艺事渐进，慧玲追随于守万先生开始了她的绘画之旅。于守万先生速写堪称一绝，慧玲即从速写入手得其真传获益良多。进而画人物、静物，很是下了一番功夫，在地方画坛崭露头角。她沉浸在工笔画静谧的世界，工笔的细勾慢捻消磨着她的天性？我们无从知道，也无从知道她的内心是否矛盾纠结，更无从知道巨幅电影海报的雄阔大气掀起的涟漪是否依然搅动心绪。

于守万先生是很随和的，豪爽无忌、乐天豁达的性格赋予了笔下的人物，仿佛皆是自我写照。如此个性，对后学是毫不保留的，我与先生接触已感获益良多，何况慧玲。在于守万先生悉心指引下，慧玲的速写进步神速，作品频频获奖。

她深谙为艺兼容并蓄，在美术学院进修学习时对年画发生了浓厚兴趣。淄博毗邻的潍坊杨家埠是享誉世界的年画之乡，媲美天津的杨柳青。种类繁多，精彩纷呈，许慧玲逡巡其间，朝夕揣摩。也许是无意，也许是尽出于喜欢，尽管她在形式上仍然脱不掉工笔的细腻唯美以及总想把题材二次锁进诸如花瓶之类的静物中的形式构成。这种形式构成的惯性仍然在无形中掣肘束缚，但她毕竟从一味地静谧恬淡向粗犷豪放走出了一步，这与她的天性似乎稍稍有些吻合了，尚有于守万先生这样的名家导引，慧玲画途，何其幸也！

经朋友引荐，慧玲又拜齐辛民先生为师。齐辛民先生是独具风格、享誉国内的大写意花鸟画名家，其暴风骤雨般的线条聚集兼油画赋彩般的纵横涂抹，异军突起、独领风骚。齐辛民先生作品的浑厚雄强、苍茫朴拙，从审美意识自觉层面对慧玲在形式上逐渐松绑具有重要的刺激作用。慧玲企慕，面对齐辛民先生作品那种旋风跌宕的气势，唤起的是内心的狂野和躁动，只是长期沉浸于工笔的那份安逸与闲适，尽管已经初步完成与年画粗犷豪放的对接，但没有岁月的积累和求变的焦虑是难以打破的。不久，一种新的审美意境开始明确进入她的取舍范畴——求拙，这开始向她多年积习成规的纤巧清丽挥手道别，然而在粗犷野逸还未得门径时，求拙似乎早了些。值得庆幸的是，她从齐辛民先生这里复又找到了巨幅电影海报的雄阔大气，这种意境在沉寂了多年后重新唤起了心中的涟漪。慧玲亦与齐夫人秋萍女士交好，近水楼台，时时请益于齐先生，写生、创作，频得齐辛民先生指点提携，慧玲画途，何其幸也！

在她的年画画得有滋有味的时候，工作调动到了报社。大概由于工作的需要，画起了漫画。尽管她不是特别幽默且愤世嫉俗，漫画的简约和夸张无形中逼迫她进一步思辨取舍和对形式的松绑。那种夸张对于惯于写实的笔触带来的是扭曲变形的痛楚，好在这种痛楚不至于毙命，反而绝地再生，在对繁缛的过去大卸八块中深悟简约的妙处了。

在陆续发表了三百多幅漫画后，慧玲认识了崇拜已久的李波先生。她目睹李波先生创作难以计数，大到近百尺的巨幅，小到扇面。章法构图、笔墨挥运、皴染敷色、题款盖印，了然于胸。也就是在这耳濡目染中，她的意识完全松绑了，心理经过了巨大的调整，毅然决定开始走大写意花鸟画之路。一切走过的路，坦荡也罢，崎岖也罢，都在练就脚力，终于看到，山就在那里。

如果说于守万先生以飘逸洒脱、尽显性情取胜，齐辛民先生以大开大合、泼辣纵横取胜，那么李波先生始终以巧拙互生、文气雅致取胜。纵观李波先生各个时期的作品，一股书卷之气始终游弋其间，尤其近几年的作品，他对藏巧露拙、以文抑野、将生代熟、化繁为简、计白当黑的挥运已然如影随形、炉火纯青。文无第一，艺有高下，这是个有趣的命题。中国书画是非常讲究气息的，这种气的概念完全是哲学意义上的，可谓玄之又玄。古人拈出一个词——书卷气，尽管加了个定语，也是只能意会而难以言说的。我倒是想到了慧玲铿锵韵律中的那份妖娆，假以时日，也许就是她特有的书卷气吧，分明已初见端倪。

看似必然的工作环境的变化引发了看似偶然的艺术形式的跟进调整，这绝不是偶然。工笔画的娴静，到年画的稚拙，再到漫画的俏皮，再到大写意的野逸，期间似乎少了个环节——兼工带写，所以说慧玲聪慧，她的线条从流美到朴质，再到稍感老辣，是完全符合艺术规律在个体审美渐进中的嬗变轨迹的。在线条的理解把握到了瓜熟蒂落的时节，艺术感觉已经不仅仅是依靠稍纵即逝的灵感了。

因此，在师从李波先生时，她没有“一步到位”。在研读八大、徐渭、吴昌硕、齐白石的同时，从李波先生五十多岁时的作品开始了意会手摹。李波先生六十岁前的作品颇受画界和收藏界追捧，相当有“商品性”，原因不外乎两条：一是章法满（这无所谓好与不好，只是他后来的求简，是需要我们从审美角度深思的），藏家觉得值。二是画面相对具象（这也无所谓好与不好，同样，他后来的抽象，更需要我们从审美角度深思），工稳处颇见细腻，藏家觉得不“糊弄人”。这是见仁见智的事，艺术品混迹为商品，其厄运可想而知。其后李波先生几乎七八年就有大的变法，慧玲如果直入近期作品，理解上和笔墨上都还不及，难免捉襟见肘。

她蛰伏了近三年，父母年高多病，在照顾好老人的同时，几乎把所有时间倾注在画上。临摹、创作，量大惊人，何以至此？如此深厚的积淀和多年来的手摹心追，使她在义无反顾走入大写意花鸟世界时得心应手，愈画愈勇，愈画愈猛，感觉良好，我想她一定是透过岁月看到了自己少年时那双眼睛里的光芒。

李波先生话不多，性子急，往往表情先于语言，而对于慧玲的请益，有问必答，问一答三，且时时催促慧玲用功，看到慧玲的进步心下甚慰，也时时嘱咐不要长时间临摹他的作品，还是多临习古人大家经典之作。有李波先生如此器重厚爱，慧玲画途，何其幸也！

慧玲终于实现华丽转身，可喜可贺，然而她的路还远。作品有不足，前述色彩稍欠文气、线条稍显生硬，并无大碍。抓造型对她来说非常容易，我想主要问题还是线条的质感，还是书法问题。“书画同源”在写意画中着重指的是线条的质感，石涛话语录的“一画论”，无论从儒释道还是其他角度解读得再高深，行诸于笔端展现于纸上的无非还是线条的质感及线条的丰富变化问题。她的书法很好，前几年曾着力于雄浑大气的《裴将军碑》，在字与画的有机结合上还需用力。多幅作品布设的篱笆墙，也是极见功力的地方，没有相当的篆隶书功底，这横竖不齐的几条线是很容易暴露功力不逮的，如果习书兼及篆隶，行笔疾而不佻、停而不滞，则画境会急速提升。上乘的文人画，诗书画印互为表里，缺一不可，欣闻慧玲已经开始攻篆刻了。文学、哲学、美学修养表现在画面的精神气格是重中之重，写意的意全在画面整体的精气神上，所谓文人画的格亦在于此。功夫在画外，八大、石涛、徐渭们高就高在这里。依慧玲天赋，倒也不难，聚力推进离自立风骨为期不远，已然大将，如此，则堪称大师了。

艺术批评是批评者对被批评者的审美诉求，人无完人，艺无止境，美无止境。慧玲够努力了，成绩也够大了。“诗书画印齐步，翰墨文章同攀。”我们还是期望她更好更圆满，因为她一定会更好更圆满。

铿锵画将，慧玲固然，非为溢美，作如是观。

（时在丁酉三月十五于观云楼南窗）

刘培国的意义

——在《连浆》发行式上的交流发言

作为培国先生文学作品的读者，战战兢兢、大言不惭与大家分享阅读的感受，请大家批评指正。用普通话的思维写作用博山话的方式表达，对于培国先生等惯于用博山话写作的作家来说驾轻就熟，对于我却有些困难，还请诸位领导、专家多担待。我今天交流发言的题目是《刘培国的意义》。

一、刘培国的情怀

诗人艾青的名句“为什么我的眼里常含泪水，因为我对这土地爱得深沉……”他说爱得深沉，而不仅仅是爱得深。深是程度，沉是体验，是痛楚。深的内涵简单，沉的外延广阔，这是一种大情怀。任何艺术门类情怀是基础的基础，它与天赋有着割不断的内在关系。这种内在的微妙的东西诉诸艺术形式，成为艺术作品区别于其他的显著的特征，同时也是每个艺术家风格特征的核心。然而很多艺术家的情怀并不那么直白显见，记者采访毕玉奇先生问组曲里哪一首乐曲是自己最喜欢的？他说《岭上云》。记者又问为啥？他说闺女啊，你看博山多好啊，特别是从张店往博山走快到博山时，你看那蓝天白云啊。我觉得有些言不由衷。后来我跟他聊起来时问他，你为啥不说最喜欢《秋谷高风》啊？他说很多人听了都哭，为什么要让别人去分担作者内心的痛苦呢。我说怎么突然搞起音乐创作了呢？他说这是天意吧，天意不可违。

巴赫曾经说过："音乐的唯一使命是侍奉上帝。"唯物一点来看，上帝就是天，按照我们古人的说法，天就是自然。是自然创造了音乐，而人类集自然界众音之美成为乐曲，她的使命就是得之自然回馈自然。玉奇先生心里驻着天，胸罗万象，丘壑岩岩，他的情怀充满了连接自然万象的虚灵的空间，在他进入音乐世界时稍稍眯缝的眼睛里露出的稍带一丝诡异的光里，也许能让我们捕捉到他遮掩不住的情怀。我所以觉得他言不由衷，《秋谷高风》对他来说刻骨铭心，里面凝结了他许多面对现实的无奈和失去亲人的悲凉，只是他不愿总是提及罢了。

培国先生不太一样，他给女儿的信中回答女儿问到最满意的作品时，他说是《永远的除夕》。但他后来没再有这样的作品，如果记者问他同样的问题，也许他会回答美食的另类体验，这种极有可能言不由衷类似插科打诨的答复，很难说是对问询者的不尊重，因为他们都不愿像祥林嫂一样无数次把心底的隐痛一次次拿出来晾晒。因此我痛苦地看到他试图从一个精神领袖主动沦落为披着文学外衣的"吃货"，请允许我使用"沦落"这个词，我分明也能看到那种挣脱至情至性的撕扯。在阅读他的文章时，关于美食的基本匆匆带过，往往还心生怨气，然而他在这类文章的字码间俨然老僧入定、气定神闲了。

我想起季羡林的散文，那么平和，仿佛在叙述别人家的事，没有大悲痛大欢喜，甚至连埋怨和庆幸都找不见。我很费解，但还是认认真真一字一句读下来，当最终读完合上书页，那个书名如同久违的恋人再次出现在眼前，我泪流满面，他的书名是《我的心是一面镜子》。北大一个毕业生写过未名湖畔的一个场景始终萦绕在我的脑海：夕阳西下的未名湖畔，一位衣着朴素的老者坐在长椅上，平静地望着远方。后来我知道了季老唯一的同城居住的儿子，竟十年没有登过门哪怕打过一个电话，还有公派助理那种应付公事一般对季老的所谓照顾。而这一切在他的文章里毫无踪迹，他的心真的是一面镜子，平静而无所不包容。培国先生遮掩隐痛的潜意识到底是什么？那个风中少年已经走远；那个踟蹰在钢筋混凝土方块里捶胸顿足追忆他的老街的青年也渐行渐远；我不想问他究竟，也知道得不到答案。我想就事论事，不做比较研究。

近来关注了两个与他年龄相仿的作家，一个是小培国先生一岁的郑世平，也就是野夫，基本把他结集发表的文章都读了一遍，感佩于他过人的古诗文功底和行文的畅快淋漓，但涉及他亲人往事的文章，他背负了几十年的愤懑怨恨没有一丝消减，总感觉他的家仇无可挽回地上升为更高层级的仇恨，也许没有读过《江上的母亲》者是无法原谅他的。他的情感的抒发是直白的，只是因为他扎实的古文功底和清晰的爱恨情仇的思辨使得直白表层包裹着一层厚重，说实话我很喜欢他的文风，只是受不了于升级后的仇恨近乎睚眦必报的心胸，情怀的释读也便极易打上折扣了。

一个无意的真实细节更让我浮想联翩，他2012年出版的书作者为野夫，而2013年出版的书作者是郑世平，括号内是土家野夫了。野夫的笔名原本出自唐代诗人刘叉的《偶书》：野夫怒见不平处，磨损胸中万古刀。章诒和在

2009年给野夫书籍的序里写道："我是很悲观的！所幸在悲观中我认识了野夫，所幸还有像野夫这样的人，在社会底层默默做事，苦苦寻觅。他这样的人也许象征着未来，寄托着希望。今天，当我们的文人艺术家都争作'圣洁天使'的时候，野夫的文字却来扮演魔鬼，发出凌厉的声和另类的光。"也巧，我看到了网络上一张他的照片，手中摇晃着硕大的酒杯，里面不知是路易十三还是张裕干红，脸上洋溢着惬意的微笑，莫非曾经的情怀淹没在人世虚名和纸醉金迷里了？

俗话说"男儿有泪不轻弹"，我们都是成年人，也经过了一些曲折沧桑，哭得有个理由。我读培国先生《永远的除夕》《我的老街情结》等文章时，可以说老泪纵横，他对亲情不再的描写，简单铺陈而又戛然而止，让我默默流泪转而心悸地抽泣；他对饥饿和食物诱惑的描写，没有悲观，没有贪婪，更多像一个久病者向医生木讷地诉说病况以及置身事外的单纯精神层面的神往；他对童心历经的家园旧梦所带来的情感繁衍无着的绵绵回忆和所谓文化赖以物质传承的斑驳墙瓦的轰然倒塌的痛心悲鸣，让我真实感受到家何以为家。这一些我极为看重的东西，在《连浆》里不多了。

当然我在《刘培国的博山》里也谈到：《连浆》关注点有非常大的调整转变，他开始以独特的视角观察他的博山，开始了陶琉大梦涅槃重生的寻绎，饱含激情心向往之的博山梦。可以说，培国先生的情怀有明显升华的迹象，关于这一点的发展问题，我现在还没有底。我也是很悲观的。我是希望培国先生情怀升华后的作品给更多人带来思考，有一点我是明晰的，就是希望他走出吃货群，成为否定之否定后的大众精神领袖。我始终相信音乐和诗具有救赎作用，而诗广而言之就是文学，何况散文与诗又有千丝万缕的联系。需要救赎的不单是不听音乐不读书的人，反而所谓的知识群体更需要救赎。就在几天前，林肯公园的主唱自杀了，这个比我年轻的家伙以他劲爆的音乐曾给我救赎，我在他疯狂的嘶吼中逐渐平静。我们已经很浮躁，我们美其名曰享受生活，却是在大大小小地实践着醉生梦死，即使照照镜子，我们也经常忘记自己是谁，因为我们眼里泛出的光芒大多是茫然。培国先生的读者很多，许多读者交流起来都谈到感动于他的情怀，我想这些年来他也许无意而是积淀和思辨使然，让他渐渐转变着情怀的表达方式，这种转换恐怕也要读者受累能跟得上，那样读者的收获就更大了。当然要让更多人成为读者，他还需要再上新的高度。这也就是要谈的第二个问题。

二、刘培国的高度

我能知道的培国先生的著作目前结集出版的是五本，《酥锅》《锡壶》《豆豉》《连浆》还有《吉祥高地》，严格地说算不得著作等身。不见得一定要著作等身，仅中国历史上不以量胜而以质胜的诗人、文学家就比比皆是。如果只是量的叠加而没有高度的再度拔高，距离发挥文学的救赎作用则还远，尽管作者初衷并非要去救赎谁。我不知培国先生于文学创作的苦恼有无，倘若有的话，我想“高度”应该是绕不过去的。同样，我在《刘培国的博山》里谈到：“宋代楼钥《定武兰亭诗》给培国先生的文学创作作注倒是颇为相似：定州一片石，石上几行字。千人万人题，只是这个事。一个作家几十年盯着一方水土的执着和摒弃外部诱惑的定力真是不可思议。”我所要表达的是欣赏他的执拗，我希望他的这种执拗最终发展为一种精神的“错乱”，这种“错乱”的表现是毫无逻辑的表象下面隐藏着通俗意义上难以解读的逻辑极致，那与神灵是相通的，而神灵就是万物众生。如果他的情怀表达方式找到最佳的方式，那么他的文学精神所引领的高度会超脱于一个时代的。

他的题材局限在一个小县城而取之不尽，可谓极致了，仅就这一点而言，这种高度已经足够了。当今又一次火爆的陈忠实先生的《白鹿原》，题材取舍的区域可谓更小，但它背景的广阔和人性本真的挖掘，是培国先生需要学习和考量的。就《连浆》而言，培国先生在题材的连属关系选择上是费了心思的，这给他将来的创作置于更大的背景之下也做了极好的铺垫。他的语言风格还需坚守，这就说到我关注的另一个作家，上海的长培国先生九岁的金宇澄。他在《上海文学》做了三十年的编辑，凭兴趣以网名在网络上写作长篇小说《繁花》，接连获得华语文学传媒大奖、鲁迅文化奖小说大奖、施耐庵文学奖、茅盾文学奖，提这些奖项不是呼吁作家一定要去拿奖，是想探讨作品的关注度问题。小说初稿完成后，交给了《收获》杂志，主编程永新提了一条意见：对方言的使用一定要让北方的读者也能看得懂。金宇澄接受建议，以至于三十五万字的小说用上海普通话写就，而通篇没有一个极具上海语言特点的“侬”字。这一点培国先生倒是异曲同工，他用方言写作以凸显地域特色但不刻意，分寸把握得很好，从方言写作的角度，他的高度也足够了。我要说的是金宇澄自己认为作品最成功的地方倒是不在于此，而是对形式的选择，他自鸣得意的是几万字都不换行。他的解释很有意思，很值得思考，他说我做编辑三十年，太了解文学创作的状况了，每年至少有五千个长篇出来，写作的人太多了，写得好的人太多了，但绝大多数的人忽视了形式。这也许不是金宇澄成功的唯一理由，我现在还不能确定还有什么理由，但至少这种并非刻意的形式选择使他受到青睐和追捧，他的理论基础很简单：红楼梦最初哪有句读和分行分段呢。当然，如果照搬他的形式无异于东施效颦，我想培国先生是不是也需要在形式上做些新的尝试。他的情怀蔓延渗透在不自觉地寻求变法，这也是我寄予最大希望的，当万事俱备东风渐起时，我们有理由期盼让东风来得再猛烈些。

忘记哪位文学大家说过类似的话：会说话就会写文章。我理解的这个“会”不是“能”，而是“巧”。同样的话，根据语境要选择不同的表达方式，这离不开情字。情上去了，高度就有了。十年前去蒲松龄纪念馆，看到了王颜山先生撰写的一副对联：一世无缘附骥尾，三生有幸落孙山。看上联，不禁潸然泪下，看下联，又不禁喜上眉梢。这一哭一笑，一悲一喜，把个文冠千秋的蒲松龄的一世悲欢和几百年来读者的慨叹，尽收在这十四个字之中。我小的时候去蒲松龄故居，对郭沫若的那副对联印象很深，“写鬼写妖高人一等，刺贪刺虐入骨三分。”仔细想想那也不过就是就蒲公写作手法的赞美，还停留在技巧上，情感似有似无。也有很多文化名家或写诗或题词，大多难留深刻印象。而王颜山先生的对联，依我看是在郭沫若之上的，技巧不输于郭氏，情感却在分秒之间一百八十度翻转。估计会有朋友谈到文白雅俗问题，其实大俗即大雅。“白日依山尽”“床前明月光”不可谓不俗不白，但却是大雅。读陶渊明的饮酒诗，第一首我就哈哈大笑，尽管他大多数诗作都表现出贫窘和苦闷。他说“忽与一樽酒，日夕欢相持。”用博山话翻译就是，快倒酒啊，喝完了再倒，倒完了再喝，一天到头喝，那才恣连！形式相对雅，内容也太俗了，就是个醉糟啊。美学家朱光潜先生在他的《诗论》里有一段话：“诗本来都要有几分诙谐，但是骨子里却要严肃深刻。它要有几分诙谐，因为一切艺术都和游戏有密切关系，都是在实际人生之外另辟一个意象世界来供观赏；它骨子里要严肃深刻，因为它须是至性深情的流露。”大家看有没有诙谐？醉糟本身就诙谐，有没有至性深情？他的贫窘苦闷尽在酒中。再来看王颜山先生的对联，名落孙山却说是三生有幸，这不合逻辑常理的搭配，既有诙谐又有好了伤疤忘了疼的庆幸；有没有至性真情的流露？一世无缘啊！这不是溢美之词，有一次与王老吃饭，谈到这副对联，我发自肺腑地说这是大家之作啊。最近王老新书《襟岫山馆辑稿》问世，此联列在《自作楹联选刊》首位，可见作者也很满意，这就是高度。

先贤赵执信，如果不是专门的研究家，能知道的恐怕更多的是“可怜一曲长生殿，断送功名到白头。”过去看到的资料，基本一个调子说这是流传在当时京城的诗句，乾嘉年间学者梁应来《两般秋雨庵随笔》：京师有诗咏其事，今人但传可怜一曲长生殿，断送功名到白头两句，不知此诗原有三首也云云。为什么三首诗但传这两句呢？因为有至性深情在里面，是对赵公的高度概括，也是因为高度。而我们了解赵公的狂狷个性，除了赶考时听到考官念对他的名字时口出狂言“京城也有识字之人”，大多集中在“解道箫韶能引凤，何妨一鹤不来仪”。为什么？因为至性深情，也是他的个性和才情的一个高度。培国先生的至性深情在《酥锅》里更多，后来渐渐隐藏了，我在思考时将他这种表现称为“施之于读者的情感反刍”，这种不激不厉老僧入定的情感态度走下去是不是一种风格独标？他的情感的高度和思想的高度，在已经出版的四本书中已经很高了，个别篇章作为教材也未尝不可，但是用了很大篇幅和时间来做调整，他一定还会更高。有次我们在一起吃饭畅谈，我说抽时间我把《连浆》的绝大多数篇幅和过去三本集子里的部分作品，每一篇写一个千字左右的评论，他一怔，也许他不信，也不置可否，这是他惯常的表达方式，我想这就需要谈谈第三个问题了，也是今天谈话的主题。

三、刘培国的意义

这个发行式从酝酿到举办，也算一波三折。但调子从一开始就定得比较高，也就是区委区政府决策的在“重拾博山文化记忆”大课题下的第一个实质性活动。不久前博山文化研究院成立，一个区县的科级文化单位从诞生的那一天就拥有20个事业性编制，稍对体制有所了解的都明白这真是不得了，仅从这一点来看，博山区委区政府对于发展文旅事业投注了极大的热情和决心，看来“撸起袖子大干一场”在所难免了。我也看到一些迹象，区文化局的王伟局长，从第一次策划会议就充满热情，并礼尊各位专家以及我等村夫野老，大谈他的文化战略，气势逼人，敬业有加。一年多的时间以来，接触了两位文化官员让我很有触动。去年春天我去找市文联的王东宏主席，目的本来是希望文联能出面帮玉奇先生申报“泰山文艺奖”，当我简单汇报了玉奇先生的情况后，王主席说我刚才在操作电脑，你不要认为不礼貌，我是把你说的情况全部记录下来了。他又说前段时间王颜山主席也说这事，这样吧，马上安排六家媒体同步采访同步报道。这规格完全是两会的报道阵势啊，事实亦然，大家都知道了，不再赘述。淄博搞文化名城建设，向全国乃至世界推出文化名人，势在必行，我经历过的王主席在宣传我市文艺大家的过程中，措施得力，布局合理，不遗余力，雷厉风行，着实感人。王伟局长不管闲忙，参加了培国先生新书发行策划会至少三四次，充分听取大家的意见，适时提出自己的观点，在推动重拾博山文化记忆系列工作的起航中，表现出了主导者的睿智。作为一个渐渐热爱淄博、博山文化的原居民，我感到心里踏实。

我说渐渐热爱淄博、博山文化，是因为过去关注太少，这得感谢培国先生，他安排我写《连浆》的序言，尽管写出来不伦不类，但是读了他的书，我才感觉至少晚了三十年没能近距离观察我的家乡的风土人情。弹丸之地的博山，他投注了巨大的心力和情感，让我在记忆深处慢慢复原了一个二十世纪中叶的博山全景，这比清明上河图更厚重更深邃更有魅力。我不好说他就是大家大师，但他绝对距离大师大家不远了。这次博山区委区政府及文化局将培国先生新书发行式放在文化研究院成立后的第一档活动，想来是做了充分的考量。我们宣传孙廷铨、赵执信，我们知道文化名人对于一个地区发展的作用，但是这么多年了，难出新意了，为什么不在宣传古人的同时，加大当代名人的宣传和影响扩大？我们博山在各个艺术门类都有顶尖的高手，这些人放在全国毫不逊色。发现、关注、宣传、推广是亟须进入政府工作程序的。

比如博山内画吧，在《刘培国的博山》里谈到吴建柱先生，我说他是工匠与艺术家完美的结合，我举了苏东坡的例子，说他是工艺烟壶和艺术烟壶分水岭上为数不多的尊者之一，也许是唯一也未可知。我说他能提领一个时代。这些话怪吓人的，印证并不难。印证了之后呢？

文化研究院成立了，也有几位专家进入工作了。可喜可贺。我不知文化研究院的具体职能是什么，但有一点，如果将来总结仅仅是研究院的专家出了几本书完成了几个课题，未尝不可，也不无缺憾，高手在民间啊，如果民间的高手或准高手任由他像向阳花那样自由成长，不免收成仅靠老天了。习近平总书记在文艺座谈会上的讲话里有这么一段话：“近些年来，民营文化工作室、民营文化经纪机构、网络文艺社群等新的文艺组织大量涌现，网络作家、签约作家、自由撰稿人、独立制片人、独立演员歌手、自由美术工作者等新的文艺群体十分活跃。这些人中很有可能产生文艺名家，古今中外很多文艺名家都是从社会和人民中产生的。”有指示肯定配套有政策，就看怎么操作了。

前面我说要给培国先生的许多文章写评论，这不仅仅是感动于他的作品，我将来写的也绝对不是单纯的就事论事的评论，也许他的作品仅仅是个引子。这些事需要有人做，众人拾柴啊。他的高度由他自身努力，也得靠大家帮助啊。我们这种三线、四线城市的悲哀是更多把自己定位为追随者，而不是引领者，这是一种小城市文化人的文化自卑。前段时间淄博晚报的伊茂林先生送给我他的专著，我才知道蒲松龄的“聊斋”二字出自淄川的路大荒之手，得伊秉绶精髓，与郭沫若的对联摆在一起，毫不逊色啊。我们首先得有文化自信，有个写字的老先生叫钱蕴声，三十年前我在岱云山房裱画店见过他的字，写何绍基一路的，写得很好，店主老崔那时是小崔说是淄川的一个书法家。后来在博山的一个展览上看到了他的一副对联，鹤立鸡群啊，那种安闲高妙，从现在一直挂到唐朝也没有人讨厌，后来我去拜访他，我说老人家您的字不得了啊，但他的字很少挂到更显眼的位置，参加展览也很少获奖。这让我陷入沉思。他给我写了几张字，省人社厅有位巡视员很热爱书画，因工作关系和一位要好的朋友的原因到过我们单位几次，他很喜欢我写的字，临走总是拿着一大摞，我把钱老的字也送给他了。有一次他的朋友传话给我说，巡视员跟省书协的主席很熟，有次见了你的字说，山东还有写得这么好的吗？我心里明白得很，那是钱老的字让他们感到了震撼。我们自己的高度我们如果不认可，等到墙内开花墙外香，我们会很尴尬。这次培国先生新书发行仪式，博山区委区政府将他置于整个博山文化振兴的大背景下来办，这就是刘培国的意义，我们非常欣慰也非常乐观地看到，这仅仅是个开始。

（2017年7月28于观云楼北窗）

最后的博山

过了元旦进入公历2019年，博山泰云照相馆将迎来百年华诞，可谓地地道道的百年老字号了。

波诡云谲，沧海桑田，百年泰云的前世今生，刘培国先生的《博山第一家照相馆》有翔实记述，兹不赘言。

在举手就能拍照录像，人人都是摄影家的今天，以照相为主业的泰云照相馆何去何从，定然是让所有自觉有责任面对的人颇费心神的。同样，聚乐村也将迎来百年华诞，两店的负责人王鹏先生，一年前就开始了策划，当然，这是我所知道的，或许时间还要更早。

不久前与他聊天，这位谈起餐饮文化滔滔不绝口若悬河的大汉语调迟缓若有所思地说："聚乐村是博山的，泰云照相馆也是博山的。"这便有了这次关于博山老城影像的公益展览，照片极少涉及聚乐村和泰云照相馆，摄影师也与泰云照相馆无干。

初秋时王鹏先生说有位老兄很用心，出版了厚厚的一本书，用影像记录淄博城市变迁，书里全是自己拍摄的照片，关于博山的老照片很多。

经他介绍我有幸认识了照片作者——肖成顺先生。肖先生祖籍博山八陡，七十年代考入淄博商校照相专业，该专业是专门为照相馆培养人才的。由于肖先生学业优秀表现突出，毕业时留校任教充实师资，其实肖先生是有到照相馆锻炼的愿望的。时隔近四十年说起这段往事，肖先生脸上丝毫没有因为留校任教得意，反而为没能进入照相馆略显委屈。在从教六七年后，肖先生调入淄博市城乡建设档案馆专门从事城建影像资料的采集制作和建档保管工作，相比教书如鱼得水。

专业即职业，职业即爱好，爱好能有专业的环境，幸甚，一干就是几十年，工作卓有建树，艺术也收获颇丰。

与肖先生聊天很愉快，他很真诚，侃侃而谈，也很谦恭，不以摄影家自居。感叹自己三十年前一次源于职业习惯更多是发乎性情的拍摄，被博山的朋友如此看重，也坦言当初并非主题先行，否则就不是区区之数了。

分手时肖先生赠我两本他著的书，都是五百多页厚。一本是2014年出版的散文随笔集《平淡才是福》，翻看目录不觉会心一笑。肖先生似乎有某种“控”，书中所有文章按时间排序，题目也非常秩序地按仨字、俩字、四字整齐排列，真是少见，不仅不古板也无一丝违和感。跳跃着读了几篇，字里行间铁汉柔情，形式和内容俨然理性和感性的矛盾统一体，有形有情更有趣，剩余美文留待慢慢品读。另一本是2016年出版的《光影话淄博》，博山部分作为一个专题，冠以《忆老城，触动心弦黑白灰》，计99张黑白照片。

如果不是刻意，我们很少会从各种角度打量一座城市，尤其是俯视。我是1968年出生的，肖先生拍摄这组照片是1988年，那时我已经二十岁。从那个年代走来，在这个小城的街道胡同无数次走过，甫一看，竟非常陌生，尤其是那些俯拍的广阔的场景。努力回忆，远看近看，借助于肖先生大篇幅整饬的文字，思绪倏忽回到了三十年甚至四十年前。那些街道、胡同、门市陡然变得亲切、熟悉，仿佛跨越时空又一次身在其中，便觉错过了无数个永恒的瞬间，倒有一丝慨然了。

我是有很多心理情结的，细细思忖，很是符合荣格的理论。比如鞭炮情结，直到不惑之年，才觉稍稍淡化。孩提时代对鞭炮的痴迷可谓刻骨铭心，那种诱惑与囊中羞涩的激烈冲突，对于儿童心理总有渴望而不可多得后的些微伤害。

无论是鞭炮的包装商标、色彩搭配还是编结方式、码放形式等，无疑潜移默化影响了我后来对物象形质、色彩、边界、线条甚至细微的视觉晕化的感觉。官方督造的鞭炮其工艺的细致与色彩的绚烂、农民私制的鞭炮其工艺的粗犷与色彩的朴旧，或一盘、或一支，或大或小、或整或散，那种魔力，久久视之，心旷神怡，燃放听响倒在其次了。那时博山城里哪条街上有百货店，哪个店铺有不同于其他店铺的鞭炮品种，我谙熟于心。过了腊月二十三，真是日长如小年，直到迫近除夕，寒风里东跑西颠哪顾得母亲手缝的棉鞋被雪水浸透结冰，脚趾头浑然没有知觉，耳朵几乎冻掉，捏着裤兜里记不得来源的可怜的纸币，在不厌其烦反复对比下，跟赌徒放下最后的赌注一般，兴奋异常如获至宝地揣着鞭炮回家了。

反复翻看这99张照片，童年的情结复燃，带着我游走在三四十年前古城博山的街巷胡同之间。幸好肖先生当初发乎性情一气拍了三个胶卷，这个时间坐标给我一个定格，鞭炮的诱引赋予了照片绚丽的色彩，人走动起来，房屋有棱有角，街道伸向远方，分明听到了穿墙而来“云遮月”的吆喝声，八——宝——粥噢。我疾步穿梭于店铺间，雪水浸泡的双腿犹如僵硬的划规，踏出了一张上世纪八十年代大拆迁前博山老城的地理图，定睛一看，不禁老泪纵横，这是最后的博山。

面对记忆深处刻印在大脑表层的这张图，感慨系之，一时间愤懑、哀怨涌来，到底还是觉得无话可说抑或不知从何说起，不若却道天凉好个秋了。

中国人是很讲究不破不立的，破是破了，立得立得住。从相关资料看当初淄博市政府由博山迁到张店，也是做了复杂论证的，现在来看走是上策。你方唱罢我登场，各领风骚三五年，企业红火过，陶琉红火过，电机红火过，水泵红火过，短暂的热闹过后，继而煤炭绝采，企业纷纷破产，陶琉产业跟1956年掉了个个。

下岗职工多起来，早餐摊点遍地是。我们辛酸地对外宣称，博山是鲁菜发源地，美食王国，早餐盛宴。恨不得一支豆腐箱席卷钓鱼台，一盆酥鱼锅煮遍全中国。言必称孙廷铨、赵执信，话不离颜文姜、孝妇河。阿Q说“我们祖上比你阔多了”，一枕黄粱，何时梦醒面对现实。

我不是古城的捍卫者，博山这个三面环山的小城，外拓的空间局促得难以伸展，无论是人口的暴涨还是交通的拥塞，老城制约着民生。保留老城另辟新城，老城修葺和维系以做旅游开发，即使那时各方面条件经过努力尚能允许，大概也没有人能想到更遑论做到，所以事后诸葛一味指责君子不齿。

1988年的博山，已经开始了局部规模拆除新建，照片中已然显出多处钢筋混凝土堆砌的威武狰狞。也许这是此类城市发展难以逃避的梦魇，尽管有诸多保留完整的古城案例。然而城市管理者捉襟见肘的智慧和急功近利的发展心态，使得三十年后呈现在我们眼前的是毫无格局可言的杂乱无章。稍一审视，竟然连三十年前古人留存的并非经意的古朴与清幽的影子都丧失殆尽。

有人说这是博山的痛，那该痛定思痛吧。

曾在一篇文章里看到当时某位决策者大发感慨，感叹自己及同僚的少见和短识。有人说他们欠博山人一个道歉，其实跪了又有何用。前段时间听闻有规划设计单位新出了博山城里的规划建设方案，其中有把孝妇河覆盖之说，遂引来众怒。老百姓不见得是对的，但城市管理者不能出错。

那个楼台亭榭相映成趣、溪唱泉鸣不绝于耳的千年古城已经湮没。文旅博山，走在全市前列的号角早已吹响，给我们信心，让我们有理由相信，如今的城市管理者建设者有足够的智慧建设一个全新的博山。那就请肖先生们拿起相机，再用99张照片或者999张照片，留待三十年后做一对比吧。

我于摄影是门外汉，尽管不同时期也摆弄过几种不同的相机。兴之所至还会拿手机拍几张“傻瓜”照片在朋友圈显摆，自己清楚得很，技术没过关是先天不足。

所有艺术都是建立在技术之上的，有技才有道，光有技是匠作，技近乎道或者技上升于道，技术的后面是摄影师那颗与众不同的大脑以及那双捕捉特殊瞬间的眼睛。他们看到的、思考的超乎了寻常，就是所谓的道也就是艺术了。一生致力于技且娴熟者可谓众矣，徘徊于艺术的门前者亦可谓众矣，登堂入室者却在少数，这有个天赋异禀的问题。

肖先生的艺术创作及其意义，我想借过去粗浅了解的四个案例来佐以旁证。

有报道一国外摄影师在遭遇颠覆航船的巨大风浪时，船长已经束手无策坐以待毙，整船人都绝望呼号。摄影师用绳子把自己固定，拍摄下了极端时刻的珍贵照片。幸运的是航船只是履险，摄影师临危不惧的职业精神和不可多得的珍贵照片获得普利策摄影奖。

一位农村走出来的中国摄影师回乡探亲，路遇一个五六岁的娃娃倚在粮食垛旁，帽子胡乱反扣在头上，手执弹弓眯着一只眼向天瞄准着什么。摄影师抢拍了这个镜头，获得某个国际摄影大奖。

中国南方的某个公园户外的一条长椅和它旁边的一杆灯架，被一位摄影师以不变的镜头执着地拍摄了几千张照片。一年四季的时令变化，风霜雨雪的气候变化，晨曦正午落日的光影变化，长椅上有人没人，一人或两人，老人相扶相依，青年相偎欢谈，孩童攀爬嬉闹，等等等等不一而足，获得了某个摄影大奖。

我们身边的焦波先生，几十年用镜头记录双亲生活和时代变迁，引起全社会的广泛关注和赞誉。

获奖只是结果，重要的是他们镜头凝结的瞬间对人世的意义。肖成顺先生是一位执着得着了道的摄影家，上世纪八十年代末，经济意识已然萌动，嘴里不吃肚里挪地积攒几个钱，对着毫无经济利益回报的街道胡同拍照，初衷是啥，他也模糊，似乎冥冥之中天赋使命使然。

关于博山的99张老照片，只是肖先生职业和艺术生涯冰山之一角。希望这次展览或结集出版专题相册，带给我们的不仅仅是回味、慨叹，更多的是警醒、思考；也诚望肖先生老骥伏枥，艺术更上层楼。

直面未来，我们不需要道歉，真的不需要，但我们得给肖先生点赞。

（2018年12月10日于观云楼南窗，窗外大雪纷飞）

文章千古事　得失寸心知

——刘培国散文集《鼓当》得失蠡酌

现今自媒体发达，文章随写随发，可删可改，几乎不受限制。很多人兴许是图个乐，不计工拙，也不计后果。白纸黑字印出来，就代表了一份正式、一份郑重。一旦付梓便不能增删修改，难免会留下遗憾。刘培国先生的《鼓当》出版，他自己回看，读者来看，都会有个“得失”问题。“得”与“失”可相互转化，此时的“得”也可能是彼时的“失”，反之亦然，见仁见智，对作者、读者亦然。笔者曾给培国先生作品写过一些评论文字，多是谈“得”，今天“得失”并谈，管窥蠡测，就教方家。

引子

《鼓当》文集前三篇《学而时习之》《姚家峪大牌坊匾额楹联诞生记》《要人间烟火，更要仙风道骨》涉及的人物主要是张宏森、张宇声、毕玉奇三位先生，他们都是学富五车的前辈。人物语言是原话实录（此谓“非虚构性”特征之一，下文将述及），不走样不失真。

读了张宇声先生的序言，感喟之至。文风沉雄老辣，是位干练的“写家”“评家”。举一例以证，序言第二自然段“正如我们共同的朋友所说：‘他是最具责任、最具孝悌的家乡儿女’。”又不说“朋友”是谁，又用了“朋友”原话，字斟句酌可谓匠心独运。

玉奇先生与我亦师亦友，情同亲人，德艺双馨，才气过人。他是艺术“通才”，琴棋书画、金石文章，“下笔已到乌丝栏”。我喜欢跟他聊天，听他的艺术“短评”，对于各门类艺术及现象，他能用方言俚语三言两语表达与众不同的见地，言简意赅、切中肯綮且入木三分。

过去读过宏森先生的小说，令人击节的是，他不仅是优秀的创作家，还是相当理性的文艺理论家，仅从三篇文章的“谈话”就可见功力弥深。创作家与理论家集于一身，不舛互羁绊还能相得益彰，是非常难得的。创作家更感性些，对理论模糊些更好，不会束手束脚，风格在自由创作中打磨、形成。理论家条条框框就多了些，俯身创作先要打破意识里自设的壁垒，上升到思想层面的问题，说起来容易，做起来就难了。宏森先生用不着我来评价，他是能载入新时期文学史的作家。

三位先生的谈话，于作文、做人、论世都很有启发作用，当然这与作者的精于梳理、巧于安排是分不开的。

三篇文章都有宏森先生，而题材选取角度则不同。一篇是谈文学创作理论的，一篇是记录国学实践的，一篇则是关注家乡发展和艺术家生存状态的。既是本色写照，又有家国情怀。从文章内容囊括的文化信息量之大且占全书文章五分之一的体量作为“引首”，可谓“神龙见首”，须眉立现，神韵陡显。从全书结构章法角度，后续文章再时露鳞爪，斩获虚实之妙，可谓大成矣。岂料，云腾电闪，“狰狞”突现，神来之笔，统领项躯，形神俱备，时隐时现。这是后话，暂搁不提。

而我想强调的是，我的观点并无新意，没有跳出宏森先生在这三篇文章里的谈话要旨。

一、关于题材

《鼓当》选文16篇，15篇是人物纪实，这看出作者一个时段内选材取向和视角定位，也看出规划成集时有过题材上的考量。秩序感很强，很整壮，不是“拼盘”，是个“大件”。宏森先生谈话“有一些既无价值又无意义的不一定去写，必须有主观处理的机制”，这说明作者的“机制”意识在起作用。

《学而时习之》谈宏森先生的“影响鞭策”，《姚家峪大牌坊匾额楹联诞生记》谈宏森、宇声先生的“国学功力”，《要人间烟火，更要仙风道骨》谈玉奇先生的“仙风道骨”，《远去的西寨龙灯》《“米珠刘”传奇》谈刘氏家族的苦难史和奋斗史，《失传铺丝复原记》谈邹爱云女士的“灯工绝技”，《王德鸿大师纳徒记》谈主线人物王德鸿大师“琉璃搅料”技艺传承，《陶苑奇人》谈陶瓷专家田继博的“尊贤自信”，《文静画鱼》谈文静女士内画题材的“独辟蹊径”，《七彩瓷，我欠你一份敬畏》谈周祖国父女对陶瓷技术研发的执着和收获，《不安分的守艺人》谈陶瓷画家张新中“转益多师”“曲径通幽”，《宋建军心目中的宋永泰》借宋建军先生之口历数博山地区近百年来武术传承，《世上曾有张博伦》谈音乐天才张博伦的一生悲情，《博山内画先师，藏着一位雪村氏》谈掩名已久了无匠气的大写意内画尊师孙雪村，《你说他是谁……》谈张明文和李左泉两位先生师生翰墨奇缘。

从人物入手，焦点、重心各有偏重，可谓异彩纷呈，不落程式、窠臼。

总体上，人物形象鲜明，情感含蓄蕴藉，结构开合有度，脉络清晰分明，笔墨收放自如，手法灵活多变。多篇文章人物之间还有某种“逻辑”“机缘”关系，颇像“顶针”手法，将所有作品明里暗里连缀成一个整体，这种“聚”与“散”，一方面是“地域化书写”（下文详述）的特质使然，另一方面也体现作者题材择取的用心。

有些匪夷所思的是，用以冠名文集的《鼓当》却偏偏不是人物纪实。就像一张个人歌曲专辑，主打冠名的歌曲是美声，而其余全是摇滚。如此迥异的1∶15的选材，似不是有意为之，确有强取以求与过去的文集达到另一秩序的“主观处理的机制”的痕迹。《鼓当》一文开头（第一自然段）其“造境”“代入感”极强，此后行文却近于考据为主的“学术论文”。散文的头颈，论文的腰身，材料不是为人物服务，人物仅证材料的出处，此文给文集带来的违和感较强。当然文中有处（倒数第二段后半部分）灵光乍现，也尽拗救之力，只是绵薄而已。

单就已经结集出版的《酥锅》《促蛰》《鼓当》，集子的冠名都是有实体文章的。倘若初次接触培国先生作品的读者、评论者或研究者欲“一日看尽长安花”的话，很可能首选冠名文集的主打文章来看，《鼓当》一文对于其所在的文集岂不“一叶障目”。也许鼓当作为一种“小玩意”在琉璃行不登大雅，现今博山琉璃行已经没人太过重视，在作者而言只是往事的无个性意义的载体罢了。窃以为文集以其冠名，此文当尽“扛鼎”之力，基于此，当大做文章。可惜止步于考据，交织其中想见“扛鼎”功用，总感觉有对文章主题内涵挖掘不够深入的尴尬。当然瑕不掩瑜，笔者只是希望文集的架构与个体文章内容的和谐度更高更完美。

培国先生近年来文章考据成癖，这也许是他一定时期创作高产的某种原动力，笔者无意臧否过甚，也非常认可考据之艰难和成果之意义，毕竟已经上百万的文字，没有相当量级的“干货”是不妥的。但作为散文家，视野与视角应该与众不同，其境界似不在考据。考据者大有人在，“越俎代庖”实非上策。“乱花渐欲迷人眼，浅草才能没马蹄。”“诗家清景在新春，绿柳才黄半未匀。若待上林花似锦，出门俱是看花人”。“乱花”“花似锦”不是散文家精神寻绎之所在，当发前人所未发，得引领而不是从众。

《鼓当》文集题材选取尚有一处缺憾，即没有一篇传统意义上关于教育的文章。

培国先生从事教育工作并担任学校校长已经十多年，毋庸置疑，他对教育一定有自己的思考和见地。今年10月初读到他的《太阳湖即景》，我莫名哽咽，一种释然与焦虑博弈的心绪挥之不去。笔者也是教育工作者，每天都沉浸在教育的现实问题里。他提出了一个教育存在的普遍性、社会性问题，而这个问题的解决恐怕会落入最为消极的时间等待……此文是在他供职学校的微信平台发稿的，也许主观上就没将它列入系列创作，当然也不排除写作对象并非博山，或者成稿时，《鼓当》已经付梓。教育问题，归根结底是向前看的，是社会发展、民族进步的基础性的工程。通过文学的笔触表现对教育的关切和思考，体现作者的思想高度、批判精神和社会责任担当，应该是一个作家义不容辞的责任。

关于博山的“前世今生”，“爱之深责之切”者多有论述。博山最大的“痛”，不是拆了亭台楼阁建了高楼大厦，不是哪个历史名人、名门望族的故事没讲全、功德没说清，这充其量是某个年龄段的人茶余饭后无关痛痒的谈资。

博山最大的“痛”是一所所学校离她远去，而作为资深教育工作者的培国先生，在从事教育工作多年后，没能驻足博山教育现状分析和未来谋划，仅就这个文集题材选择而言，不能不说是一个遗憾。当然，以作者的学识和远见，没有过多触碰博山的教育，似有某种不便言说的考量也未可知。正如有的批评者批评培国先生作品批判性不再尖锐甚至无批判，思想性不再显山露水近于“推疯装魔”，是否基于同样的考量，更未可知。这些揣测臆断哪个更接近于培国先生主观本真，似乎不是第一位的问题。笔者倒是想打破这个惯常的逻辑推理，从另一个维度揣度作者思想性、批判性的弱化，其实是审美意识、寻美取向、造美理念逆转的“中年变法”，对过往创作的思辨的自觉甚或不自觉的改弦更张，所谓“过尽千帆皆不是，斜晖脉脉水悠悠”。

二、关于体裁

文章体裁的讨论已久，有人甚至极为反对给文章划分体裁，那就绝对化了。但是要给体裁一个所谓科学的界定，尤其是散文，一是不可能，二是没必要。艺术如果那么理性，就不成其为艺术了。《鼓当》“作者简介”有两个元素是评论者该握有的尺度，一是“中国作协会员”（《鼓当》应该是作者加入国家级协会后公开出版的第一本书），它决定了评论者拿什么样的标准来衡量、评价作品，也就是创作水平；二是“致力于乡土散文创作”，它决定了评论者用什么样的视角来打量、剖析作品，也就是以什么样的文化视野作为背景。

中国作协会员不是绝对条件，它并未明确体现出作者创作的分水岭，可不予过分关注。“乡土散文”的界限却是相对清晰的，文化视野有一个大体的范围，就是一定文化视野内的“地域化书写”。

文艺评论家王元化提出，研究中国文学必须注意两条原则，一是从比较中探索其特点，二是从文化传统背景上探索形成这种特点的原因。文化简而言之就是人类的语言、思想、行为的总和。一定文化视野内的“地域化书写”，回到题材问题，则“书写”的“地域化”内容，为既定文化视野内的一切文化现象。如此，题材的选择，是博采还是约取则不是问题了，博采反而成为必要，突出矛盾主要是价值判断，不再赘述。

散文是相对韵文界定的，韵文之外都可以称作散文。按刘勰《文心雕龙》“以为无韵者笔也，有韵者文也”，散文是“笔”而非“文”。现代散文其实是“文”“笔”混搭的，从语言特色角度，有相当量的作者刻意追求诗化、韵味，这大略因距韵文时兴或创作普及的时代太过久远，可以看作是复古不能、食古不化，画虎不成。这着实可以归结为白话文的“功劳”，当然也不妨碍我们在现代语境下发现、审视它的美。

因为散文范围的宽泛，为评论和归类方便，在前面加一个定语，以特指是某一类散文，“乡土散文”即如此。按照王元化先生的两条原则，培国先生的乡土散文创作有相当明确的文化视野——博山文化，有相当明确的地域——博山。这就有了“传统文化背景”可资研究其风格成因，也有了“比较”的可能以资研究其个性化特点。“地域化书写”的行为自古至今是大有人在，乡先贤孙廷铨及其《颜山杂记》即是典型，只是现在有这种明确的方向的作者更多罢了。回看作者所有的文字，从几十年前冥冥之中已经有自己的创作定位，过去模糊些，现在更明确了。这都没有问题，无论从博山文化视野的哪个角度，刘培国都堪称当代书写博山的第一人。

但是培国先生在强化“地域化书写”的过程中，似乎刻意弱化了“抒写”，更近于刘勰所谓的“笔”了。约定俗成的现代散文的基本属性，大约是少不了抒情性的，而抒情性的高境界怎么也绕不开思想性，两者在现代散文的社会属性上相辅相成。抒情性、思想性弱化，作为“自然的人化”的文学，现代散文的体裁界限便模糊了。笔者以为优秀的散文家既得是思想家又得是“老情人”，培国先生散文惯有的情感表达含蓄蕴藉和思想锋芒隐藏，似乎越来越偏执了。在近年来的作品中，已经看不到“风中少年”的委屈和中年顿足捶胸的愤慨，莫非是磨圆了圭角、消弭了火气的“通会之际，人书俱老”？这种险绝之后的复归平正，或许是作者创作渐入“无我之境”？也如前文所述，这是审美逆转？此时此刻，不妄下结论，是笔者对自己的忠告。

《世上曾有张博伦》是情感最为充沛感人、人性挖掘最深的一篇。《鼓当》首发式前的一个下午，笔者与毕玉奇先生就此文做过一次长谈，尽管看法不尽一致，视此文为文集“扛鼎之作”、也是培国先生近年之力作，则所见略同。此前只知张博伦是众人口中的“音乐天才”，一看题目让人头皮一紧，“曾有”二字便引发万千思绪。俗话说“千年琵琶万年筝，一把二胡拉一生，唢呐一响全剧终。”仿佛一声慨叹，唢呐一响，定了乐章的悲凉基调，此乃“引子”所言“狰狞”突现，神来之笔！对人物的语言描写尽管很少，却对人物思想、性格的刻画至关重要，可谓惜墨如金恰到好处。张博伦跟琴友李同新说：“情愿走这滩泥窝，也不走那堆炉灰。”对他单纯、执拗的个性表达得淋漓尽致。跟少年毕玉奇的对话和招呼大家静下来向逝者行注目礼，刻画了他悲天悯人的善良本性，是对其人性之美的不经意褒扬。无疑，这篇文章情感的表达是非常成功的。

在思想灵光乍现的捕捉上，作者采取“他山之石”的手法。“毕玉奇注意过他的眼神，总是发空，答非所问，老是深陷在他的旋律当中。”这是文眼所在！“发空”二字，涵盖了张博伦情亡人颓的悲剧人生。紧接着对毕玉奇说的话“听说你写开毛笔字了？好，比拉胡琴强！”一个终生视音乐为生命的人，说写字比拉胡琴强，话里有话。笔者以为这里应该有些生发，或许能奠定此文在思想性上的新高度。张博伦空洞的眼神、游离的表情、人与音乐合而为一的沉浸，也许正是道之所在，也许正是张博伦孤独悲凉的灵魂暂得出窍、获得一丝温暖之所系。而作者没有就此生发，太过“无为”，“只在此山中，云深不知处”了。

比较《鼓当》倒数第二自然段，引孙廷铨《颜山杂记·琉璃》“孙廷铨写到这里，笔锋一转，‘此老氏之说也：有有之用也。’”继而作者也笔锋一转“如果不把壅塞的心灵拓出一片空间，怎么能领悟生命的意义呢？”（前文所提此文之灵光乍现处）孙廷铨由器上升到道，刘培国由物推及到人。如此沉雄老辣的笔法转嫁于《世上曾有张博伦》的“文眼”上，轻轻一抹，便可神采焕然。《鼓当》未注明写作时间，张博伦一文写于2019年6月，倘若《鼓当》在前，那张博伦一文思想性升华的“有为”与“不为”是存疑的。

张博伦一生悲情的根源，表面上是爱情鸟飞走了的打击，深度的根源没有挖掘，尤其人性的分析和人物内心最深处的探寻。张博伦也许一生对于爱情问题再不触碰，缄默讳言，但是作家刻画人物得做合情（不见得合理，也不见得是事实）的逻辑生发，艺术的“真实”远高于生活的真实，所谓“艺术源于生活高于生活”。“缀文者情动而辞发，观文者披文以入情”，读者的“入情”多赖于作者的“辞发”，如此，才能“沿波讨源，虽幽必显。”而笔者认为培国先生“辞发”过于吝啬，也便使人觉得“荷尔蒙”渐行渐远。这引出一个问题，所谓“非虚构写作”。

三、关于“非虚构写作”

所谓“非虚构写作”，也同“地域化书写”一样，不过是评论家为了行文方便而冠名。如果非要给它个定义，就是“真实再现”。

对于散文本体而言，本身就有非虚构性。其文体基本属性就是提倡写真人、记真事、发真情。“非虚构写作”的倡导者们扩张了“真实性”主张，使作家从想象、经验式的写作，走进生活的绝对真实，身临其境，现实感极强。但过分强调非虚构很容易导致走向极端，作家成了服务于“真实再现”的照相机、录像机和U盘。对于难免受黄老之学浸染的中国作家，似乎是“无为”即“有为”的一种境界了。曾在某个学术性较强的节目中，看到一位知名导演谈过一个想法：从城市的监控视频里任意选取一些片段，凑成一部电影的长度。笔者不知有没有结果，但有一点可以肯定，如果去做这事，所谓的“任意”将绝不是任意，它会将导演所有意图囊括其中，肯定会凝结着导演巨大的“无差别的人类劳动”。

王国维“无我之境”的“采菊东篱下，悠然见南山。”谁“采”？谁“见”？分明是“我”。只不过是暗“我”，不是明“我”罢了。极端化的“非虚构写作”极易成为王国维“无我之境”的错讹注疏。颇具争议的当代书家王冬龄的“乱书”，看似信笔为体，其实不然。他不是解构汉字，是寻求一种意象，是把人的意识的常态，试图用笔墨表现一个片段。他表现的“意识的常态”肯定是“有我”的，就像一个人哪怕几分钟之内的意识如果以线条表现出来，那跟“乱书”便如出一辙。开始还在理性书写可以识读的汉字，然而重叠、误笔、记忆断层等等交相跳跃，笔墨却不停，渐渐不可识读，渐渐成为人们眼中的“一团乱麻”，其实就是某种仪器可能探测的人的精神意识的电图，在“美”的创造上不好说毫无根据和意义，甚至很有启发意义。

《远去的西寨龙灯》《“米珠刘”传奇》大略就是一个家族的两件事，我读得很艰难，我相信作者写得也很艰难。文中对于龙灯制作、琉璃制作的工艺描述事无巨细、不厌其烦，颇具考据之功，是真实再现了，或多或少忽略了艺术加工。两文最大的阅读羁绊，是作者主观紧束情感，没有试图甚而刻意走进主人翁的内心世界。文中“我”是模糊的，也看不出“我”的心思，“我”也没能在逻辑自洽的前提下，对人物的内心世界做合理的揣测和延展。这是两篇长文，它们所承载的信息量，也许是目前的架构无法自如承载的，仿佛大脚穿了小码的鞋，实诚是实诚了，通透就成了问题。

《世上曾有张博伦》有一处小瑕疵很是扎眼，张博伦前妻再嫁，孩子失火夭折，前妻住进精神病院。这个桥段如果是张博伦亲述，写进文章，那是体现张博伦的仁心，他的爱情藏在心灵的最深处，这个女人不是他的爱情，但他们有过婚姻，对于她的不幸，张博伦倘若提及，是有自责和怜悯的。而文中没有交代这个信息的来源，“真实再现”就有添足之嫌了，文章情感隐线旁生枝节，破坏了整体氛围。

《博山内画先师，藏着一位雪村氏》相较就不然，“我”穿梭于字里行间，扮演着文字与读者之间的“导游”。当然这与时空不同有关，作为评论者，更期待作者妙笔生花。《你说他是谁……》又是一个状态，你能感觉到作者是张明文和李左泉两位先生形影不离的“盯梢者”。

真实再现还是艺术呈现，还有个人物语言和叙述语言问题，就是宏森先生谈过的官话与土话问题。从“地域化书写”角度来看，保持人物语言本色无可厚非，但是笔者作为文中人物的古今同乡，却常常因为土话遽然付诸书面文字而产生阅读障碍和不适。文章的意境或者说作者营造的情感氛围，与语言是有很大关系的，有时用土话表达确实细致入微，有时却会造成情感氛围的不和谐。“前门仁后吊大，叶楼骨盖腿哈拉”，土味甚足，尤其在严肃或悲凉的氛围营造中，总觉掺杂着一丝调侃和滑稽，反而显得不伦不类。语言风格问题很难作为定论来谈，一方水土养一方人，三五里外，声调便有不同，仅从读者阅读顺畅角度，官话优于土话是不争的事实。立足“地域化书写”角度，语言的地方性特色倘若无迹可寻，当然是很大的缺项。如何解决这个问题，前人的成熟经验固然可资效仿演绎，自己蹚出条路子方显英雄本色。笔者以为，叙述性语言应该以官话为主，人物语言在强调、刻画人物个性特征时适当使用典型性土语，这样“叙述语言”与“人物语言”可有一定的互为解释的作用，以助读者阅读顺畅，同时，作者行文语言风格仍具有较强的地域化风格。

回到“引子”所谈《鼓当》文集前三篇之“失”，也在“真实再现”上。《姚家峪大牌坊匾额楹联诞生记》尤为突出，主要表现在时间节点和辅助性人物出场等细节描述上。看得出这是作者刻意为之。这是一场多是在微信群展开的讨论，笔触重点体现在楹联修改和联意诠释上足矣，联系人物的身份等因素，时间节点、辅助性人物等虚化处理甚至讳而不提似乎更见老辣。

“非虚构写作”不能走极端，即使是真实再现，也是选择性再现，更不能忽略文学色彩。中国的艺术是相通的，以画梅著称的于希宁先生曾感叹他连续多年到某山上去赏梅，就那么一枝，喜欢得不得了。而某年再去，却不见了，垂垂老者竟然痛惜地大哭。表面上是真性情的流露，实则是道出了一个艺术表现的取舍问题。那枝梅花是梅花丛中的一枝，是山石夹缝里一丛梅花中的一枝，是山野上山石夹缝里一丛梅花中的一枝，而在他眼里就只剩这一枝了。其他的并非无关紧要，那枝梅花的美，如果没有其他梅花、山石、山野的映衬，不会给于希宁先生留下那么深的印象，这些印象在画家脑海里加工后浓缩了体现在纸面上是“写意”的主观精神。倘若从“写实”角度，拍照或者剪下来栽到家里的花盆里每天赏看，何必以如此高龄抱病劳足亲探呢？他赋予纸上梅花的美，已经不是单纯那枝梅花真实再现所能表达的了了，也就是“功夫在诗外”了。

孔夫子说“言之无文，行而不远。”这个“文”就是文采、修辞，情感、色彩，也是作文者的主观感受和意识的提炼升华。正如陈子昂《登幽州台歌》“前不见古人，后不见来者。念天地之悠悠，独怆然而涕下”。全诗除了题目，没有任何实物是真实再现的。从人与宇宙时空对话的哲学角度，登高望远悲从中来的“农山心境”，几万首唐诗便“万般皆下品”了。

对于散文来说，它还有一个名字“美文”。何为美？美在何处？

四、关于艺术审美

我们普通人通常意义上的“美”，是“已觉”的“美”，是已经被发现、被创造出来、得到（或逐渐得到）大众认可的“美”。不论是物象的美还是意象的美，已经是为人知的已经被发现、被创造出来的客观存在的美。而美是无止境的，是自由的，是不可穷尽的，这就给发现美、创造美的主体提供了广阔的施展的空间。

刘培国先生的散文美在何处？以刘勰的“六观论”曰位体、置辞、通变、奇正、事义、宫商为参照试做简要剖析。

其体裁固守散文是表象，原本散文的外延就极为宽泛，近年来，一些较大题材的文章已经有向小说、报告文学等嬗变的迹象。这种“变体”也许最终还有“回归”的可能和必要，但这种杂糅式的借鉴，无意会更容易满足他的“地域化书写”原旨，从而使得他的文字集合更彰显一种雍容大度。

其遣词造句从早期的唯美激昂、模拟流派、专注某家等，已经度过刻意，走向自然之原生态，铅华洗尽宛若清水芙蓉。句式也经历了古典精炼、骈散混搭、欧化倒装、新诗结构，长句、短句、碎句等普遍尝试。尤其是语言风格的“地域化”特点，让人极易从比较角度区分、认定其文章风格，尽管语言（尤其是叙述性语言）的“地域化”过重会干扰正常的阅读。

其继承、创新的通变之术，尽管不再似古人用典，但在对前人著述的研读征引方面，可见出作者的知识储备的庞杂，也即前文所述其“考据之癖”已经不单单是继承，也有修订和变通。就创新而言，主要体现在“摆事实”，而非“讲道理”，“事实”由作者摆，“道理”靠读者悟。这样的“创新”处理，其重点强调“抢救”，也即文化之美的发现。同样也“搁置争议”，给“美”一个大众消化的过程。

至于作品的表现手法，作者着力点似乎不在此。《鼓当》文集里的文章普遍很长，用小标题间隔，以达到“换气”是比较突出的特点。这些文章的模式，我们可以冠以“拉呱体”，很像舞台剧的“换场”，更像博山当地的“敞口席”，未来不可预知，情节无法先设，发展充满戏剧冲突。

用典的意义在于行文简洁，也是“思想性”集约型的雅化，作者于此的突出表现倒是不在“雅化”上，反而有些土里土气，那就是具有地域文化特色的“歇后语”、民间谚语、甚至是段子，这些东西深入人心，其内涵相当丰富，一时间难以用普通话解释得完整。

宫商之谓则专在韵律上，这是中国自古以来文章美的一个重要元素，如前文所述，我们这个时代并非韵文的时代，很多以韵文面目出现的文章，因为复古不成，翻新不就，往往让人觉得尴尬。在经历了《诗经》、汉赋、六朝骈文、唐诗、宋词、元人小令等不同音韵模式探索后，再创一种形式以体现音韵的美，似乎还没看到踪影。这是个时代性的难题，“像谁”不难，难在“自己是谁”。

如此“六观”，其美在何处也就勿需多言。培国先生文章之美，整体上还是体现在以博山文化为视野的“发现美”，至于创造美，兴许得在较为成熟的“主观处理的机制”的构筑基础上，以时间作为发酵的基本元素，才可以较为清晰地总结的。笔者无意拔高培国先生散文的审美引领，在这个维度上，他需要思考的还很多。也许当相当量的读者一眼便识刘培国时，他对于“美”的创造能力才真正被世人认可。

再回到王元化先生的两条原则，“从比较中探索其特点”和“从文化传统背景上探索形成这种特点的原因”。“比较”是继承，“特点”就有创新的可能。发现“美”需要眼光，创造“美”需要天赋异禀。当然，创造出来的“美”绝不是无源之水、无本之木，远的不说，就如鲁迅先生的文章，别人是做不出来的，他的语言风格是其思想遭遇了文言到白话的过渡形成的。再如毛主席的字和词，那气势那神采，五百年也难出一个。在其字和词里处处见古人，却处处是自己。后世对主席的字，仅限于拙劣的模仿，这足以说明老人家的天赋异禀。

关于艺术的审美问题，艺术家是发挥大众普及还是提高引领作用，是一个“温柔的误区”，因为“大众普及”容易接受，“提高引领”总是遭受质疑。

1942年老人家著名的《在延安文艺座谈会上的讲话》，关于“普及与提高”的论述，在那样的背景下，当然是强调“普及”的重要性，但决不放弃提高引领的重要。时隔七十二年，2014年习主席《在文艺工作座谈会上的讲话》，文艺方针一脉相承，而且信息量更大，且与时俱进。习主席在“第二个问题”里讲到，改革开放以来文艺创作存在着“有‘高原’缺‘高峰’的现象”，以及当前文艺创作的“最突出问题”——浮躁。这个“高峰”就是一个时代的审美的提高引领。

还是说，中国的艺术是相通的。拿人人都能比画两下的书法来说，很具有代表性。熊秉明先生《书法是中国文化核心的核心》认为 “中国文化的核心是中国哲学”，而“中国哲学的核心是中国书法”，所以说“书法是中国文化核心的核心”。第一层意思容易理解也容易接受，第二层意思就有些“玄之又玄”了，至于“书法是中国文化核心的核心”，简直就是“众妙之门”了。韩玉涛先生将这个观点视为圭臬，更引申草书的“写意”精神是中国艺术的核心。我在懵懵懂懂状态中，是极为欣赏他们的总结创建的。有人说“现在不缺书法家，而是缺乏书法评论家。”多年前吴冠中先生也有同样的感触：文盲不多，美盲太多。所以书法的审美，足以代表整个社会的艺术审美层次和能力，而时下这个问题确实滑稽得很，“大众普及”到了俗不可耐，“提高引领”的探索则有“众口铄金积毁销骨”之势，其根源在人心不古。

人是崇尚神而喜欢妖的，人在神灵面前总是极力摒弃内心的龌龊，力求以敬畏换来佑护。但在妖精面前就不同了，内心的邪念几何倍增长，人性的弱点尽显无遗。做个毫无道理的揣测，也许人性的弱点最为强烈的所在，物极必反，“美”的元素就等待在那里。蒲松龄老先生有好多段子，吴承恩老先生也有很多桥段，我总在想，他们要告诉世人什么。

毕玉奇先生评论培国先生文章称其为“舔锅体”，他在发行式上的谈话远没有那个下午我们交谈时的深邃。但他总结的“舔锅体”倒是足以涵盖培国先生作品的美学高度，既贴近乡俗、与众不同，又充满诱惑、回味无穷。

刘培国先生几十年来专注于“地域化书写”，他在博山文化的继承上、在博山文化“美”的发现上功莫大焉。而他在以博山文化作为视野的审美引领上能攀登多高、能行走多远，换言之，他在以博山文化为底蕴的“美”的创造上能攀登多高、能行走多远，我们拭目以待。

（2020年12月于观云楼北窗）

磊落　心便敞亮了

——王磊和他的磊落声音艺术

2020年10月31日晚，毕玉奇先生召集的一众九人聚集在博山叠羊路一个电器工作室，因着主人是资深音乐发烧友，有专业级别很高的音响配置，这里便成了音乐沙龙。通体玻璃门窗隔音效果不错，外面根本不知屋内正举行一场朴素的音乐欣赏会。此前，为这事玉奇先生给我打过几次电话，先是夸赞音乐好，再以商量的口吻说得为作者做点事，我能感觉到电话那头的郑重其事。他说要看我的时间，我则因手头事稍见秩序，不至于心猿意马，便答应近期随时都可。

约好了七点半，大家都提前到了。玉奇先生说，你先说说吧。我这才明白“看我的时间”的用意，以他的判定，我该是最为了解音乐作者的。此时，缺席的作者却在两千多公里外的深圳忙着演出前的调音，他就是王磊。

这让我好生难堪，说实在的，我对王磊了解并不多。只好硬着头皮勉强做了个开场白，把自己了解的丁点儿，毫无逻辑地一股脑倒出来。听音乐是正题，四张光盘，几个小时很快过去了。时间已经很晚，大家七嘴八舌谈论一番，从音乐结构到编配形式，从流行趋势到文化融合，从创作艰辛到生存状态，从地域文化影响进而谈到博山走出去的音乐人、艺术家的艺术成就，甚至谈到能否通过某种组织形式集结这些艺术家们为地方建设发展发挥作用云云。

一方号召，八方响应，自发雅集，作者缺席，一气听一位本埠音乐人的四张专辑，于我、于到场的各位，怕是平生第一次。清茶一杯，闻韶忘味，且听且议，阐幽发微，九人者毕玉奇、刘培国、徐传国、丁春林、高峰、韩东升、孙发斌、解忠、宋光辉，翌日，我将雅集照片发给王磊，还未卸下演出疲惫的他以惯常的温和的方式感念不已。

2020年春节前，王磊带着妻儿回博山老家过年。腊月二十六，他在沈斌录音棚忙活了一上午，中午，我们聚在颜山国际生活小区一个小饭店包间里。沈斌因课匆匆离席，余下三人从午饭聊到晚饭前，另一位是与王磊初次相识的毕玉奇先生。这是我第二次与王磊吃饭，也是第一次真正的聊天。

第一次吃饭得追溯到六七年前的春节刚过后，也是在博山一个家庭饭店，我去的时候已经近于散场，一屋子年轻人都是“北漂”“南漂”，这是他们回家过年的仪式之一，聚餐后便各奔东西。那时王磊和后来成为他妻子的乐乐还在恋爱，有些卿卿我我，一身朋克打扮，但很是干净利索。他礼貌地与我搭话，声音很是轻柔，乡音未改。时间已晚，匆匆作别。

玉奇先生是第一次与王磊接触，整个下午都是在谈音乐，无暇顾及其他，过后他几次问我王磊的生计如何，他深知众多艺术家生存不易，惺惺之情溢于言表。我说能在深圳拖家带口活下去，不至于揭不开锅。按时下的说法，王磊是独立音乐人。独立音乐人，我的理解就是以音乐为业的个体户。音乐，作为艺术，是纯粹的；作为产业，其所涉及也广。他如何营生的，我并不很清楚，许许多多独立艺术家如何营生的，我也不清楚。“独立”，显着自由，暗含艰辛。有次跟王磊视频，我传达玉奇先生的担忧，王磊温和地笑着说请您转告毕老师放心，我和乐乐的收入还算可观，只是所有的收入除去基本生活，都投入音乐创作了，而音乐创作的绝大多数，只为了喜欢，基本是赔钱的。

人到中年的王磊，在外漂泊近三十年了。他的沉静温和，比我第一次见他时更明显，用他的话说，自从为人父后，他对生活、人生、音乐的认识发生了非常大的改变。

王磊静静地述说他的音乐理念，用尽量通俗的语言表达他对音乐的理解，偶尔涉及专业术语或行话，他会稍作解释，以使谈话顺畅，听者易懂。从这一点我便觉着他不是沉浸在自己的世界里侃侃而谈，他似乎渴望把谈话对象带入他设置的情境中。这是修养，这种修养让听者能感觉到他内心的强大，我想这种强大不止是音乐的，是对身处的世界和行进的人生的某种彻悟。他在博山还是说着比较娴熟的博山话，我注意到他示意或称呼对方时，不用“您”，更不用“你”，而是用“恁”，“恁”是早期白话里的“您”，读音同“您”，但在博山话里读三声的en，是使用非常普遍的敬辞。只是谈话，没有音符、旋律，我有他的微信公众号《磊落声音艺术》，那上面时常发布他原创的音乐作品。我便把那些盘旋在脑海还有些混沌的声音碎片，作为他谈话的背景音乐，奇怪，总有一个画面闪现，一位背负行囊的旅者缓缓走着，背后远去的是宽阔静寂的高低起伏的伸向天际的路。

我刚看过坂本龙一的访谈，坂本当下的兴趣集中在对所有的声音的倾听欣赏，以便发现种种悦耳的声音所在。王磊和乐乐的组合称为“磊落声音艺术”，而不是“音乐艺术”，也许他更想从宽泛的声音当中寻找契合心灵慰藉的音符。这个提法让王磊有些兴奋，他说曾做过很多次无国界声音采撷之旅，就是寻找不同的好听的声音。磊落声音艺术，磊便是王磊，落则为乐的博山发音，便是乐乐，磊落其实更像王磊夫妇的性格，乐乐始终是开朗明快的，王磊则始终是温和坦诚的。心，敞亮了，音乐便磊落了。

离开小店时，桌上的菜馔几乎未动，并非所有的游子贪恋家乡的美食，时下某种可悲，是将对食物的执著供奉于信仰之上。室外，路人行色匆匆，有些淡淡的年节气氛了。

王磊春节后回深圳不久，就给玉奇先生和我寄来了前期所出四盘专辑，玉奇先生听过后几次给我打电话说，你抽时间来我这，咱得好好聊聊王磊的音乐，太好了，坂本龙一《末代皇帝》配乐，不过是占尽天时，王磊的音乐毫不逊色。

王磊是博山电机厂子弟，父亲是电机厂职工，哥哥王岩早年"北漂"打鼓，后转行摄影居沪上，已经小有成就。妹妹利利，先天带病，这是我所知道的这个家庭唯一的不幸。但她生在这个家庭也是幸运，被医学判定早夭，却在父母尤其是母亲的悉心照料下活到四十岁。幸与不幸，多是旁观者的臆断。说起妹妹，王磊总是一往情深，满含爱意，他说母亲当初知道妹妹的情况，还坚持把她生了下来，他说妹妹给一家人带来了无尽的快乐，家人丝毫没把妹妹当作累赘。2020年夏天，王磊因制作《厂矿子弟》专辑，会同导演和摄影回博山采录一些厂矿企业的场景，他把《厂矿子弟》和《利利》两首单曲的歌词发我微信，说这张专辑有个特殊就是加了两首歌，也算尝试吧，其他还是纯音乐。这时候利利已经去世，父亲也过世多年。我看到歌词很是平缓，见了面就问他利利的情况，王磊没有哀伤，他说妹妹给这个家带来最多的是亲情和对亲情的诠释。从歌词里很能感觉到他依然沉浸在亲情的幸福里，“静静地，你来到，我的身旁；你学会哭，又学会几句话，慢慢又都忘啦。哦，我最喜欢，看你微笑，跟你拥抱，教你帮帮忙；帮帮忙，这让我知道……”说到父亲的离世，他有些感伤，身处中年，回忆当初的“出走”，为没能尽孝抱憾。他觉得年轻时总有些反叛，跟父辈对着干，直到自己为人父，才沉下心来平静地思考一些问题。他没有表露对当初“出走”的决定正确与否，走总是要走的，只是觉得违逆了父辈的一片苦心，报以反叛的“出走”不近人情。他只是隐隐觉得不该像父辈那样活着，要寻找他心中朦胧的另一个世界，这个世界到底啥样，将来活成啥样，一片茫然。这使他的人生看上去除却父辈的按部就班，显然缺少明确的引导，其实不然。他将“出走”归结为对父辈管教的叛逆和对“一眼便望到头”的既定人生的抗争（你为我安排的路上，是金属碰撞的巨响。跳跃的麦芒上，那细碎的夕阳。《厂矿子弟》歌词），这是他离开家乡多年直到父亲突然离世，在失怙之痛中反思自己的人生选择得出的结论，只是这个结论并不笃定（我所谓的出走，是另一种接近你的方式，你的离去，是我认识你的开始。《厂矿子弟》歌词）。他试图在某个年龄段对已经走过的心路做个总结了断，当然，他的内心情感自己最清楚，作为局外人，我在与他的长谈中很明确感觉到了他自己总结的“出走”理由的不完全不充分。

有些东西并非来势汹汹，所起作用如春风化雨潜移默化。博山电机厂是老牌部属企业，所产电机用于航空航天，历来受到国家重视。因为企业性质及归属较高，计划经济时代，大量名牌大学的学生分配到厂里工作、安家，五湖四海，这种人才输入的同时也是多种文化样式的输入，更可以说是多种思潮的输入。电机厂曾经有过几千人的规模，生活小区就有好几个，经济效益好的时候，他们是迥出人群的，也就在实际上形成了一个群体，这个群体中的异禀者成为衔接博山和博山以外世界的一个纽带。地道的博山人，尤其是城里人，没有这样的文化氛围，在改革开放初期，当地企业效益相对较好，安于现状，“老婆孩子热炕头”成为一种通行不悖的生活方式，“走出去闯世界”的念头基本没有滋生的土壤。而像博山电机厂这样的单位，原本就有一条通向外部世界的隐形的通道，那种文化碰撞所带来的冲动，无时不搅动着许多不安分的心灵。但凡心有微澜，“走出去”便像搭乘公交到另一个城市，是土生土长的大山里的孩子无法想象的。王磊的音乐之路，最初启蒙是中国式摇滚乐，以反叛精神为主旨的摇滚乐总有些内心躁动的。耳濡目染潜移默化，走出去不必具备多么大的反叛精神，从王磊的情况来看，他的家庭没有施加给他太多的压力，他从小始终温和的性格也难以陡生说走就走的勇气，大概率可以归结为文化氛围的影响，这样的剖析或许能让目前仍然为当初“出走”伤了父子和气而心存芥蒂的王磊释然，倘若当真如此，父亲泉下有知也便欣然接受王磊“另一种接近他的方式”了。这种氛围产生的年代一去不返，崔健在谈当初走上音乐之路时多次谈到“部队大院”的文化氛围影响，部队大院不见得比电机厂生活区更大，但却更加五湖四海南腔北调，激发新的文化现象的可能就更大了。同是博山电机厂子弟的谢天笑则不同，他和王磊的性格迥异，他说他的人生大概有两种可能，当初如果不出走，现在就是黑社会。假设王磊当初如果不出走，现在会是啥样，人生哪有什么假设，走是必然，也是已然。

我上学的那个年代，同学中多有电机厂、第一医院的子弟，即便当时就有某种感觉，他们对新鲜事物的接受和理解、他们对知识获取的渴望、他们的言谈举止等，与我等有很大不同，因为他们生活的那个圈子那个氛围，有大量的知识分子，还是来自四面八方的知识分子，是一批带有相对自由思想和独立人格的知识分子，那个时代那样的一群人对地方文化的影响力可想而知。

2021年的春节，王磊没有回博山，年后他寄来了《厂矿子弟》专辑，这是磊落声音艺术第五张专辑了，一块发行的还有乐乐的书稿。单曲《厂矿子弟》和《利利》是他亲唱的，他所谓的尝试其实是情到深处心孤独使然。声音很轻柔，没有哀伤，没有歇斯底里，他在轻声的吟唱中诉说对妹妹的爱，对父亲的爱，只是妹妹和父亲却再也听不到了。

关于他们音乐的本质，说破嘴不如倾耳听。网络上多有现场分享的视频，我几乎翻遍。他们的公众号都有单曲推送，关注即可尽享。至于现场分享，推荐大家看一下2016年的《一席——大地上的美好》。《一席》是发起于2012年的一档现场演讲节目，影响力较大，大约每月一期，每期半小时左右，磊落组合以同名专辑《大地上的美好》为题，做了一期时长近五十分钟，堪称完美。

音乐的分类是人为的强加，乡村、古典、现代、欧美、美声、民族、通俗、摇滚不一而足，音是声音，乐乃旋律，有旋律的声音是为音乐。磊落在做的是世界音乐，世界音乐是个啥梗，解说起来颇近学术，不占流量了，举个例子，颇为流行的班得瑞，据说就是世界音乐。王磊从最初的痴迷摇滚乐，到现在悉心创作世界音乐，这种审美转换也许能说明些什么。中国式摇滚乐历经四五十年，从地下渐趋地上，耐人寻味的是，被称为“摇滚乐之王”的崔健说我的那些音乐哪是摇滚啊，是拾人牙慧的东西，中国距离出现自己的摇滚乐还早呢。被称为“摇滚乐现场之王”的谢天笑也说，写了和唱了几十年，忽然发现自己的创作也许才刚刚开始。这两位“殿堂级”音乐人对前路的“否定”并非谦虚客气抑或愤世嫉俗，他们自有身处中心的考量，王磊的转型大概也是看透了什么吧。

在一次腾讯视频线上交流活动互动中，有观众问王磊业余爱好有哪些，乐乐心直口快：王磊没啥爱好，不好色，只喜欢我，再就是音乐。王磊抱着贝斯，温和地略显腼腆地羞涩地笑了。

磊落，心便敞亮了。

（2021年4月于观云楼南窗）

“聚乐村夜话”节录

——培国散文已经形成完整的情感系统

单位开会，我来得晚了些，很遗憾没能进入大家的讨论。非常欢迎各位学者来博山，体验这个北方小城的生活节奏。感谢宗帅的引荐，这是个非常好的开头，它的意义将来会显现出来。大家都是名校的博士生，经过了严苛规范的学术训练，以相对于这个小城陌生的身份和眼光来打量她，从专业的、特殊的角度来看这个小城的种种世相，作为一个博山人，我很感激。来之前读过潘博士写的关于培国先生作品的评论，有种不可名状的欣喜。培国先生和他的散文在地方上影响很大，拥有大量的读者。多年来也不乏评论者，但多数评论者都是当地人或者是在外地的博山人，都有家乡记忆和家乡情结，情感极易共振，“入戏非常快”，从某种意义上来说这是一种局限。

这就很难从大范围也就是从全国范围来说他是著名的作家，著名不著名要看作品的影响力。我不是说他作品水平不够，宣传力度不够，我这样讲不是希望他追求或者大家给他一个名分，这需要作品说话。我想有两个方面需要引起重视，一是他的作品需要有与这个小城包括他没有任何交集的读者，尤其是像诸位一样以专业的态度从文学的、史学的、哲学的、美学的多种角度审视、评价他的创作和作品。这需要渠道，今天开了个好头。

前面我说诸位此行的意义将来会显现，这个“将来”如果需要长时间等待，也是一种自然的状态。也许你们回到各自的城市、学校，暂且又去忙别的事了，但你来过这里有过感触而且这种感触很独特，读过一个地域风格非常强的作家的作品甚至有些爱不释手。这些会发酵的，随着视线的转移和心路历程的集聚，有一天会突然有感而发，以你们那个时候的影响力和解读能力，会碰撞、胶合、拓展成一个面。当然还会或者我们期盼有与你们一样的一批一批的学者、专家也会来这里、经过这里，体味这里的生活，关注这里的艺术家和他们的作品，同样也会形成一个一个的面。这些面胶合、拉扯、延伸，把千年文化古镇的缩影放大若干倍，是不是会形成一种根植于地域特色文化的全新的世态？

这不是说博山是我家乡我特别爱戴她，希望人人都来赞美她。她是很别致的，别致得难有同类，有时我都在想，以她为圆心，要有多长的半径才能扫到另一个同样魅力的小城？而这样的圆心在中国能有多少个呢？这说的是自然状态，还有非自然状态，就像小潘，读了培国先生很多文章，其他学子也可能还有这样的，你们的时间很宝贵，针对一个目前地域性很强尚未波及更广层面的作家作品，花这么多时间研读，肯定还会有思考、评论的冲动的，这样不用很长时间发酵，很快就会形成那个面，形成那个面，他就著名了，关键是他笔下的小城博山就是著名的北方小城了，更多的人会关注、研究这个小城的过去、现在，也期待甚至合力打造她的未来，就会形成一种文化现象，这又有什么意义呢？这就是文化传承，文化传承是引领社会发展的动力源。当前中国社会的主要矛盾是“人民日益增长的美好生活需要和不平衡不充分的发展之间的矛盾。”“美好生活”什么样？标准是什么？不是凭空的，是文化传承下的重构。

另一个就是回归到他的作品本身，培国先生第四本散文集《连浆》出版前，邀我写个序，我只认可那是个邑人的读后感，就是《刘培国的博山》。文中我也说过我此前基本没读过他的作品，今天也坦率地说，我并没有非常认真地读每一篇作品。我专挑情感隐线，这是人性最本真的东西，也有我的阅读习惯和价值观在里面。我最初的想法很简单，就是看你如何表达情感，这种情感的基础或形成的格局是什么，如果这一点过不了关，那么所谓序就只能泛泛而言了。当我由题目慢慢游目内容时，几次失声痛哭让我无法卒读，提笔开始记录自己的共鸣。没能认真阅读每一篇是成文后的遗憾，所幸我通览了他思想情感的三维。我曾跟培国先生说，稍后我会针对每一篇写评论的。他说有那必要吗？这也是很多人问我的：你写了那么长的评论，他的文章有那么好吗？那篇文章并未表达完整我的看法，结构章法的原因，不能面面俱到，还有很多想法和看法，当然这需要时间，也不会逐篇评论，会分类合并评论的。这里也顺便谈谈他的作品的意义，我想，写作技巧、语言风格都无须多谈，其中还有一些需要修正、提高的地方，那是需要他沉下心来修为的。重要的是他的情感体系、价值体系、思想体系已经渐趋完整。他的四部作品集已经形成了一个非普通个体的完整的情感系统，这是潜移默化的，创作时间跨度几十年，前后都不可能刻意预设的。近期又要出第五本散文集，这个创作跟进的速度也是非常快的。同样，这种情感背景下呈现出来的价值观和思想体系如果也是完整的且非普通个体特征的，那就弥足珍贵了。

大家都知道，中国古代的哲学家跟文学家多是一体的，思想多体现在文学作品中，真正以哲学家姿态出现且具备完整的思想体系的哲学家是少有的。而一个当代存世的作家对一个地域的文化的各个层面进行广泛深入研究，逐渐形成了他的思想体系，尽管他的思想还隐伏在文学的外套里，这本身已经是一个值得推而广之的现象。也许他的格局专注于这个地域或者受限于这个地域，自身的能量难于进一步扩大，那么这就交给研究者、评论者一个课题，即有无可能、有无价值推而广之？回答是肯定的，他自身的完整性且继续在完善着，本身就是一种超乎寻常的价值存在。这就可以回答那个问题了，针对每一篇文章进行评论，旨在梳理、发现他曾经有过的能连点成面的思想火花。都在写作，看上去形式很重要；都在思想，深邃且迥然不同更重要。他的意义的核心就是完整，在他正值创作的鼎盛时期，继续这种完整的再丰富、再提升，岂不是完美？他是谁并不重要，他还会成为不是现在的他的那个谁也不重要，重要的是凝集着他的思想、情感、价值观的那些文字编织的花环装点了我们需要的美好。

我与培国先生交往时间并不算长，他的非功利性是感染我的一个重要原因。我从骨子里就鄙视艺术的功利色彩，因此，也鄙视了一些所谓的艺术家，这是执着的偏好，说服不了自己。我很尊重诸位年轻的学者，我更愿看到你们现阶段的创造，因为可能会有的功利色彩在将来会或多或少沾染你们的品格，希望我是杞人忧天。再次感谢诸位莅临博山，希望常来，带更多的优秀的学者、专家来这里做客。

（寅生于观云楼南窗）

连浆，趁热

有个背景音乐是《孝乡谣》的视频，追忆那些年穿梭于博山胡同道道的吆喝声。一声“八——宝——粥——”将思绪倏尔牵回到童年，那极具穿透力的“云遮月”的嗓音，是二十世纪中叶博山的缩影。

声音的苍茫拙朴和挑子上忽明忽暗的电石灯光，在暗夜里击打着崎岖拐弯、斑驳陆离的墙壁，佝偻的身影随着挑子的起伏忽长忽短。望着远去的背影，总觉无尽苍凉，我便长时间沉浸在郁郁寡欢里。那一嗓子，浓缩历史饱含艰辛，奠定了我一生的审美习惯。儿时的过往久违，偶尔想起，断断续续。

大抵故乡的旧景，不是极有耐心和才思者难以尽述。

偶然在网上读到刘培国先生写烟壶大师吴建柱的文章，其印象简直可以说是震撼。评论艺术和艺术家的文章也读过一些，不是空话套话就是拉大旗作虎皮不知所云，浮躁气铜臭气市侩气江湖气僧道气充斥纸端，难得如此好文。

我请一位爱读书的朋友帮忙借读培国先生的书，她听罢哈哈大笑：你算找对人了，我母亲有他全部著作。书拿来，统一用硬纸包了皮面，还加了引线作为书签。有的书纸边已经泛黄，模仿封面字体用钢笔重新写上书名，且郑重其事地署上：刘培国著。

朋友的母亲年届八十，老太太对培国先生的书几乎倒背如流。我的心一紧，一位作家的作品能有如此虔诚的读者，夫复何求。刘培国先生给了如我者可品咂可触摸可凝神的慰藉。他执拗地反反复复寻绎孝妇河两岸，新散文集将出，茬了《酥锅》、打了《锡壶》、丝了《豆豉》之后，又给我们端上了《连浆》。

他托我写序，与生俱来的哀伤支配我迫不及待地寻找撕心裂肺的哀嚎。拨开美食盛宴的霓裳，扯去陶琉古镇绚丽的帷幔，他的情感隐线赤裸裸地暴露在我的眼前，像巨蟒袭来缠绕我近于窒息，在十数个青灯黄卷背影闪过后，毫无防范地击碎我原本就脆弱的情感。在轮回的《秋窗风雨夕》里，数度哽咽；泪眼婆娑急急缓缓地敲击键盘，无法名状的情绪压迫我绞尽脑汁记录下被击碎的点点滴滴，终于毫无顾忌地号啕大哭。

我曾做过如此比对：如果说高密东北乡是莫言的，大淖是汪曾祺的，商洛是贾平凹的，那么博山是刘培国的。他记录下一个我们和父辈熟悉的博山，他在极力还原一个我们和子孙模糊抑或不曾相见的博山，他在尽毕生之力翻建一个心中的博山。博山，是刘培国的，但归根结底他想拾掇好了，还给我们。

感叹培国先生为人"忠谠罄于臣节，贞规存乎士范。"读他文章方知其处事"静专由其直方，动用谓之悬解。"《连浆》的香气很快会弥漫，趁热，且品且揣摩吧，我是很受用培国先生亲手烹饪的博山千年文化盛宴的。

（寅生于观云楼南窗）

赶集

这个秋天骚得很，花枝招展地卖弄。

冬就来得急了，冰凉的手伸进被窝，幸好起得早。

被窝够厚了，娘给絮的棉花，知道儿怕冷，多絮了二斤。叠不成豆腐块，军训留下的后遗症，嘿，军训。

风，嗖嗖地，钻进支棱起来的被窝。我喜欢裹紧，像那件黄不楞腾的棉衣。那是从收废旧老头手里又夺回来的，暖和。

大哥出门啊，啊哈，赶集。对门的媳妇总是拿怪怪的眼神看我。今天不是大集的日子，不要以为我不知这眼神背后的心思。

不是大集的日子，天又下起了雨，大街还有集市的影子。大街，要怎么才能说明白，不是大街上的大街，是名字就叫大街的一条街。

真让人焦虑，好了，最后说一遍，是大街上的大街，不是那啥，好了好了，不说了。

我得去地名办找找，京剧演员念白，大街不叫大街，叫大该，不如改了，注音，就说是多音字。不要搪塞我，你们明明不作为嘛，那么多地名按普通话读音找不到的，庄里乡亲管你那套？就认祖宗的叫法。就不能按庄里乡亲的习俗改了，这个“大”也得读作“大鱼”的大的发音，这么一改，地道。我笑了，这理由充分，怕你不听？

好几年没赶集买菜了，割条肉。卖肉的很是烧包的样子，打磨剔刀的架势看得出来。队伍排得很长，很像去超市领鸡蛋的那帮人，我看着眼熟，他们也看我，都眼熟，我也常去领鸡蛋。

最烦22路车上那帮嫩娃子的眼神，你上班赶车，我也觉少啊。又是眼神，那么多眼神，真晦气，没一个正眼看人的。

刀是快，肉黏手，看样子没注水。卖肉的扔进个塑料袋，我说有麻绳吗？他斜着眼打量我，干吗？把肉给我拴起来提着。切，他发出声音。把肉掏出来，用那个沾了血水的塑料袋横着系紧。这样吧，没有麻绳，前面摊位有粗的。

看到了久违的豆腐干。老头精瘦，很敷衍。那次我问他，你这豆腐干上色，用的食色还是红黍煮汤。他警觉地看着我，红黍啊。红黍你紧张啥，红黍哪淘换的？他脸黑下来，爷们，打我祖上就这样做，不放心别买。不买？不买便宜你了。

雨下得密集起来，平时喜欢带把伞，下雨的时候，伞总不在身边。就像上了膛的枪，用不着，怕走火，搁在枕头底下。出门遇着冤家了，冤家刀磨得锃亮。

提着肉，血淋淋地走着。豆腐干黑黢黢的，红黍汤色？骗谁呢？红黍发霉了吧。

淋淋倒是舒服，晴天借伞，下雨催着还。

黄瓜不知施了什么肥料，青筋暴露，跟苦瓜杂交的吧？胖哥说的顶花带刺，肯定不是这个品种。

胖哥死了，他描述那道菜时，满嘴喷着大蒜味。顶花带刺，顶着刀切片，新鲜的蒜泥，撒一点白盐。他抽了抽嘴角，有滴涎水还是流了出来。我手疾眼快，迅疾从他桌上的抽纸包里抽出一张餐巾纸递上。他的舌头更快，硬生生把流下的涎水都扫回嘴里。顶花带刺，撒一点白盐。嗯，撒一点白盐。

一个人拍了我的肩膀。老高啊。我差点忘了，你要的书。

我赶忙摸出怀里藏着的初中物理第三册。老高一头雾水的样子。瞧你这忘性，上周咱俩吃饭时，你说姑娘要借初中物理第三册。

老高眼圈红了，兄弟，我有仨月不见你了……

老高学坏了，上周说的话，竟然说仨月不见了。我就不理他，竟自拿着大白菜走远。

身后有个声音越来越远，哥们，白菜没付钱啊。

群哥来了电话，天阴将欲雪，能饮一杯无。

神经病啊，这是看见我割肉了。

（寅生于观云楼南窗）

欧楷与“田楷”

近来大量自媒体介入“二田”（书法家田英章、田蕴章合称）与王镛（也当包括曾翔等，因为很多人说他们是“丑书”的代表）到底谁是书法正统的讨论，多是“以其昏昏，使人昭昭”，发帖者、跟帖者很有“打不起来好燥人”的看客心理。无论针对哪一方，支持者捧得天花乱坠，反对者骂得一文不值，鲜见平心而论、理智分析的。

这事如果没有王镛先生在某个研讨会上的发言视频流出是不会发酵的，他未点名谈到四个以模仿古人和今人为能事写楷书的人，说他们充其量是传承而不是创造，是手艺人而不是艺术家。消息迅速传播，人们纷纷猜测其中必有“二田”。然后“田粉”奋起攻击，王镛先生等于又给“流行书风”或者“丑书”的“屎盆子”里添了“粪”。

笔者起先是认为王镛先生“多嘴”，双方除却都在写汉字，其余是八竿子打不着的。“二田”的作用在写字技法的普及，王镛的作用在书法审美的提升。随着各种帖子铺天盖地，反而觉得王镛先生的“多嘴”确有必要了。笔者曾有《审美“内卷”》小文，呼吁审美需要“内卷”，尤其是国粹书法，这种“内卷”是非常有利于一个时代、全社会审美能力提升的。

从写字的角度，“二田”在技法普及上可谓功莫大焉，很像几十年前庞中华先生推广钢笔字，几乎能掀起全社会习字的热潮。他们拥有相当量级的追随者，并且都能不同程度上把字写得有模有样，至少让很多人找到了某种自信。

从书法是门艺术的角度，王镛可以说是几百年难遇的大才。他是李可染先生的高足，本业是国画，其书法、篆刻成就显然高出国画。如果当代人在书法篆刻史留名有五个名额的话，他定然是其中一名，甚至是头名。

能理解王镛的人往多了说可以万计，而能欣赏“二田”的恐怕可以亿计了。仅从拥趸的量级来分析，这场争论的结果无需期待，但“结果”总会以递进式微小的变化累积，也就是审美“内卷”的不断叠加，待量变引发质变，整个社会乃至整个时代的审美就会实现质的飞跃。

对“田粉”说王镛的字如何好，那是件费力不讨好的事，并且会换来义正词严的反击。对于“镛粉”说“二田”的字如何好，估计他们都懒得跟你翻白眼。两种审美之间不可逾越的巨大的鸿沟，按理说是不该出现的。也许得有足够的时间沉淀，才能让很多当局者走出迷局。我们不妨试着做一下简要的分析，以微薄之力助推“鸿沟”的弥合。

田楷多胎息欧楷，田楷也不是欧楷的复制，这都毋庸置疑。但是让“田粉”客观理智分析一下田楷与欧楷各自特点，恐怕不是件容易事。先说欧楷。

千百年来，人们最为推重欧阳询的是其楷书。代表作首推《九成宫醴泉铭》，其次则有《皇甫诞碑》《化度寺碑》。清嘉庆23年出土《九歌》残石，后流落邻国，近年国内才见拓本。除此四碑，未见楷书墨迹传世。

欧阳旭传世墨迹真迹仅存行书《梦奠帖》《卜商帖》《张翰帖》三

种，稍微专业点的说法是，《梦奠帖》传为欧阳询墨迹真迹，《张翰帖》《卜商帖》传为欧阳询真迹之唐人廓填本。三帖均无时间款和名款及书家印鉴，递藏记载最早起于宋代，未见唐本朝递藏文字，总体上真伪尚难断。

三帖中《卜商帖》特别些，字势左倾与《梦奠帖》《张翰帖》同，但单字风格不统一，不似成熟书家所为。其中两个“离”字颇有王羲之《丧乱帖》笔意，其厚重气息和“为”“参”两字、两个“子”字及“代”字戈勾写法颇有米芾韵致，笔者以为此乃宋人赝造。

还有传为其所作的行书《千字文》，字势相对端正近于其楷书，唯笔力稍弱，疑非欧氏亲笔。

《梦奠帖》被后世好事者称为“天下第七行书”，从已见古代书家墨迹存续时间上，可以这么排序，但从艺术性上，则未必能撑得起如此盛名。

关于三帖的真伪，并无十足史料、资料作为依据。《张翰帖》有宋徽宗题签，《梦奠帖》乾隆帝题签“真迹无疑”，这大概是断为真迹的主要依据。持论者多认为宋徽宗是书画圣手，岂是外行？乾隆帝题尽内藏，贵为国君，岂能瞎说？倘以事实为依据，则先弄明白唐本朝递藏脉络，方能言其真伪，而这只能寄望考古发现了。

我们假定《梦奠帖》确为欧阳询墨迹真迹，《张翰帖》《卜商帖》确为真迹廓填本。《梦奠帖》更近于楷书，仅从体势上，无论如何与楷书碑刻难于一致。墨迹字均有左倾之势，左低右高，这跟碑刻楷书相对平稳很容易区别。字势，是一个人的心理习惯，心理接受欹侧的，稍微四平八稳就感觉不舒服。反之亦然。

欧楷最为突出的特点，是其中宫紧收，其字之重心并不在字之正中，而是正中略上。其字势尤其是上下结构上包下的字的字势，很像展翅飞翔的雄鹰，双足是紧收于腹下的。这样的字势，从感觉上颇近于隶书向楷书过渡的“二爨”的体势，也许这就是古人认为其有隶意所在。

欧楷与其行书的体势却有天壤之别。楷书见不到墨迹，其楷书刻于石碑时是本人书丹还是工匠依手迹勾摹，我们无从知晓。笔者怀疑碑刻字的字势，经过了刻字工匠的调整。

唐代刘餗笔记体小说《隋唐嘉话》有一则述及欧阳询体貌，笔者以为内藏“玄机”。

以怪诞论，《隋唐嘉话》过于《世说新语》。然而唐修晋史，却有以兹为本者。实例即是《兰亭序》的流传，兹不赘述，我们不妨也信他一回。原文如下：

太宗宴近臣，戏以嘲谑，赵公无忌嘲欧阳率更曰：“耸髆（同“膊”，笔者注）成山字，埋肩不出头。谁家（《稽古》作“令”）麟阁上，画此一猕猴。”询应声云：“缩头连背暖，俒裆畏肚寒。只由心溷溷，所以面团团。”帝改容曰：“欧阳询岂不畏皇后闻。”赵公，后之兄也。

大意是：唐太宗宴请近臣，君臣相互戏谑。赵国公长孙无忌嘲笑欧阳询说，（你）耸着肩头、吊着膀子像山字那样，头埋在肩窝里，肩膀比头还高。哪个朝代的功劳榜上有你这猕猴一样的怪物啊。欧阳询接着就顶了回去：（你）缩缩头就跟背是一体了（就跟乌龟缩起头来保暖一样），肚子大得坠下来把整个裆部都挡住了，不怕肚子受凉吗？这都是因为脑满肠肥（没脑子），所以才心宽体胖。太宗听了拉下脸来说，欧阳询，你就不怕皇后听到了？赵公（赵国公简称，指长孙无忌），是皇后的哥哥。

鄙以为，所谓“玄机”在于长孙无忌嘲笑欧阳询，既是针对欧阳询的相貌，更是针对欧阳询的字，尤其是手书字。前两句直白些，后两句就堪可玩味了。欧阳询的字在当朝就享有盛誉，他的官位和功劳，哪一样也超越不了书法的成就。他的官位最有名的是“太子率更令”以及“银青光禄大夫”“弘文馆学士”，不过相当于三、四品级的官职。他始终未得李世民重用，册封的是“男爵”，与长孙无忌的“公爵”，差距不是一般。

“谁家麟阁上，画此一猕猴”和“谁令麟阁上，画此一猕猴”一字之差，意思却大为不同。前句可意释为“谁家的功勋（或艺术）排行榜上，会登载这么个猕猴。”，后句则可释为“谁让功勋（或艺术）排行榜上，登载了这么个猕猴。”“猕猴”当然扣的是“耸髆”（猕猴蹲坐时多呈耸肩缩头状），而以“麟阁”比况欧阳询，只有拿他书法的盛誉才够格。

“麟阁”是“麒麟阁”简称，西汉供奉十一位功臣的地方。唐代类似的是“凌烟阁”，唐太宗贞观十七年（公元643年）选出二十四功臣，命人将他们的像按原大绘于凌烟阁壁上，当时二十四人中还有多人在世，相当于国立“生祠”。“立祠”时欧阳询已经去世两年，长孙无忌诗讽欧阳询还没有“凌烟阁”之说。

既然“麟阁”之说与“凌烟阁”毫无瓜葛，何以有此比况呢？我们无缘知道欧阳询究竟长啥样，史料记载其矮小丑陋，弱不禁风的样子。《张翰帖》宋徽宗跋文曰：“唐太子率更令欧阳询书张翰帖，笔法险劲，猛锐长驱，智永亦复避锋。鸡林（新罗，笔者注）尝遣使求询书，高祖闻而叹曰：询之书名远播四夷，晚年笔力益刚劲，有执法面折廷争之风，孤峰崛起，四面削成，非虚誉也。”这也许就是“麟阁”所指之背景，高祖李渊曾口头将欧阳询置于书法艺术的“麟阁”之上。按“谁令”意，当暗讽李渊也未可知。此时李渊尚在世，只是皇位已经禅让于李世民，“禅让”实出无奈，长孙无忌为李世民大舅哥，一诗两讽，胆子也确实不小。

字如其人，应该指的是人的秉性、修养。我们能看到的典型例子就是清末一代书画篆刻宗师吴昌硕，吴先生矮小的身材无论如何难与其雄浑霸气的书画篆刻风格划等号。

字如其人，也不见得与相貌毫无关系，现在来看我们假定为真迹的《梦奠帖》《张翰帖》《卜商帖》，其“耸髆”之势是显见的。由着笔者的臆测，长孙无忌是看不惯欧阳询手书的。当然他也不是什么书法权威，不影响后世人对欧阳询行书体势的偏爱。正如李渊不是书家，却大赞欧阳询“书名远播四夷”；而李世民是书家，引虞世南为书法知己，却并不太待见长虞世南一岁的欧阳询。

把长孙无忌的审美视角放到欧阳询的楷书碑帖和行书墨迹上，其楷书基本可以说是“平肩”，而行书尤其因为横折笔的写法是顿而骤提，导致视觉上的“耸髆”也就是“耸肩”。再加横折笔的折弯处一般在字之右侧，其行书字势又具是左倾，则“耸肩”之势就愈加明显了。

欧楷字势整体上是平稳的，但很多字其实有细微弄险的成分。单字来看，很多字是有细微左倾体势的，这也许就是人们认为《梦奠帖》《张翰帖》《卜商帖》为其手书的重要依据。

再说“田楷”。网上流传一张启功赠田英章的字“如同印刷”，落款“英章先生正腕一九九七年启功敬书”。不知真假，我想以启功先生的脾性，他干得出来。“如同印刷”，懂行的知道是讽刺，不懂行的以为是赞美。田氏应该懂，只是庞大的“田楷帝国”，让他们不愿承认人外有人、天外有天。田氏也许真的不懂，有一例可证。笔者曾在网上看到田氏兄弟写字表演，一副对联，上联哥哥写俩字，弟弟接着下面写俩字。他们强调和展示给观众的就是：两个人写的，跟一个人写的一样！这种十足的匠人匠气，在他们成为炫耀的资本，确实可悲。更可悲的是，这种纯粹技法层面的东西影响了很多人，将之树为书法艺术的极则，抑或就是田氏楷书之所以被尊称为“田楷”的来历。

田蕴章比田英章谦虚多了，字也写得含蓄些。但他评价王镛、质问王镛要把书法引向何方，实属多嘴。你在三楼，人家已经在八楼了，你上不去就承认，何必对着一楼和院子里的拥趸大言不惭地说，这座楼只有三层。

笔者以为，“二田”习欧（包括在其楷书基础上的行书）的最大“成就”除了写字技法大众普及外，还在于让欧阳询的欹侧之势“复归平整”，尽管是“道”向“技”的倒退，但符合了大众四平八稳的审美需求。无论如何，鼓励大众把老祖宗创造的汉字写得规矩些、端庄些，也不能说是一点功劳没有吧。何况写到他们那样一笔不苟，也不是人人下了功夫便能达到的。

欧阳询去世近1400年了，他离着汉字的诞生比我们近，我们该写出比他好得多、有创意的汉字。这个“好”和“创意”，一时之间确实难以给出一个科学的定义，也许根本没有科学的定义。正如王镛先生所言，艺术贵在创造，没有创造谈不上是艺术了。

二十世纪六十年代，“兰亭论辩”前夕，毛主席给郭沫若的信中说“笔墨官司，有比无好”，放在这里依旧是先见之明。惟愿“田楷”和王镛书法的讨论再猛烈些，假以时日，王镛的拥趸会多起来，整个社会的书法审美也会上一个台阶，这至少是笔者愿意并期望看到的。

（2021年6月于观云楼南窗）

虞世南墨迹辨

虞世南（公元558年—638年），字伯施，初唐书法名家。因做过秘书监，故称“虞秘监”；赐永兴县子，又称“虞永兴”。生前为太宗近臣，太宗屡次擢拔，均坚辞不受。故职位不高，爵位不显。死后成为“凌烟阁”二十四功臣之一，可谓人亡业显。

虞世南自六十三岁归于秦王李世民麾下，授弘文馆学士直至八十一岁去世，凡十八年都兼任此职。弘文馆，官署名。唐武德四年（公元621年）置修文馆于门下省。九年，太宗即位，改名弘文馆。唐中宗神龙元年（公元705年）避太子李弘名，改曰昭文馆。玄宗开元七年（公元719年）仍改弘文馆。弘文馆之名于唐代先后使用二百余年，武则天时代，还曾以宰相兼领馆务，称为馆主。

此馆功用简述有二，一为典藏书籍文献，修复、装裱字画；二为教授皇亲及五品以上大臣子嗣修习书法。弘文馆学士一项主要职能就是书法专业教学（与其共事的还有欧阳询），可叹的是，专业事此，流传下来能确认甚至仅疑为其撰书或书写的碑刻却为数不多，传为墨迹真迹只一件，还疑窦重重。

《夫子庙堂碑》传为其六十九岁时撰书，碑已不存，今以清代临川李宗瀚所藏旧拓本（传为唐拓）最早最佳。余偏爱，每每观之，圆融通透，书卷气可人。私以为唐人楷书唯虞世南此碑最可临范，余者习气甚浓，不宜沾染。张怀瓘《书断》云："欧若猛将深入，时或不利；虞若行人妙选，罕有失辞。虞则内含刚柔，欧则外露筋骨，君子藏器，以虞为优。"善于藏器，自然不炫于技，而是志于道，形质次之，神采为上了，真是的论。

亦有小楷《破邪碑》传为其撰书，因碑文中有"饵松茶于溪润，披薜荔于山阿"。"荔"未做缺笔处理，其父名荔，犯了名讳，此乃大忌，故疑此碑非世南所撰书。笔者认同此说，古人忌讳很多，名讳是再普通不过的忌讳，刻碑非同稿草，当反复斟酌，若其本人撰文，万万不会忽略。

另有《昭仁寺碑》，相传为其书写，风格与《夫子庙堂碑》迥异，恐非其所书。

至于传虞世南摹《兰亭序》，因母本传冯承素双钩廓填神龙本，自上世纪六十年代"兰亭论辩"后并未辨出所以然，故此不论。

《大唐故汝南公主墓志铭并序》纸本墨迹，被视为仅见虞世南墨迹真传。其上无虞氏款识，亦无其印鉴。文末不留空钦"弘文之印"，印大字松，浑不协调，恐为历代"专家"持论鉴定之为真迹之重要依据。大英博物馆收藏传东晋顾恺之《女史箴图》被认为唐代皇室收藏，根据则是幅后"弘文之印"印。两印字同，但尺寸不同。

"弘文之印"作为一方印章的文字内容，最早见于唐末张彦远《历代名画记》之"叙古今公私印记"："又有弘文之印，恐是东宫旧印。印书者，其印至小。"有人疑"宫"为"观"之误，不合史实。虞世南去世，李世民曾叹"今其云亡，石渠、东观之中，无复人矣，痛惜岂可言耶！""虞世南死，无与论书者。”东观为东汉中央图书、档案馆，石渠为西汉中央图书、档案馆，唐代并无东观官署，李世民只是借喻慨叹真正读书研究学问的人不在了。张氏后于虞氏二百多年，“恐”说明张氏也是臆测，并不确定，亦未有印鉴图录可资对照。目前学界搜罗印面内容为“弘文之印”出现于古书画上的有十一方，其中《女史箴图》和《中秋帖》上的很像同一方，《裹鲊》《大佳忧》《服食》《道意》四帖上为同一方，而《张好好诗》《大唐故汝南公主墓志铭并序》、薛绍彭临《兰亭序》《易系辞传》、秘阁枣本《黄庭经》上的各不相同。以《大唐故汝南公主墓志铭并序》上的“弘文之印”，断其为虞世南手书真迹，连“孤证”都算不上。笔者以为，此件纸本墨迹并非虞氏手书。兹从“弘文之印”、行文格式内容和书法风格稍作辨析。

弘文馆是个正经八百的“单位”，定然有“公章”，只是我们没有见到。“公章”必然按照当朝规制刻、铸，尺寸自然也有定数。前文述及已经发现的十一方，至少七个尺寸制式，“公章”大小岂可乱来？弘文馆的印鉴内容即使不加“大唐某某”，至少是“弘文馆印”或“弘文馆之印”。“之”，相当于现代汉语“的”，于印章内容无关紧要，是个衬字，多是为了印面字数调和的需要。而“馆”则是单位名称必不可少的字，有无当按照规制而不是随意为之。譬如给“文化馆”刻个公章，可以是“文化馆印”或“文化馆之印”，岂能刻成“文化之印”？

笔者以为“弘文之印”出于弘文馆亦有可能，但不是“公章”，而是类似“嘉奖章”或“披阅章”。弘文馆是教授书法的单位，生徒书法如有不俗表现，教师首肯，在作业上盖个章以作鼓励，未尝不可。用“公章”太过正式，不用“公章”又要体现弘文馆的性质，则“弘文之印”既有弘扬文化的寓意，又有单位的某种性质。“弘文之印”其最早者倘为此用，而其后又出者，定是后世作假者不明就里，又有张彦远之模糊著述，权当弘文馆之“公章”了。

再从行文格式和内容来看。墓志铭通常由“志”和“铭”两部分组成，“志”多用骈散句式，叙述死者的姓名、籍贯、生平事略；“铭”则用韵文（多为四言），赞扬死者的功业成就，表示悼念和安慰。

《大唐故汝南公主墓志铭并序》，“并序”二字笔画瘦硬，墨色浅显，但于正文风格并不相违，当为原有并非后加。墓志铭的“序”的内容，一般写明撰稿、书写人身份、姓名等。比如《大唐故临川郡长公主墓志铭》，其志文开始是“大唐故临川郡长公主墓志铭，秘书少监检校中书侍郎弘文馆学士上柱国郭正一撰文，公主讳……”再如《大唐故寿光公主墓志铭并序》（石刻碑铭）“大唐故寿光公主墓志铭并序，银青光禄大夫行太子左庶子集贤院学士知史官事韦述撰，太子及诸王侍书朝议大夫守国子司业轻车都尉韩择木书，公主……”《大唐故汝南公主墓志铭并序》一般认为是虞世南为汝南公主写的墓志草稿，但无论是草稿还是定稿，既然言明是“并序”，那么“序”的内容是该有的。

第二列“公主讳字陇西狄道人”，因是李世民的女儿，有人释读为：公主的名字叫李字。古人讳名不讳字，这里应该是省文，按照通常写法应该是：公主讳某（或某某）字某（或某某）。因后文称其为“皇帝之第三女也”，所以前可不具姓。第十列“厶年厶月有诏封汝南郡公主”，此“厶”读作“某”，即“某年某月”。墓志铭的撰写者，既不知（或知而不具）公主名与字，又不知（或知而不具）何时诏封为汝南郡公主，留待“有司”补之？还是留待刻制碑铭的匠人补之？当然，也有不著死者“名”的，前述《大唐故临川郡长公主墓志铭》，便是“公主讳某，字孟姜”，有学者认为

“讳”后当有死者的名。

有说《大唐故汝南公主墓志铭并序》纸本墨迹非为全本，我们见到的只是“志”，缺了“铭”。纵览墨迹内容，主要是讲汝南公主的“修养”的，确实缺少了一般墓志铭的“功业成就”和表示哀悼。兹录《金石萃编》（王昶著，成书于嘉庆十年）部分文字，或许能说明一些问题。“公主讳字，陇西狄道人，皇帝之第三女也。”汝南公主是太宗次女，碑作三女，或是摹刻之误，固无论已。《新唐书·公主传》但有“汝南公主，早薨”六字，则讳字无从考矣。《高祖本纪》称为陇西成纪人，则公主亦当仍其贯，不知称狄道者何也？《地理志》狄道县属临州狄道郡；成纪县隋属天水郡，开元中徙废。是开元以前，成纪县存，而两地隔远，并非一县更名也，思之殊不得其故。未云贞观十年十一月丁亥朔十六日，此自是公主卒日。文德皇后以是年六月己卯薨，十一月庚寅葬，盖月之四日也。文云“茧纩不袭”者，是寒冬时语；云“灰琯亟移，陵茔浸远”者，是十一月葬皇后时事。然则皇后葬后十二日，而公主薨也。文云“壏酪无嗞”，字书无“壏”字；《说文》：“嗞，嗟也。”《广韵》：“嗞，嗟忧声也。”《集韵》：“嗞，听笑也，一曰啼不止。”诸说不同，皆与壏酪文义不属。《礼·杂记》云：“功衰，饮水浆，无盐酪不能食，食盐酪可也。”此当是“盐酪”二字，书“盐”为“盐”，讹为“壏”也。则“嗞”疑是“滋”字之别体，谓“食盐酪无滋味”也，正与上句“茧纩不袭”意相合。遂“戊伤生之性”，玩文义，“戊”当是“烕”，借为“灭”字，谓毁灭性也。

根据《金石萃编》所述，公主排序有误（王昶依据的是刻帖而非墨迹，今观墨迹确为“三”）、籍贯有误（前述寿光公主为李渊来孙即李世民玄孙，铭文籍贯同唐高祖即“陇西成纪人”）、文字有错讹。以虞世南的修养是不该出现这三样“小儿科”错误的。他曾背书《列女传》一字不误，文字出现错讹事小，太宗近臣，弄错了籍贯则有欺君之罪。

根据墨迹内容，汝南公主是因长孙皇后去世，哀号过礼，不幸早薨。史料记载汝南公主并非长孙皇后与李世民所生，早薨早到啥程度，按文义，应不过豆蔻之年，十二三岁的样子。这个年龄，有名无字很正常，铭文“讳字”的模式是按有名有字来准备的，倘若无“字”，不该出现“讳字”，而应该是“名讳”。同样，这个年龄也谈不上“功业成就”，公主的“修养”可以尽用溢美之词，可无“功业成就”可谈，所谓的“铭”就无从下笔，只能“志”和“铭”合而为一了。只是墨迹至“丁亥朔十六日”戛然而止，尚有空处而不再着哀悼文字（至少缺个“薨”字），志铭实不完整。

此墨迹若视作生徒习作，那志铭文字全不全也就不是问题了。只是弘文馆课徒练习撰写墓志铭虽不为过，何以要写（或抄）汝南公主的墓志铭呢？真是疑窦丛生，扑朔迷离。

从书法风格来看，整体近于虞世南。史书说初唐四家（虞、欧、褚、薛）均承传“二王”之法度，因缺少足够确证的墨迹，以争议较大的墨迹衡量，至少传为欧阳询墨迹的几个帖，难见所谓“二王”形质、神采（后世的翁方纲说是研究了、写了一辈子“二王”，更不见王的影子。所谓尽信不如不信）。虞世南师从智永禅师，智永为王羲之七世孙，还能说承传“二王”衣钵而不至于被质疑。

但略掂几个字来分析，结果可能不容乐观。虞世南楷书风格圆融通透，其中横折钩的造势是气息圆融形制的主因，他不同于长其一岁的欧阳询“吊膀子”，他的字势是折弯处溜肩并顺势向左略微斜插下来，“南”字便是典型。倘若传为钟繇的《墓田丙舍帖》为真，说虞世南得“二王”真传，不若说脱胎于《墓田丙舍帖》，“田”“舍”“西”“怆”等横折可资参照。然而王羲之师法钟繇，我们很难找见物证。赵孟頫《兰亭十三跋》第十三跋“兰亭与丙舍帖绝相似”，法眼乎？

“哀”字很有特点，小头大身子，与《墓田丙舍帖》的第二个“哀”如出一辙，主横缩短作“楔横”状，钟繇如此，其时楷书未臻成熟，尚可理解。至唐虞世南、欧阳询，楷书形制完备，这种写法放在行书也是不符合当时的审美的。虞世南楷书没有这种写法，到了行书也断不会有此写法。

《大唐故汝南公主墓志铭》又有很多字不是虞氏字势使然，比如“令问”的“问”，倒有褚遂良的影子了，而褚遂良晚了虞世南近四十年。

《大唐故汝南公主墓志铭并序》整体风格，既有钟繇血脉，又有虞世南体势，还有褚遂良架构。而传虞世南曾临过《兰亭序》倘若是真，则必然下一番苦功才能绝肖之，此墨迹却独无《兰亭序》流美。按说虞世南师法智永上追王羲之，即使再追钟繇，也是师其意不师其形，而《大唐故汝南公主墓志铭并序》好似开了杂货铺，又无其他已经确认为其真迹的墨迹比照，也许汝南公主墓志铭碑铭被发现的那一天，会豁然开朗的。

（2021年6月于观云楼北窗）

虞世南墨迹再辨

笔者曾有小文《虞世南墨迹辨》（以下简称《辨》），从“弘文之印”、行文格式、书法风格三个方面辨析世传虞世南《大唐故汝南公主墓志铭并序》墨迹纸本（上博馆藏，以下简称《汝南公主》）恐非真迹。成文后总觉立论太过主观，材料过于单薄。惴惴不安之际，遂遍寻资料，以期“再辨”，补臆测信口之失。

一、关于“弘文之印”

1985年10月22日，中国古代书画鉴定组断《汝南公主》为宋代。后上海博物馆原副馆长汪庆正先生撰文断其为虞世南真迹，理由直称其上“弘文之印”为唐代印记，并坚称绝非宋代印记，且绝非后人伪刻。这是如今非专业渠道获知《汝南公主》为虞世南墨迹真迹之滥觞。关于此印的真伪，学界意见不一，各执一词。能厘清此印本来面目，至少于《汝南公主》断代意义重大。

供职中国书协的杨家伟先生《“弘文之印”新考》列析印面内容为“弘文之印”出现于古书画上的有十一方，其中《女史箴图》和《中秋帖》上的很像同一方，《裹鲊》《大佳忧》《服食》《道意》四帖上为同一方，而

《张好好诗》《汝南公主》、薛绍彭临《兰亭序》《易系辞传》、秘阁枣本《黄庭经》上的各不相同。他依据张彦远《历代名画记》判定应该有一方“弘文之印”系弘文馆鉴藏印，是否为目前见到的这十一方（实则七方）其中一方则未可知。此印或曾流落到薛绍彭手中，也可能薛绍彭私刻过“弘文之印”盖在藏品上。

曲阜师范大学的杨坤衡先生《“弘文之印”考》认为张彦远所述“弘文之印”应系弘文馆鉴藏印，但并非《张好好诗并序》《汝南公主》《中秋帖》《女史箴图》《易系辞传》上的任何一方“弘文之印”。他认为故宫杨新考订的《中秋帖》《女史箴图》上的“弘文之印”为同一方印，系宋人伪托，出自米芾之手。

无锡书画院的穆棣先生《“弘文之印”刍言——兼答杨坤衡〈“弘文之印”考〉》认为：唐摹右军四帖上的“弘文之印”确系弘文馆官印，其余现在见到的，均为伪印。

南京师范大学研究生成人杰先生的学位论文，有系统梳理和研究，他认为“弘文之印”（张彦远《历代名画记》所述）始于何时尚难断定，也绝不是米芾《书史》所言之“弘文之印”。成氏认为《汝南公主》为米芾临摹的可能性很大。

以上四位学者的文章观点不止于此，余者不影响这些观点自身的建立，姑且不议。成氏其实没有下结论，前三位均认为有一方“弘文之印”（不一定是目前见到的十一方之一）是弘文馆鉴藏印。此论笔者不能苟同。

笔者在《辨》中认为，弘文馆是个正式官署，其印制均须符合官方规制。作为同具公章性质的鉴藏印，不可能舍“馆”而只具“弘文”。按说一般公章，只对当世当朝负责，而鉴藏印要对历史负责，故此，鉴藏印的严肃性更甚。既然“弘文之印”不可能是公章或弘文馆鉴藏印，笔者推测，如果确为弘文馆所有，充其量是“嘉奖章”“披阅章”，类似当今老师奖励学童的“小红花”之类。

“弘文之印”目前能见最早文字记载系唐末张彦远的《历代名画记》之“叙古今公私印记”：“又有弘文之印，恐是东宫旧印。印书者，其印至小。”笔者在《辨》中着重辩驳了“观”误为“宫”的看法不能成立，未做进一步分析。

“东宫”实指太子。《诗·卫风·硕人》：“东宫之妹，邢侯之姨。”孔颖达疏：“太子居东宫，因以东宫表太子。”张彦远的“东宫”显然指李世民，因为弘文馆之名始于他。

李世民从“玄武门之变”被立为皇太子，到李渊禅让，只有两个月又五天（武德九年六月初四日至八月初九日）。“旧印”的“旧”字，是相对应李世民登基前后而言的，登基前“东宫”时期为“旧”，做了皇帝有了年号就为新了。基于此，“又有弘文之印，恐是东宫旧印。”可理解为：还有个“弘文之印”，恐怕是李世民做太子时的用印。

这里有个问题需要厘清，弘文馆的大体开馆时间。

《唐会要》载：“（武德四年十月）秦王既平天下，乃锐意经籍。於宫城之西。开文学馆，以待四方之士。”

《旧唐书·列传第二十二·虞世南传》：“太宗灭建德，引为秦府参军。寻转记室，仍授弘文馆学士，与房玄龄对掌文翰。太宗尝命写《列女传》以装屏风，于时无本，世南暗疏之，不失一字。太宗升春宫（也即东宫，笔者注），迁太子中舍人。”

《新唐书·虞世南传》卷一百一十五，列传第二十七：“秦王灭建德，引为府参军，转记室，迁太子中舍人。王践祚，拜员外散骑侍郎、弘文馆学士。”

《唐会要》只言秦王开文学馆，没有说明文学馆的官方名称。从记载文字来看，这不是李世民私人行为而是政府行为毋庸置疑。学界普遍认为《旧唐书》比《新唐书》要相对可靠，《旧唐书》明确记载虞世南在李世民被立太子前就授弘文馆学士，而《新唐书》则明确记载李世民登基后，虞世南拜弘文馆学士。哪一个更可靠呢？

修文馆是武德四年开馆，这与《唐会要》所记李世民开文学馆是同一年，一个政府在京畿不会同年开两个功用相同的文学馆，因此，李世民主持开的文学馆就是修文馆。《旧唐书》所记也并没有错，只是容易让人混淆。古人有以某人后来的身份、职位代称其人的，甚至以谥号代称。如上文，“太宗灭建德，引为秦府参军”。李世民灭窦建德时还是秦王，这里却称太宗了。故此，《旧唐书》载虞世南“仍授弘文馆学士”，也是以后来太宗朝对文学馆的称谓指称了，实际应该是“授修文馆学士”。这样，弘文馆始于李世民登基后即武德九年改修文馆为弘文馆。那么李世民改修文馆为弘文馆，“弘文”二字有无来历？我们只能稍作推测。

李世民热爱书法，尤其推重王羲之，史载王羲之本传为其亲撰。他也是书法行家，行书碑刻《温泉铭》为其所作，是目前能见到的历史上第一例行书刻碑。李世民为秦王时就大肆搜罗王羲之书法，多达几千纸。“弘文”无论是言其志向也好，表其雅好也罢，以其刻一方“弘文之印”的个人收藏印似不为过。只是做太子的日子太短，诸事来不及完全理顺，就当了皇帝，其用印无论公私，就得完全符合某种规制了。当了皇帝，以自己的志向或雅好改修文馆为弘文馆，更是顺理成章。

因此笔者认为，张彦远所述“东宫旧印”倘若确实有，则是李世民为太子时的个人用印，但是不是目前已见的十一件作品上的某一方仍未可知。且这方印章未经广泛使用就废止了，因此，秦王府、太子东宫所藏书籍文献、字画不见得都盖上了这方印章。

唐摹右军四帖风格颇近《十七帖》，笔者很认同《十七帖》底本为王羲之原作。因此，唐摹右军四帖上的同一方“弘文之印”有可能是原印。而《汝南公主》上的“弘文之印”显然与此印形制、尺寸不同。有没有可能李世民不止一方同样内容但尺寸不一的印章呢？完全有可能。《汝南公主》上的是否其中之一呢？

张彦远“印书者，其印至小。”关于“书”是书籍还是书法作品也有争论，笔者以为没必要细分。书法作品从明代高堂大屋开始才有大幅，此前多是手卷、尺牍类，与书籍大小规模差不很多，同样一方印章盖在书籍上和书法作品上都能相得益彰而不突兀。“至小”也是相对于书籍、字画的幅面来的，尤其明清以前的御府用印，没有巨型印章，这里不再展开详述。

《汝南公主》上的“弘文之印”据得见者称是2.8厘米见方，算是稍微大点的了，关键是它所处的位置和表现出来的神态让人莫名其妙。这方印章是紧抵纸面上最后一个字的下边沿的，印的面积至少相当于纸面上两个较大的字所占的面积。如果是李世民多方“东宫旧印”之一，完全可以选一方“至小”的。而且此印字相当松散，因为印色浅淡（或是褪色）很没有立体感，在纸面上显得既大且傻。最为可疑的倒不在此，虞世南追随李世民近二十年，他的工作又离不开频繁书写，即使不必敕命专门给李世民写书法作品，为秦王、为太子、为皇帝，虞世南相伴近二十年，就“半篇”怎么说也算不得吉利的墓志铭被收藏且流传下来？

二、关于墓志铭的行文格式

笔者在《辨》里，重点从墓志铭的行文格式做探讨，纠结于“并序”却不见“序”。当资料越来越丰满时，顿觉浅陋无知。近来通过中国知网遍寻相关资料，得到一部分唐代公主墓志铭，或为墓志刻石，或为文献记载，殊为宝贵，于唐代墓志的认识多所增益，兹重点就所见墓志的格式等内容做勘误与补充。

一般材料，包括《辞海》认为，墓志铭由“志”和“铭”两部分组成，“志”多用骈散句式，叙述死者的姓名、籍贯、生平事略；“铭”则用韵文（多为四言），赞扬死者的功业成就，表示悼念和安慰。这样却解释不了《大唐故汝南公主墓志铭并序》的“并序”二字，“序”在何处？我们来看实例。

有唐一代多承旧制，墓葬制度也尤为发达，皇亲贵族自不用说。仅纵览能见到的唐代公主墓志铭（及部分神道碑铭），已经是一种非常成熟甚至已臻浮夸的文体。兹将收集到的唐代公主墓志铭择其关乎本文的信息刊列于下。

李渊的女儿：

1.《大唐房陵大长公主墓志铭并序》：“公主陇西成纪人也。景皇帝之孙，大武皇帝之第六女也……以咸亨四年闰五月三日薨于九成宫之山第，春秋五十有五。”无撰、写、刻者，无名无字，无生年，有薨年、有享年。注明籍贯。

2.《大唐故淮南大长公主墓志铭并序》（驸马都尉封言道撰）：“公主讳澄霞，高祖神尧皇帝之第十二女也……武德六年，年始三岁……奄以载初元年一月十八日，薨于淄州之城刺史宅馆，春秋六十九。”有撰者，无书者、刻者。有名无字。有生年，有薨年，有享年。未注籍贯。

李世民女儿：

1.《大唐故临川郡长公主墓志铭并序》（秘书少监检校中书侍郎弘文馆

学士上柱国郭正一撰文）：“公主讳某，字孟姜，高祖神尧皇帝之孙，太宗文武圣皇帝之女，今上第十一姊……以永淳元年五月廿一日，薨于幽州公馆，春秋五十有九。”有撰者，无书者、刻者。无名，有字。无生年，有薨年，有享年。未注籍贯。

2.《大唐故清河长公主碑》（李俨撰畅整书麟德元年十月立）：“公主讳敬，字德贤。陇西狄道人也。”有撰者、书者，无刻者。有名、有字。有享年数，字不清。注明籍贯。

3.《大唐故新城长公主墓志铭》：“公主讳字，陇西狄道人。高祖太武皇帝之孙，太宗文皇帝之女，皇帝之同母妹也……以龙朔三年三月，薨于长安县通轨坊南园，春秋年卅。”无撰、书、刻者。无生年，有薨年，有享年。无名，无字。注明籍贯。

4.《大唐故兰陵长公主碑》：“公主讳淑，字丽贞。陇西狄道人也。高祖武皇帝之孙，太宗文皇帝之第十九女也……春秋□（此处碑文字迹不明），以显庆三年八月八日疾薨于雍州万年县之平乐里第。”无撰、书、刻者。无生年，有薨年，有享年。有名，有字。注明籍贯。

5.《大唐故长乐公主墓志》：“公主讳丽质，陇西狄道人也。高祖太武皇帝之孙，皇帝之第五女，东宫之姊也……以十七年八月十日奄然薨谢，春秋廿三。”无生年，有薨年，有享年。有名，无字。注明籍贯。

6.《大周故弘化公主李氏赐姓曰武改封西平大长公主墓志铭并序》（成均进士云骑尉吴兴姚略撰）：“公主，陇西成纪人也，即大唐太宗文武圣皇帝之女也……以圣历元年五月三日，寝疾，薨于灵州东衙衍之私第，春秋七十有六。”有撰者，无书、刻者。无生年，有薨年，有享年。无名、无字。注明籍贯。

太宗朝以后：

1. 高宗女高安公主《高安长公主神道碑》："长公主讳某字某，陇西狄道人。"无撰、写、刻者。有葬日，无薨年。无名，无字。注明籍贯。

2. 唐中宗女永泰公主《大唐永泰公主墓志铭》（太常少卿兼修国史臣徐彦伯奉敕撰）："公主讳仙蕙，字秾辉……以大足元年九月四日薨，春秋十有七。"有撰者，无写、刻者。无生年，有薨年，有享年。有名，有字。未注籍贯。

3. 唐睿宗女鄎国长公主《鄎国长公主神道碑铭》："开元十三年二月庚午，薨于河南县之修业里，春秋三十有七。"无撰、写、刻者。无生年，有薨年，有享年。无名，无字。未注籍贯。

4. 唐睿宗女代国长公主《代国长公主碑》："公主讳华，字花婉……以其月二十九日，薨于河南修业里第，享年廿八。"无撰、写、刻者。无生年，有薨年，有享年。有名，有字。未注籍贯。

5. 唐睿宗女金仙公主《大唐故金仙长公主（无上道）志石铭并序》（玉贞公主书中大夫守大理少卿集贤院学士上柱国慈源县开国公臣徐峤奉敕撰）："公主讳无上道……年十八入道，廿三受法……以壬申之年建午之月十日辛巳薨于洛阳之开元观，春秋廿廿有四。"铭文之末："开元廿四年太岁景子七月己卯朔四日壬午梁州都督府户曹参军直集贤院卫灵鹤奉教检校镌勒并题篆额。"有撰者，无碑文书者，有刻者，有墓盖书者。无生年，有薨年，有享年。有名（道号），无字。未注籍贯。

6. 唐睿宗女凉国公主《凉国长公主神道碑》："公主讳𡖖，字花妆……开元十二载八月辛巳，遇疾薨于京邸永嘉里第，享年三十八。"无撰、写、刻者。无生年，有薨年，有享年。未注籍贯。

7. 唐玄宗女寿光公主《大唐故寿光公主墓志铭并序》（银青光禄大夫行太子左庶子集贤院学士知史官事韦述撰，太子及诸王侍书朝议大夫守国子司业轻车都尉韩择木书）："公主，陇西成纪人……春秋廿有五，以天宝九载三月丁巳薨于靖恭里第。"有撰者，有书者，无刻者。无生年，有薨年，有享年。无名、无字。注明籍贯。

8.《唐故普康公主墓志铭并序》（翰林学士朝议郎行尚书兵部员外郎柱国臣卢深奉敕撰，翰林待诏将仕郎守凉王府咨议参军臣张宗厚奉敕书，翰林待诏朝请郎守殿中省尚舍局直长柱国臣毛知俦奉敕篆盖）："普康公主，高祖，太宗之远孙，宪宗皇帝之曾孙，宣宗皇帝之孙，今上之第三女也。咸通二年生，六岁。以七年七月二日薨，是月卅日，葬于万年县浐川乡尚傅村。"有撰者，有书碑文者，有书墓盖者，无刻者。有生年，有薨年，有享年。无名，无字。未注籍贯。

9. 唐肃宗女纪国公主《大唐故纪国大长公主墓志铭》："公主讳某，字某……以元和二年九月十二日薨于长兴里之私第，享年若干。"无撰、写、刻者。无生年，有薨年，无享年。无名，无字。未注籍贯。

10. 唐肃宗女和政公主《和政公主神道碑》："公主姓李氏，陇西成纪人……以其月二十有五日辛巳薨于常乐坊之私第，春秋三十有六。"无撰、写、刻者。无生年，有薨年，有享年。无名，无字。注明籍贯。注明姓氏。

11. 唐宪宗女岐阳公主《唐故岐阳公主墓志铭》："以开成二年十一月某日，薨于汝州长桥驿，享年若干。"无撰、写、刻者。无生年，有薨年，无享年。无名，无字。未注籍贯。

12. 唐中宗女安乐公主《安乐公主墓志铭》："庶人讳某字某姓李氏，中宗孝和皇帝之第某女也。"无撰、写、刻者。无生年，有薨年（谋逆被杀），无享年。无名（史载其名李裹儿），无字。有姓氏。未注籍贯。

13. 唐德宗女宜都公主《唐故宜都公主墓志铭并序》（正议大夫行中书舍人翰林学上柱国东海县开国男【下残】敕撰，朝请郎守信州长史翰林诗诏轻车都【下残】敕书）：“贞观十九年三月二十九日薨于永兴里第，享年卅二。”有撰者、书者，无刻者。无生年，有薨年，有享年。无名，无字，未注籍贯。

14. 唐顺宗女文安公主《唐故文安公主墓志铭并序》：“公主讳代宗儿……大唐大和二年岁直戊申二月二日，文安公主薨，春秋三十有六。”无撰、书、刻者。无生年，有薨年，有享年。有名（顺宗为德宗长子，德宗为代宗长子，不知何故，代宗嫡曾孙女名叫代宗儿），无字。未注籍贯。

15. 唐文宗女朗宁公主《唐故朗宁公主墓志铭》（翰林学士朝议郎守中书舍人上柱国赐紫金鱼袋李骘奉敕撰，翰林待诏朝议郎行亳州谯县丞上柱国臣郭弘范奉敕书，翰林待诏承奉郎守殿中省尚药奉御臣董咸奉敕篆盖）：“咸通七年八月二十九日薨，时年四十。”有撰者，有书碑文者，有书墓盖者，无刻者。无生年，有薨年，有享年。无名、无字。未注籍贯。

16. 唐宣宗女平原公主《故赠平原长公主墓志铭并序》（翰林学士朝议郎行右补缺柱国赐绯鱼袋臣独孤霖奉敕撰，翰林待诏将仕郎前守右威卫长史臣张宗厚奉敕书，翰林待诏承务郎行左春坊太子典膳局丞柱国臣毛知俦奉敕篆盖）：“咸通三年十二月二十二日薨，享年二十有九。”有撰者，有书碑文者，有书墓盖者，无刻者。无生年，有薨年，有享年。无名、无字，未注籍贯。

17. 唐懿宗女晋康公主《故晋康公主墓志铭并序》（翰林学士朝议郎行尚书兵部吕外郎柱国臣卢深奉敕撰，翰林待诏将仕郎守梁王府咨议参军臣张宗厚奉敕书，翰林待诏朝请郎守殿中省尚舍局直长柱国臣毛知俦奉敕篆盖）：“咸通二年生，六岁，以七年七月二日薨。”有撰者，有书碑文者，有书墓盖者，无刻者。有生年，有薨年，有享年。无名、无字，未注籍贯。

身处墓志铭鼎盛时期的刘勰该是通人，仔细阅读《文心雕龙》之“诔碑第十二”有：夫属碑之体，资乎史才，其序则传，其文则铭。意思是创作碑文的体裁，要有史家的才能，它的叙事是传记，它的韵语是铭文。

“诔碑第十二”本身用字就有点乱，出现多个“序”字，除一处当“次序”讲，其余均应作“叙述”讲。也出现了“叙”字，当“叙述”讲。还出现了一次“志”，当“志向”讲，并无“墓志”的“志”的含义（古人有用“墓识”的，一般情况下“识”通“志”，东晋出土墓识稍显特别，“识”主要是标识的功用）。那么墓志铭的“志”和“铭”在行文格式上是一体呢还是分体呢？按照刘勰的意思，墓志铭的文体格式应该是由两部分组成，一是序，也即叙，就是传记。二是文，也即铭，就是韵文。至于“志”，根据实际文字来看，应该就是墓主的传记，也就是“序”，也就是说“序”“志”是一回事。刘勰也对“铭”做过概述，《文心雕龙》“铭箴第十一”：“故铭者，名也，观器必也正名，审用贵乎盛德。”“夫箴诵于官，铭题于器，名目虽异，而警戒实同。”他重点说明“铭”是题于“器”的，从商周的鼎彝铭文到后来的石刻铭文。强调“铭”功用重在“铭兼褒赞”，以赞扬为主，实际也是如此。

举凡上述25篇墓志铭文，得出几条信息。

1. 唐代公主墓志铭多带“并序”二字，但无一篇在文字中提到序。多数墓志铭无撰、写、镌刻者信息，或有其一二，而其余不具，有一例将此类信息置于文末者，如此就与“序”通常含义相违了，也就说明“序”的内容并非这些信息。序其实就是志。在所谓“志”的部分，偶尔有说这部分内容就是“志”的。至于“铭”一般则很明确，常冠以“其铭曰”或“其词曰”领起，这里的“词”不是词组的词，也不是后来宋代的长短句的词，特指一种整齐有序的四言诗，可以理解为“辞”。既然序与志是一回事，“大唐故某某公主墓志铭并序”应该是“大唐故某某公主墓铭并序”才更符合人们的认知习惯。

2. 多数公主无名、无字，或有名、无字，或有字、无名。这些最为区别于其他人信息没有，太不符合常理（关于王羲之妻郗璿墓志真伪的讨论中，仍然有人认为郗璿基本信息不全，而以此断伪，实则难以作为有力证据，此不详谈）。当然，已经注明“某某公主”了，有了正式的官方称谓。但无名、无字的，却写作“讳某字某”或“讳字某”或直接“讳字”。这样的写法如果是文字稿显然给人以这是草稿的印象，但是镌刻上石也是这样，难道获取公主的名和字比获取其他信息更难吗？回到《汝南公主》，有古代学者也曾认为“讳字”及“厶”是撰稿者完成后交由“有司”或镌刻者填入即可，但那样是说不过去的。撰文和往墓碑上书写者如果是同一人，还好办。不是同一人，则只能由写者再填上，否则只能由刻者模仿补填了，这是何苦？

笔者《辨》中认为，此纸抑或是弘文馆生徒课业练习写作

墓志铭。刘勰“诔碑第十二”：“贱不诔贵，幼不诔长。”地位卑贱的不能给地位高贵的作诔，年轻的不能给年长的作诔。这种可能也不大了，生徒能熬到给别人撰墓志铭的身份和地位，猴年马月。

另外，从现有资料看很明确了，因《汝南公主》“讳字”和“厶年厶月诏封郡公主”等认为是草稿者，至少缺少了一个自认为颇有价值的证据。同样，也给释读公主名为“李字”者提了个醒，因为25篇墓志铭文中尚有《大唐故新城长公主墓志铭》也是“公主讳字”，同是李世民的女儿，难道都叫“李字”不成?

3. 这些墓志铭对于我们是解读历史的珍贵资料，但对于当时不过就是一种形式、礼制。按照刘勰的说法，铭主要是赞扬，甚至到了无原则的溢美。当然有名无名，与身为妇女可能地位低贱也毫无关系，郡公主甚至长公主了，地位很高了。主要问题就是人浮于事，这种不见天日的东西，也许在整个完成的过程中就缺乏足够的监工。

4. 可以定论《汝南公主》不是一篇完整的墓志铭，笔者《辨》认为“十六日”下至少脱一“薨”字，对照25篇墓志铭，观点显然成立。而“弘文之印”紧承“十六日”下，说明墨迹就是止于此。至于米芾《书史》（见后文）“旁有小注云‘赫赫高门’……”，恐是节外生枝之好事者添枝加叶。既然“十六日”后应该至少有个“薨”字，则说明“十六日”下应该有的文字不可能是需要移格或抬格的神、社稷、祖宗的名讳，足以说明这是一篇不完整的墓志铭，缺了后幅，也即没有“铭”。米芾又言“行下有空白纸，犹空十一字”，据此，人们怀疑米芾见到的是有界格的墓志铭拓本。25篇墓志铭，大到洋洋洒洒几千言，小到几百字，其中也不乏有草率从事的嫌疑，但如此戛然而止的则没有。倘若米芾看到的是墓志铭刻石拓本，则当初撰、写、刻者是有多么敷衍啊。

5. 李渊两位公主，有一位注明籍贯：陇西成纪人。李世民六位公主，四位注明籍贯：陇西狄道人。一位注明籍贯：陇西成纪人。太宗朝以后十七位公主，一位陇西狄道人，两位陇西成纪人。根据笔者《辨》所引《金石萃编》："《高祖本纪》称为陇西成纪人，则公主亦当仍其贯，不知称狄道者何也？《地理志》狄道县属临州狄道郡；成纪县隋属天水郡，开元中徙废。是开元以前，成纪县存，而两地隔远，并非一县更名也，思之殊不得其故。"清代王昶有此疑惑很正常，他没能见到这么多的墓志铭。李唐王朝后人籍贯何以忽而陇西成纪，忽而陇西狄道？

三、关于李唐王朝的籍贯、郡望

《旧唐书·卷一·本纪第一·高祖李渊》："高祖神尧大圣大光孝皇帝姓李氏，讳渊。其先陇西狄道人，凉武昭王暠七代孙也。"

《新唐书·卷一·本纪第一·高祖》："高祖神尧大圣大光孝皇帝讳渊，字叔德，姓李氏，陇西成纪人也。"

《旧唐书》早于《新唐书》，《旧唐书》史料性较强，高祖本纪通篇未提李渊字叔德，谓其祖先为陇西狄道人，也即谓其为陇西狄道人。《新唐书》则姓氏、名、字俱全，籍贯却成了陇西成纪。

《旧唐书》是唐亡后38年，在后晋出帝开运二年（公元945年）割据和战乱年代仓促修成，多照抄唐朝材料，自然符合李唐皇家的说法。《新唐书》则在宋仁宗嘉祐五年（公元1060年）采自后人追述、杂史、笔记、小说，把李渊祖籍写成"陇西成纪"（甘肃静宁，一说秦安），与狄道相距三四百里之遥。重重矛盾，可见两书记载都不可靠。

李渊开国，帝王之家应设七庙，即上追到七世祖，李渊只能明确到四世祖李熙。史学巨擘陈寅恪先生经长期周密考证，断定其祖籍为南赵郡广阿县，即隆尧县。李唐皇家的祖坟在隆尧县王尹村北。其实郡望是郡望，祖籍是祖籍，郡望有一定可选择性，祖籍则没有。目前，关于李渊的祖茔到底在哪里，学界还有争论。

李世民做了皇帝，下诏天下李氏郡望是陇西，李姓的堂号也称为陇西堂，郡望一个，堂号可不同，但李氏郡王和堂号都取自郡名，史所罕见。

李唐开国后120年，天宝二年（公元743年）唐明皇不甘寂寞，从李熙向上嫁接了李皓、李歆、李重耳，加上李渊的爷爷李虎、父亲李昺，凑成七庙，李家的祖籍也就跟着搬到陇西狄道（甘肃临洮）了。当时太常博士张齐贤力劝“或有欲立凉武昭王为始祖者，殊为不可！武德、贞观之时，主圣臣贤，其去凉武昭王盖也近于今矣，当时不立者，必不可立，故也。今既年代寖远……事非有据。且武德之初，议宗庙之事，神尧听之，太宗参之，硕学通儒森然在列，而不议立凉武昭王之庙，盖知其非所宜立也。”

从25篇公主墓志铭来看，《汝南公主》谓“陇西狄道人”没毛病。李渊有个公主是成纪人，李世民有四个公主是狄道人，一个是成纪人。他们自己家的事自己都搞不清，就郡望没错，都是陇西，在于他们也许就足够了。

四、关于墨迹

仅此一件，没有落款，没有印鉴，从收集到的资料来看，最早的题跋是明朝李东阳。李东阳之后递藏有序，此前如何，依旧争论不休。这里想谈一个问题，因为中国古代书画鉴定组（启功、徐邦达、杨仁恺、刘九庵、傅熹年、谢辰生）鉴定为宋人墨迹，王庆正先生论文为定为虞世南真迹之滥觞，倘若站不住脚，则又回到中国古代书画鉴定组的意见上，这就又绕不开米芾《书史》的记载了。

《书史》：世南汝南公主铭起草，洛阳王护处见摹本，云真迹在洛阳好事家，有古跋。后十年见真迹在故相张公孙直清处，其后止“贞观十年十一月丁亥朔十六日。”旁小字注云：赫赫高门，在裴丞相家，是其铭。然此幅文但至半而止，行下有空白纸，犹空十一字。此盖卒日，犹未言葬也。阙文尚多，安得便言赫赫高门，不当后幅却与前幅不相连属也。其前褾红绫，色如新。有名几玄题其褾云：故祭酒崔十八丈绰常与寇章、贺拔巷皆以鉴赏相寻，每称服膺虞书，多历年所。自会昌以来，时睹斯帖，因致其真隶有加。顷年，崔丈每送予兄弟下第东归，必云“此去获见汝南帖，亦何减于升第耶？”所惜阙其铭文耳。咸通二年春于存神室，辍献子凝，良足啬爱也。几玄不知何人也。虞帖为时所重如此，今好事家绝不会见真迹摹本，《枕卧》《积时》《蚺牙》《头风》四摹帖，一关中刻石帖，今法帖所载耳。世最少者，子敬、虞帖，今好事家一字亦无耳。

米芾称在王护处见到摹本时，王护说真迹在洛阳好事家手里，上面有古跋，并未言明古跋出自何人。十年后，米芾在张直清处见到真迹时，便再不提古跋的事了。转而论起墓志铭的内容和字的好了，这不符合常理。即使张直清无意请米芾题跋，也不至于不让他看全吧？因此，有人认为米芾故弄玄虚，实则是其作赝，也不无道理。仔细审视《汝南公主》字迹，有个别字近于米芾早期《方圆庵记》也不是捕风捉影的。

（2021年夏寅生于观云楼北窗）

聊聊王羲之的生卒年

关于立体、透明的“王羲之”，由于史料不多且被证实多有错讹舛互，再加“神化”的故事、传说，千百年来人们口口相传、津津乐道，“真实”则蒙着厚厚的面纱，完全还原其本来面目，恐怕还得寄希望于不期而遇的考古发现和学者的不懈努力。

按说这么有名气的人物，基本信息应该没有太多的错漏，王羲之则不然，留下的谜团太多太多，究其原因，不外乎两点，一是社会缺少所谓的正统，再加动荡，整个两晋南北朝，从笑话开始到混乱结束，惟其如此，才有趣，才引得趋之若鹜。二是王羲之在那个时代，还没有被神化，他所擅长的东西，在每个行当里都不是顶极，当朝和唐以前，没人太拿他当回事。就拿生卒年来说吧，一个在当朝就威望无比的人物，这是基本的信息，不可能没有确凿的记录，他就没有。

关于他的生卒年，千百年来总括有六种说法：

1. 太安二年（公元303猪年）生——升平五年（公元361）卒。

2. 永安元年（公元304鼠年）生——隆和元年（公元362）卒。

3. 光熙元年（公元306虎年）生——兴宁二年（公元364）卒。

4. 永嘉元年（公元307兔年）生——兴宁三年（公元365）卒。

5. 太兴四年（公元321蛇年）生——太元四年（公元379）卒。

6. 太安二年（公元303猪年）生——太元四年（公元379）卒。

第一种说法被学界广泛采信。立说根据，梁陶弘景（公元456年—536年）编《真诰》卷十六《阐幽微》“王羲之”条下陶注“至升平五年辛酉岁亡，年五十九”。未注明生年，逆推为生于公元303年，这是目前见到的最接近王羲之时代的人的记录。

《晋书·王羲之传》载“年五十九卒”，唐张怀瓘（生卒年不详）《书断》“升平五年卒，年五十九”。近年发现清康熙三十七年王皓主修《金庭王氏族谱》记载王羲之享年亦同，在该谱中录有署名沙门尚杲的《瀑布山展墓记》，如属实，尚杲当在隋唐间，比张怀瓘略早。兹录全文：

尝闻先师智永和尚云：“晋王右军乃吾七世祖也，宅在剡之金庭，而卒葬于其地。我欲踪迹之而罢，耄不能也。尔在便宜询其存亡。”杲谨佩不遗。大业辛未（大业七年），杲游天台，过金庭，卸锡雪溪道院，访陈迹，览佳山。因记先师遗语，求右军墓，得于荆榛之麓，略备山陵之制，墓而不坟，朴而不甃。杲惧久加荒秽，丘陵莫辨，征其八世孙乾复等共图之。立志石作飨亭，以便岁时禋祀。呜呼！升平去大业才二百五十余年，而荒湮若此，则千载之后，将何如哉！吴兴永欣寺沙门尚杲识。

隋大业七年（公元611年）辛未，上推250年，即升平五年（公元361年）。《金庭王氏族谱》所记甚细，“王羲之”条下云：“字逸少，号淡斋，西晋惠帝太安二年癸亥七月十一日生，于东晋穆帝升平五年辛酉五月十日卒，葬金庭瀑布山之原。”据说此谱为王操之一门所传，王羲之号“淡斋”，仅见于此，是孤证。假以时日，此可为研究羲之另辟蹊径之滥觞也未可知。

古人的名、字、号是很有讲究的，出生三个月后起乳名（幼名），入塾起（学）名，行冠礼后加“字”，踏入社会有了比较明确的“三观”定位，还可以有“号”，所谓“名以正体，字以表德，号以寓怀”，也有个从朴素到繁缛或各有侧重的过程。《左传·桓公六年》载：“名有五，有信、有义、有象、有假、有类。”取名也有六条禁忌，“不以国，不以官，不以山川，不以隐疾，不以畜牲，不以器币”。

《世说新语·雅量篇》十九，刘孝标注引《王氏谱》：“逸少，羲之小字（小字，即乳名）。”《三国志·魏志·武帝纪》裴松之注：“太祖一名吉利，小字阿瞒。”《太平御览》卷四百十七引《郭子》“王家阿菟”下原注：“羲之小名吾菟。”综上，王羲之小名至少有“阿菟”“吾菟”“逸少”几个。菟也通兔，阿菟可以理解为阿兔。但吾菟系於菟，读作wu tu，楚人称老虎为吾菟，也就是羲之小名可能是老虎的意思。倘若羲之生于猪年，小名叫“阿兔”或“老虎”，从何而来？这就对应了第三种说法，生于虎年（六种说法里没有生于兔年之说）。立说根据是《汉魏六朝百三家集》（明代张溥编选，118卷。以明代张燮的《七十二家集》为基础，兼采冯惟讷《诗纪》、梅鼎祚《文纪》的成果，排比附益而成）之《王右军集》卷二所收《题卫夫人笔阵图后》后署“十年五十有三……永和十四年四月十三日书”，永和尽于十二年，这是常识性错误。当然也可以作另一种猜测，是否生于寅时？笔者生于寅时，爷爷给取的名字是“小虎”，我并非虎年出生，学前户口本上就叫这名。成年后，母亲赐字“寅生”。取年份、取月份、取时辰，各便，没啥规定性。

从“阿菟”来看，可以解作“兔”，如果联系生辰年就是第四种说法了——生于兔年。王羲之字逸少，这个“字”是表字，书法界沿用很久了。如按刘孝标注，这也是误传，不过从“小字”延至用作“表字”，也无不可。逸字是像兔子一样逃跑，引申为闲适等义。古人的表字是有含义或者长辈的寄意的，民国朱自清的表字是“佩弦”，因为他性子慢。古人讲究腰间有佩物，“佩韦佩弦”各寄期望，脾气急的，佩韦（牛皮），希望脾气慢下来，像牛皮一样耐磨，沉得住气。脾气慢的，佩弦，希望像离弦的箭那么迅疾。羲之本传记载“幼讷于言”（怵头说话、不爱说话），可能性格有些木讷，很有可能性子有些慢，无论是虎还是兔，都是行动迅捷的，这可能是父辈的希望。属猪看上去笨拙，就取兔子、老虎为乳名，这也是破解之计。

第二种（生于鼠年304年）可能性也较大，前五种说法都是按照卒年五十九岁倒推的，古人按阴历纪年，按照实岁、虚岁，没有严格规定性，差一年是很有可能的，有的甚至差两年。

三四两种不再详述，第五种基本不可能，羲之是南渡的，按照此说，南渡时还没有他。第六种持论者很少，不再讨论。

笔者以为，羲之小名应该与属相关系不大，与性格有关的可能性反而大一些，琅琊王氏，族门大户，生个男孩不可能就着生肖“阿猫、阿狗”的取乳名。

故此，尽管笔者持论根据并非足够充分，还是倾向于生于公元303年属猪的。生年定了，按照享年五十九岁，卒年也就定了。

（2021年4月于观云楼北窗）

王羲之曾任官职及性格特点

官职和性格，似乎不搭，但具体到某人，内中则有必然的联系。对于王羲之来说，“性格决定命运”，还是蛮有可以说道的东西。

中国几千年封建时代，是相当讲究官本位的。1981年，河南南阳医圣祠院内挖掘出一通带有碑座的墓碑。碑的正面刻有“汉长沙太守医圣张仲景墓”，碑座上刻“咸和五年”。咸和是东晋成帝司马衍的年号，“咸和五年”即公元330年。对于墓碑的真伪未见相关论证文章，但对于张仲景是否做过长沙太守，有持怀疑态度的，我们姑且认为他做过。

汉代官阶，太守为一郡之最高行政长官，郡在州与县之间，也就是相当于现在的地市级。官方给张仲景立碑，“医圣”的盛誉可以看作是官方认可甚至是皇帝敕封的。

医而至圣，冠绝古今。这么崇高的荣誉，相较于一个地市的行政长官，从历史的角度看贡献，高下可以立辨。而“盖棺定论”，写在墓碑上，列于官职之后，可见官本位之影响。

根据尚不能完全确认的学术观点，学界普遍能认可王羲之生卒年为公元303年—361年。也就是说东晋给张仲景立墓碑时，王羲之二十七周岁，正处在那个时代。当时的人以至于后人尤其是唐人，关注他的官职、甚至以官代名就顺理成章了，此风流弊至唐达到鼎盛。

王羲之去世1600多年了，现在人人脱口就称“王羲之”，按说也是“大不敬”。古人同辈间称字，避讳称名。王羲之，字逸少。最恰当的称呼是“王逸少”，但现在这么称呼他的，可能更多是限于文人墨客的圈子。另一个表示尊敬甚至艳羡的称谓是“王右军”，还有“王会稽”等，这都是称呼官职的。这个“右军”来自“右军将军”，“会稽”来自“会稽内史”。

根据《晋书·王羲之传》及相关资料和学界研究成果，大体可以梳理王羲之的任职经历。

唐修《晋书·王羲之传》提到的曾任官职，“起家秘书郎，征西将军庾亮请为参军，累迁长史”“迁宁远将军、江州刺史”“既拜护军”“乃以为右军将军、会稽内史”。参考相关学术成果，期间有两任官职未载。一是“秘书郎”之后曾任“会稽王友”，另一个是“长史”后曾有“临川太守”之任。下面分述之。

王羲之“出来混”是很晚的，那时没有科举考试，基本是举荐制。他的第一份工作是“秘书郎”，相当低级的职位，从工作性质来说，基本就是中央机关的文职办事员，这份工作是他的岳父郗鉴推荐的。

王羲之十三岁时，大概母、兄的拜托，估计其堂叔父王导非正式推荐过，这得从他父亲说起。《王羲之传》有“父旷，淮南太守。元帝之过江也，旷首创其议。”如此，则在东晋王朝建立上是有头功的，但《晋书》没有为他立传，笔者觉得两个因素不得不考虑。

一是永嘉三年（公元309年）刚出任淮南内史的王旷率领部将施融、曹超等与刘聪会战遭惨败，施、曹战死，旷从此下落不明。学界有多种猜测，或称他投降刘聪（其后也无记载和传说），或称他战死（活不见人死不见尸），前史无记载，即使都认为投降，但唐人修史不能无凭无据妄下结论，故而不立传。

二是在史料极少的基础上，其行为、业绩不足入史。《太平御览》："大将军、丞相诸人在此时闭户共为谋身之计。王旷士宏来，在户外，诸人不容之。旷乃剔壁窥之曰：'天下大乱，诸君欲何所图谋？将欲告官。'遽而纳之，遂建江左之策。"《王羲之传》认为他是王导、王敦的堂弟，据专家考证他的年龄大（羲之本专多有错讹，其部分内容采信《世说新语》，世说有载：羲之是敦从父兄子）。他是兄长本该受王导、王敦等尊重，可人家却不待见他。他能"剔壁"并言"将欲告官"，这言行肯定不是一天两天的毛病了，既解释了如何不被人待见，又表明行为的泼皮无赖（这一点很重要，笔者有另文分析王旷、王羲之、王献之和王徽之三代言行，世家子弟的泼皮无赖基因、吊儿郎当的做派，陈陈相因）。这样一个人物，原本旧史记载就少，修史不立传也成立了。

王旷下落不明的时候，王羲之才六岁，就没有父亲培养管教了。他总要长大成人出去做事的，渐握实权的堂叔父王导、王敦，无论出于王氏家族共同利益还是念及孤儿寡母可怜，总会尽点父辈的义务，其中细节无从索据了。

《王羲之传》："羲之幼讷于言，人未之奇。年十三，尝谒周顗，顗察而异之。时重牛心炙，坐客未啖，顗先割啖羲之，于是始知名。"

周顗是大人物，专管考察举荐人的，能去他的"圈子"坐坐，估计王导也起了作用。《王羲之传》的说法难以让人信服，十三岁受周顗礼待出名，再借王氏家族的势力，十七八岁出来做事是正常，何以二十三岁才靠岳父举荐干了一份“办事员”的工作？估计少调失教、行为散漫，连当初欣赏他“坦腹东床”的岳父也看不下去了。

《世说新语·汰侈篇》：“王右军少时，在周侯末坐，割牛心啖之，于是改观。”

《世说新语》明确将此事列于“汰侈”篇，并非误记，用意就是批评羲之行为骄奢。何况参与世说著述的人很多，成书时间距离东晋不过百年，著述人之间于历史人物的性格、品行定位不可能没有交流，“栽赃”羲之、辱其名分的可能性不大。按照世说的记载，王羲之就是缺少家教，行为随便。回到“东床坦腹”的故事，尽管那个时代崇尚旷达、疏散，那也只是少数人的行为，并非整个社会都如此。颇有书名的郗鉴派人选女婿，羲之书法还未成名，光着膀子在吃东西，无论什么样的社会标准，这也是缺少教养的表现。有说他是故意而为，羲之是想被选中还是不想被选中？他做了郗鉴的女婿，归根到底是愿意。而如此乖张的行径，应该是砸锅的节奏啊。郗鉴却偏偏感慨万分得了宝贝一般，岂有此理。从这部分记载，我们也不难看出王羲之性格中的缺少规矩和任情恣性。

干了三年秘书郎，公元328年调入会稽王府任会稽王友。“友”不是朋友的友，是个官位，其实质就是当时八九岁的司马昱的男保姆和玩伴，或者还兼着安保和书法老师。这个时候的羲之字还没有多么好，史料有记载的，他的字最好的状态大略在去世前十来年。当时很有书名的庾翼（庾亮的弟弟），见到此时期羲之写给庾亮的信大为赞赏，当即主动给羲之写信称他可以跟张伯英媲美，这也是当朝人对羲之的最高评价。其实羲之的字在当朝人的眼里远不及王献之，当朝第一的名分，在羲之死后一百多年里始终是王献之，这是有史料可以佐证的。在会稽王府五六年的时间，对王羲之的“改造”还是蛮大的，很大程度上弥补了少年时期缺少家教的不足，又交下了日后成为皇帝的司马昱这位朋友。

公元334年，时为征西将军的庾亮，都督江荆豫益梁雍六州诸军事、开府仪同三司，相中了王羲之。先是聘了一年多的“参军”，又擢升为“长史”（享一千石），相当于庾亮的副职兼“秘书长”。但这个位置官阶并不高，六品官。咸康二年（公元336年），被任命为临川太守（五品官，享二千石）。临川太守任，史料不多，有学者认为这是为了解决俸禄或者行政职级的虚职。三年后庾亮病逝前举荐，王羲之擢升宁远将军（有名无实）、江州刺史（四品官）。这段时间的职务调整，有王、庾两股家族势力互相利用、争斗、角逐的因素。

司马昱起用殷浩为扬州刺史，意图北伐。殷浩与羲之关系非常好，推荐他出任护军将军（四品官），羲之慨然应允。护军将军是禁军高级将领，相当于部队文职高级干部。晋代的朝廷大多被几大家族势力裹挟，国家的权力实际集中在这些大家族手里，他们彼此之间甚至一个家族的内部之间也存在思想不统一、用力不和谐。王导这个人确实有家长之风，不是他的沉稳老到，王敦惹的祸恐怕会给王氏家族带来灭顶之灾。作为堂叔父几次推荐职位，羲之坚辞不就，殷浩举荐他却慨然应允，此中消息透出王氏家族的内部矛盾，也让我们看到王羲之舍此顾彼暗藏祸端的思想单纯甚至幼稚。王羲之这一支确实有游离于王氏家族之外的迹象，我们不展开了。让人疑惑或感兴趣的王羲之和他儿孙辈们的名字中都有“之”字，也是王羲之这一支特有的，另文详述。

永和七年（公元351年），殷浩又推荐羲之任右军将军（四品官）、会稽内史。右军将军跟护军将军的区别就是一武一文，晋代设前军、后军、右军三将军，前军、后军一般为虚职也不领兵，而右军领兵，所以王羲之是真武将，至于会不会武，未见正史记载。

会稽内史，其职级为太守，系会稽一地的最高行政长官。西汉初分封了许多诸侯王国，对王国内掌民政的主官，便借用了内史这个名称，晋时亦沿用。因咸和元年（公元326年）司马昱从琅玡王改封为会稽王，其时会稽不称郡而称会稽国。王羲之是会稽内史领右军将军，大体可以类比现在的副省级市长兼驻军司令。

有学者认为王羲之应为右将军（三品官），右将军是军号，是官品和军阶的象征，既有军衔性质，又有实质权位，是当时军政要员出镇地方时朝廷所授之职，且右将军是重号将军，得以开府置佐，一般只授予州刺史，郡守中能获此殊荣者仅会稽和丹阳二郡，并举例周札、何无忌所任职务即是右将军、会稽内史。《王羲之传》采信《世说新语》内容较多，《世说新语》多次以右军代王羲之，刘孝标注为右军将军，大概是“王右军”称谓的滥觞。不管是右军将军还是右将军，“王右军”已然是王羲之的代名词了，因为最后做官到会稽内史，也算部级官员了，因此也有人称他为“王会稽”。

以上是王羲之历任官职的简述，期间我们也看到他的性格品德有缺少规矩、恣情任性、单纯幼稚的特点。其实还不止于此。《王羲之传》和《世说新语》都记载了他跟王述的不和。

王述（公元303年—368年），字怀祖，山西太原人。幼年丧父，侍奉母亲非常孝敬，年三十还未出名。王导以同宗推荐他出仕，曾对庾亮说：“王怀祖清高尊贵，简朴刚正，不比其祖、父差，只是心胸稍欠开阔而已。”后在会稽内史任上，其母病逝，离职在会稽郡为母守孝，王羲之接替他担任会稽内史。史载王羲之无来由（肯定有某种原因，至少有人评价过两人才分差不多，羲之当然不以为然）瞧不起王述，他只礼节性吊唁了一次，就再也不去了。而以他的身份，在王述守孝期间，他应不止一次去吊唁，这是古代的礼制。王羲之不去吊唁，却故意放风让王述以为他要去吊唁，王述则每次都恭敬地做好充分准备迎接羲之，几次三番都不了了之。王羲之还制造舆论话里话外嘲讽王述惦记着会稽内史的职位，王述感到奇耻大辱不免心生怨恨。王羲之的这些做派，不难看出其心胸狭隘还极富促狭心理。

王述守孝结束，代替殷浩做了扬州刺史（相当于省长），王羲之成了他的属下。羲之愤愤不平，竟然上书朝廷要求把会稽划出扬州管辖范围，朝廷不允。将会稽划出，只有一种可能——中央直辖（有学者认为将会稽划归其他州也存在可能，笔者以为，除非从政治、经济、军事上确有非常之必要，否则几成儿戏），即使朝廷再弱，也不会听之任之。王羲之任情恣性、单纯幼稚又可见一斑。

王述上任例行巡视，单单不去会稽，只派低级官员随便检查一下，然后罗织一些“罪名”，“弹劾”羲之。王羲之感到奇耻大辱，遂称病辞职。进而还郑重其事誓墓：

维永和十一年三月癸卯朔，九日辛亥，小子羲之敢告二尊之灵。羲之不天，夙遭闵凶，不蒙过庭之训。母兄鞠育，得渐庶几，遂因人乏，蒙国宠荣。进无忠孝之节，退违推贤之义，每仰咏老氏、周任之诫，常恐死亡无日，忧及宗祀，岂在微身而已！是用寤寐永叹，若坠深谷。止足之分，定之于今。谨以今月吉辰肆筵设席，稽颡归诚，告誓先灵。自今之后，敢渝此心，贪冒苟进，是有无尊之心而不子也。子而不子，天地所不覆载，名教所不得容。信誓之诚，有如皦日！

多么大点事啊，这个王羲之，是你无端瞧不起王述，继而百般羞辱人家。看到人家飞黄腾达，你又赌咒发誓、辞官悠游，岂不正中王述下怀，单纯幼稚的王羲之啊，这又是一个确凿的例证。王述心胸不宽，王导早就下结论了，王羲之是否明知而故意侵犯王述，我们不得而知，仅就史书和有关资料记载的这些，王述比王羲之心胸宽阔多了，他在历史上留下了“在政清正严明”的美名。

笔者无意要把王羲之描述成少年缺少规矩、青年任情恣性、中年单纯幼稚、老年心胸狭隘的“屌丝”，而至于毁坏他千古书圣跨越千载崇高又伟岸的光辉形象，兴许换一组史料和传说、故事，能得出不一样的结果。权作漫谈吧，连一家之言也算不得。

对了，王羲之的“书圣”，谁封的？

（2021年4月于观云楼北窗）

尴尬的兰亭序

中国的文字绵延五千年文脉不断，这在世界上是头一号。伴随文字而生的书法艺术，则几乎是但凡使用汉字者尽人皆知的。不管是不是书法家、书法爱好者，还是仅仅将汉字作为传情达意工具的一般使用者，只要是书写汉字，总受一种审美心理的支配，总会以一种或强或弱但不至于无的审美眼光，来打量自己写出来的汉字。

审美意识较为强烈者，或得意于某处信手偶得的快意，或失落于总不满意的一无是处。总之，应该没有使用汉字的人，对于自己写出来的汉字无动于衷。这是很有趣的现象，对于这个现象的研究，对于梳理千百年人们的审美心理、审美标准、审美理想等不无意义。

笔者算是书法爱好者，业余时间也读一些关于书法史、书法美学方面的书；得空也能拿起笔来临帖甚至创作，尽管无意以此安身立命，也没想借此斩获奖项殊荣，只是兴趣使然罢。几十年过去，时断时续，走走停停，也有一些思考和感悟，混搭在为数不多的小文章里。系统性的思考尚未形成，鳞鳞爪爪，难以成为体系，所思所想所感所见，或增进知识，或矛盾舛互，或偶有新见，兴致愈发浓厚，知我者笑我无聊，不知我者斥我不可理喻。已过天命，唯兴趣导引，成为生活的一部分罢了。

近年对王羲之颇为感兴趣，全因这个东晋以来尤其是唐以来知名度颇高的名字——王羲之，围绕他的扑朔迷离的史实和传说，似一团迷雾永不消解，钻之弥深，疑惑愈多，兴趣越浓。

对于书法艺术，我相信直觉。但最不可靠的，也许就是直觉。所以说，我不迷信，更不盲目自信。十几岁开始喜欢书法时，条件相当有限，文化闹剧刚过，一派荒芜景象。既缺书籍法帖，也无名师指点，能常看到的不过是地方书法名家所题的商铺匾额，但觉好看便心生羡慕，遂东施效颦刻意模仿。待到稍具审美能力，见识也渐积累，文化开始繁荣，所见越来越多。

学习书法，有两个要素是必须具备的，一是天赋才情，二是恒心毅力。倘若纯粹消遣，两个要素都可不必较真。倘若以此安身立命，则缺一不可。无天赋才情，下一辈子苦功，写字匠而已。有天赋才情而无恒心毅力，充其量玩票而已。

学习书法，不管是由何种字体、何种法帖、何种流派入手，广取博采是必由之路。然而人的精力毕竟有限，法帖则浩如烟海，逐个攻破、得意忘筌几无可能。盯住一家，旁涉诸家尚可勉强实现。如此众多的珍贵资料，但凡能得到或经手过目的，自然应该倍加珍惜留意，细细研读心摹手追为我所用。要做一个杂食者，只要有营养，便拿来，或即刻消化，或留存待用。

学习书法是没有铁定的规律可循的，一个时期内，流传颇广的是学书法必须先学楷书，配套的比喻“义正词严”：楷书如行走，行草如跑步，焉有不会走就学跑的道理。于是先从楷入，必颜欧赵柳，即颜真卿、欧阳询、赵孟頫、柳公权。这是个颇为滑稽的组合，三个唐朝人，一个元朝人，是谁把他们拉进一个群的，不得而知。学习颜欧赵柳不会错，先学楷也不会错，但这绝对不是唯一的所谓正确的学书之路。

从汉字诞生、演变的过程来看，学习写字从楷书入手本身就站不住脚，当然如果这个“楷书”不仅仅指书法史上楷则最成熟的唐楷的话。楷的含义就是正，就是一切端正且笔画不相连属的字体，都可以称为正书。那么基本算是最早汉字的甲骨文就是正书的一种，篆书（草篆除外）、隶书（草隶除外）也都可以算作正书。这并不矛盾，正书的正主要是字的形态的描述，篆书的篆主要是字的线条形状的描述，隶书的隶主要是指创造这种字体或使用这种字体的人的身份描述。

这些常识性的知识，其实也是存在某些争议的。比如文献当中记载王羲之擅隶书（《王羲之传》），学者们考证他那个隶书其实就是楷书或者是章草。这本身就是存疑的，我们现在通常意义上的隶书，东汉已经臻于成熟，我们能见的传为王羲之的作品，则没有一件属于隶书。是文献记录错误，还是考古尚未发现，都不宜妄下定论。学者们也只是一说，百家争鸣，并未形成绝对的定论。

围绕王羲之这个人和他的字本身就谜团重重，就如几乎人尽皆知的《兰亭序》（本文无特殊说明，均以324字神龙本《兰亭序》作为研究对象），一般不搞书法研究的，都会笃定地认为，《兰亭序》是王羲之的，王羲之写了《兰亭序》。然而稍稍掀开书法史的一页，就会知道，原来书法史完全不是人们想象或者认为的那样。

先就《兰亭序》墨本而言，几十年前初睹它的面目，便觉只是流利潇洒，从气息上根本无法与唐代以前对接。从它流传、被历朝历代重视、被称作“天下第一行书”、被奉为圭臬所带来的审美影响，它在中国书法审美史上所起的作用简直无法估量，但这种审美影响是进步的还是导致了后退抑或停滞，实在不是三言两语能说明白的。再就《兰亭序》文本而言，未入离其更近的南朝梁《昭明文选》，后入清代《古文观止》，恐怕也是碍于墨迹本被推崇的高度罢。笔者曾有小文涉及，一众人等大肆渲染墨本二十余个“之”字形态各异，极言王羲之书法富于变化云云。这二十几个“之”字形态各异不假，要谈富于变化，得看意而不仅仅是形。另外，一篇324字的文章，仅“之”字就占了近十分之一，古人尚简之风焉在。当然，就文法而言，不必吹毛求疵，一个时代有一个时代约定俗成的规定性。

即使几十年过去，我更加坚信，它不该成为也担当不了书法审美的终极膜拜对象。它不是不美，是没有实际获得膜拜的那么美，而它的美在时间上比王羲之的时代离我们更近。

所谓的中国“十大行书”，前三位是，《兰亭序》第一，《祭侄稿》第二，《寒食帖》第三，这种排序也有时间上的考量，但毕竟《兰亭序》占了第一。如果把这三个字帖当作待字闺中的女性，我曾采访过很多写字的，愿意娶谁为妻？《兰亭序》则排在第三。也问过很多不痴迷写字的人，他们最多的回应是不知《兰亭序》外那俩字帖啥样，再就是说当然娶《兰亭序》，因为王羲之写的嘛，大书法家啊。这种选择不是审美意识作为主流引导，而是从众或识浅使然。

这很让我得意，更加坚信自己的审美判断。

这本身就很有趣了，更有趣的是围绕《兰亭序》的身份真伪问题，简直是众说纷纭。

比如说到《兰亭序》，你得首先弄明白“兰亭序”这三个字指的是啥？作为通常意义上的参照物，是指故宫博物院藏品——神龙本《兰亭序》。借百度百科的内容稍作介绍：

神龙本兰亭是流传至今的《兰亭序》摹本中最为精美的一本。因为它将原作的笔墨表现得最为真切。原本上带有“破锋”“断笔”“贼毫”的字都摹写得很细腻，改写的字迹也显示出了先后的层次，行笔踪迹、墨色浓淡十分清晰，间架结构也是左右映带、攲斜疏密、错落有致，显得自然生动。

因卷首有唐中宗李显神龙年号小印，故称“神龙本”，据说是由唐太宗时期的书法家冯承素临摹的。

这两段话信息量是非常大的。稍后再分析。

而非通常意义上的“兰亭序”三个字至少有两层意思，文本的《兰亭序》，墨本的《兰亭序》。文本的《兰亭序》至少有两个版本，一个是“神龙本”墨本的文字内容，一个是梁刘孝标注《世说新语》的《临河序》。所以说是两种，因为过去有人混为一谈，将《兰亭序》也叫《临河序》。其实不然，“神龙本”墨本文字内容与《临河序》内容有交集（完全相同的文字），但字数相差较大，《兰亭序》有的一部分，《临河序》没有，《临河序》有的一部分，《兰亭序》没有。之所以《兰亭序》称作《临河序》，是涉及真伪问题时的说法，有种观点认为根本没有王羲之所做墨本的《兰亭序》，而只有文本的《临河序》。

为了说明问题，先录这两篇文章，对比可知，两篇之中，高下立分。

墨本《兰亭序》文：

永和九年，岁在癸丑，暮春之初，会于会稽山阴之兰亭，修禊事也。群贤毕至，少长咸集。此地有崇山峻岭，茂林修竹，又有清流激湍，映带左右，引以为流觞曲水，列坐其次。虽无丝竹管弦之盛，一觞一咏，亦足以畅叙幽情。

是日也，天朗气清，惠风和畅。仰观宇宙之大，俯察品类之盛，所以游目骋怀，足以极视听之娱，信可乐也。

夫人之相与，俯仰一世。或取诸怀抱，悟言一室之内；或因寄所托，放浪形骸之外。虽趣舍万殊，静躁不同，当其欣于所遇，暂得于己，快然自足，不知老之将至；及其所之既倦，情随事迁，感慨系之矣。向之所欣，俯仰之间，已为陈迹，犹不能不以之兴怀，况修短随化，终期于尽！古人云："死生亦大矣。"岂不痛哉！

每览昔人兴感之由，若合一契，未尝不临文嗟悼，不能喻之于怀。固知一死生为虚诞，齐彭殇为妄作。后之视今，亦犹今之视昔，悲夫！故列叙时人，录其所述，虽世殊事异，所以兴怀，其致一也。后之览者，亦将有感于斯文。（324字，段落、标点均为后人划分，以便阅读）

《临河序》文：

永和九年，岁在癸丑，暮春之初，会于会稽山阴之兰亭，修禊事也。群贤毕至，少长咸集。此地有崇山峻岭，茂林修竹。又有清流激湍，映带左右。引以为流觞曲水，列坐其次。是日也，天朗气清，惠风和畅，娱目骋怀，信可乐也。虽无丝竹管弦之盛，一觞一咏，亦足以畅叙幽情矣。故列序时人，录其所述。右将军司马太原孙丞公等二十六人诗赋如左，前余姚令会稽谢胜等十五人不能赋诗，罚酒各三斗。

显然，《兰亭序》意境比《临河序》复杂得多。假设王羲之为“永和九年”上巳节众人集会赋诗成集写过一篇序文，可能的原作是哪篇呢？如果非得从里面选一篇，定然是《临河序》。再来看看《世说新语·企羡篇》：“王右军得人以《兰亭集序》方（同仿，笔者注）《金谷诗序》，又以已敌石崇，甚有欣色”。以及《晋书·王羲之传》也有“或以潘岳（《王羲之传》内容多取自《世说新语》，有学者认为“潘岳”当为“石崇”之误，笔者注）《金谷诗序》方其文，羲之比于石崇；闻而甚喜”句。

我们看一下当时以炫富著称的石崇的《金谷诗序》：

余以元康六年，从太仆卿出为使持节，监青、徐诸军事、征虏将军。有别庐在河南县界金谷涧中，或高或下，有清泉茂林，众果竹柏，药草之属，莫不毕备。又有水碓、鱼池、土窟，其为娱乐欢心之物备矣。时征西大将军祭酒王诩，当还长安，余与众贤共送往涧中，昼夜游宴，屡迁其坐。或登高临下，或列坐水滨。时琴瑟笙筑，合载车中，道路并作。及住，令与鼓吹递奏。遂各赋诗，以叙中怀。或不能者，罚酒三斗。感性命之不永，惧凋落之无期。故具列时人官号、姓名、年龄，又写诗著后。后之好事者，其览之哉！凡三十人，吴王师、议郎、关中侯，始平武功苏绍字世嗣，年五十，为首。

显然，《临河序》颇像《金谷诗序》，如果《世说新语》可信，《王羲之传》可信，则《兰亭序》文本非为王羲之所作可成定论，没有文本哪来墨本，那神龙墨本必是冒牌货。但笔者并不想过早下结论，还是留作以后的研究吧，此处只是姑且言之。

再回到上文引百度百科的文字，称“神龙本兰亭是流传至今的《兰亭序》摹本中最为精美的一本。因为它将原作的笔墨表现得最为真切”。百度的结果也就那么回事吧，“最为精美”的前提是有原本作比较得来的，原本有无、在哪尚且不知，岂能如此下结论。而“据说是由唐太宗时期的书法家冯承素临摹的”则更加显出资料编写者的判断不确定，据有关有争议的资料显示，唐太宗曾指派冯承素等人摹写《兰亭序》，这些人中也包括褚遂良、虞世南、欧阳询等。这仨人的字都有墨迹或刻石传世，我们甄别他们所谓的临摹本《兰亭序》，可以参照他们的字迹风格来判断，还算言之有物。而冯承素并无其他墨迹或刻石传世，如何判定神龙本就是冯承素所临。这里便有某些权威的专横论断了，不在这里讨论，另文专述。

据学界各路专家论证及历史上的传闻、臆测，《兰亭序》底本（如果有的话），则在王羲之死后200年才被李世民找到。说是当时王羲之写完后酒醒，自觉无与伦比，又反复写了若干遍，还是第一次写得最好，就让儿子王徽之秘藏，秘传至第七世孙僧智永云云，这完全是文学化的编故事，信口雌黄跟唐代何延之《兰亭记》如出一辙。别的不说吧，单是从审美角度，一个人对自己整天拿毛笔写的无数纸片，竟然一眼认定它能成为家传之宝，这也太离谱了吧。而此时王羲之刚五十周岁（学界普遍认为生卒年公元303年—361年），即使知道自己9年以后离世，也难以判定自己9年之中难以再写出传世之作啊。

根据各路专家分析研判，最大可能，“神龙本”《兰亭序》墨迹为智永和尚所为。当然围绕智永和尚，也是谜团重重，也将另文讨论。笔者是倾向于智永所为的，他并非造假，他没有向世人宣称此为王羲之所作。智永系王羲之七世孙，是王羲之第五子王徽之六世嫡孙。他生卒年不详，大略生活在陈隋时代，与李世民同期或略早，李世民看到《兰亭序》，从时间上不违。这个和尚很勤奋的，从流传下来的传为他书写的《千字文》，完全可以断定无论形质、气息，颇近《兰亭序》。至于多出《临河序》的文字，也恐怕是他加上的，同样《临河序》不同于《兰亭序》的文字，也该是他删去的。他的“改写”，让《兰亭序》更像一篇文章，而不仅仅是那个时代文风下的一篇序。

（2021年4月于观云楼北窗）

也谈兰亭序的文章问题

王羲之，这个名字在中国几乎妇孺皆知，东晋大书法家，被后人称作“书圣”。同样《兰亭序》（以传为冯承素响拓的神龙墨本流传最广）也是妇孺皆知，几乎就是中国书法审美的图腾。

然而，凡事怕认真，一旦认真，问题就出来了。二十世纪六十年代著名的“兰亭论辩”，论辩的焦点是神龙本《兰亭序》的真伪，主要对阵双方是当时担任文化部长的郭沫若和南京布衣学者高二适。

郭沫若的主要观点是根据当时考古成果（主要是《王兴之墓碑》）分析比对，王羲之所处时代，字还没有神龙兰亭这种写法，文章也不是王羲之所作。高二适则坚决反对。

郭沫若第一篇文章发表在《文物》杂志1965年第6期，引起高二适反驳，高二适的文章经当时中央文史馆馆长章士钊函呈毛主席，才有了“笔墨官司，有比无好”（毛主席回信有此句）的指示，高二适文章遂发表于1965年7月23日《光明日报》，后《文物》杂志1965年第7期发其缩印手稿。1973年文物出版社将双方论辩文章分上下编汇集出版，书名《兰亭论辩》，郭沫若一方计有文章15篇，高二适一方计有文章3篇。

“兰亭论辩”之后，参与此问题探讨的学者，有相当数量的人认为郭沫若身居高位有欺压高二适之嫌。郭沫若身为文化部长，还有一个懂书法的康生以政治局常委身份作后援，人们则更加同情身为布衣的高二适。平心而论，势力悬殊是肯定的，郭沫若一方的文章援手中，后来有名家回忆录揭示有代笔，援手之一启功晚年也对当时顶不住压力而违心写了文章感到后悔。对阵双方文章篇数15：3，15排在前，3在后，本身就向读者暗示着什么。

当同情占了主导地位，学术就不那么重要了。不久前在网上看到一篇博士论文，作者大意：“兰亭论辩”后累至当前，学界有“兰亭论辩”后续300多篇发表了的论文，无论从哪个方面比较，都难望郭文之项背，甚至合并起来的价值也无法超越郭文。这当然是一家之言，也从一个方面洗白了一个难以回避的问题，郭沫若当初即使不利用职权打压高二适，他的文章本身也确实道高一尺。笔者在此只是简单一提，这事即使三五十万字也难以交代清楚。

需要声明在先，笔者不是研究书法史的专业人员，只是兴趣使然，读过一些这方面的学术文章。笔者在没有大量阅读这类文章前，尤其是没有阅读“兰亭论辩”系列文章前，直觉地认为：《兰亭序》神龙本墨迹气息不会早于唐代，与能见到的隋唐前古人的墨迹、刻石气息格格不入。从这个直觉出发，是赞成郭沫若《兰亭序》非出自王羲之之手的论断的（笔者不同意郭文认为王羲之的字应该与《王兴之墓碑》字一致，更倾向于《十七帖》底本出自王羲之之手），尽管并不完全赞同郭沫若文章论据的完整性和确凿性。

神龙本《兰亭序》的文字内容，郭沫若认为并非出自王羲之之手，乃是后人将《临河序》与石崇《金谷序》两文文字和文义合二为一改编的，他在清代李文田的观点上又做了补充阐述。当代研究王羲之很有成就的专家祁小春先生则称《兰亭序》是“唐人书法录晋人文章耳”。

我们且放下真伪之争，就神龙本《兰亭序》文章内容做简要分析，试就其文学价值做一些探讨。同时在力所能及的情况下，就个别字词在学术界的探讨也做简要介绍。

为了行文方便，兹录神龙本全文。

永和九年岁在癸丑暮春之初会于会稽山阴之兰亭修禊事也群贤毕至少长咸集此地有崇山峻岭茂林修竹又有清流激湍映带左右引以为流觞曲水列坐其次虽无丝竹管弦之盛一觞一咏亦足以畅叙幽情是日也天朗气清惠风和畅仰观宇宙之大俯察品类之盛所以游目骋怀足以极视听之娱信可乐也夫人之相与俯仰一世或取诸怀抱悟言一室之内或因寄所托放浪形骸之外虽趣舍万殊静躁不同当其欣于所遇暂得于己快然自足不知老之将至及其所之既倦情随事迁感慨系之矣向之所欣俯仰之间已为陈迹犹不能不以之兴怀况修短随化终期于尽古人云死生亦大矣岂不痛哉每览昔人兴感之由若合一契未尝不临文嗟悼不能喻之于怀固知一死生为虚诞齐彭殇为妄作后之视今亦犹今之视昔悲夫故列叙时人录其所述虽世殊事异所以兴怀其致一也后之览者亦将有感于斯文（324字）

下面做分析，以通行的标点标注作为讨论文义的底本。

永和九年，岁在癸丑，暮春之初，会⌊笔者按：会，音hui，集会、会合。王羲之曾祖是王览，其祖父是王正，系王览第四子。王览第三子是王会，系王羲之伯祖。有学者认为《兰亭序》里两个“揽（览）”，当为讳字，不该出现，揣测王羲之加了提手旁，音同字不同，算是破了避讳。假设此论成立，那是避曾祖讳，叔祖讳就可以不避了？另：下文会稽的会kuai，字同音不同，按说也在避讳范围，但限于是地名，可不避讳。其实按历史记载，王会的儿子曾被派为会稽太守，因为会字涉及家讳，所以上书哭诉朝廷侵犯了他的家讳，朝廷回复字同音不同，可以不避讳。他还争执，后来朝廷还是把会改作郐了事。从王羲之的角度，会稽可以不避讳，但“会于”的会，完全应该避讳。即使按礼制伯祖可以不避讳，作文行之天下，不同于随口一说，还是应该尽量避讳的］于会稽山阴之兰亭，修（会若改为聚，与此处的修字，也无文义上的冲突。《说文》聚，会也。至少《史记》已经有此字）禊事也。群贤毕至，少长咸集（此二句位置欠妥，似应放在“之初”后，倘若如此，则“会于”的会可以省略。因为有个“少长咸集”的“集”字了，跟“会”在文义上几无差别）。此地（这个“地”总领“崇山峻岭，茂林修竹”没问题，应该指“会稽山阴”。但是下文“清流急湍，映带左右”，尤其是“映带左右”显然指的是“兰亭”了，所以有“偷换概念”之嫌）有崇山峻岭，茂林修竹；又有清流激湍，映带左右，引以为流觞曲水，列坐其次（“列坐其次”的“次”，作“周围”解，其，当指“兰亭”。此处“列坐其次”似乎放在“引”字前更合适，众人落座然后“流觞曲水”。当然，联系下文“一觞一咏”，按照觞代酒、咏代人的顺序，两句位置不变也说得过去）。虽无丝竹管弦之盛（“丝竹管弦”有人指为“重文”，似无大碍。但“虽无”一词，却道出消息，是对比啥样的聚会吗？还是过去有，这次没有，而被与会者叹为遗憾？作为一个文人雅集又是时兴的修禊，缺少的不仅仅是“丝竹管弦”吧？何以单单指出？这里就涉及王羲之模仿石崇的《金谷序》，《金谷序》基本突出的就是声色犬马），一觞一咏，亦足以畅叙幽情。（修禊饮酒的规制，我们不清楚，后人的文章中也多是臆猜，但《临河序》文末有载，写不出诗文的罚酒三杯。是在饱饮之后罚酒三杯还是只要做出诗来就免于饮酒？我们试着还原场景，酒杯搁在托盘上，托盘置于流水上，托盘随流水漂到谁的身边停住，那人就得吟诗，吟不出诗，罚酒三杯。根据考证，王羲之是做了四首诗的，他不在罚酒之列，按上面猜测，他那天没喝酒，又何来后人演绎的王羲之醉书兰亭集序？又酒醒后写了若干遍都不满意？“一觞一咏”虽非确指，却有吟得出诗奖励饮酒的意思，如此，则是会作诗奖酒，不会作诗罚酒，这通乱啊。）

是日也，天朗气清（“天朗气清”有人说是状秋天之景，其实南方春秋也没有多大的差别。且此处又用了一个“清”字，与“清流急湍”，一是形容“气”，二是形容“流水”。这种重文在诗中特别避讳，在散文中也该尽量避之，这并非吹毛求疵，既然把兰亭序文作为经典，那么经典就该经得起推敲），惠风和畅（“畅”字与“畅叙幽情”也是重用，在行文至93个字时，两用畅字，两用清字），仰观宇宙之大，俯察品类之盛（仰观宇宙之大，用“天朗气清”可以作解；俯察品类之盛，用“崇山峻岭、茂林修竹、清流急湍”作解），所以游目骋怀，足以极视听（视可娱，听就差点了，因为无丝竹管弦，最多是鸟鸣，而文字又未涉及，另外可能的就是流水声，流水至于有声可娱乐，那水流就很疾了，也倒是与“清流急湍”能合，但是那么疾速的水流，酒杯何以稳妥不倒不洒呢？）之娱，信可乐也。

夫人之相与（“相与”一词，有人说源自山西方言，“结交、交往”的意思，在淄博话里义同，在临沂也是这个意思。之所以用临沂方言解释，是因为传为王羲之书信往来《十七帖》里有“雨昼夜无解，夜来复雪，弟各可也”。“夜来”，山东方言是“昨天”的意思。王羲之过江时已经十五岁，语言习惯已经养成。但根据上下文，却应该解作“夜晚来临”。这跟“夜来风雨声，花落知多少”同解。而王羲之《上虞帖》又名《夜来腹痛帖》“得书知问，吾夜来腹痛，不堪见卿……”是可以翻译成“昨天”的。一个表示时间的词，在一个人的不同书信中可能是两个飘忽不定的时间概念吗？这是存疑的），俯仰（此处的“俯仰”与前文的“仰观”和“俯察”意义大不相同，前文就是“仰俯观察”拆开来说，指抬头低首之间，比喻时间短暂。后文“俯仰”约略做“纵观”）一世，或取诸怀抱，悟言一室之内；或因寄所托，放浪形骸之外（“人之相与俯仰一世”【夫，语助词，无意】，“纵观人与人交往一辈子”当然可以理解为参加雅集的人都是意气相投的一生一世的朋友。意气相投在什么呢？就是两个“或”字引领的骈句，此处倘若联系下文的“静躁不同”，顺序就矛盾了。如果调整一下，“或因寄所托，悟言一室之内；或取诸怀抱，放浪形骸之外。”“因寄所托”就是思想相同，则“悟言一室”，所谓“静”；“取诸怀抱”就是性情相同，则“放浪形骸”，所谓“躁”）。虽趣（有指为“取”字的通假字。疑为笔误。“取”字甲骨文就有，金文、大篆小篆隶书均有，含义几无变化，何以至东晋需要用“趣”来通假？况前文有“取诸怀抱”的“取”。此处不同于“揽”替代“览”是避讳。按下文静躁不同是进一步阐释趣舍万殊的，

都是指的“悟言一室”或“放浪形骸”。还可作如下分析：趣舍万殊，趣，疾义；舍，止义。与静躁对应。有些勉强。也可解作扬弃，趣，喜欢，褒扬；舍，不喜欢，摒弃）舍万殊，静躁不同，当其欣于所遇（“欣”作满足解，东晋陶渊明有“即事多所欣”就是注重过程满足，不必注重结果合不合意。“遇”作造化安排解，也就是悟言一室的谨慎或放浪形骸的旷达。“欣于所遇”指的也是或悟言一室或放浪形骸，符合了个人的世界观人生观价值观，则如后文，至少“暂得于己”，然后“快然自足”，也就忘记了生命流逝），暂得于己，快然自足，不知老之将至。及其所之既倦（与“当其欣于所遇”对称，也就是谈问题的另一个方面，跳出“暂得”“快然自足”，对人生产生“倦意”了，也只能“感慨系之”了），情随事迁，感慨系之矣。向之所欣，俯仰之间，已为陈迹，犹不能不以之兴怀（这几句更糟糕，前三个四字句，能够“快然自足”的都成了“陈迹”，只能以之兴怀，感叹随之而来）。况修短随化，终期于尽（生命的长短是造化注定的，正如“人生易老天难老”，“人间正道是沧桑”，无论生命长与短，最终都将消失）。古人云：“死生亦大矣。”岂不痛哉。

每览昔人兴感之由，若合一契，未尝不临文（此处更令人诧异，临文，临的什么文？因为前文从未提到古人的文章，而最后一个字却是“斯文”的“文”，这个文指的是此序文）嗟悼，不能喻之于怀。固知一死生为虚诞，齐彭殇为妄作。后之视今，亦犹（又是一个犹）今之视昔。悲夫！故列叙时人，录其所述，虽世殊事异，所以兴怀，其致一也。后之览者，亦将有感于斯文。

以上我们简要进行了分析，现在按照分析结果。重新编排一下：

永和九年，岁在癸丑，暮春之初，群贤毕至，少长咸集，于会稽山阴之兰亭，修禊事也。此地有崇山峻岭，茂林修竹；又有清流激湍，映带左右。列坐其次，引以为流觞曲水。虽无丝竹管弦之盛，一觞一咏，亦足以畅叙幽情。

是日也，天朗气清，惠风和畅。仰观宇宙之大，俯察品类之盛，所以游目骋怀，足以极视听之娱，信可乐也。

夫人之相与，俯仰一世，或因寄所托，悟言一室之内；或取诸怀抱，放浪形骸之外。虽趣舍万殊，静躁不同。当其欣于所遇，暂得于己，快然自足，不知老之将至。及其所之既倦，情随事迁，感慨系之矣。向之所欣，俯仰之间，已为陈迹。犹不能不以之兴怀，况修短随化，终期于尽。

古人云：死生亦大矣，岂不痛哉。

每览昔人兴感之由，若合一契，未尝不临文嗟悼，不能喻之于怀。固知一死生为虚诞，齐彭殇为妄作。后之视今，亦犹今之视昔。悲夫！故列叙时人，录其所述。虽世殊事异，所以兴怀，其致一也，后之览者，亦将有感于斯文。

我们再做一个尝试，把能去掉不影响文义的“之”字去掉：

永和九年，岁在癸丑暮春初，群贤毕至，少长咸集，于会稽山阴兰亭，修禊事也。此地有崇山峻岭，茂林修竹；又有清流激湍，映带左右。列坐其次，引以为流觞曲水。虽无丝竹管弦盛，一觞一咏，亦足以畅叙幽情。

是日也，天朗气清，惠风和畅。仰观宇宙大，俯察品类盛，所以游目骋怀，足以极视听娱，信可乐也。

夫人相与俯仰一世，或因寄所托，悟言一室内；或取诸怀抱，放浪形骸外。虽趣舍万殊，静躁不同。当其欣于所遇，暂得于己，快然自足，不知老将至。及其所既倦，情随事迁，感慨系矣。向所欣，俯仰间，已为陈迹。犹不能不以兴怀，况修短随化，终期于尽。

古人云：死生亦大矣，岂不痛哉。

每览昔人兴感由，若合一契，未尝不临文嗟悼，不能喻于怀。固知一死生为虚诞，齐彭殇为妄作。后视今，亦犹今视昔。悲夫！故列叙时人，录其所述。虽世殊事异，所以兴怀，其致一也，后览者，亦将有感于斯文。

我们把所有的“之”字都去掉了，除了个别地方稍显不顺，其余都不碍事，更简约了。当然，古人不可能不用“之”字，笔者只是想强调不要顾此失彼。不应在极力赞美二十几个“之”变化多端的同时，忽略了如此多的重文给文章带来的不精致。

（2021年4月于观云楼北窗）

《包世臣十七帖疏证》笺注

疏证，是古书注解的一种体例，又叫疏，是对注解的注解。疏通、考证的意思。其实也可以加上对原解的再疏证。

笺注，除语辞、典章、名物等音义训诂外，采取引证、引述等加以补充性解释。

古代书法文献，出于政治历史军事等原因，错讹较多，尽信不如不信，要化古为今，需倍下功夫。法帖要好一些，有实物摆在那里，直观些。当然法帖也存在讹传、劣工镌刻甚至为迎合统治者需要、商人牟利、作假作伪等问题，也要细细甄别，辨明真伪。

笔者近年在阅读古代书论文献和法帖的过程中，逐渐养成一个习惯。对于书论文献，力求逐字弄懂弄通，这个比较直接；对于法帖，在弄懂弄通文义的基础上，体会书写形式与文义间的某种情感关系，这个相对抽象。

现在我们能看到的传为王羲之的字，均为摹本、拓本，这是学界普遍认可的看法，尽管这些看法本身仍旧扑朔迷离。“原作”没能保存下来的主要原因是纸张质量和南朝几次聚集其作品后连遭战火。按照较为通行的说法，西晋的陆机去世那年（公元303年），王羲之出生，早于王氏几十年，传为其墨迹真品的《平复帖》仍存世。王珣是王羲之的子侄辈，小于羲之几十岁，传为其墨迹真品的《伯远帖》也存世。仅从纸张质量来说，王羲之墨迹真品尚有存世的可能，需假以时日有待考古发现了。如果确认其真品已经毁于战火，那就万劫不复了。

上世纪六十年代“兰亭论辩”，掀起轩然大波，大有改写书史的劲头，惜并未形成定论。时过半个多世纪，后续参与者不在少数，也没有取得太多进展。“兰亭论辩”双方的观点，笔者都不能全面认可或全面否定。不支持郭沫若先生认为王羲之的字应该像《王兴之墓碑》那样，也不认可高二适先生认为《兰亭序》（神龙本）就是王羲之的面貌。学界普遍认为现流落日本的《丧乱帖》（摹本）更接近王羲之本来面目，这个行草书帖如果系王羲之所为，那么《兰亭序》（神龙本）从体势和气息上是迫近《丧乱帖》的。

同样传为王羲之刻拓本的《十七帖》是略有章草意味的草书帖，体势寓雄强于含蓄，气息相对高古静穆，这与神龙本《兰亭序》和《丧乱帖》在体势和气息上判若两人，笔者信以为真。关于《十七帖》的前世今生，仍然众说纷纭，本文笺注持论的基础是假定其文本和刻拓本底本均可采信。

本文笺注的文本底本，源于清代包世臣（公元1775年—1855年）的《〈十七帖〉疏证》。包氏身处的时代，社会普遍的人文知识结构与现在大不相同。其“疏证”认为是常识不附解释的，现在读者可能仍然弄不懂。本文笺注实际上就是尝试在现代语境下，对帖文和包文的“疏证”的补充解释。

为区别起见，笔者笺注部分以“寅生笺注”引领，对帖文的尝试释读以“寅生释文”引领。帖文标点参照通行版本，以笔者理解，个别地方做了调整。在此不一一赘述。

《十七帖》疏证——序

十七帖初刻于澄清堂，其本未见。宋以后汇刻本，单行本，有释文本，唐临本，所见不下十余种，大都入多尖锋，出多挫锋，转折僵削，俗工射利所为也。碧溪上人以余删拟《书谱》已刻成，欲写刻《十七帖》，以道吴郡之源，其意甚盛，故为作是卷。梁武帝称右军字势雄强，若龙跳天门，虎卧凤阁。唐文皇称右军点曳之工，裁成之妙，势似奇而反正，意若断而还连。余远追微旨，结体则据枣本《阁帖》，用笔则依秘阁《黄庭》，文房《画赞》，而参以刘宋《爨龙颜》，东魏《张猛龙》两碑。以不失作草如真之遗意。为自来临写《十七帖》家，开一生面。以俟异日，或得澄清堂本，证其得失。

各本帖或多或少，前后编次及释文，亦互异，又句读多不可离。余故据史传，按文论世，为之移并，随手作行，不拘成式，而别以真书释而疏之如左。

寅生笺注：

1. 初刻：相传为南唐刻。

2. 其本未见：本，底本。

3. 尖锋：毛笔落纸的自然状态，即不藏锋。

4. 挫锋：回锋，包世臣《艺舟双楫跋荣郡王临快雪内景二帖》："大凡六朝相传笔法，起处无尖锋，亦无驻痕，收处无缺笔，亦无挫锋，此所谓不失篆、分之遗意者。"笔行进中驻停疾回锋，称为挫，驻停顿笔称为顿。

5. 转折僵削：古人无现代先进的印刷技术，传承法帖一般采取石刻、木刻摹拓两种形式流传。良工刻制，就如成熟的篆刻家，一刀就过，很少或根本不会复刀，切刻本与原本几乎无二致。俗工技术差，不但刀法不准，还会反复刮削，线条顿显僵硬，我们见到的美国安思远藏《淳化阁帖》四卷，其中几个帖子已经学界断为伪，刻工也相当糟糕。

6. 射利：谋利。

7. 碧溪上人：无考，当为书商或藏家。

8. 吴郡：指王羲之，王氏家族随琅琊王司马睿南渡至现今南京，南京为六朝古都，以孙权政权，后以吴郡指代六朝帝都，此处稍显特别，包氏用于指代王羲之。

9. 梁武帝：萧衍。

10. 唐文皇：李世民，据传《晋书·王羲之传》为其亲作，“点曳之工”下四句出于此。

11. 枣本：枣木本，指用枣木刻制，捶拓发行。包世臣论书十二绝句“咏龙藏寺”：中正冲和龙藏碑，坛场或出永禅师。山阴面目迷梨枣，谁见匡庐雾霁时。

12. 作草如真：此四字堪可玩味，草书的写法，不是信手一挥，而是像写真书（正书、楷书）那样。

13. 各本帖或多或少，前后编次及释文，亦互异，又句读多不可离。所谓十七帖，并不是十七个帖子，而是整个帖本以通常刻印的编排顺序，排在第一位的那个帖，开头是“十七日”三个字，古人往往以帖子的开头两个或几个字作为帖子的名称，也有例外，兹不枚举。

14. 按文论世：有知人论世之说，文如其人，故曰按文论世。

帖目录：01. 郗司马帖（十七帖）；02. 逸民帖；03. 龙保帖；04. 丝布衣帖；05. 积雪凝寒帖；06. 服食帖；07. 知足下帖；08. 瞻近帖；09. 天鼠膏帖；10. 朱处仁帖；11. 七十帖；12. 邛竹杖帖；13. 蜀都帖（游目帖）；14. 盐井帖；15. 远宦帖（省别帖）；16. 都邑帖（旦夕帖）；17. 严君平帖；18. 胡母帖；19. 儿女帖；20. 谯周帖；21. 汉时讲堂帖；22. 诸从帖；23. 成都城池帖；24. 旃罽胡桃帖；25. 药草帖；26. 来禽帖；27. 胡桃帖；28. 清晏帖；29. 虞安吉帖。

帖文（郗司马帖、十七帖）：十七日先书，郗司马未去，即日得足下书，为慰。先书以具，示复数字。

寅生笺注：

1. 先书：此前的书信。

2. 先书以具：现传王羲之法帖中“以”字通“已经”的“已”。具，具备，全的意思。晋人书信有专门的用语，以具，就是已具，也写作以具一一。

3. 示复数字：古人书信礼节用语，尽管信中说要说的内容都在十七日写的信里了，这里再写几个字，表示回复收到对方的信了。

包氏疏证：

全帖前人皆以为与益州刺史周抚道和者，有阁本《周益州送邛竹杖》帖可证。以帖首二字为名。郗司马，名昙，字重熙，鉴字道徽之子。右军妻之仲弟，大令前妻之父。永和一年，会稽王以抚军大将军辅政，引为司马。道徽尝过王敦，留姑孰，抚时为敦从事中郎，是宜与郗氏有旧。然重熙未尝膺梁益之命，或遣信而附书也。

寅生笺注：

1. 道和：周抚，字道和。东晋名将，今河南省汝南县人。参与王敦叛乱，后被赦。大司马桓温征讨蜀郡，负责平定叛乱。镇守蜀郡三十年，威名远播，政治安定，官至镇西将军、益州刺史、建成公。与王羲之私交甚好。

2. 郗司马：郗昙，字重熙。王献之前妻父亲。父郗鉴：字道徽。兄郗愔，字方回。姊郗璿，王羲之妻。郗愔、郗昙均小于羲之，为其内弟。

3. 大令：王献之，字子敬，官至中书令，后人以官职称其“王大令”，同王羲之称为“王右军”。王献之先娶郗昙之女郗道茂为妻，后婚变，娶新安公主司马道福为妻。王献之婚变主要有两种说法，一是被逼离婚说，此说较为可信。有记载他为抗婚，自灼足心，留下残疾。他与道茂伉俪情深，因政治势力裹挟，被逼离婚，彼时郗昙已死，郗道茂被伯父愔收留，终身未再嫁，郁郁寡欢至死。二是攀附势力说，此说也不能全不信，《世说新语》载，郗超死后，王献之王徽之兄弟俩去看望郗超父亲郗愔，也就是他们的舅舅，服饰打扮、言谈话语很是不敬，郗愔暗忖，倘若郗超未死，这俩小子岂敢如此无礼。这个记载也可注王献之为人作风轻浮的个性，也可作为他婚姻攀附势力的旁证。

4. 会稽王：司马昱。

5. 尝过：与王敦有过节。史载王敦权倾朝野有篡位之心，收买郗鉴被拒。

6. 王敦：王羲之堂叔父，地位显赫，军权在握，权倾一时，曾谋反。

7. 姑孰：地名，隶属安徽当涂。东晋时期衣冠南渡时，有姑孰女的传说。时王敦驻姑孰，郗鉴曾去拜访。

8. 梁益之命：梁益，蜀地。蜀汉有梁益等州，因以并称。梁益之命，赴任蜀地。帖中“郗司马未去”，当指此事。

寅生释文：

我十七日给你写的信，本想请郗司马捎去，他还未启程，当日就得到你的来信，甚感安慰。要说的话已都写在信上了，这里只简单写几个字作为答复。

帖文（积雪凝寒帖）：计与足下别廿六年矣，于今虽时书问，不解渴怀。省足下先后二书，但增叹慨。顷积雪凝寒，五十年中所无。想顷如常。冀来夏秋间，或复得足下问耳。比者悠悠，如何可言。

寅生笺注：

1. 渴怀：有将“渴”当作“阔”的，阔怀，就是远怀。

2. 想顷：“顷”和“倾”可通用，但此处两个字都不解，怀疑“卿”作“顷”。

3. 比者悠悠：比者，“子在川上曰：逝者如斯夫！不舍昼夜。”孔子以流水比时间。悠悠，宇宙不老时光流逝的感喟。

包氏疏证：

右军为敦从子，至承器赏。抚以府寮为私人，故与右军特厚。太宁二年，敦为逆，抚以二千人从。敦败，抚逃入西阳蛮中。是年十月，诏原敦党，抚自归扉下。时右军为秘书郎，同在都。咸和初，司徒王导茂宏辅政，复引为从事中郎，旋出为江夏相，监沔北军，镇襄阳，历守豫章，代毌丘奥监巴东军，刺益州。计自太宁三年至永和五年，适廿六年。是年大将军褚裒北伐败绩，“悠悠如何可言”，盖指此。玩词意，是久别得书而复者，当即附郗之先书，帖亦居前，以全帖名十七，故存其旧。

寅生笺注：

1. 右军为敦从子：王羲之的父亲王旷，史书记载很少，死因成谜。敦位显赫，故提敦而不提旷，本传亦先提敦，后提旷。据不多的记载，王旷的性格有些泼皮，具体在他无意间听到王敦等密谋国事时表现的言行。又是“剔壁”，又是“要告发”。

2. 私人：亲信，自己人。

3. 诏原敦党：朝廷赦免，重新起用。

4. 秘书郎：低级文职人员。《王羲之传》“起家秘书郎”，第一份工作，朝廷里普通的办事员，相较于王氏家族的势力，这份差事很是一般。

5. 计自太宁三年：公元325年，据此可推此帖应该写于351年，时王羲之四十九岁。帖文有“五十年中所无”，从其出生算起尚不足五十年，何来此语？此处可有三解，一是“五十年”为概说；二是实说，按照虚岁计羲之五十岁，此说勉强，不可能连不懂事的年纪也算上；三是俗语，同“百年不遇”。

6. 久别得书：信中已经交代清楚，久别无异议，近段时间书信则常有往来，“时书问”即不时有书信问候。

7. 故存其旧：这封信应该就是“十七帖”中的“先书”，按说按照时间顺序应该排在“十七帖”前，但是流传这么多年，全帖总称“十七帖”，也就还按这个排序吧。

寅生释文：

屈指算来与你分别廿六年了，现在虽然常有书信往来，解不了想见到你的渴望。仔细看过你先后寄来的两封信，更增加喟叹和感慨。突然出现了五十年不遇的大雪，天气非常寒冷。跟往常一样想念你，希望来年夏秋之间，或能得到你的消息。面对浩渺宇宙和匆匆流逝的岁月，还能说啥啊。

帖文（诸从帖）：诸从并数有问，粗平安。唯修载在远，音问不数，悬情。司州疾笃，不果西，公私可恨。足下所云，皆尽事势，吾无间然。诸问想足下别具，不复具。

寅生笺注：

1. 诸从：古代同一宗族次于至亲者称“从”，如从父、从兄、从子等。此处指王羲之的各位从兄弟，即羲之从父王廙、王彬诸子，非指父辈或子辈。

2. 粗：大略。

3. 修载：王耆之，历中书郎、鄱阳太守、给事中。当时他与王羲之讯问稀疏。

4. 悬情：即惦念的意思。

5. 司州疾笃：司州，王胡之（修龄）的别称，他弱冠有声誉，历郡守、侍中、丹阳尹。永和十二年代谢尚为司州都督，未行而卒。帖中言及王胡之病重，不能西往司州赴任，于公于私都是一件遗憾的事情，《司州帖》中亦有这样的记载。这与史籍所载相符。可以确定帖文写于公元356年。

6. 不果西：没能到西部赴任。

7. 公私：私，从家族堂兄弟而言。羲之本传载羲之致殷浩书信有“公私惋恒”，《郗璿墓识》载殷浩为羲之儿女亲家，“私”则是就姻亲而言。

8. 间：间隙、隔阂。

9. 具：这个“具”字，在当时的书信中往往后面有“一一”，墨本无有“一一”的，释文可加“一一”。

包氏疏证：

抚，王氏故吏，殆拳拳右军诸从，故详答之。右军以永和四年，由江州刺史入为护军将军，在都城，故问数达也。修载名耆之，王廙世将之子，为鄱阳太守，故云在远。司州名胡之，字修龄，修载之兄，皆右军同祖弟。永和五年，石季龙死，朝议以修龄有声誉，用为司州刺史，以绥集河洛，辞有疾，未行而卒。所云“皆尽事势吾无间然”者，永和六年，以殷浩督扬、豫、徐、青、兖五州军事，假节图北伐，似抚来书亦不以此举为然，与右军有同心也。书定出其时，各本或有或无，他帖刻者，戏鸿本似出徐会稽，然最有行间法。

寅生笺注：

1. 拳拳：关心的意思。

2. 石季龙：石崇，东晋巨富，好斗富，曾建金谷园，作《金谷序》。史载，羲之作《临河序》，有人拿他与石崇比，他很高兴。这个记载说明王羲之文采并不高。

3. 徐会稽：徐浩（公元703年—782年），字季海，越州人，官至吏部侍郎，封会稽郡公，人称“徐会稽”。

4. 书札之难辨，原因众多。此帖有一处，或可玩味。修龄乃修载之兄，未赴任身先死，帖中却用职任职位称之，即“司州”。另外，史料记载，修龄“辞有疾”，说明他辞任司州一职，至于是否辞而不任，还是辞而不成，未做交代，当然，从“未行而卒”也可判，已经答应赴任，只是还没走就死了。倘若辞而不任，则以“司州”代指修龄，似乎不恰，也不妥。修载，却未提及职任职位。倘若是互文，司州后文有“不果西”，是指的赴任之地，尚能理解。修载在远，却未提鄱阳，也能理解。这仅指通信双方而已。再，未赴任而提司州，极言“公私可恨”？遗憾未做此更高官位？不果西，可理解为“不西果”。再，“诸从并数有问”，应理解为周抚来信问候王羲之并请羲之代为问候他的几位堂兄弟。

寅生释文：

羲之首先感谢周抚对其各位从兄弟的问候，并回答大体上还算平安。只是王耆之（修载）在外地音信极少，让我很不放心。司州刺史王胡之突然病重，不能西去赴任，这于公于私都是令人惋惜的事情。你来信分析的当前形势，我完全同意。也请代问你家中老小，你考虑比我周全，我就不一一提及了。

帖文（邛竹杖帖）：去夏得足下致邛竹杖皆至此，士人多有尊老者，皆即分布，令知足下远惠之至。

寅生笺注：

1. 尊老：尊敬的老者。

2.《真宋本淳化阁帖卷八》收有《周益州帖》：“周益州送此邛竹杖，卿尊长，或须，今送。”疑与此帖有关，书写时间也该相仿佛。

寅生释文：

去年夏季你送的邛竹杖，都收到了。这里文化人中老者多，我接着就分送给他们了，告诉他们是你从遥远的益州送来的。

帖文（成都城池帖）：往在都，见诸葛显，曾具问蜀中事，云成都城池门屋楼观皆是秦时司马错所修，令人远想慨然，为尔不。信具是，为欲广异闻。

寅生笺注：

1. 都：建康，即今南京。

2. 远想：遥想。

3. 为尔不：是否这样。

包氏疏证：

显字，以草法定是显，捡《蜀志》，显父攀，攀父乔，乔瑾次子也。瞻未生前，瑾命乔入蜀，为亮后。恪既族，攀仍后瑾，至显乃与瞻孙京同移河东。《华阳国志》云，平蜀之明年，移蜀大臣宗预、廖化、诸葛显等于东。按中宗即位建康，右军年已十五，时诸葛诞孙恢为会稽太守，显或南依恢，故右军得在都见之也。上距东移盖五十二年。“令人”六字，本旁注，唐人临入正文，从之。知有汉时讲堂在，是汉何帝时立此，知画三皇、五帝以来备有，画又精妙，甚可观也。彼有能画者，不能因摹取，当可得不，信具告。“知有”至“此知”十五字，各本无，唐临及《阁帖》有之，今依补。

寅生笺注：

1. 乔瑾次子：诸葛乔是诸葛瑾次子。

2. 瞻：诸葛亮儿子。

3. 为亮后：过继给诸葛亮为后。

4. 恪既族：诸葛恪，瑾之长子，吴国权臣，后被孙峻联合幼主孙亮设计杀害，并夷三族。

5. 攀仍后瑾：攀为诸葛乔之子，诸葛恪被诛杀后，诸葛攀又恢复为诸葛瑾之后。

6. 瞻孙京：诸葛京为诸葛瞻子，疑有误。

寅生释文：

以前在京都时遇见诸葛显，曾详细地问过他蜀中的事，他说成都的城池、门屋、楼观都是秦朝时司马错修建的，令人遥想，感慨万千。是这样吗？请你来信具告，只为了想增广异闻。

帖文（盐井帖）：彼盐井火井皆有不，足下目见不，为欲广异闻，具示。

寅生笺注：

具示：一一告诉我。羲之对蜀地风情物产颇有兴趣，但他所知可能仅限于书本上的扬雄《蜀都赋》、左思《三都赋》的记载和描述。《蜀都赋》有“火井沉荧于幽泉，高焰飞煽于天垂”及“滨以盐池”的景观描写。但王羲之认为自己对蜀地奇物异景“殊为不备悉”，既然好友周抚在那，他希望周抚代为确认并描述。在《十七帖》中，除此帖外，尚有《邛竹杖帖》《游目帖》《汉时讲堂帖》《成都城池帖》皆为与蜀中风物相关的信函。王羲之晚年对蜀地是至为关切。

寅生释文：

益州那地方，盐井、火井是不是都有，你亲眼见过？想知道更多异闻，请来信告知。

帖文（朱处仁帖）：朱处仁今所在，往得其书，信遂不取答。今因足下答其书，可令必达。

寅生笺注：

1. 往得其书，信遂不取答。谓王羲之与朱处仁联系中断。念及旧谊，拜托（羲之应该认为朱处仁在益州）周抚寻找。写下了“今因足下答其书，可令必达”这段话。“信遂不取答”的“信”是指使者。此处书信不能连读。“遂”意为行、往。《广雅・释诂一》：“遂，往也。”“取”为取得、得到，即信已送往没有得到回信答复。

2. 今因：因，是依、凭借之意。

包氏疏证：

处仁当是龙骧将军朱寿。《穆帝纪》所在，永和五年，与抚同击范贲，平益州者也。《通鉴》或本误作焘（焘乃西蛮校尉，别一人）。以上五帖，当是一书。先谢远惠，次杂问蜀事，未附致朱书，系由护军出守会稽后作。

寅生笺注：

1. 处仁当是龙骧将军朱寿：朱处仁，指东晋朱焘。《晋书》卷八穆帝纪、《资治通鉴》《建康实录》皆作“朱焘”，《晋书》卷五八周抚传作“朱寿”。考诸史乘，朱焘曾为庾翼安西司马，南蛮校尉，后受桓温节制，为龙骧将军。东晋西线战事，多有参与。王羲之三十二岁时曾在庾亮武昌征西府任职数年，与朱处仁相识。

2. 以上五帖当是一书：上面的这五个帖子，应该是一封信的内容。

寅生释文：

朱处仁现在何处，以前得过他写来的信，信使送往后没有得到答复。现在借给你回信的机会并附信给他，请你想法找到他并转交。

帖文（旃罽胡桃帖）：得足下旃罽胡桃药二种，知足下至，戎盐乃要也，是服食所须，知足下谓顷服食，方回近之，未许吾此志。知我者希，此有成言，无缘见卿，以当一笑。

寅生笺注：

1. 旃罽胡桃药二种：旃罽为毡、毯一类毛织品，胡桃即核桃，药两种未具名。药当与胡桃无关。

2. 知足下至戎盐乃要也：戎盐，产于蜀地戎州，治疗各种疮。“知足下至”，包氏疏证“至”为“挚”，不妥，应该是“到”“送达”，估计周抚信中有问如果需要戎盐，会下一次寄送，所以羲之说，戎盐是很重要的药。与《天鼠膏帖》“有验者乃是要药”句意同。此处当在“至”后断句。

3. 是服食所须：羲之信天师道，服食丹药，常感不适，需服用其他药物调节。

4. 知足下谓顷服食：依包氏之勘误，“顷”当为“须”，但周抚并非劝羲之服食丹药，而是劝其多用解药。

5. 未许吾此志：郗昙死后，郗愔曾劝羲之停止服食丹药。此处有解作劝羲之重新做官的，不妥。羲之辞官后誓墓，劝其做官有辱祖宗。还有解作羲之欲另迁金庭宅院（即《宅图帖》，参后文《逸民帖》笺注）。

包氏疏证：

至，挚也。别帖屡言情至，此其省文，非至此之至，谓勤也。如迨其谓之，遐不谓矣之谓。索戎盐，先致谢耳。方回，郗愔字，右军妻之长弟，史称其栖心绝穀，修黄老之术，与右军及高士许询游东土，不乐参朝政，有迈世之风。“顷服食”作“须”者，误。“未许吾此志”，言方回虽近道，犹未能深信也。

寅生笺注：

1.“顷服食”作“须”者，误。此处“顷”同“倾”，用尽的意思，引申作“尽量多”（服食解药）。

2. 犹未能深信也：郗昙、郗愔也服食丹药，郗昙早夭。郗愔意识到丹药的害处，就不再服食了，他活了七十二岁，在那个时期算是高寿了。

寅生释文：

收到你寄来的旃罽、胡桃及药品两种，得知你还要寄送戎盐，这是好药，是我服食丹药所需要的解药。你说必须服食解药，方回离我近，他也不让我继续服食丹药。知我者希，前人早有这样的话。没有机缘见您，所言当一笑了之。

帖文（服食帖）：吾服食久，犹为劣劣，大都比之年时为复可可，足下保爱为上，临书但有惆怅。

寅生笺注：

1. 吾服食久：指服五石散，葛洪：“丹砂、雄黄、白矾、曾青、慈石也。”《世说新语・言语》载：“服五石散非惟治病，亦觉神明开朗。”此散性大热，要配以寒缓解，故称寒食散。晋代误作健身药，服食成为时尚。

2. 大都比之年时为复可可：“年时”山东话作“去年”讲，羲之帖中多次用到“夜来”，是“昨天”的意思，多种资料解释不妥。

3. 临书但有惆怅：与“临纸涕零”略同。

包氏疏证：

连上服食而申言之。

寅生释文：

我服食丹药很久，效果很不好，但是（身体）比起去年还好些。你多保重珍爱。写信时有些惆怅。

帖文（天鼠膏帖）：天鼠膏治耳聋有验不？有验者乃是要药。

包氏疏证：

天鼠即今飞鼠，毛尖而赤，苍白，似黑狐，蜀产业。以上三帖当是一书。

寅生释文：

天鼠膏治疗耳聋管用不？有用过的说管用，这是好药啊。

帖文（虞安吉帖）：虞安吉者，昔与共事，常念之。今为殿中将军，前过，云与足下中表，不以年老，甚欲与足下为下寮，意其资可得小郡，足下可思致之耶？所念，故远及。

寅生笺注：

1. 云：有断此字为“去”的，不妥。

2. 中表：古代称父之姐妹所生子女为外兄弟姐妹，称母之姐妹所生子女为内兄弟姐妹。外为表，内为中，合而称之“中表”。

3. 寮：同“僚”。

包氏疏证：

《墨薮》载安吉善书，别帖有虞义兴适道此，或即其人，然史无可考。

帖云“远及”，当与抚也。

寅生释文：

虞安吉曾与我共事，我常念叨他。现为殿中将军。他前不久来过，说与你是中表亲，他不在乎自己年老，很想给你当下属。我觉得他的资质，可以管理一个小郡，你可愿意让他去？这是我很关心的，所以这么远拜托你。

帖文（来禽帖）：来禽、樱桃、青李、日给藤，子皆囊盛为佳，函封多不生。

寅生笺注：

1. 来禽：果名，又名林檎，也称沙果、花红。因此果味甘，果林能招众禽至，故有来禽、林檎之名。

2. 青李：李子的一种。

3. 日给藤：藤本植物名。

4. 羲之晚年喜于耕作。《王羲之传》：晚年优游无事，修植桑果，率诸子，抱弱孙，游观其间，有一味之甘，割而分之。

包氏疏证：

上此，此“来禽”四果，下此，此会稽胡桃，即抚前所致者，故云彼以明之。前列果名，乃索其子，定是一帖。前人有谓此帖为与桓宣武者。宣武以永和三年灭蜀，右军以十一年去官，帖云“今在田里”，是去官后语，宣武未再至蜀，何能与宣武邪？

寅生释文：

青李、来禽、樱桃、日给藤的种子，最好用透气的布囊装着寄来，函封

（容易霉变）往往不能发芽。

帖文（胡桃帖）：足下所书云，此果佳，可为致子，当种之，此种彼胡桃皆生也。吾笃喜种果，今在田里，唯以此为事，故远及。足下致此子者，大惠也。

寅生笺注：

今在田里：此信当在永和十一年（公元355年）辞官后。

寅生释文：

你信上说，这种水果好，可寄来种子，我会种的。你寄来的胡桃种都种活了。我痴迷种果树，现在在乡下，就干这些事，得跟远在蜀地的你汇报。你寄来的种子，真是太好了。

帖文（都邑帖）：旦夕都邑动静清和，想足下使还，具时州将桓公，告慰，情企足下数使命也。谢无奕外住，数书问，无他。仁祖日往，言寻悲酸，如何可言。

寅生笺注：

1. 都邑：指建康，即南京。

2. 桓公：指桓温。周抚助桓温平定四川，被封为益州刺史，镇守蜀地三十余年。

3. 情企足下数：《尔雅·释诂》："数，疾也。"

4. 谢无奕：谢奕。其女谢道韫嫁羲之第二子王凝之为妻。

包氏疏证：

抚以永和九年斩萧敬文，“使还”指此，“具时州将”时是也。抚已由征虏安西进平西，言以此功，朝议当进为镇征，极州将之荣也。入升平，果进镇西，其卒也赠征西。桓公以永和十二年大败姚襄于伊水，收复洛阳，修五陵。“告慰”者，言接其告欣慰也。情企数使，抚前助桓公平蜀，或欲引之北伐，有疏请也。仁祖，谢尚字，尚弟奕，字无奕。升平一年五月，尚卒，朝议以尚在北得人，故以奕代尚刺豫州，北伐慕容儁，明年卒于军。“外住”指此。此升平一年书。

寅生笺注：

升平一年：公元357年，羲之四年后卒。

寅生释文：

京都一天到晚清静平和，想到你出使归来，该升任州将了。桓公很欣慰，期待你尽快赴任。谢无奕外出任职，多次来信，平安没事。谢仁祖过世，我日前寻访他的住处，心里很悲酸却难以表达。

帖文（远宦帖）：省别，具足下小大问，为慰。多分张，念足下，悬情。武昌诸子，亦多远宦，足下兼怀，并数问不。老妇顷疾笃救命，恒忧虑，余粗平安。知足下情至。

寅生笺注：

1. 武昌诸子：《省别帖》第二行末两字残泐，据《右军书记》所录帖文校勘，应为“昌诸”二字。“武昌诸子亦多远宦”，这是怀念旧友的话语，意谓：当年在武昌庾亮征西府的同僚现在大多散于远处为官。王羲之于晋成帝咸和九年（公元334年）赴武昌为征西府参军，当时同僚，有殷浩、孙绰、王兴之等辈，而周抚因于咸和七年（公元332年）失守襄阳奔武昌，正免官赋闲。王羲之与周抚相识，亦在此时。写此帖时，应在王羲之晚年。武昌：陶侃，镇守武昌，故称陶武昌。周抚之妹嫁与陶侃。陶渊明称其为侃之后。

2. 老妇顷疾笃救命：据《郗璿墓识》，郗璿逝于升平二年四月七日。此信说郗璿病重，是否就在这年？但《郗璿墓识》指王羲之为“王府君”，这是对已故男性的敬称，说明郗璿去世时，羲之已经去世。如此，则此信写作时间还要早。

包氏疏证：

陶侃士行以咸和四年平苏峻后，由江陵移镇巴陵，五年斩郭默，加督江州，复移镇武昌，九年辞镇归国，登舟而卒。属吏画其像于武昌西门，故称之。士行十七子，九子旧史有名，抚妹为士行子妇。老妇，右军称妻也。

寅生释文：

看到你的来信，问候起我家族里的大大小小，甚为感激。这些子侄多分散各地，感念你的挂念之情，陶侃等人也多远在各地为官。你是能够体谅的，经常相互书信问候吗？我的老妻最近常病重，让我很焦虑。其他人都大致平安。非常感念你的情深意厚。

帖文（蜀都帖）：省足下别书，具彼土山川诸奇。扬雄《蜀都》，左太冲《三都》，殊为不备悉。彼故为多奇，益令其游目意足也。可得果当告卿求迎，少人足耳。至时示意，迟此期，真以日为岁。想足下镇彼土，未有动理耳。要欲及卿在彼，登汶领峨眉而旋，实不朽之盛事。但言此心，以驰于彼矣。

寅生笺注：

迟此期：“迟”为“待”之意。信中表达了居于东土的王羲之对西土山川奇胜的向往和欲与周抚登汶岭、峨眉的心愿。羲之曾于永和初年（公元345年）报扬州刺史殷浩书，说：“若蒙驱使关陇、巴蜀，皆所不辞。”王羲之向往巴蜀，不仅仅是在晚年。信中还可见出，王羲之深知东晋镇蜀之任，非周抚莫属。

寅生释文：

看到你另寄来的信，详尽描述蜀地山水诸多奇景，感到扬雄的《蜀都赋》、左太冲的《三都赋》都不是太详备。蜀地确实多有奇妙之处，越发令人兴起想畅游饱览景色的念头。如果确定行程，会告诉你派人来接，不要占用太多人。到的时候再详叙，等待这个日子的到来，真有度日如年之感。好在你镇守蜀地，短时间不会调动。所以想趁你还在蜀地，一起登汶岭、峨眉而归，诚然是不朽之盛事。说这些时，已心驰神往了。

帖文（清晏帖）：知彼清晏岁丰，又所出有无，乡故是名处，且山川形势乃尔，何可以不游目。

寅生笺注：

又所出：出，《淳化阁帖》为第一行末字，并释为“使”。此帖前半部分内容，在其他帖中亦曾言及，《游目帖》：“彼故为奇，益令其游目意足也。”《七十帖》：“以尔要欲一游目汶领，非复常言……”看来，王羲之是一再劝周抚游目蜀地山川。而帖中的半部分是对周抚政绩的夸赞。

包氏疏证：

知彼帖承上帖之意，定是一书。“所出有无”，言有他处所无，是当时语。“乡”读如“乡”也，吾见于夫子之乡，言蜀本古之名邦也。或以为无一乡，或以为有异产，皆误。

寅生笺注：

“乡”读如“乡”也：包氏原文如此，未加详细说明，其意应是“乡”读如“向”，两个字古通，向来的意思。

寅生释文：

知道你那里时世清和，年岁丰收，所生产的又常为他处所没有，向来就是闻名的地方，而且山川形势也一样著称，怎可以不去游赏观览呢？

帖文（七十帖）：足下今年政七十耶，知体气常佳，此大庆也。想复勤加颐养。吾年垂耳顺，推之人理得耳以为厚幸，但恐前路转欲逼耳，以尔要欲欲一游目汶领，非复常言，足下但当保护，以俟此期。勿谓虚言，得果此缘，一段奇事也。

包氏疏证：

右军祖名正，故讳作政。抚以太宁二年自归，至兴宁三年卒于益州，历四十三年。前在敦所，已洊历显职，史虽不言其寿数，大都七十余矣。

寅生笺注：

1. 故讳作政：“政七十”之“政”字为“正”，王羲之祖父名正，晋人避家讳甚严，故王羲之尺牍中凡遇“正”字均改写为“政”，而“正月”则改写为“初月”。汶领即今之岷山，晋时在汶山县境。汶山县在今成都北面。而峨眉则在成都南面，都是当时益州境内的名山。

2. 有学者认为“王羲之比周抚小十一岁，周抚七十周岁应为公元361年即升平五年，这一年羲之五十九岁，正是‘年垂耳顺’的时候”。所以可以肯定《七十帖》当是361年即羲之逝世当年所写。王羲之得年五十九，则此帖写于羲之卒年。清代鲁一同根据《七十帖》所言，将帖文作为断定王羲之生卒年的证据。鲁一同参考周抚卒于365年（兴宁三年），从而断定王羲之卒年不晚于365年。又由此上推五十九年，遂将王羲之生年定为307年（永嘉元年）。其实，周抚虽卒于365年，但没有任何证据证明这一年周抚正七十岁，周抚得年史乘又失载。《七十帖》所说两人的年龄，只能说明两人的年龄之差是十一岁左右。由此可知周抚的得年是七十四岁。再者，可知《七十帖》写于王羲之五十九岁许。

寅生释文：

足下今年也七十岁了，知道你身体一直很好，这是最庆幸的。希望你多加保重。我即将六十岁了，按照常人的规律，也值得庆幸。但担心身体突然出问题，因此想尽快到蜀地，游历汶岭。这不是套话，你要多加保重身体，等着我们会合的时候。不要以为是寒暄，如果能成行，可以说是一段奇事了。

帖文（儿女帖）：吾有七儿一女，皆同生。婚娶以毕，唯一小者，尚未婚耳。过此一婚，便得至彼。今内外孙有十六人，足慰目前。足下情至委曲，故具示。

包氏疏证：

同生，一母也。“未婚之小者”乃大令。右军孙桢之，外孙刘瑾，皆知名。此帖说欲游蜀而尚未果之故，以坚其约，当是最后书。各本无，唯唐临本有，从之。

以上十九帖，定与抚。

寅生笺注：

1. 七儿一女：据未定真伪的《郗璿墓识》载，郗璿与羲之有“八子一女”，长子无名、无字，当为出生不足仨月即逝。《晋书》卷八十王羲之传其子具名者五人：玄之、凝之、徽之、操之、献之。《王氏谱》载，第三子涣之，第四子肃之。顺序与墓识同。曾有持论王玄之字伯远，羲之长子者，恐误。亦有称王涣之终身未仕者，据《谢求墓志》，涣之尝任海盐令。“皆同生”，有认为羲之恐有妾，不然没必要说这话。又有相关资料证明王羲之之妻活到九十多岁，以墓识，非郗璿。如确，当另有其人。笔者不以为然。此语为强调，盖与下“婚娶以毕，唯一小者”同。

2. 婚娶以毕，唯一小者：“以”同“已”，此处乃舛互修辞，非为语病。言全部孩子婚事已经完成，但还有一个小的没有完婚。是全部肯定，部分否定，以强调部分。

王羲之写《儿女帖》时，献之尚未婚娶，故《儿女帖》中云“唯一小者尚未婚”。羲之卒时，献之年方十八，根据这一点来看，献之婚娶时，羲之已不在世。帖文内有“内外孙有十六人，足慰目前”、《晋书·王羲之传》传中有“率诸子，抱弱孙”的记载，正可相互参照。内外孙著名者，有孙王桢之，外孙刘瑾。王桢之历侍中、大司马长史。刘瑾为桓玄平西长史、尚书。一女之名，据学者考证叫孟姜，即王羲之信札书语中多次出现的“姜”。李世民极为推崇王羲之书法，他有一个女儿就取名“孟姜”，盖爱屋及乌。李世民距王羲之不远，或可证羲之女名孟姜。

3. 情至委曲：谓情意殷勤周至。

寅生释文：

我有七个儿子一个女儿，都是同母所生。他们婚嫁事已完成，只有一小儿还没完婚。等办完这桩婚事，就可以放心去蜀地了。现在我孙辈、外孙辈共有十六人，感到非常欣慰。你对我家的情意很盛，故把情况一一告知给你。

以上十九帖子，肯定是写给周抚的。

帖文（谯周帖）：云谯周有孙，高尚不出。今为所在，其人有以副此志不，令人依依，足下具示，严君平、司马相如、扬子云皆有后不?

包氏疏证：

蜀人谯秀，周之孙也。李雄、李骧、李寿据蜀，三征皆不应。“今为所”言蜀已内属，“在”，察也，犹在帝左右之在，连下九字为句。“云谯周”下廿九字，十七帖本所无。“严君平”下十四字，阁本亦别为帖，唐临本及大观帖皆连为一，文义为优，从之。此帖定是永和三年，右军为江州刺史时，闻宣武平蜀而致之者。留意人材，表彰气节，乃怀柔反侧第一义，宣武荐秀卒不起，未必非此书启之。抚欲炙之士，观《虞安吉帖》，止叙弗论资，是未可与言此也。以上一帖与宣武。

寅生笺注：

1. 云谯周有孙，高尚不出：“谯周有孙，高尚不出”后缺失一字，根据文义，是指谯秀。谯秀，字元彦。谯周之孙。秀少而静默，不交于世。桓温于晋穆帝永和三年（公元347年）率师平定在蜀自称汉国的李势，居留成都三十日，举贤旌善，蜀人悦之。桓温荐举谯秀，然谯秀终不愿出仕。“高尚”一词指“志行高洁的人，隐逸之士”。

谯周，字允南，三国时益州巴西郡南充国（今四川南部县）人。耽古笃学，精研六经，尤善书札，颇晓天文。诸葛亮领益州牧，命谯周为劝学从事。后主刘禅立太子，以周为仆，转家令。说后主降魏，蜀地因此免遭涂炭。

谯秀，字元彦。谯周之孙。《晋书》载：“秀少而静默，不交于世，知天下将乱，预绝人事，虽内外宗亲，不与相见。郡察孝廉，州举秀才，皆不就。及李雄据蜀，略有巴西，雄叔父骧、骧子寿皆慕秀名，具束帛安车征之，皆不应。常冠皮弁，弊衣，躬耕山薮。”永和三年（公元347年），桓温平蜀，曾书《荐谯元彦表》推荐谯秀。逢萧敬叛乱，谯秀避乱宕渠川中，年九十余而卒。王羲之所说“云谯周有孙，高尚不出”，正是指谯秀。王羲之欲打听他的下落，并想让周抚证实是否如同人们所说的那样，具有“高尚不出”的志向，羲之年轻时亦无廊庙志，晚年主动挂冠归田里，皆与谯秀的志向合拍。

2. 以上一帖与宣武：宣武，桓温谥号。包世臣断此帖为王羲之致桓温推荐谯秀的信。

寅生释文：

听说谯周有个孙子谯秀，他隐居不仕，现在就在你那儿，不知是否名实相符。此事让我念念不忘，期待你的回信。严君平、司马相如、扬子云都有后人吗？啥情况？

此下三帖包世臣断为王羲之致郗愔信。

帖文（逸民帖）：吾前东粗足作佳观，吾为逸民之怀久矣。足下何以等复及此，似梦中语耶？无缘言面，为叹，书何能悉。

寅生笺注：

1. 粗足：大致，粗略。南朝梁萧统《答湘东王求〈文集〉及〈诗苑英华书〉》："虽未为精核，亦粗足讽览。"

2. 佳观：优美的景致。逸民：古代称节行超逸、避世隐居的人。"吾前东粗足作佳观"一句，应解读成"我前段时间向东略行（至金庭），构筑置办了一处可心的住所"为宜。关于家居住宅可参照清代道光《嵊县志》："（王羲之）《宅图帖》：'丘令送此宅图，云可得四十亩，尔者为佳，可与水丘共行视，佳者，决便当取问其价。'此宅似即金庭，盖在郡日遣人行视者。设在蕺山，则无须图矣。《胡桃帖》'未许吾此志'之说，所由来也。此永和十一年书。"

3. 等：一样，同样。

4. 有学者认为此信也是致周抚的。"佳观"两字指会稽自然风光优美。"佳观"不仅指会稽，实泛指东土五郡（会稽、东阳、新安、临海、永嘉）。《逸民帖》的书写时间或晚于永和十一年（公元355年）。从"吾为逸民之怀久矣"看，羲之逸民思想其实早在咸康六年（公元340年）推迁不拜护军将军时就流露出来。《报殷浩书》云"吾素自无廊庙之志……自儿娶女嫁，便怀尚子平之志"，便是证明。文中"吾前东，粗足作佳观"，当指《晋书》本传所载"羲之既去官，与东土人士尽山水之游，弋钓为娱"这事，《逸民帖》乃于"山水之游"之后所写。因与东土人士作为下官后的尽情畅游不可能是短期行为，应有一二年时间，《逸民帖》书写时间置于升平三年（公元359年）较为合理。在《逸民帖》中，王羲之申言："吾为逸民之怀久矣。"由于友人来函劝其再次出仕，所以王羲之在复信中说："您怎么又这样劝说呢？对我来说，这简直像听到梦语一般！"《逸民帖》写于永和十一年（公元354年）王羲之去官誓墓之后。

包氏疏证：

会稽在金陵东，南朝时所谓东郡、东土、东中，皆斥会稽。云“吾前”，是辞内史后语，“等”，待也，言同具逸民之志，何以迟迟不决。作方者误复及此似梦中语，想右军去官时，有书留之也。此帖当与方回。方回既姻亲，又同志，故措辞直爽。

寅生释文：

我前段时间东行，粗粗领略了美好的山川景物。我想作逸民的想法已经很久了。你怎么又提出让我做官？简直像梦话一般！见不到面，甚为感叹，写信无法完整表达我的想法。

帖文（瞻近帖）：瞻近无缘省告，但有悲叹，足下小大悉平安也，云卿当来居此，喜迟不可言。想必果言，告有期耳。亦度卿当不居京，此既避，又节气佳，是以欣卿来也。此信旨还具示问。

包氏疏证：

两“告”字，各本俱作“苦”，传模误也。晋人言苦皆谓病，帖意殊不尔。此，此会稽。避，谓嚣尘不及。“想必果言”为句，“告有期”，嘱其先告来期也。

寅生笺注：

1. 足下小大悉平安也：小大，指小孩和大人，意谓全家。

2. 文中第一行、第三行两个“苦”字，《右军书记》皆作“告”。

寅生释文：

看来近期没机会见面，只能感叹。你全家都平安吧。听说你将来这里居住，恭候光临不胜欣喜。这事应该可以实现，要告诉我日期啊。我猜测你不想住在京都，这里既隐僻，又气候宜人，故很高兴你能来。期待你的回信。

帖文（知足下帖）：知足下行至吴，念违离不可居，叔当西耶，迟知问。

包氏疏证：

方回以黄门侍郎出为吴郡守，固辞，乃改临海。此右军初闻吴郡命，喜其近东而致之书。叔谓重熙，当西，谓其代荀羡为北中郎将镇下邳也。

寅生笺注：

有学者认为这是王羲之写给郗倍的信函，那么，“叔”则指郗昙。郗倍为黄门侍郎时，吴郡守缺，朝廷欲以郗倍为太守，倍辞谢，遂转为临海太守。临海在会稽郡东南。帖中所谓“至吴”，当指郗倍出建康赴临海途中行至吴地。此时，郗昙代荀羡镇下邳，“当西”似指昙赴任下邳。下邳在建康北。相对王羲之所在的会稽和郗倍赴任的临海而言，“当西”才说得通。

寅生释文：

知你将赴任吴郡守，想那里离家远，不适合居住。叔是否将有西行？希望你能回信。

以下为王羲之散寄他人信件。

帖文（龙保帖）：龙保等平安也，谢之，甚迟见卿舅可耳，至为简隔也。今往丝布单一财一端示致意。

包氏疏证：

今往十二字，各本皆别，唯唐临本合，良是从之。

寅生笺注：

1. 龙保：为王羲之的幼辈。

2. 甚迟见卿舅可耳：迟，《广韵》解为“待也”。为期待、盼望之意。与《瞻近帖》“喜迟不可言”同。

《全晋文》卷二十二：“龙保等平安也。谢之。甚迟见卿舅，可早至，为简隔也。”

《右军书记》著录的帖文曰：“龙保等平安也，谢之。甚迟见卿舅，可早至，为简隔也。”而《淳化阁帖》卷七所刻《龙保帖》帖文为：“龙保等平安也，谢之，甚迟见之。”二者比较，当以《右军书记》著录为准。但是，《淳化阁帖》收刻的《龙保帖》字数与敦煌本《龙保帖》同，略有不同的是，敦煌本第二行第一字“甚”字，在《淳化阁帖》中为第一行最末一字。估计宋人摹勒《阁帖》中的《龙保帖》时，其所据母本是已阙失“卿舅可早至，为简隔也”十字者。属于敦煌本《龙保帖》一类的临本或摹本。

3. 至为简隔：意味疏远间隔太久。

寅生释文：

龙保等几个晚辈都平安，谢谢。很想见你舅舅，他可好。真是疏隔得太久了。

帖文（胡母帖）：胡母氏从妹平安，故在永兴居，此去七十也。吾在官，诸理极差，顷比复匆匆，来示云与其婢问，来信不得也。

包氏疏证：

永兴，今萧山北，此会稽婢字绝句。

寅生笺注：

1. 胡母氏从妹平安：胡母，复姓，读音为hú wù。从妹，未详何人。胡母氏的郡望为泰山奉高县，王羲之从妹所嫁胡母氏，指胡母辅之的儿子胡母谦之。

2. 永兴：属会稽郡，在山阴西北面，今浙江萧山县。

3. 吾在官，诸理极差："在官"是指王羲之在会稽内史任上，即晋永和七年至十一年（公元345年—356年），"诸理极差"，指为政之事。王羲之为会稽内史，曾为两件事所扰：一是东土荒灾；二是王述复出后对会稽刑政方面的刁难，王羲之因而深以为耻。辞郡之事，亦由此导致。

4. 匆匆：应为匆匆。刻拓本有点，有人可能当成重文符号。

寅生释文：

嫁给胡母氏的堂妹一切平安，她原来住在永兴，离会稽七十里地远。我现在的工作，疲于应付诸事不顺，越来越忙了。堂妹来信说有信交给其婢女，问婢女，并未送达。

帖文（药草帖）：彼所须此药草，可示，当致。

包氏疏证：

"须"，各本草法皆成顷，笔驶所致耳。

寅生笺注：

1. 此：指王羲之所居之地。东晋贵族与药的关系甚为密切，药有药石、药草之分，为了延长性命，他们服五石散，服食失当，产生病痛，又须药草医治。相互之间，亦通有无。

王羲之在服食与服丹的同时，就要服用各类药草，以抵制副作用的产生。这类药草，在尺牍中也有具体的记载，如旃罽帖、胡桃帖、药草帖、来禽帖（以上《十七帖》）、狼毒帖、黄甘帖所提及的旃罽、胡桃、青李、密柑、苹果、菊、狼毒、樱桃、来禽、日给藤等药草。王羲之即采药草，晚年也种植药草。

2.《十七帖》二十九通几乎是“蜀地之书”，通过居于巴蜀的周抚寄送药草。为了取得身体的活力，滋养强壮剂，王羲之晚年居剡主要的精力聚集于养生之事上。《法书要录》所收王羲之尺牍凡465通，言及书法者仅一条：“君学书有意，今相与草书一卷。”

寅生释文：

你如需要我这里的药草，可来信告知，我当送致。

包氏结语：

以上三帖不得主名，大都其群从也。

道光十三年四月十七八九日，作于小倦游阁。两目似雾看花，而下笔如鹰鹯搏击，饶有不草使转从横之意，但发波时有剩墨，以为憾耳。嘉庆二十二年在都下，为新建余鼎铁香作《述书》，一卷字大才当此书四之一，而雄肆有若方丈。余明经久返道山，《述书》不知流落何所。盖二十年来作小正书唯此二种也。延平剑合，以告有缘。安吴包世臣自记。

寅生结语：

书海浩瀚，书论缥缈，历代先贤，穷经皓首，举投之间，恍若隔世。笔者仅仅是整理了一遍《十七帖疏证》旁及各家之言，就如包氏所言，两眼似雾里看花，用眼过度，眼力不及了。自曰笺注，实则拾人牙慧，还恐万不及一也。

（辛丑立夏日，寅生并记）

跋

很高兴在这本书即将结束时，与你相见。

和你一样，我也是这本书的读者，同样把这本书读了一遍又一遍。

不过，我们略有不同。我是作者的儿子，与他一起生活了二十多年；我还是作者的朋友，与他交流了二十多年。

读完本书，不妨驻足少歇。香茗一壶，且啜饮且听我，从一个不远不近的距离，聊聊这本书和文字背后的世界。

一

父亲并非热衷文章。

工作繁忙，爱好又广泛，父亲的作息很不规律。虽不曾忘我到全年无休，但他的节奏从不参考日历。不知何时开始写起了文章，看文章落款多在我上大学以后，想必挤占了不少临帖的工夫。作为儿子，对父亲的敬佩自不必说；作为读者，能够知道文章来之不易，总觉得格外幸福。

探寻本书的源头，让我们回看作者的另一面。

父亲是个感情丰沛的人，心中有一座火炉。然而，把情感汇成文字打动读者，还需一样东西。

重看《我的母亲》，不消五行字，必通读全篇，泪流满面；重看《烩牛肉》，仿佛能闻到白瓷碗飘出的醇厚香气……既然跌入了作者布下的迷宫，只能按图索骥一步步走下去。

为何？

父亲的敏感，他人少有。

生活中，父亲身边的人常常会惊讶于他的敏感；有时共同处理问题，感叹敬服之余，也会被其敏感衍生出的计较折磨得不堪其烦。依父亲的自我剖析，这份敏感来自他的母亲，也就是我的祖母。父亲小时，祖母要他读文章、学写字，举手投足都有要求。父亲也曾质疑过祖母的教育，不过祖母给出了她的理由——不能讨人嫌。

短短五个字，如千斤坠。

我惊叹于祖母意识的超前。如今，社会分工日趋细化，每个人都在社会中扮演自己的角色。不能讨人嫌，并非牺牲自己迁就别人，而是尊重规则，弄清行为的边界。身处社会之中，如果不能了解规则顺势而为，往往事倍功半、怨声载道；相反，好风凭借力，在规则中如鱼得水，恰恰不会讨人嫌。

父亲如此敏感，眼中常有不易察觉却又明明白白发生于世界的诸多细节，所思所想自然更复杂。敏感作柴，引得胸中炉火愈旺，厚积薄发属实自然。沿途常有惊喜，于读者实为一大幸事；于作者，或许只是消磨过剩的感官，蝉蜕罢了。“无故而亡于胡”的马，只有伯乐才会有心吧。

二

一次看手机新闻，突然感叹自我记事二十年来中国之巨变，不禁称奇。猛地想到，父亲所历变迁，则又倍于我，不禁哑然。

时代的变迁，在父亲笔下藏不住，也露不出。这些年风风雨雨，恐怕每一个当事人都未曾设想，只是用尽了自己去活。事后端详这一路，一拍大腿才知道，这就是时代。

打锡壶，我毫无印象；“搭火”和“碛子”，似乎还能勾起一点干燥的热气，隐约记得屋里的炉火和屋外的冬天，我不想离炉火太远，也不想离炉火太近。

前阵子陪父母去某村落踏青，偶然了解到：此村落成立公司，村民皆为员工，集体食堂丰富的自助餐解决三餐，衣服有统一结实的工装，生产所用工具归公司所有，工作按计件因而人人争先，每月的工资远超一线城市平均收入且几乎无处可花——父亲沉默了半晌，替村民高兴之余，不由感叹“这谁能想到”。

社会关系的总和，往往参不透社会关系。重大的欣喜和重大的遗憾，往往塑造了一个人内在的形状。在书里，父亲虽是观察者，也是亲历者，挥拳出去，打空才知前方有路，打疼才知世间冷暖。当你合上书，请观察自己的亲历，请亲历自己的观察。或许，当你抬头时也有人正抬起头，相视一笑，甚好。

三

近年我和父亲时有长谈，往往结束时已是深夜。书中的部分文字、观点，在落实于纸面前，已然是父子的共识。如今瓜熟蒂落，对作者，只有恭喜，对父亲，只有自豪。

诚然，一些文章读着过瘾，像是一顿大餐，凉拌、热炒、煎炸、蒸煮，甜食和汤菜穿插其间，最后一盘地道的博山水饺，让人大呼饱足。不过，也有欲言又止、原地绕圈或者不知所云之处，是特色还是瑕疵，全在读者评判。文字写出来，就不再是作者的私产，被误解，很多时候是表达者的宿命。

同为读者，最后再讲一个故事吧。

几天前，父亲有些神秘地走到我房间门口。

“千，拜托你个事儿。”

“啥事儿，爸你说。”

“我的新书，请你写个跋。”

“好，不过什么是跋？”

“就是写在书后，作为读后感触，可以延伸也可以批评。”

一次追问，才弄懂何为跋；一番追问，才有了这篇小文。只是不知是走出了观云楼，还是刚刚寻到了楼门口。

宋子千